巴黎之胃

Le Ventre de Paris

埃米爾・左拉Émile François Zola／著
周明佳／譯

聯合譯叢 077

目次

Le
Ventre
de
Paris

第一章

一片寂靜中，大街上杳無人煙，許多蔬果商的車子駛往巴黎，顛簸的路面讓車輪發出規律的聲響，交錯的榆樹後頭，回音打在街道兩旁仍在睡夢中的人家門牆上。一輛車載滿了包心菜，還有一輛則載滿了豌豆，停在訥伊橋（Pont de Neuilly）上，另外八輛從南泰爾（Nanterre）南下運送蕪菁與紅蘿蔔的馬車也加入了行列。馬匹低著頭兀自前進，持續著緩慢又慵懶的步調，斜坡讓牠們行進得更慢。斜坡上，蔬菜裝運站旁停滿了有著黑灰小條紋的車。趕車的人趴在座位上睡著，手腕上還纏著韁繩。一盞煤氣燈，揮去了陰影，照亮了一個趕車人皮鞋上的鞋釘，藍色罩衫的袖子，還有帽子的前端。在大把大把鮮亮的紅蘿蔔、白色的蕪菁與滿溢著豌豆與包心菜的綠意中隱約看到這道光亮。在這條路上，以及四周的道路上，前前後後傳來遠方那些隆隆的馬車聲，宣告了車隊的到來。穿越了凌晨兩點的昏暗與靜謐，這些帶著食物經過的車隊，它們的噪音撫慰著在一片黑暗中的城市。

巴塔扎（Balthazar），馮索太太這匹過於肥胖的馬，站在隊伍前頭。牠有點半睡半醒地往前走，雙耳輕輕地搖晃著。就在到達朗相街（rue de Longchamp）的高處時，一股突然的恐懼攫住了牠的四條腿。其他的馬都一頭撞進前面的車尾，車子因此開始晃動，整個隊伍也跟著停了下來，被吵醒的那些馬車夫隨即咒罵起來。一盞小方燈在她左邊投映出些微光線，勉強照亮了巴塔扎的側面，馮索太太背靠在蔬菜前的一塊金屬板子上左顧右盼，卻甚麼也沒看見。

「嘿，這位大媽，往前走吧！」一個跪在蕪菁堆上的男人喊著……又是某個喝醉了的蠢豬。

她彎下身，瞥見在右邊，她的馬腳下有堆黑色的東西擋住了路。

「我們可別壓壞誰了。」她邊說邊跳到地上。

那是一個躺在地上的男人，雙臂外伸，臉跌在灰塵堆裡。他看上去特別的長，瘦的像根乾樹枝。巴塔扎竟奇蹟似的沒有一腳把他踩成兩截。馮索太太認為他死了，於是蹲到他前面，拿起他一隻手，卻感到還有熱度。

「喂，你這傢伙。」她輕聲地說。

但後面那些趕車的馬車夫都開始不耐煩。剛在那個跪在蔬菜上頭的人又用他嘶啞的嗓音喊著：

「大媽，賞他一鞭，他醉得不省人事了。這該死的蠢豬，把他給我推到溪裡去。」

然而那個男人張開了雙眼，一動也不動，一臉驚愕地看著馮索太太，她想他真的是醉了。

「不要躺在這裡，您會被車子輾過的，您要去哪裡？」她問他。

「我也不知道……」他以一種十分低沉的聲音回答道。

接著，帶著擔憂的眼光，他奮力地說道：「我要去巴黎，然後摔倒了，我不知道……」

她看他的精神稍微恢復了一些，但看上去真是落魄，全都快脫線的黑色長褲加上黑色禮服外套，更顯出他的骨瘦如柴。他的大呢帽怯怯地壓低在眉梢，讓人看到他褐色的雙眼，在這張痛苦焦慮的臉上，帶有一種獨特的溫柔。馮索太太認為他實在太瘦了，不可能是酒醉。

她又再問他一次：「您要去巴黎哪裡？」

他沒有立刻回答，這個問話讓他困窘。他想了一下，然後猶疑地說：

「巴黎大堂（les Halles）那附近。」

他非常努力地站起身來，表現出想要繼續他的旅程。她看著他踉蹌地扶著馬車的車轅。

「您很疲憊嗎？」

「對，非常疲憊。」他喃喃地說。

於是她推著他，以一種粗魯，簡直就是生氣的聲音說：

「來吧，快點爬到我的車裡，您在浪費我們的時間呢！我要去巴黎大堂，到時候我把您跟蔬菜一起卸下。」

但他卻拒絕了。她簡直就要對他齜牙裂嘴，完全不理會他的反應，用她粗壯的雙臂，一股惱將他抓起，丟進了紅蘿蔔與蕪菁當中，非常生氣地喊叫：

「您還是別給我們找麻煩了吧！您真是囉嗦，這個年輕人……我都跟您說了我要去巴黎大堂那裡。睡吧，我會叫醒您的。」

她重新上了車，側著身坐穩在金屬板前面，手裡拿起套著巴塔扎的韁繩，後者自行開始往前走，又進入一種半睡半醒的狀態，輕輕搖動著雙耳。其他的馬車跟著，整個車隊在漆黑中又再度極緩慢地前進，車輪的聲響重新迴盪在靜謐的屋牆上。所有的趕車人又在他們的座位上開始打起盹來。剛才對著馮索太太叫喊的傢伙躺下來，嘟噥著：

「喔，真是糟糕，還要幫忙扶起那些醉鬼呢！大媽，您還真是有耐心啊！」

馬匹低著頭自顧自地走著，帶著所有的馬車前進。馮索太太剛才撿到的那個男人，趴著，長腿落在車子後面的蕪菁當中，臉埋在紅蘿蔔裡，靴子明顯地露在外面。伸長的雙臂極度疲勞地抱著大堆的蔬菜，害怕車子一震就把他摔到地上。他看著前方兩道無窮無盡的煤氣燈交錯著向他走來，更高處有著更多其他的光線。地平線上有股嬝嬝白煙，巴黎沉睡在這所有光亮的薄霧當中。

過了一下子，她說道：「我是馮索太太，來自南泰爾。自從我男人走了之後，我每天早上都要去巴黎大堂。這真是很辛苦。您呢？您又是誰？」

「我叫作佛羅鴻（Florent），從很遠的地方來……」陌生人有些尷尬地回答道。「真是抱歉，我實在很累，講話很費力的。」

他不想聊天。於是她閉上了嘴，把巴塔扎背上的韁繩鬆開一些，馬兒像是熟記了每片石磚般地向前走著。

佛羅鴻雙眼看著包圍著巴黎偌大的微光，想著自己沒說出的那些故事。逃離了開雲[1]，當地十二月的天氣讓他不得不離開。在荷屬圭亞那遊蕩了兩年之後，他瘋狂地想回家，卻又害怕帝國警察，終於他眼前出現了這個曾讓他如此魂牽夢縈的大城市。他會躲起來，然後過著像之前那樣平靜的日子，警察不會知道這些的。要是他還留在海外，就會死了。他還記得自己到達勒阿弗爾[2]時，竟找不到手帕裡的十五塊法郎，一直到魯昂（Rouen），他才能搭車。但從魯昂開始，由於他只剩下三十蘇[3]，於是便開始用步行。到了韋爾農[4]，用掉最後兩蘇買了麵包，

---

1 開雲（Cayenne）是南美洲的一個港口城市，法屬蓋亞那的首府，有開雲河流到大西洋。由西班牙冒險家發現，但在一六四三年被法國入侵，接著在一六六四年建立了開雲。開雲在由法國取得前還輾轉讓荷蘭、英國和巴西統治過。在一八五四年到一九三八年間，該地為法國的流放處刑地。

2 勒阿弗爾是法國北部諾曼第地區的繼魯昂之後的第二大城市，位於塞納河河口，瀕臨英吉利海峽，以其作為「巴黎外港」重要的航運位置而著稱，在法國經濟中具有獨特的地位。

3 一蘇（un sou）相當於二十分之一法郎，以今天的歐元來算大約為千分之八歐元。

4 韋爾農（Vernon）是法國厄爾省的一個市鎮，屬於埃夫勒區（Évreux）縣。

之後他就不記得發生甚麼事了。他認為自己在排水溝裡睡了好幾個鐘頭，一定也讓憲兵看了他所弄到的身分文件，但這一切在他腦子裡有些混亂。他從韋爾農之後就再沒有吃過任何東西。帶著一肚子憤怒與絕望，他突然吃起了地上的枯葉。他繼續走著，腿抽筋又痛，彎著身子，視線有些模糊，雙腳像是被人拉著一般，他毫無意識地走著，想著遠方，在地平線後的遠方，巴黎的影像呼喚著他，等著他。

當他到達庫爾布瓦[5]時，天色已暗。巴黎，如同滿天星斗的一角，落在漆黑的大地上，似乎很嚴厲，彷彿十分不滿他返鄉。他感到極為疲累，雙腿顫抖地走下山坡。在穿過訥伊橋時，他扶著欄杆，屈身看著在兩條大河間，有著滾滾黑浪的塞納河。水上有盞紅色的舷燈，通紅地順著他的方向流過。現在他要往上走，要到矗在高處的巴黎。

大道對他來說似乎特別寬敞，他剛走過的那些地方根本不算甚麼，這一段路卻讓他感到絕望，他永遠都到不了那個佈滿光線的高峰。平坦的大道延展，一路上有著高聳的樹與平房，寬大的淺灰色人行道，點綴著樹枝的投影，以及交錯的小路上那些坑洞。在這一片寂靜與昏暗裡，

5 庫爾布瓦（Courbevoie）是塞納省的一個市鎮。為巴黎的一個郊區，位於巴黎市中心西北八點二公里處。它是歐洲人口最稠密的城市之一。

在這死寂的路上，那些規律地掛著的煤氣燈裡短小的黃色火焰是唯一有生氣的物品。佛羅鴻舉步維艱，大道依然往前延展，將巴黎推向更遠的深夜裡。對他來說，那些煤氣燈以它們獨特的眼睛，似乎帶著這條路東奔西跑。在這片昏亂當中，他整個人踉蹌的跌坐在馬路上。

現在，他在這片綠意上緩緩地翻滾，他覺得那就像羽毛般柔軟。他稍稍提起頭，看著遠方許多黑色屋頂下，逐漸擴大的那片光線。他到了，他在車子上，他只需要讓自己屈服於馬車緩慢的晃動。然而這種讓他不需費力的方式卻讓他感到更飢餓。飢餓讓人難以忍受地甦醒，真是可怕。他的四肢疲乏，只感覺到自己的胃蜷曲著，彷佛被烙鐵折磨一般。他身下的蔬菜散發出新鮮的氣味，紅蘿蔔那種強烈的鮮味，簡直要讓他餓昏過去。他用盡全力將胸膛貼在這片食物上，為了攫住自己的胃，讓它不再叫喊。當他被飢餓弄得極為苦惱，另外九輛馬車上，滿坑滿谷的包心菜、碗豆、朝鮮薊、生鮮萵苣、芹菜還有蔥，似乎緩慢地滾向他，快將他掩沒在這一大堆的食物裡。車子停了下來，嘈雜的聲音，這是縣界，稅務人員檢查這些馬車。然後佛羅鴻進了巴黎，緊咬著牙根，在紅蘿蔔上昏了過去。

「喂，上面那個傢伙！」馮索太太突然大叫。

由於他沒有動靜，她爬到車上搖醒他。於是佛羅鴻坐起身來，整個人有些遲鈍。他睡著了，不再感到飢餓。馮索太太讓他下車後問他：

「您要幫我卸貨吧？」

他幫她卸下蔬菜。一個粗壯的男人拿著一支手杖，戴著一頂氈帽，上衣的左襟前掛著一個牌子，生氣地用手杖敲打著人行道。

「快點，快點，要再快一點！要讓車子往前走啊……你們需要多長？四公尺，對吧？」

接著他給了馮索太太一張收據，後者從一個小布袋裡拿出一把大鈔交給對方。然後他又到稍遠的地方發脾氣，並用手杖敲著地板。馮索太太用韁繩拉著巴塔扎，推牠然後讓馬車的車輪撞上人行道。接著用一把把稻草在人行道上隔出了四公尺後，拿掉馬車後面的板子，她便讓佛羅鴻將大把大把的蔬菜傳給她。接著很有條理地將它們擺在方磚地上，稍加整理，並把掉在地上的莖葉排成一長條綠色，框住那些蔬菜。她以一種特殊的敏捷將所有的蔬菜排列整齊，在陰影當中看上去就像色彩匀稱的地毯。當佛羅鴻用雙臂將在馬車最裡面找到的一大束香芹拿給馮索太太時，她又要他再幫個忙。

「我去停一下馬車，您可以幫我看著我的這些菜吧。很近，蒙托格伊街[6]，康帕多客棧（Compas d'or）那。」

6 蒙托格伊街（rue Montorgueil）的最南端就是聖厄斯塔什教堂與巴黎大堂。

他跟她擔保會幫她看好這些菜。這些搬菜的動作不算甚麼，但自從他開始動作後，又再次感覺到飢餓。他背對著一堆包心菜坐下，身邊就是馮索太太的菜，他跟自己說在這裡很舒服，他不需要再動了，只要等著。他的腦子似乎一片空白，而且他無法清楚說明自己到底在哪裡。從九月開始，早晨都是一片漆黑。他四周有著燈籠，緩緩地移動，然後在昏暗中停了下來。他在一條大街旁，但他不認得是哪一條街，這條街在這夜裡筆直地往遠方延伸出去。他幾乎看不清自己看守的那些蔬菜。沿著地上的磚，遠方有些模糊，看上去是起起伏伏的浪濤。在馬路中間，不少灰色的大型馬車擋住了去路。從這一端到另一端，實在讓人看不清楚，然而一股氣息經過讓人猜想是一串拉車的馬。叫喚聲，一塊木頭還是一截鐵鍊掉在地上的聲響，一整車蔬菜掉落的驚人聲量，還有一輛車撞上人行道邊緣的最後震動，這一切讓仍舊在睡夢中的空氣裡，出現了一些響亮且喚人甦醒的溫柔呢喃。人們可以在這整個顫動的陰影下感受到這股甦醒的到來。

佛羅鴻轉過頭去時發現到在他身邊這些包心菜的對面，有個男人在車子裡蜷曲著身子打呼，他的頭枕在一籃籃的李子上。稍微再左邊一些，他認出有個十幾歲的小孩，臉上帶著天使般的笑容，坐在堆成兩座山的菊苣中打盹。與人行道平行且清醒著，就是那些在伸手不見五指之處跳動的燈籠。它們跳過了這些到處都有的睡意，不論是人們還是成堆的蔬菜，等待著白日到來。然而讓他驚訝的是在道路兩旁那些宏偉的屋子。上下交錯的屋頂似乎讓這些屋子看上去更大，延伸的更遠且失落在光線掀起的一片浮塵裡。精神有些不濟，他做起夢來，夢到一連串巨大又規矩的宮殿，輕如水晶，在門牆上點亮了上千的火光，無窮無盡。在廊柱纖細的尖脊間，這些細瘦的黃色桿子掛著一層層的燈，直達最高的屋頂天際線。攀爬至層層疊疊的屋頂最上端，在那些偌大的廳室外面寬闊的屋架裡停留，或是在煤氣燈的昏黃裡，流動著各種消失且沉睡著的灰色形體。他轉過頭去，對不知道自己在哪裡感到懊惱，對這個巨大又脆弱的影像感到憂心。就在他抬頭往上看時，瞥見了聖厄斯塔什（Saint-Eustache）教堂被點亮的日晷，襯著灰色的大教堂，這讓他深深地感到震撼，他竟身在聖厄斯塔什廣場[7]上。

這時候，馮索太太回來了。她跟一個肩上背著袋子的男人激動地討價還價，那個男人要以一蘇買一綑紅蘿蔔。

「拉卡耶（Lacaille），您真是不講理啊……別不承認了，您賣給那些巴黎人都是四到五蘇。如果您要的話，兩蘇一綑。」

7 聖厄斯塔什廣場（la pointe Saint-Eustache）其實是蒙托格伊街與蒙馬特街的交叉口，這個角落由於就在聖厄斯塔什教堂前，因此被稱為「pointe Saint-Eustache」。

而在那個男人甚麼都沒買離開時，她便對著佛羅鴻說：

「這些人都認為這些菜是自己長出來的，搞甚麼……他可以繼續找一蘇一綑的紅蘿蔔，這個拉卡耶真是昏頭了。等著看吧，他一定會回頭來的。」

然後她就坐到他身旁：

「如果您離開巴黎很久了，您可能不認識新的巴黎大堂吧？這些建築已經建了五年了。您看，我們旁邊的這個廳，那是水果與花的交易廳；再遠一點，賣的就是海鮮、家禽；然後在那個後面，則是批發蔬菜、牛油與乳酪。這一邊有六個廳，對面那一邊還有四個廳，賣的是肉、內臟以及家禽。地方很大，可是冬天真是要命的冷。有人說會把那些房子都剷平，然後在大堂的穀物交易所旁邊再建兩個廳。這些您都知道嗎？」

「不知道。」佛羅鴻回答道，「我人都在國外。而我們面前這條大路，它叫甚麼名字？」

「這是一條新的路，叫做新橋街（rue du Pont-Neuf）。它的起點在塞納河邊，然後接到這裡的蒙馬特街（rue Montmartre）與蒙托格伊街。要是有日光的話，您馬上就能認出來了。」

她看到一名婦人彎腰看著她的蕪菁，便站起身來。

「是您啊，香特美斯太太（Chantemesse）！」她親切地打招呼。

佛羅鴻看著蒙托格伊街的下行處，十二月四號夜裡，他就是在那裡被一群警察給抓走的。

當天下午約兩點左右，他沿著蒙馬特大道在人群中慢慢地走著，對那些在大街上巡邏，希望讓人嚴肅以待的士兵投以微笑。突然間，這些士兵在一刻鐘裡就清空了人行道。他被人推著跌到地上，跌在維維安街（rue Vivienne）的一角，而他不知道發生了甚麼事，瘋狂的人群跨過他，耳邊是嚇人的槍響。當他聽到四周安靜下來時，便想站起來，卻發現自己身上有個戴著粉紅色帽子的年輕女生，圍巾滑到一邊，露出了打摺的領子，在領子中間喉嚨上方有兩個彈孔。當他輕柔地推開年輕女孩要把腳抽出來時，兩道血從彈孔中流到他的手上，於是他急忙跳起身來，發瘋似地快跑，頭上的帽子掉了，手上一片濕潤。直到晚上，他還在街上閒晃，腦子一片空白，不斷地看見那個倒在他腳上的年輕女孩，她一臉蒼白，藍色的大眼圓睜，嘴唇顯現出她所受的痛苦，就這樣如此迅速地死了。即使三十歲了，他還是很害羞，從不敢正面看女性的臉孔，然而這個女孩會一輩子都留存在他的記憶與心中，彷彿是他失去了自己心愛的女孩。這個晚上，腦中還留有下午那些可怕的景象，他卻不知何以來到了蒙托格伊街上一個賣酒的店裡，裡頭的男人邊喝酒，邊說著要設置路障。他陪著那些男人並幫他們拔起幾塊地磚，因為在路上的這些活動讓他疲乏，於是他坐在一道路障旁。他自言自語地說當軍人來到時，他會起身抵抗。他身上連把刀子都沒有，頭上也沒有帽子。大約晚上十一點，他有些想睡了，卻看到細小打褶的白色領子上那兩個洞，後者則像兩隻充滿淚水跟血的紅眼看著他。當他驚醒時，身邊有四個警察捉著他，並不斷地打他，那些設置路障的人都逃跑了。這些警察發現他手上有血時變得十分生氣，差一點就要把他掐死，但那是那個年輕女孩的血。

滿腦子都是這些回憶的佛羅鴻，抬起頭來看著聖厄斯塔什的日晷，似乎沒有看到指針。快要四點了，巴黎大堂依然在睡夢中。馮索太太站著跟香特美斯太太聊天，討論著一把蕪菁的價錢。而佛羅鴻想到就在聖厄斯塔什教堂的牆邊，那些人差一點就把他槍斃了。一排憲兵殺了五個倒楣鬼，他們是在格內達街（rue Grenéta）的路障那裡被抓到的。五具屍體散落在人行道上，他認為就是今天看上去有許多櫻桃蘿蔔的地方。他逃過一劫，因為警察只配帶了劍。他被帶到附近的一間派出所，被留給派出所所長，抓他來的人還用鉛筆在一張廢紙上寫著：「被抓時雙手沾滿了血，非常危險。」那張廢紙一直跟著他，他被轉往一間又一間的派出所，一直到早上。

人們把他當成一個瘋子關了起來。當他被關在郎傑街（rue de la Lingerie）的派出所時，那些喝醉了的士兵想要把他槍斃，他們已經舉槍準備好了，來了一道命令，要把所有的罪犯都帶往警察局總部。兩天後，他被關進比賽特堡[8]的地窖裡。就是從這一天開始，他一直被飢餓糾纏，

8 比賽特堡（fort de Bicêtre）建於一八四二－一八四六年間，當時法國與英國間的情勢不安，後為一八五一年十二月二日政變時囚禁反對者的監獄，離現今巴黎地鐵七號線的 Le Kremlin-Bicêtre 站不遠。

他在地窖裡感到飢餓，之後就一直有這種感覺。在這個空氣不流通的地窖裡有一百多人，大家搶食丟進來的幾塊麵包，完全就像被關在籠子裡的動物。當他來到法官面前，既沒有其他的證人，也沒有人為他辯護，他於是被指控隸屬於一個秘密社團。然而當他發誓説這不是真的時，法官從他的檔案中抽出那張廢紙，上面寫著：「被抓時雙手沾滿了血，非常危險。」這樣就足以將他定罪，於是他被判流放。六個星期後，一月時，一名獄卒在某個夜裡搖醒他，將他跟其他四百多名犯人關到一個庭院裡。一小時候後，這一批人帶著手銬，在兩排手持上膛配槍的憲兵護送下，準備被放逐。他們的行列穿過了奧斯特里茲橋（pont d'Austerlitz），沿著大道往前走來到了勒阿弗爾火車站[9]。

這是一個有節慶氣氛的夜晚，大道上所有餐廳的窗戶都發出亮光，在維維安街的高處，那個他抱著無名死者的地方，佛羅鴻瞥見在一輛大的敞篷四輪馬車裡，幾個露著肩，帶著面紗的婦女，聲音裡帶著笑意，對無法通過感到不滿。看著「這些沒完沒了的囚犯」，表現出嫌惡的態度。從巴黎到勒阿弗爾這一路上，這些囚犯沒有吃到一口麵包，也沒有喝到一杯水，有人忘

9 原文中寫的勒阿弗爾火車站（la gare du Havre）為現今的巴黎聖拉查車站（Gare de Paris-Saint-Lazare），是巴黎—勒阿弗爾火車線的起站。

了在出發前發乾糧給他們。直到三十六個小時之後，他們被塞進「加拿大號」那艘大型驅逐艦的船艙裡，才吃到東西。沒錯，他的飢餓感一直存在，他搜尋自己的記憶，似乎連一個小時的飽足感都沒有過。他胃縮小了，變得乾癟，全身只剩皮包骨。如今他在黑暗中重回巴黎，到處充滿了食物，既油膩又美麗。他躺在一床蔬菜上進到這裡，他在不認識的人的食物上翻滾，他覺得四周充滿了食物，但這卻讓他擔心起來。那個充滿節慶氣氛的夜晚持續在他腦海中存在了七年，他又再看到大道上那些亮著燈的窗戶，嘻笑的婦女。就是在那個遙遠的一月夜裡，他離開了這個美食之都。這一切似乎都變得更清晰，在這個龐大的巴黎大堂裡發揮的淋漓盡致。他開始在這裡聽到因為無法消化前晚吃進的食物，所發出巨大且厚重的氣息。

香特美斯太太決定要買十二把蕪菁。她把它們裝在肚子前的圍裙裡，這又更顯出她的腰圍，買完後她繼續站在那裡以一種拖泥帶水的聲音聊天。當她走了之後，馮索太太又再回到佛羅鴻身邊坐著，然後說：

「這個可憐的香特美斯太太已經至少七十二歲了。我還是小孩的時候，她就已經跟我父親買蕪菁了。她沒有親人，只有一個我不知道她從哪裡撿來的女孩子，很輕佻，總是給她找麻煩。靠著她這些小買賣，每天還可以賺個四十蘇，勉強過活。我呢，在這個可怕的巴黎裡，要我一整天都待在人行道上做買賣，我是做不到的。好歹在這裡要有幾個親人。」

然而佛羅鴻幾乎沒說話，她便問道：「您在巴黎有親人，對吧？」

他好像沒聽到她說的話，他對人的不信任又出現了。他滿腦子都是那些警察故事，那些在每個街口監視著人們的警察，還有那些從可憐的窮人身上奪取秘密並將之販售的女人。她離他很近，額頭上綁著一條黑黃色的圍巾，有張沉著的大臉，看上去很誠實。她應該有三十五歲，雖有點胖外加上些許男子氣魄，但對於勝任戶外工作，很合適，而她的黑色雙眼有著慈悲的柔情。她一定十分好奇，但這應該是種好的好奇心。

她並沒有因為佛羅鴻的靜默而覺得不舒服，又繼續說：「我有一個姪子在巴黎，他出了問題，因為他加入了……反正，知道甚麼時候收手就很讓人高興了。您的父母可能會很驚訝看到您吧，能回到自己家裡，這就值得讓人高興了，不是嗎？」

她一邊講，一邊看著他，顯然對他極度削瘦感到同情，卻又覺得在那件破爛的黑色舊衣下應該是位「先生」，因此不敢隨意在他手裡放一枚錢幣。

最後她靦腆地嘟囔著：「如果您現在需要甚麼的話……」

然而他卻以一種帶著不安的驕傲拒絕了。他說他甚麼都不缺，他也知道要去哪裡。她這時候顯得很高興，似乎像是為了跟自己擔保他不會有問題，於是重複了許多次：

「啊，太好了，這樣的話，您就等到天亮吧。」

佛羅鴻頭上，也就是蔬菜館的角落邊有個大鐘響了起來。每一下都緩慢且規律，似乎漸漸地喚醒大地上所有的人。馬車不斷，趕車的人不停吼叫，鞭子發出抽打的聲音，金屬輪胎與牲畜鐵蹄踩踏在地面上的聲響，這一切都變得越來越明顯。所有的馬車搖搖晃晃地前進，排著的隊伍已遠到天邊，在那一片深沉的灰暗與讓人不解的嘈雜裡。整條新橋街上，人們不停地卸貨，載貨的馬車都快掉到河裡了。所有的馬匹一動不動地擠在車隊裡，彷彿是動物市集一般。

佛羅鴻對一輛極大的馬車產生了興趣，車上滿載著新鮮甘藍菜且盡是泥濘，大家似乎費了許多力氣才將車子倒到人行道旁。車上那些菜甚至比旁邊一盞煤氣燈更高，燈光照亮在那些成堆的葉片上。這些葉片下垂，如同被剪裁後有著凹凸花樣的綠色天鵝絨衣角。一個十六歲，小個子的女農夫，穿著緊身短上衣，頭戴無邊藍布帽，爬上那輛車子，站在齊肩的甘藍菜裡。她一個一個拿起，然後丟向下方影子裡的另一個人。有那麼一霎那，那個小女孩失去蹤影，被淹沒在成堆的菜裡。過了一會兒，她粉紅色的鼻子再次出現在厚重的綠牆當中。她笑著，那些甘藍菜又開始在煤氣燈與佛羅鴻之間飛舞。他不自覺地開始算起飛過的甘藍菜數目，當馬車被清空後，他便再次感到無聊。

在石磚地上那些成堆的蔬菜已經蔓延到車道上了。在每一堆中間，那些蔬菜商空出一條狹窄的過道讓人通過。從這一頭到另一頭，寬敞的人行道上滿是一堆堆的蔬菜。在突如其來的光線與轉動著的那些燈籠下，人們看到的盡是果肉豐碩的朝鮮薊、有著精緻綠色的萵苣、如珊瑚般鮮紅的紅蘿蔔、淡象牙色的蕪菁；跟著那些燈籠，這些濃烈的繽紛色彩鋪滿了一整條街。

人行道上開始有人走動，一大群人醒了過來，穿梭在那些等著販售的蔬菜堆中間。他們偶爾停下來聊上幾句，要不然就是喊叫一番。遠處有個聲音大聲叫喊著：「哈，菊苣啊。」有人剛將批發蔬菜館的柵門打開。到這一館來採購的女零售商販都戴著白色無邊帽，方巾繫在短的緊身上衣腰間，為了避免弄髒裙子，都將裙擺上方用別針別起。她們採買一天所需的食物，一大捆一大綑的蔬菜，然後讓搬運工放到地上。

從商館到馬路上，這些蔬菜來來去去，搬運工的頭不時相撞，咒罵話語也此起彼落，還有那些為了一蘇討價還價了一刻鐘而變得嘶啞的嗓音。佛羅鴻對那些皮膚黝黑、戴著馬德拉斯布[10]製頭巾的女農們感到佩服，她們在巴黎大堂的爭議不休中顯得格外沉穩。

在他身後的朗布托街（Rambuteau）上，賣的是水果。蓋著布或是稻草的水果筐、矮籃連成一排又一排，瀰漫著過熟的黃香李氣味。一個他聽了有一陣、既溫柔又舒緩的聲音讓他轉過頭去。他看到一個可愛褐髮女人坐在地上進行買賣。

10 原文為madras，為一種色彩鮮艷，絲線經緯交織的布。

「馬歇，你說說看，你這個要賣一百蘇嗎？」

一個男人躲進了大馬車裡，沒有回答。整整等了五分鐘後，那個年輕女人繼續說：「馬歇，這一籃是一百蘇，另一籃就四法郎，所以應該要給你九法郎嗎？」

又是一陣沉默。

「到底要給你多少錢啊？」

「嗯，十法郎，妳早就知道了，我已經跟妳說過了。妳把妳的朱勒怎麼了？莎希耶特（Sarriette）。」

年輕女人邊笑，手中邊拿出一把零錢。

「喔，朱勒啊，還在睡懶覺。他認為男人呢，不是生來就要工作的。」她接著說道。

她付了錢，拿著兩籃水果走進剛才開門的水果館裡。巴黎大堂依然有些陰暗，百葉窗透進了上千條細小光線。在有著遮棚的大街上，人們來來往往，遠處那些不同的館，則在那些擁擠的行人道間顯得寂寥。聖厄斯塔什廣場這一端，麵包店與酒館掀起了他們的簾子，這些點著煤氣燈的紅色店家，在一長串灰色房子間劃破了黑暗。

佛羅鴻看著左手邊，一家在蒙托格伊街上的麵包店，滿滿點綴著剛出爐的麵包，他覺得自己聞到了熱騰騰的香氣，那時已清晨四點半。

這段時間裡，馮索太太把自己的蔬菜都賣光了。當拉卡耶拿著袋子再次出現時，只剩下幾綑紅蘿蔔。

他說：「所以，一蘇一綑可以嗎？」

「我就知道您會再回來。」馮索太太鎮定地說，「您就把這些剩下都買了，一共十七綑。」

「那就是十七蘇。」

「不對，是三十四蘇。」

他們最後同意以二十五蘇成交，因為馮索太太迫不及急待地要離開。當拉卡耶帶著裝在袋子裡的紅蘿蔔離開後，她跟佛羅鴻說：「您看到了吧，他就是在等我收攤。這個老傢伙在整個市場裡到處抱怨東西貴，常常會等到最後敲鐘，就是為了只花四蘇買菜。哼，這些巴黎人啊，為了區區一點小錢也可以吵，然後把賺到的小錢拿去買酒喝。」

當馮索太太談到巴黎時，滿是嘲諷與輕蔑，認為那是個離她頗遙遠的城市，極其荒謬又讓人瞧不起，她只接受在夜裡進入這城市。

「現在呢，我可以走了。」她邊說又邊坐回佛羅鴻身旁，鄰人的蔬菜堆邊。

佛羅鴻低著頭，因為他剛幹了件偷竊的事。當拉卡耶離開時，他瞥見一根紅蘿蔔在地上，所以撿了起來，緊緊地握在右手裡。他身後是好幾包芹菜，許多的香菜，散發出刺激性的氣味，讓他有些難以呼吸。

「我要走了。」馮索太太又重複了一次。

她對這個陌生人感興趣，她覺得處在這人行道上，似乎帶給他折磨，因為他動都不動。她又問他是否需要幫忙，但他再次以一種更苦澀的驕傲拒絕了。為了證明他是個男人，他甚至站起身來，挺直了腰。當她轉過頭去，他把紅蘿蔔放進自己嘴裡。即使他很想咀嚼，卻還得再等等，因為馮索太太又轉頭來重新看著他，用一種勇敢女性的好奇打量著他。他為了能夠不說話，只點了點頭。然後便緩慢地、悄悄地咬著他的紅蘿蔔。

這個女商販終於決定要走了，這時候有人大嗓門地在她旁邊說：「馮索太太，早。」是個很瘦的男孩，骨架很大，頭也很大，蓄著鬍子讓鼻樑看上去很細，雙眼單薄但有神。他帶著一頂不但變形且有燒焦味的黑色呢帽；身穿一件原應是淺褐色寬大的短大衣，雨已經將大部分衣料褪成深綠。他有點駝背，身體輕微地抖動，應該是習慣性的焦慮與不安，他腳穿著一雙繫帶的大鞋，而褲子太短，露出藍色裡褲。

「克羅德先生（Claude），早。」她愉快地回答道。

「您知道的，我星期一等您來，可是您沒有來，所以我把您的畫收起來，用釘子把它掛在我房裡了。」

「您人真是太好了，馮索太太。最近我會過去完成我的習作的。星期一，很抱歉我沒辦法來。您的那株大李子樹，樹葉還是很茂密嗎？」

「當然了！」

「您知道嗎，我要把它畫在畫的一個角落，在雞舍的左邊應該不錯。我一整個星期都在思考這件事。還有今天早上這些漂亮的蔬菜。我來的正是時候，我想就會有美麗的日出照在這些該死的包心菜上。」

他還做了一個劃過整條人行道的手勢。馮索太太又說：「正好，我要走了。再見了，克羅德先生。」

就在她要離開時，她將佛羅鴻介紹給年輕畫家：「喔，這個先生說他是從遠方回來的，他已經認不出你們這個貧困的巴黎了，您或許能夠給他一些建議。」

她終於離開了，很高興讓兩個男人湊在一起。克羅德饒有興味地看著佛羅鴻，這個高瘦且有些飄忽的人對他來說還真不尋常。馮索太太的介紹就夠了，一個遊蕩者習慣所有的不期而遇，於是他平靜地對佛羅鴻說：「您要去哪裡？我陪您。」

佛羅鴻感到尷尬，反應有些慢。可是從他來到這裡，他就一直想問一個問題，卻深恐答案不如預期，但他終於鼓起勇氣開口：「皮湖艾特街（rue Pirouette）還在嗎？」

「當然在啊！」畫家說，「這條街可是老巴黎很有趣的一個角落。整條街蜿蜒像個舞者似的，街上的房子都有著像胖女人的大肚子。我做了這條街的一個蝕刻，還不賴呢。當您到我家來時，我再拿給您看。您就是要去那嗎？」

佛羅鴻鬆了口氣，為了皮湖艾特街還存在感到振奮，同時又說他不是要去那裡，他不需要去任何特定的地方。克羅德堅持要陪他，再次喚醒了他的不信任。

「那也沒關係，」克羅德說，「我們還是可以去皮湖艾特街。在夜裡，這條街有著特殊的色彩。走吧，就在附近而已。」

他只能跟著他。他們肩並肩，跨過所有的籃子與蔬菜，像兩個好友般走著。在朗布托街的人行道上，巨大的花椰菜像一顆顆煤球般疊成一堆一堆，有種很驚人的規律。

包心菜白嫩的心在大片的綠葉中綻放，如同大朵的玫瑰；一堆堆像極了新娘捧花，被整裝在巨大的花盆裡連成一直線。克羅德停下，基於讚嘆而發出細小的尖叫聲。

然後對面就是皮湖艾特街，只有角落上一盞煤氣燈亮著，他指著每間房子，解釋它們的樣子。這些房子一間挨著一間，門前突出的遮雨蓬就像畫家總說的「胖女人的肚子」，而向後傾的山牆則一面撐著另一面。不過在黑暗陰影深處，有三或四面牆似乎快要倒下來了。煤氣燈照亮了其中一面牆，很白，全新的漆，就像一個蜷縮、疲憊又無精打采的老女人，臉上鋪滿了白粉，好讓自己看起來年輕些。然後其他彎曲的線條，都消失在一片漆黑當中，在這樣一種潰散的色彩與情態當中，克羅德自在地嘲笑這一切。佛羅鴻停在蒙德度街的街角（rue de Mondétour），面對著左邊數來倒數第二間屋子。三層樓的屋子一片寂靜，每間屋子都有兩扇沒有百葉窗的窗戶，窗戶後面蓋著白色小窗簾。上方在山牆那面狹窄窗戶的窗簾上有一道光來來去去。然而那間在遮雨蓬下的店，似乎掀起了他無比的情緒。店家已開始營業，那是一間香料店，店內各種碗盆發亮，在展示桌上的各個圓形陶缽裡，有著各種波菜與菊苣做成的派餅，都被切開放在小鏟子上，從外面只看到那些鏟子的金屬把柄。這個景象讓佛羅鴻驚訝地裹足不前，他幾乎認不出這家店了。

他讀著紅色招牌上的店名：「戈德柏夫」（Godeboeuf），接著變得目瞪口呆。雙臂垂在身邊，他仔細看著那些菠菜派餅，臉上有著絕望的表情，似乎受到了極度的打擊。

這時候山牆上的窗戶打開來，一個小個子的老女人探出身來看著天空，然後又看看遠方的巴黎大堂。

「哈！薩潔小姐（Saget）起得真早啊。」抬起頭的克羅德説道。

然後他轉過身去對著他的同伴，繼續説道：「我有個阿姨曾住在這棟屋子裡，那是個八卦轉播站。嗯，梅育塘（Méhudin）一家人醒了，二樓的燈亮了。」

佛羅鴻想要問個問題，卻覺得這個穿著褪色大衣的人無法讓他放心。因此甚麼也沒說，不過另一個人繼續講著梅育嵣這家人。他們一家是漁販，老大很厲害，老么則賣淡水魚，像極了牟利羅[11]所畫的聖母，全身白皙地站在她賣的那些鯉魚與鰻魚當中。他才說完，便指出牟利羅畫畫像個無賴。接著又突然地停在路中間：「看看這一切，您到底要去哪裡呢？」

佛羅鴻疲憊地說：「我現在哪裡都不想去，我們去您要去的地方。」

當他們走出皮湖艾特街時，一個聲音叫住克羅德，那是從一間在街角酒館裡發出來的。克羅德走進去，佛羅鴻拖著腳步跟著他。店裡只有一角的天鵝絨布掀開，點起的煤氣燈尚未照亮整間店。被遺忘的抹布，昨晚客人玩的牌都還留在桌子上。從打開的大門吹進來的風，在溫熱與悶住的酒氣當中帶來一些清新。

老闆勒比格先生（Lebigre），穿著有袖的背心招呼著客人。他一把亂糟糟的鬍子，五官端正的大臉上滿是剛醒來還未恢復血色的蒼白。一群群的男人，眼眶凹陷地站在吧台前喝酒、咳嗽並隨地吐口水，在白酒與烈酒中緩緩醒來。

佛羅鴻認出了拉卡耶，這時候他的袋子裡已溢滿各種蔬菜。跟另一名友人，他已經喝第三

11 牟利羅，全名為 Bartolomé Esteban Murillo，一六一七—一六八二，西班牙的巴洛克畫家。以其宗教畫著名。

輪了，那個朋友冗長地講著他如何買一籃馬鈴薯。當他又喝完這一杯時，就走去跟勒比格先生聊天。後者在店面深處一個小玻璃窗後面，那裡還沒有燃起煤油燈。

「您要喝甚麼？」克羅德問佛羅鴻。

一進到店裡，他就跟剛才叫他的人握了握手。那是一個強壯好看的男孩，最多只有二十初頭，精神抖擻。鬍子刮得很乾淨，只有下巴留著一小撮鬍鬚。頭上的大寬帽上都是粉筆，穿著繡花的護肩[12]，背帶緊繫在他的藍色工作服外面。克羅德叫他亞歷山大，在他手臂上拍了兩下並問他，他們甚麼時候要去沙虹多諾[13]。然後他們談到曾經一起在馬恩河（Marne）上辦過的滑獨木舟郊遊，那天晚上他們還吃了兔子肉。

「決定好要喝甚麼了嗎？」克羅德又問了一次。

佛羅鴻很不自在地看了看吧檯，在吧檯的另一端是好幾壺雞潘趣酒與熱酒，所有銅壺都在一個瓦斯爐上加熱，短短的藍紅火焰四處竄動。他最後坦白說，他想要喝點熱的。勒比格先生倒了三杯潘趣酒。在銅壺旁邊的一個小籃子裡，躺著有人剛拿出來還冒著煙的小奶油麵包，但

12 原文為 colletin，為一種背心或是護肩，搬運工在搬運重物時都穿戴以保護其肩膀與背。
13 為 île de Charentonneau，在馬恩河谷省區中的馬恩河邊一個小島。

沒有任何人拿。於是佛羅鴻便喝著他的潘趣酒；他感受到酒就像一道燒熔的鉛流，掉入他空無食物的胃裡。結果是亞歷山大付的錢。

當他們倆個人又回到朗布托街的行人道上時，克羅德說：「這個亞歷山大真是個好孩子！他在鄉下可是很好玩的，有許多事蹟可以說；這個淘氣的孩子真是很厲害。我也看過他裸體，他還要我辦露天的藝文人士聚會等等。現在，要是您願意的話，我們可以到巴黎大堂裡逛逛。」

佛羅鴻毫無意見地跟著他。一道清晰的光線出現在朗布托街街底，宣告了白日的到來。巴黎大堂裡偌大的聲響在高處迴盪，這時候在一個較遠的館裡，鐘聲響起打斷了這些奔騰直上的喧囂。他們進入一條在海鮮館與家禽館中間有遮棚的街。佛羅鴻抬起眼看著高處的拱頂，在黑色花邊鐵支架裡的木頭閃閃發亮。當他走到中間最大一條街時，他不禁想著這是個奇特的城市，分隔明確的市區、郊區、村莊以及散步的步道與街道，廣場與十字路口，然後由於某天下雨，突然的心血來潮，這一切全都覆蓋在一個搭棚下面。在屋頂凹陷處寤寐的陰影，讓人不僅看見更大片的廊柱，也讓廊柱間較細緻的骨架綿延到天邊。一條條的走道，透明的百葉窗，這一切都在這個城市之上，直達黑暗深處。像是一大片森林與花，金屬驚人的綻放，其枝幹竄升如火箭一般，分枝則扭曲結節，以一種百年森林輕巧的葉片遮蓋住這世界。許多街坊都還在沉睡，屋子的柵欄大門都關著。奶油與家禽館裡的小店舖，在一道道煤氣燈下沿著那些無人的街形成了棋盤格。海鮮館剛才開門，女人們穿越過一行行的白石頭，上面有著籃子的陰影與被遺忘的衣物。

大批發的蔬菜、花朵與水果館，喧囂塵上。這個城市漸漸地甦醒，人口稠密區裡，從清晨四點開始已堆滿了包心菜；而那些慵懶且富裕的區裡，要到早上八點才會開始掛上那些雞或是雉。

然而在這些被遮蓋的大街裡，到處充滿了生命力。街道兩旁的人行道上，那些蔬果農人都還在，自家種植的農人從巴黎近郊來，在幾個籃子上攤開了他們前晚的收成，一綑綑的蔬菜，一把把的水果。在人來人往當中，車輛進入這些館內，他們的馬也緩下了腳步。其中兩輛車子在路中間橫行，擋住了去路。為了要走過這一段路，佛羅鴻顯然用手壓了一個跟那些裝煤炭的袋子一樣的灰色袋子，裡面的重物得以壓垮車軸。而這些潮濕的袋子裡有股新鮮的海帶味，其中一個袋子的一邊破了，滾出許多黑色的淡菜。現在他們每走一步都要停一下。人潮到來，跟著滿載魚筐高木箱的大貨車。火車帶來了所有從海上來的貨品。為了避開那些越來越多載滿海鮮的卡車，他們只好跳到裝載牛油、雞蛋與乳酪的卡車下，這些四匹馬的黃色大車，點著有顏色的燈籠。那些強壯的工人搬起一箱箱的雞蛋、一籃籃的乳酪與牛油，送進了商館裡，帶著帽子的工作人員在煤氣燈的光線下寫著筆記。克羅德對這樣的喧鬧感到欣喜，他幾乎忘了光線所造成的效果，還有那些穿著工作服的人員，以及從車子上卸下來的貨。他們終於走出了這一切。由於他們一直都走在最大的那條路上，周遭似乎一直有股食物的氣味，緊緊地跟著他們。

他們現在到了切花花市的中間。在左右兩邊的人行道上，坐在地上的女人前面都放著方筐，滿是一束束的玫瑰、紫羅蘭、大麗花跟瑪格麗特。有些花束的顏色變暗，像血漬一般；另外一些顏色變淡，帶著一種極為優雅的銀灰色。在一個方筐旁邊，點著一支蠟燭。周遭一片漆黑當中，這點亮光燃起了色彩：生動斑斕的瑪格麗特、紅如滴血的大麗花、藍色的紫羅蘭，還有充滿生氣的玫瑰。離開濃郁粗暴的海鮮氣息，以及牛油與乳酪的臭味，再也沒有甚麼比這人行道上的淡淡花香更迷人，更有春意了。

克羅德與佛羅鴻恢復了原本的步調，悠閒地在花海中遊蕩。他們好奇地停在那些販售蕨類以及一把把葡萄藤葉的女人面前，這些葉子都很規則地綁成一小搓一小搓。然後他們轉向一段有遮棚的街上，幾乎沒有人，他們的腳步聲如同走在教堂裡的拱頂下發出迴響。他們發現套在一輛兩輪車上，有隻顯然百般無聊的小驢，因為牠一看到他們就開始叫嚷，叫得又大聲又久，巴黎大堂的那些寬闊屋頂都開始顫動起來。其他的馬也開始嘶鳴回應，再加上踏步聲，遠遠地一片喧囂，變得越來越大聲，滾動著，接著消失。這時候，他們對面的貝爾街（rue Berger）上，許多代理搬運的商家都大門洞開，煤氣燈下清楚地看到那一堆堆的籃子與水果，周圍骯髒的牆面上滿是鉛筆寫下的加減乘除。就在這時候，他們看到一名穿著講究，臉上帶著疲倦但愉快笑容的女人，蜷縮在一個駕駛座的一角，彷彿失落在擁擠的車陣裡，悄悄地掉在那座位上。

克羅德笑著說：「那是沒穿鞋回家的灰姑娘。」

他們現在會談話，又回到巴黎大堂底下。克羅德雙手插在口袋裡，吹著口哨，接著說，他愛極了這種每天早上在巴黎中心，能看到滿坑滿谷食物的情況。他整個晚上都在人行道上徘徊，幻想著巨大的靜物畫，那些絕佳的畫作。他甚至已經開始畫一幅靜物，並讓他的朋友馬裘朗（Marjolin）還有那個小乞丐卡婷（Cadine）當模特兒。不過真的很難畫，這些該死的蔬菜、水果、魚或是肉都太美了。佛羅鴻聽著這個充滿熱情的藝術家高談，他的胃卻縮成一團。顯然在這當下，克羅德根本不會想到這些漂亮的食物是可以吃的，他喜愛的是它們的色彩。突然間他安靜下來，一個習慣動作，拉了一下綠色外套下的紅色皮帶，然後狡詰地說：

「於是我在這裡午餐，至少是透過眼睛，這比甚麼都不吃更好。好幾次，前一天晚上我忘了晚餐，第二天來看所有這些好東西，就會覺得十分消化不良。這樣的早晨，我對這些蔬菜就更溫柔。真的，最讓人生氣的就是這很不公平，都是那些流氓的布爾喬亞階級在吃這些東西啊！」

他訴說有一次一個朋友請他到巴哈特餐廳（chez Baratte）晚餐，那天很棒，他們吃了生蠔、魚還有野禽。但那天選巴哈特餐廳真是選對了，這個時候，所有原本在伊諾松市場（marché des Innocents）[14]的狂歡者都沒有出現。我們在巴黎大堂中間，在這個巨大的金屬架構中，這個新城市裡，多麼有創意。那些笨蛋都會說所有的歷史都在這裡。然而佛羅鴻不知道該斥責他所描述的巴哈特餐廳的美，還是那些鮮美的食物。接著克羅德開始批評浪漫主義，他寧願選擇這一堆堆的包心菜，而非那些中世紀的破布。

最後他譴責自己做的皮湖艾特街蝕刻很不夠看，還說人們應該把那些老房子都剷平，建造現代化的房子。

「您看，」他邊說邊停在人行道的角落上，「這不是張自然天成的畫嗎?那些浪漫主義的畫有什麼好讓人稱羨的呢?」

有遮棚的整條街上，現在出現了賣咖啡跟湯的女人。在人行道的角落上，一群人環繞著一個賣包心菜湯的女販。鍍錫的白鐵桶裡滿是熱湯，在一個矮小的爐子上冒著煙，爐上間隙裡閃出淡淡的火光。那個女人拿著一隻大湯杓，將湯舀進黃色的湯盤裡，再從一個鋪著毛巾的籃子

14 現今的尤阿辛貝疊廣場（place Joachim du Bellay）所在位址即是原本的伊諾松市場（marché des Innocents）廣場，但只有其一半面積。位於巴黎大堂的東南邊。

裡拿出薄片麵包。這裡有著十分乾淨的女性小販，那些穿著工作服的女農販，全身骯髒的搬運工，因為搬運食物而讓大衣肩上沾滿了食物，衣衫襤褸的可憐蟲，巴黎大堂裡所有早上感到飢餓的人都在這裡吃著，取暖，並試著不把下巴太靠近以免沾上了湯匙裡的食物。

滿心歡喜的畫家眨了眨眼，尋找一個視點，為了能夠在這全景裡找出構圖。然而這魔鬼般的包心菜湯有股折磨人的味道，佛羅鴻轉過頭去，因為不僅這些盛滿菜湯的盤子讓他不舒服，還有那些帶著動物防範食物被搶的眼神，不發一語就將這些湯碗清空的人。就在那個女人給一位新來的客人盛湯時，克羅德被那一瓢撲上滿臉的熱氣弄得有些軟弱。他拉了一下皮帶，臉上帶著微笑，有些生氣，隨即移動腳步，想著亞歷山大請他的那杯雞尾酒，他低聲地對佛羅鴻說：「真是有趣極了，您一定也注意到這一點，對吧？總是有人願意請您喝酒，但從沒有人願意請您吃飯。」

白日到來，在柯松納尼街（rue de la Cosoonnerie）街尾，那些塞瓦斯托波爾大道[15]上的屋子一片漆黑，清晰的板岩線條下，有遮棚的大道中間高起處，在清晨的淡藍色彩中刻畫出半個明月。原本俯身到處觀看的克羅德，身上印滿了周遭屋子鐵欄杆的線條，為了看那些在各個昏暗

15 塞瓦斯托波爾大道（boulevard S巴黎大堂的東南邊。）是法國巴黎市中心區南北走向的主要軸線和交通幹道。

地下室深處的煤氣燈，他甚至把身體貼到近乎與人行道齊平。現在他往上看著那些高大廊柱間，找尋在藍天邊上的那些藍色屋頂。他又再次停了下來，抬頭看著一道連接兩層樓的鐵樓梯，人們可以從下層爬到上層。佛羅鴻問他，他到底在那上頭看到甚麼。

「那個糟糕的馬袞朗，」他自顧自地說，「他要是沒有跟那些賣家禽的酒鬼混一個晚上，現在鐵定不知道躺在哪個人家門口。我需要他完成一個習作。」

他說一天早上，一個菜販在一堆包心菜裡找到他這個朋友馬袞朗，就一把將他推到人行道上。當有人要送他去上學時，他就生病，所以只好把他帶到巴黎大堂來。他不僅對這一區瞭若指掌，還充滿了溫柔的情感，且生活在這座金屬森林當中，機靈的像一隻松鼠。他跟那個小乞丐卡婷簡直就是天生一對。這個卡婷是香特美斯太太某個晚上，在古老的伊諾松市場邊上撿到的。他這個高大的傢伙很出色，美的像個魯本斯[16]畫中的人物，加上一件紅色羽絨衣，便能吸引所有的目光。至於卡婷這個狡猾纖細的小傢伙，她那頭蓬亂的黑色短髮下藏著一張有趣的臉。

克羅德邊說邊加快了腳步，引著他的同伴來到聖厄斯塔什廣場邊上，後者的雙腳已經疲乏

16 魯本斯（Rubens），全名為Peter Paul Rubens，一五七七—一六四〇。為荷籍巴洛克畫家，以人像、風景以及神話典故的歷史畫作著名於世。

不已，便在緊鄰著公共馬車站的一條長椅上，逕自坐了下來。

空氣清新。朗布托街另一端，粉紅光芒一道道地點綴著乳白色天空，更高處穿插著大片灰色。這個早晨有一種醋的香氣，有一剎那佛羅鴻以為自己身處鄉間，坐在某個山丘上。不過克羅德手指長椅的另一端，那是香料市場。沿著一長條的人行道，讓人以為那裡種滿了百里香、薰衣草、大蒜與紅蔥頭。那些商販在人行道上小株的法國梧桐周圍豎起了一把把的月桂葉，像是一座座綠色獎盃，而空氣裡充斥著濃厚的月桂氣味。

聖厄斯塔什教堂牆上發光的日晷漸漸變暗，就像黑夜被白日殺個措手不及般消逝。鄰近街上的那些酒館，煤氣燈一盞接著一盞熄滅，彷彿星辰落入了日光裡。佛羅鴻看著偌大的巴黎大堂擺脫了陰影，走出了夢鄉，他在這裡看到那些新蓋的商館一望無際地往前延伸。它們聚集在一起，整片綠灰色顯得更廣闊，那些驚人高大的支架如同船上的桅杆支撐著屋頂上無窮無盡的遮布。這些幾何狀的商館櫛比鱗次，當裡面所有的光線熄滅，整個大堂便浸淫在日光當中，整齊的大片方塊，彷彿是一具不可計量的現代機器，有幾架蒸氣機，幾座為人們的食物所著想的鍋爐。有個巨大的金屬肚子，螺栓鉚釘銜接著木頭、玻璃還有鑄鐵，這座既優雅又強力的機械馬達，藉著讓人頭暈的暖氣熱度以及瘋狂擺動的齒輪，在這裡運作。

不過克羅德滿心熱情地站到長凳上，他強迫自己的同伴讚賞這由蔬菜上開展的白日。簡直就是一片汪洋大海的蔬菜，從聖厄斯塔什廣場到巴黎大堂的街上，在兩棟商館中間。這片浪花繼續擴展到街的兩端，在兩個十字路口之間，這些蔬菜淹沒了所有的街道。

太陽緩慢地升起，先是淡淡的灰，用一種輕淺的水彩色調洗淨一切。一堆堆像綿羊的菜如同不斷推進的浪濤，綠色成河彷彿流動於街面，如同秋季的傾盆大雨，帶著細膩精緻的陰影，柔和的紫，帶有象牙色的粉紅，掩沒在一片黃色裡的綠，所有的陰暗都讓日出的天空像是不斷變化色彩的絲綢。隨著早晨的火光迅速在朗布托街那端升起，所有的蔬菜也越來越清醒，不再是地面上帶有藍光的色彩。萵苣、生菜、苦苣與菊苣，葉片盛開，還帶著土，顯現出它們雀躍的心。一包包的波菜與酸模，一把把的朝鮮薊以及一堆堆的四季豆與豌豆，還有用一束稻草綁住的一叢叢蘿蔓萵苣，吟唱出各種綺綠的色調，從豆莢的亮綠色到大片菜葉的深綠色，還有那些逐漸消逝的高雅色彩，加上芹菜根與韮蔥的斑斕。然而最高最尖的音調永遠都是紅蘿蔔生動色調，或是蕪菁純粹的鮮綠，以極大的數量佈滿了整個市場，兩個色彩交錯讓一切顯得明亮不已。在巴黎大堂街的十字路口，包心菜堆積如山，這些巨大的白包心菜如同堅實的淺色金屬球般堆疊，那些有摺痕的大片包心菜葉像極了淺口盆的盆邊；而紅色包心菜在晨光下變成美麗的淡紫色花朵，帶著胭紅與暗紫的色斑。

在另一端，聖厄斯塔什廣場前的十字路口，銜接朗布托街口處被一道橘紅的南瓜牆擋住了，圓胖的南瓜鋪展開形成兩列隊伍。一籃金黃色的洋蔥，一堆鮮紅的番茄，一批略透青黃色澤的小黃瓜，一掛深紫的茄子，到處都顯得鮮亮。而碩大的黑蘿蔔像喪禮臂章般地排站在一起，讓這充滿活力的甦醒中仍保留了些許陰暗空洞。

克羅德對著這片景觀拍手讚嘆，他認為「這些無賴般的青菜堆」既怪誕、瘋狂卻又壯觀。他堅稱這些昨晚夜裡被拔起的蔬菜還是活的，等著隔天在巴黎大堂人行道上與陽光道別。他觀察它們活生生地張開葉片，彷彿那些根莖還安穩濕熱地插置在肥料堆裡。他說在這裡還聽得到郊區所有菜園裡的聲響。然而在一堆堆的菜葉當中，戴著白色無邊帽、穿著黑色背心以及藍色工作服的人群佔滿那些狹窄的空間。這簡直就是一個熱鬧喧騰的活動。大把大把極沉重的蔬菜在搬運工的頭上傳送。零售商、在街上開車叫賣蔬果的小販、水果商急切地購入所需的商品。那些軍人下士與宗教人士圍繞著堆積成山的包心菜，學校的廚子則四處找尋既好又便宜的食物。人們總是會卸下甚麼，車子上載的貨被丟在地上，像是鋪蓋道路一般，一波又一波，這一邊結束後又轉戰到對面的人行道上。在新橋街的遠處，一輛接著一輛的馬車魚貫到來。

「這片景色竟是如此懾人的美。」克羅德欣喜若狂地呢喃。

佛羅鴻則感到很痛苦，他覺得這是超自然的誘惑，他不想再看到這一切，於是看著斜角上彷彿在藍天下被墨汁洗過般的聖厄斯塔什教堂，它的圓花窗，大片拱型窗，小鐘樓以及石板屋頂。他的視線停在蒙托格伊街陰暗的轉彎處，露出幾個紫色招牌，而斜對著蒙馬特街的隅角，那些佈滿金字招牌的陽台閃閃發亮。

當他的視線再次回到十字路口時，又被其他的招牌給吸引住：藥品雜貨店與藥房、麵粉與乾燥蔬菜，都是大寫的紅字或黑字印在褪色的背景上。街角上那些有著狹窄窗戶的房子都甦醒了，這幾個老巴黎的黃色牆面點綴了既新又寬闊的新橋街。朗布托街街角上的百貨櫥窗裡，身穿背心與貼身長褲，戴著讓人眼花撩亂袖套的店員正在進行擺設。更遠處，吉優之家（la maison Guillout），嚴正的像個軍營，大片玻璃後頭細緻地擺設著一包包的餅乾，高腳盤上則滿是小點心。所有的商店都開門營業了。穿著白色工作服的工人，腋下夾著工具以快速的腳步穿越街道。

克羅德一直站在那條長凳上，他顛起腳跟只為了能看到各條街的另一端。突然間他看到人群中一個金髮蓬鬆的頭，後面跟著一個黑髮捲曲且蓬亂的小頭。

他大叫：「喂，馬裘朗；喂，卡婷。」

由於他的聲音在嘈雜當中毫無作用，於是他跳下長凳，開始奔跑。然後他想到自己把佛羅鴻給忘了，又倏地轉身回來，很快地說：「您知道布童內死巷子（l'impasse des Bourdonnais）嗎？到巷底就會看到我的名字用粉筆寫在門上：克羅德・朗提（Claude Lantier）。記得來看那幅皮湖艾特街蝕刻。」

他轉身就消失了，也沒問佛羅鴻叫甚麼名字，他的離開如同他的到來一樣隨意，在跟佛羅鴻說了自己對藝術的喜好之後，就這樣把他留在人行道上。

佛羅鴻獨自一人，起先覺得很高興能這樣孤獨。自從封索太太在訥伊大道撿起他後，他一直在一種昏沉與痛苦當中走著，這也剝奪了他對實際狀況的認知。他終於自由了，他想要動一動，擺脫這個他覺得一直在追尋，卻讓人無法忍受的巨大食物之夢。然而他的腦子一片空白，只覺得內心深處有股隱隱約約的恐懼。天光漸亮，現在大家都能看到他了，他看著自己破舊的長褲與大衣。他扣上大衣，拍去褲子上的灰塵，試著將自己整理一番，覺得好像聽到這套襤褸黑衣大聲述說著他的來處。他坐在長凳中間，等著太陽升起，旁邊是可憐的窮人，以及走累的遊民。巴黎大堂的夜晚對這些流浪漢是很溫柔的。兩名市警還穿著夜晚的服裝，頭戴警帽，披著大衣，雙手放在背後肩併肩地在人行道上來來回回走著。每次他們經過長凳前都會對聞到的野味瞥一眼。佛羅鴻想像著他們認出他來，然後相互討論要怎麼逮捕他。一股焦慮緊抓住他，於是瘋狂的慾望讓他想起身拔腿就跑。然而他不敢這樣做，因為不知道要跑去哪裡。警察規律的眼光，這種緩慢又冷淡的檢視對他來說簡直是種折磨。終於他離開了長凳，試著不跨大步逃跑，而是一步一步地遠離，縮著肩膀，深恐警察粗糙的手會從背後抓住他的衣領。

他只有一個想法，那麼一個冀求，就是遠離巴黎大堂。他等著，等待人行道上變得較空曠。匯聚到十字路口的這三條街：蒙馬特街、蒙托格伊街以及圖爾比戈街（rue Turbigo）讓他感到擔憂：街上充滿了各式各樣的車輛，許多種蔬菜鋪滿了人行道。

他繼續往前走到皮耶勒斯克街（rue Pierre-Lescot），那裡的水芹與馬鈴薯市場看來是走不過去的。他寧願沿著朗布托街走，然而到了塞瓦斯托波爾大道時，他碰到了賣地毯的、二輪馬車跟檯車擠成一團，於是他又重新走回到聖丹尼街（rue Saint-Denis）。一到這裡，他又再度回到蔬菜堆中。路的兩邊，那些來趕集的商人剛把他們的攤位架設好，板子架在疊高的菜籃上，一旁又是即將氾濫成片的包心菜、紅蘿蔔與蕪菁。巴黎大堂真是水洩不通。他想擺脫這群讓他無法逃脫的人潮，於是他嘗試了柯頌納尼街（rue de la Cossonnerie）、貝傑街（rue Berger）、伊諾松廣場，然後是費弘納尼街（rue de la Ferronnerie），最後到了大堂街（rue des Halles）。他沮喪地停下腳步，對於無法脫離這無窮無盡的香草商圈而感到害怕，他周遭可見的香草似乎正將他的腿與它們纖細的綠枝纏和在一塊。遠方直到里沃利街（rue de Rivoli），接到市政府廣場，一串串無垠的車流與牲畜與人們卸下的各種貨物混雜成堆，地毯商佔用了整個區裡的那些水果攤位，街上也擠滿了許多輛側面沒有簾幕、駛向郊區的四輪載客馬車。他簡直就像迷了路地來到新橋街，那些在街上叫賣蔬果的商販跟他們的推車出現在這條街上，他跌跌撞撞進入手推車的停車場。他在人群中認出了拉卡耶，他正推著一輛獨輪車走向聖奧諾雷路（rue Saint-Honoré），車上放著紅蘿蔔與花椰菜。他跟著他，希望能夠走出這迷陣。雖然天氣乾燥路面卻變得濕滑，到處都是朝鮮薊的梗蒂、葉片與枯枝，讓馬路變得寸步難行，他每一步都走得極其不穩，結果才跟到沃維利耶街（rue Vauvilliers），他便失去拉卡耶的行蹤。在巴黎大堂穀物交易所這一頭，街道兩邊又出現了新的障礙，二輪載貨馬車與貨車擋住了整條道路。他不再掙扎，再次被巴黎大堂給攫獲了，人潮擠著他不斷前進，不知不覺地，他又回到了聖厄斯塔什廣場。

現在他聽到遠長的車輪滾動聲離開巴黎大堂，巴黎有足夠的食物來餵養兩百萬居民了。彷彿一個巨大的心臟正奮力地運作，將生命之血注入所有的血管裡。從那些重要的零售商揚鞭駕車前往各區的市場開始，接著那些窮苦的婦女拖著舊鞋挨家挨戶地從菜籃裡叫賣生菜，這個城市就有了巨大的咀嚼噪音，食物產生了許多紛擾喧騰。

他進入那區四間商館左邊一條有遮棚的街廊，他注意到那裡的夜晚十分靜謐，因此希望能夠在那找個地方躲開這一切。然而這時，這條街就跟其它地方一樣地清醒。他走到街底，卡車循序到來，讓家禽市場到處擠滿了裝著活蹦亂跳家禽的木箱，至於那些盛裝著已被屠宰的家禽方籃則被置放在卡車的底層。對面的人行道上，有人正從其它的卡車上卸下整隻的小牛，被包在一大塊布裡，像孩子躺在大籃子裡一般，四肢岔開並帶著血。同時還有整隻的羊，大塊牛肉、牛腿與牛肩。穿著白色大圍裙的屠夫將戳記蓋在肉上，搬運、稱重然後掛到販賣用的桿子上。他的臉貼在門欄上看著這些懸掛的肉，肚腹大開，牛肉跟羊肉鮮紅，小牛肉稍微白一些，脂肪或肌腱在這些肉上形成黃色斑點。他來到肉品市場的人行道上，在那些小牛蒼白的頭與腿之間，清洗乾淨的肚腸都成包地放在箱子裡，而腦子則小心翼翼地平放在籃子上，還有鮮紅的肝與紫紅的腰子。

他停在一長條的兩輪貨車旁，車上都蓋著棚布，下面鋪了一層稻草，許多半隻的豬掛在車兩邊的側欄上。那些貨車開敞的後端，讓人在這些規則且裸露的肉，牠們光彩奪目的微光中看到那些火紅的爐頂，以及凹陷的篷布。在稻草上有著白鐵箱，滿是豬血。佛羅鴻突然有種沉悶的憤怒，生肉無趣的氣味以及這些肚腸刺鼻的氣味激怒了他。他走出那條有遮棚的街，寧願重新回到新橋街的人行道上。

這真是痛苦，清晨的冷攫住了他，他開始牙齒顫抖，且他害怕自己就跌在地上再也爬不起來。他四處找尋一條有個角落的長凳，他想睡一下，等警察搖醒他時再走。然而他眼前一片黑，耳鳴不斷，於是他將背靠在一株樹上，閉上眼睛。他剛才幾乎沒有咀嚼就吞下的生紅蘿蔔撕扯著他的胃，而那一杯潘趣酒則讓他醉了。他因為痛苦，疲勞和飢餓而眩暈。一陣烈火在他胸口又再次燃起，他雙手抱著胸口，似乎像要蓋住那個他覺得自己的靈魂將離開的洞口。人行道寬敞勻稱，他再也無法忍受這樣的痛苦，於是他想要用行走來平息。他又往前走去，來到蔬菜堆之間，再度迷失。他選了一條狹窄的過道，轉進另一條小街，可能弄錯了，竟又走回原地，回到蔬菜當中。有些菜堆得很高，人們像是在由菜籃與包裝堆疊起的兩道牆當中行走，只能看到一點過往行人頭上的白髮或黑髮。堆高的菜籃，彷佛平衡地架在菜葉上一般，柳條筐則像在一片起泡的湖上盪漾。佛羅鴻碰上了無數個阻礙，那些卸貨的搬運工，聲音沙啞在討價還價的商人。

他溜進佈滿菜屑與果核的街上，那些遍地菜葉濃烈的味道讓他窒息。於是他愚蠢地停下腳步，停止在那些推擠的人群裡掙扎，也不在意人們的咒罵，他只是這人山人海中一個被壓扁了讓人滾來滾去的物品。

他感到一股軟弱，覺得自己應該乞討的，這整晚愚蠢的驕傲激怒了他。如果他接受了馮索太太的施捨，如果他不那麼笨的對克羅德感到恐懼，他現在就不會站在這些包心菜堆裡埋怨了。他尤其對於沒有進一步問畫家關於皮湖艾特街的事感到憤怒。在這一刻，他獨自一人，可能會像隻走失的狗，死在街邊了。

他最後一次抬起雙眼看著巴黎大堂，在陽光下閃閃發亮。一道強光進入了有遮棚那條街街底，讓所有商館都籠罩在光線裡，強烈的亮點如雨滴般下落，在屋頂的遮棚上跳動。巨大的鑄鐵架構被淹沒在強光裡，看上去就像火災時上升火焰中的海市蜃樓。更高處有一片窗亮了起來，一大圈的光亮滾動到屋簷邊的排水溝，沿著屋頂寬大的鐵板一直亮了下去。恍如一個喧囂的城市在跳動的黃金塵埃裡。越來越多人醒來，睡在自己馬車下打呼的那些菜販，加上到來的馬車發出生動的聲響。整個城市的柵欄現在都打開了，道路上轟隆的馬車聲，商館裡喧囂的人聲；人們會說，從清晨四點開始，佛羅鴻在陰影中聽到的各種聲音，已緩緩地變得清晰，這是最極致的發展了。前後左右，到處都是的拍賣叫喊，如同短笛的高音；中間則是人群震耳欲聾的低音。到處都是海鮮、牛油、家禽與肉品。

一陣陣的鐘聲響起，市場的雜音隨之抖落。他身邊滿是陽光照亮的蔬菜，他再也認不出清晨那股如水彩畫般的溫柔蒼白。沙拉葉中心開展，一片滾燙；在這股輝煌的火光裡，各種各樣的綠色恣意表現；紅蘿蔔顯得鮮紅，蕪菁則如一盞盞白熾燈。在他左邊，又是崩坍的一籃籃包心菜。他轉過頭去，看到遠處依然有許多卡車不斷地進入圖爾比戈街。他感到海水持續地上升，先是腳踝，接著是腹部，現在則威脅要淹過他的頭了。他所看到的這一切讓他覺得眼花耳鳴，胃也感不適，猜想都是因為這些無窮無盡的食物吧。他只想求饒，但一股強烈的痛苦緊攫住了他，竟然會在巴黎大堂裡這樣餓死，就要被巴黎給吞食，兩行熱淚不禁汩汩滑落。

他走到一條比較寬敞的巷子，一位小個頭的老婦與另一位乾癟的高個兒婦人，兩個人從他面前走過，邊走邊聊地走向那些商館。

「薩潔小姐，您也來採購啊？」那名乾癟高個兒婦人問道。

「喔，勒可兒女士（madame Lecoeur），」話是這麼說……不過您知道像我這樣獨居的女人，需要的不多。我只要一顆小的花椰菜，可是東西都很貴啊。今天，牛油要多少錢？」「三十四蘇，我這有很不錯的，如果您願意來我攤子上的話……」

「好的，好的，我還不確定，我還有一些油可以用。」

佛羅鴻用盡力氣跟著那兩名婦人。他想到克羅德在皮湖艾特街上提到那位小個子老婦人的名字，他自忖當她離開那位乾癟高個兒婦人時，能夠向她問個話。

「您的外甥女呢？」薩潔小姐問道。

「莎希耶特做她自己想做的事。」勒可兒女士刻薄地回道，「她想自立門戶，反正這不關我的事了。當那些男人將她蠶食之後，我才不會救濟她呢。」

「您對她是那樣的好。她應該能夠賺到錢，今年水果盛產。那您的妹夫呢？」

「他啊……」

勒可兒女士咬著嘴唇，似乎不想再多說甚麼。

「還是那個樣子，是吧？」薩潔小姐繼續說著，「他真是個正直的男人。有人說他花的都是自己的錢。」

「誰知道他用的是不是都是自己的錢。」勒可兒女士粗暴地說道，「那是故弄玄虛，這個男人是個守財奴，您知道嗎？薩潔小姐。他寧願讓我餓死也不會借我一百蘇。他清楚地知道牛油，還有乳酪跟雞蛋在這個季節是沒甚麼市場的。他就賣自己想賣的那些家禽。而且一次都沒有，他一次都沒有提議要幫我忙，我這樣驕傲，當然不會接受的，您懂嗎？不過他要是那樣做，我會覺得很高興的。」

「哪，您的妹夫。」薩潔小姐放低了聲音說道。

兩位婦人轉過身去，看到一個人正過街往那條有遮棚的大街走去。

「我沒空，」勒可兒女士喃喃說道，「我的攤子上沒人，而且我也不想跟他說話。」

佛羅鴻也無意識地跟著轉過身去，他看到一個臉色愉快，矮小壯碩的男人。灰髮梳理地很整齊，雙臂下各有一隻肥胖的鵝，兩隻的頭都掛著，拍打著他的臀部。

突然間他有了一個欣喜的動作，忘了自己的疲憊，跑到那個男人身後。等他到那個人身邊時，他邊說邊在他肩上拍了兩下：「嘉華（Gavard）。」

那個男人抬起頭，一臉意外地檢視著面前這個高大的黑色身影，完全沒有認出他來。然後突然間，他十分意外地叫著：「您，是您。怎麼會是您啊！」

他腋下的胖鵝簡直就要摔下來了，他卻還沒回過神來。但一看到遠處他的妯娌跟薩潔小姐好奇地看著他們的相遇，他又跨開步伐往前走，然後說：

「別待在這裡，跟我來，這裡有太多人會七嘴八舌。」

在那條有遮棚的街上，他們倆個聊起來。佛羅鴻告訴他自己去了皮湖艾特街，嘉華覺得這真是太有趣了，他不停地笑。他跟佛羅鴻說他弟弟柯欽（Quenu）已經搬家了，在離原店不遠的朗布托街重新開了豬肉食品店，就在巴黎大堂對面。讓他覺得最不可思議的是聽到佛羅鴻整個早上都跟克羅德·朗提在街上逛。那是個有趣的人，而且他正巧是柯欽太太的外甥。他要帶佛羅鴻去那家豬肉食品店。然後他知道後者用了假造文件回到法國，臉上立刻出現一種神秘又嚴肅的表情。他表示要走在佛羅鴻前面，保持一點距離，這樣才不會引其別人注意。在經過家禽館時，他將兩隻鵝先掛在自己的攤子上，然後穿過朗布托街，佛羅鴻一直跟在他後面。就在路中間，嘉華用眼角跟他做了個暗示，就是那家又大又漂亮的豬肉食品店。

陽光將朗布托街斜切成兩半，照亮了一面的屋牆，中間通往皮湖艾特街的開口彷彿是一個黑洞。在另一端，偌大的聖厄斯塔什教堂在陽光的塵埃中金光閃耀，如同一個巨大的聖人遺骸盒。在喧囂的人群當中，十字路口處，一串掃街者像士兵一樣前進，掃把規律地在地上擺動，然而那些每隔幾步就帶著刺耳聲響停下來的卡車，繼續帶來泥濘與垃圾。不過佛羅鴻只注意到那一大間豬肉食品店，在上升的陽光中發亮。

整家店幾乎佔據了皮湖艾特街的街角，看上去十分賞心悅目。店裡很光亮，白色大理石牆面上帶著其他生動的色彩，讓人感到神采飛揚。畫在玻璃上的招牌，斗大的金字「柯鈫一嘉戴爾」閃閃發光，四周圍著白框與綠葉，背景則是柔和的色調。門面兩旁的看板也印在玻璃上，表現出白胖的小愛神在豬頭肉凍、豬排、成串的香腸間玩耍。這些靜物都裝飾著捲軸和花環，有股柔和的水彩畫風，讓所有這些生肉看上去彷佛果醬般粉紅。那些陳列架就在這可人的氛圍裡，被放在一層藍色的碎紙片上，多處都細緻地擺放了蕨類的葉片，並不像許多其他商店裡的陳列盤擺滿著綠葉。這是個有著美食、有著讓人垂涎的食物的世界。首先是玻璃櫥的最下方，有一排熟肉醬，穿插著芥末醬。再往上一點則是去骨的火腿，圓潤的形體點綴著麵包屑，尾端的長骨頭上掛著綠色圓球。接著就是大的擺盤：史特拉斯堡的填塞豬舌頭，又紅又亮，在香腸與豬腳旁顯得鮮紅欲滴。

黑色的血腸捲的像是女孩子的長髮；兩兩疊在一起的豬腸，看上去既健康又扎實。香腸在銀色的包裝紙下如同豐滿的歌唱家；熱騰騰的豬肉餡餅上插著標籤小旗。大塊的火腿肉，大片的小牛肉與豬肉上了肉凍，因此晶晶亮亮如糖果一般。在裡面還有更大的砂鍋，肉跟剁碎的菜浸在固著的油脂當中。在這些小菜碟與大拼盤當中，那層藍色碎紙上還有醃菜罐、醬汁罐、罐頭松露、鵝肝醬，以及閃閃發光的鮪魚與沙丁魚罐頭。

有一箱牛奶乳酪，另一箱則是填塞了香芹奶油的法國田螺。這兩個箱子彷彿被遺忘似的放在兩個角落。在最上頭一條有掛鉤的桿子上，對稱地掛著灌腸、香腸以及乾臘腸，彷彿有著吊飾與流蘇的帷幔，後面則是鏤空的白底穗飾。在這個滿是食物的殿堂裡，在那些穗飾當中，兩束紫紅菖蘭中間，最後一個階梯型擺設台上的最高一階，點綴著一個方形魚缸，裡面擺滿了石子，兩隻金魚不停地游來游去。

佛羅鴻感到些微地起了雞皮疙瘩，然後他看到在陽光下有個女人站在店門口。她在這所有肉品的歡愉當中，更增添了愉悅，一種結實且快樂的飽滿。那是一名很美的女人，應該有三十好幾，抬頭挺胸，身形跟門一樣寬，但看上去並不胖。她才剛起床，而她柔順平貼光亮的頭髮已經分成好幾小搓，落在太陽穴旁，這讓她看起來很整潔。她平滑的皮膚有種透明的白色，那種平常生活在脂肪與生肉中的人會有的那種細緻粉嫩的皮膚。

但她有些嚴肅，很鎮定且動作緩慢，不時用眼睛左瞄右看，嘴唇莊嚴地閉著。上過漿的衣領束在脖子上，白色的衣袖捲到手肘處，白色的圍裙正好蓋住她的鞋尖，只看到她黑色喀什米爾裙子的裙擺。圓潤的肩膀與豐滿的胸部，讓緊身馬甲拉扯到了極點。在這一片白當中，陽光閃耀。然而即使光線刺眼，頭髮呈現藍色，皮膚變紅，衣袖與裙子也發亮，她的雙眼卻眨都不眨。她舒適安穩地享受早晨的日光浴，眼神溫柔地笑著那滿是人潮與車潮的巴黎大堂。她看上去非常的誠實。

「那是您弟弟的太太，您的弟妹麗莎（Lisa）。」嘉華跟佛羅鴻說。

他跟對方輕輕點個頭打招呼，然後他快步走進巷子裡，繼續小心翼翼地行動，不希望佛羅鴻進到店裡，即使這時店裡空無一人。他顯然很高興自己身處一個他自認為會牽連到他人安全的冒險當中。

「先等一下，」他說，「我去看您弟弟是不是一個人，我拍手時您就可以進來了。」

他在巷底推開一扇門，但就在佛羅鴻聽到門後他弟弟的聲音時，他便推門進去。柯欽向來喜歡他，立刻抱住他，兩個人像孩子般相擁。

「我的老天爺，真的是你。」柯欽含糊不清地說著，「我可真沒想到！我以為你死了。昨天我還跟麗莎說：『可憐的佛羅鴻』。」

他停下來然後把頭探進店裡，大喊：「麗莎！麗莎！」

然後轉身向一個躲在角落的小女孩說：「寶琳（Pauline），去叫你媽媽進來。」然而那個小女孩動也不動。這是個漂亮的五歲女孩，有張渾圓的臉，跟那些漂亮的肉品很相似。她手裡抱著一隻自在的大黃貓，四肢垂掛著，她用自己的小手抓著牠，對於父親的指示不為所動，彷彿她擔心這個衣著邋遢的先生會把貓偷走。

麗莎緩緩地走進來。

「這是佛羅鴻，是我哥哥。」柯鈫重複說著。

她很有禮貌地叫他「先生」。她平靜地從頭到腳打量他，完全沒有顯出任何不實在的意外表情，唯有雙唇輕輕地抿了一下。她一直站著，最後對她先生與兄長的擁抱笑了起來。柯鈫的情緒看起來穩定許多，然後他看著佛羅鴻，這個悲慘又瘦骨嶙峋的哥哥。

「哈，我可憐的朋友，」他說，「你在那裡可沒變得英俊些，我呢，則是胖了，真是的。」

事實上，他確實是胖，對三十幾歲的人來說有些過胖。他的襯衫、圍裙跟他的白色內衣都把他綑綁的像個巨嬰。他刮了鬍子的臉則有點長，與那些豬仔的嘴臉有些神似，他雙手整天處理，且生活在一起的就是豬肉啊！佛羅鴻幾乎認不出他來。他坐下，然後看著他弟弟、漂亮的麗莎然後是小寶琳，他們看起來很健康、很好。每個人都方方正正，發光發亮；他們則驚訝地看著他，有種過胖的人面對一個過瘦的人所產生的種種隱憂。至於那隻貓，皮膚光亮，圓睜著銅黃雙眼，以一種挑釁的眼神檢視他。

「你可以等到午餐吧？」柯鈙問道，「我們很早吃飯的，十點鐘。」

有股強烈的菜味飄盪而來。佛羅鴻再次回想起這個可怕夜晚的經歷，他來到蔬菜堆中，在巴黎大堂裡餓到發慌，以及他不停錯過的那些食物。於是他帶著一個溫柔的微笑，低聲地說：

「不行，我餓了，你懂嗎？」

第二章

佛羅鴻才剛開始在巴黎學法律，他母親就過世了。她一直住在加爾省（le Gard）的勒維岡（le Vigan），再嫁時嫁了個姓柯鈫的諾曼第人，原本住在伊扶托（Yvetot），被調派到法國南部當個行政區區長，卻似乎被人給遺忘了。於是他就留在當地擔任區長，漸漸發現那是個迷人的地區，酒也好，女人也討人喜歡。在他們婚後第三年，一次消化不良，他便撒手人間。留給他太太的遺產就是一個跟他一個模子般長出來的胖男孩，這個情況讓他母親的經濟情況更趨窘困，因為首次婚姻所生的長子一佛羅鴻，他的學費已經讓這名母親捉襟見肘。不過想到這個孩子她就心滿意足：他是個很溫柔的孩子，努力上進，總是班上的第一名。而她把自己所有的溫情與希望都放在他身上，或許在這個蒼白削瘦的男孩身上，她看到自己偏愛的第一任丈夫，那是個來自普羅旺斯既溫柔又疼愛她直到離世的男人。一開始可能是柯鈫的好心情吸引了她，他很能夠自得其樂，但變得太胖、太容易滿足。她認定自己所生的這個老么，也是通常南部家庭會犧牲的這個孩子，永遠都不會有出息。她很高興送他去上學，老師是一個鄰居的老小姐，結果這個小孩只學會滿街到處亂跑。這兩兄弟像兩個陌生人，在不同的地方成長。

當佛羅鴻來到勒維岡時，他母親已經下葬。她讓所有人隱瞞她的病情，一直到她過世，因為她不想影響他的課業。他發現這個十一歲的小柯鈫，一個人坐在廚房中的桌邊啜泣。一個賣家具的鄰居，跟他講述了這個不幸的母親的痛苦。她已經十分拮据，為了讓她兒子能夠唸法律，她讓自己過勞而死。白天，她照料自己的小緞帶店，營收不是太好，晚上應該又做別的工作。想看到她的佛羅鴻成為律師，在城市裡有頭有臉的這份執著，讓她變得很嚴苛、小氣，不僅對自己無情，對他人也如此。小柯鈫的內褲滿是破洞，上衣的袖子都脫了線；而且他從沒有在餐桌上吃過飯，總是等著他母親切好他那一份麵包，如此便是一頓。她把麵包切得很薄，極為絕望地擔心自己無法達成任務，因之屈從這樣的一種生活。

這些話讓性格溫和的佛羅鴻感到十分難過，淚水讓他無法言語。他緊緊抱著他的弟弟，親吻他，彷彿要給他所有被他剝奪的溫情。他看著他快破底的鞋子，脫線破洞的衣袖，骯髒的雙手，完全就是一個被遺棄的孩子。他不停地跟他說，他會帶他離開這裡，他跟他在一起會很快樂的。隔天，他看了看實際情況，擔心甚至無法有足夠的錢返回巴黎。無論如何，他都不想留在勒維岡。他很高興地頂讓了小緞帶店，藉此償還他母親的債務。由於她對金錢太苛，終究一點一滴地讓自己病倒了。由於完全沒有餘錢，那個賣家具的鄰居，好心的用五百法郎收購了他母親的家具與衣物，這真是筆好買賣。年輕的佛羅鴻淚眼盈眶地向他致謝，然後讓他弟弟穿上新衣，當天晚上兩個人便啟程返回巴黎。

回到巴黎，佛羅鴻再也無法繼續修習法律課程，於是他將自己的野心擱置，找到幾堂家教課，跟柯鈫一起住在荷耶克拉街（rue Royer-Collard），與聖傑克街（rue Saint-Jacques）交接處。那是一個大房間，他擺設了兩張鐵床、一個衣櫃、一張桌子跟四張椅子。從現在開始，他有個孩子要照顧，而他關照的態度讓柯鈫很高興。剛開始那段時間，晚上他回到家後，都會試著教這個小弟一些課程，但他根本不聽。他很固執，拒絕學習，哭著說母親都會讓他在街上到處遊蕩。佛羅鴻絕望地停下了課，安慰他並跟他保證以後都不用上課。為了原諒自己的軟弱，他告訴自己，把這個孩子帶來巴黎不是為了讓他不愉快的。於是這便成為他的行為宗旨，要看著他快樂長大。他很喜歡他，很高興聽到他的笑聲，感受到他在身旁的那種美好，同時完全忽略了所有的憂慮。面對教學中那些殘酷戲弄，佛羅鴻在他老舊的黑外套中，顯得依然削瘦，面孔則逐漸泛黃。柯鈫變成了一個圓胖的小人，有些傻呼呼，只會讀寫簡單的字。不過他的好心情持久不變，讓荷耶克拉街這間陰暗的大房間裡充滿了歡樂。

然而幾年過去，遺傳了他母親犧牲奉獻精神的佛羅鴻，讓柯鈫在家裡像個懶散的大孩子。他甚至不讓他整理內務，都是由佛羅鴻去購物，整理房間以及做飯。他說這樣能讓他遠離那些負面想法。他天生就是陰鬱的人，自認不是討喜的人。晚上當他渾身泥濘回到屋裡，因為痛恨他人的孩子而垂頭喪氣時，他會發現弟弟就在房間地上玩著陀螺，而這個高大男孩的擁抱總能將他軟化。柯欽會笑他煎蛋捲的笨拙，還有他處理火鍋的嚴謹。一旦熄燈就寢，佛羅鴻時而在自己床上再度感到難過。他想要重新拾起他的法律課程，他盡可能地找出時間到學院去上課，能夠回到學校讓他很高興。但一場輕微的發燒卻讓他在床上躺了八天，讓他們少了許多錢，這也讓他十分擔憂，於是他放棄了要完成學業的想法。他的這個孩子長大了。他在艾斯塔帕德街（la rue de l' Estrapade）上一間寄宿學校找到一份教職，工資是一千八百法郎，這可是一大筆錢。他要存一些錢，好安排柯欽的將來。他已經十八歲了，但他卻對待他像個需要嫁妝的大閨女。

在他哥哥短暫生病這段期間，柯欽也作了一番思考。一天早上，他宣布他要去工作，表示自己已經大到足以工作賺錢了，佛羅鴻覺得十分感動。在他們對街的另一邊，柯欽每天都會看到那個鐘錶匠，待在窗下的光線裡，屈身在他的小桌上，很有耐性地用放大鏡觀看，處理那些細緻的東西。他被吸引，認為自己有能耐當個鐘錶匠。但才過了兩個星期，他開始擔心，哭得像個十來歲的小男孩，覺得這一切太複雜了，他永遠都不會了解「放進一隻手錶裡的那些愚蠢小東西」。而他現在想當個鎖匠，但這份工作讓他覺得厭煩。兩年裡，他嘗試了不下十種工作。

佛羅鴻認為他這樣做是合理的，本不該勉強自己去做不想做的事。柯欽這種想要自主的好念頭卻讓兩個年輕人為此付出更多代價。自從他開始在不同的工作坊實習，就不停地有新的開銷：衣物、外食還有與同行社交的費用。佛羅鴻的一千八百法郎根本入不敷出，因此他晚上還必須兼兩堂課。於是八年當中，他只能穿著同一套工作服。

兩兄弟交了一個朋友。他們的屋子有一面對著聖傑克街，這條街上開了一家燒臘店，店東是一個神氣十足，名叫嘉華的人；而他太太卻由於每天忍受燒烤這些家禽所排出的油脂氣味而死於肺炎。當佛羅鴻由於返家太晚而沒有時間煮肉時，他就會在樓下用十二蘇買一塊火雞或是燒鵝，這就是他們大塊朵頤的時刻。嘉華終於開始對這個削瘦的男孩產生興趣，聽說了他的故事，於是就開始吸引那個小弟。很快地，柯鈫便寸步不離地待在這家燒烤店。他哥哥前腳一出門，他就下樓坐守在店的後方，高興地看著四串巨大的燒肉在明亮的大火前轉動，發出細小的聲響。

巨大的銅製煙囪閃閃發光，各種家禽冒著煙，所有的脂肪在滴油盤上吟唱。那些肉串最後都會相互低語，然後跟柯鈫說些讓人愉快的話語。他手中拿著根長湯匙，虔誠地將油淋在那些圓胖的鵝與大隻火雞的金黃肚子上。他一待就是好幾個小時，滿臉通紅地坐在跳躍的火光前，有些傻傻的，偶爾還對著那些燒烤當中的家禽微笑，當他們將那些肉串取下時，他就清醒過來。這些家禽落在大盤子上，烤肉的鐵扦拿出牠們的肚子時冒著煙，鵝與火雞的肚子被清空了，那些油脂從臀部或是喉嚨的洞滴下來，讓整間店都充滿了燒烤味。

這個大孩子於是站起身來，眼光隨著別人的動作移動，拍了拍手，跟這些烤好的家禽說話。他說牠們一定很美味，人們會把牠們吃得精光，到時候貓只能撿骨頭吃。當嘉華給他一片麵包，他高興地跳起來，然後他會把麵包放在滴油盤裡浸個半小時。

顯然柯欽就是在這裡開始愛上廚藝的。又過了一陣子，他試過所有不同的工作後，最後還是回到這些燒烤的牲畜，以及那些讓人們必然會舔舐手指的醬汁上。他起先擔憂他哥哥會反對，因為他是一個吃的不多，且在講到美食時，就有那種對該主題無知的不屑。然後他發現當他解釋如何做一道十分複雜的菜時，佛羅鴻會仔細聆聽，於是他表達了自己的心聲，並進入一家大餐廳工作。自此以後，兄弟倆的生活總算步上軌道。他們繼續住在荷耶克拉街，兩個人晚上回到住處，一個人因為做了一天菜而面色愉悅，另一個則因為他糟糕的教學經驗而面容沮喪。佛羅鴻依舊穿著那身黑衣，投注在批改學生的作業；而柯欽為了讓自己高興，又再穿起圍裙與廚房小學徒用的白袍和無邊扁帽，在爐火旁團團轉，並用烤箱做些甜點來打發時間。偶爾他們看著對方，不禁笑起來，一個人一身白，另一個則一身黑。整個屋子似乎因為兩人分別表現出的悲傷與喜悅，顯得半是不快，半是愉悅。長子因為像其父親般多情，於是自然削瘦；而幼子簡直是那個很能自得其樂的諾曼第人翻版，當然圓胖，但兩個個性極端的人卻相處的極為融洽。他們相親相愛，因為他們共同的母親是個充滿柔情的女人。

他們有個親戚在巴黎，他們母親的一個哥哥嘉戴勒（Gradelle），在巴黎大堂區的皮湖艾特街開了一家豬肉食品店，是個吝嗇又粗魯的人。他們第一次到他家時，他待他們如同那些要飯的人，於是他們鮮少再去造訪。

這個舅舅生日時，柯鈫送他一束花，卻收到一張十蘇的鈔票。佛羅鴻驕傲得不得了，無法忍受嘉戴勒檢視他穿的那件黑外套，心理想著又是一個窮鬼來要頓飯吃，或是要一張百蘇鈔票。一天，佛羅鴻無意間要在舅舅的店裡將一張一百蘇的鈔票找開，從此之後，這個舅舅看到這些小孩子來拜訪他時才稍微安心一些。但他們之間的友好關係僅止於此。

這些年對佛羅鴻來說是個溫柔又悲傷的長夢，他領受到了犧牲奉獻的苦澀喜悅。在家裡，是完全的溫情。而在外頭，學生對他的羞辱，街上擁擠的人群，他覺得自己變糟了，逝去的野心顯得乖戾。他花了好幾個月的時間才調整好心態，接受了身為一個醜陋、平凡且貧窮人的苦痛。為了避免滋生惡意，他讓自己全心投入理想的善行裡，他為自己創造了司法的避難所與絕對的真理。於是他成為共和國的支持者，他進入那個體制如同那些絕望的女孩進入修道院一般。然而這一切卻不夠溫和或靜謐，他仍無法感到平靜，於是他就在腦中為自己創造了一個共和國。他不再喜歡讀書，那些他生活中滿是黑字的紙張，只會讓他想到那些氣味難聞的教室，以及學生放在嘴裡咀嚼的紙團，還有那些漫長卻毫無教學成效的時光。然後，所有的書對他訴說的是反抗，讓他變得更自傲，而他覺得自己急需的是遺忘與平靜。他自我安慰，自我催眠，夢想自己完全的快樂，這個世界終究會成為他想要的，建造一個他想要生活的共和國城市：這就是他的創作，他空閒時所做的永恆之作。除了教學必要之外，他不再念書。他在街上走，從聖傑克街開始，直到外環大道，偶爾會繞很大一圈，再從義大利區的圍欄[17]那兒往回走。

在路上，他的眼睛看著牧福塔（Mouffetard）區在腳底下開展，腦子裡整理著法律措施，人道主義的法律計畫，這樣應該能將這個讓人受苦的城市轉換成一個幸福的城市。當二月的反動血染巴黎時[18]，他感到十分悲痛，到處奔走，要求人們「看在全世界共和政體支持者的兄弟情份上」拯救這一切。他成為一個容光煥發的演說者，將革命當成一種新的宗教來傳道，滿是仁慈與救贖。一直到十二月，他向來保有的溫柔被剝奪了，他無能為力地放手，柔順地讓人抓走，但卻被粗暴地對待。當他從自己對博愛的說教中甦醒，發現自己餓著肚子躺在比塞特爾監獄[19]

17 義大利區的圍欄（barri 著名於圍欄及神話的歷史畫）是由一個徵收入市稅的公司「大眾農人」（des Fermiers généraux）為了稅收所設的圍欄，位置在目前巴黎十三區的義大利廣場（La place d' Italie）。

18 一八四八年二月二十二－二十五日間，法國發生了通稱為「二月革命」的事件，是一八四八年歐洲革命浪潮的重要部分之一，之後法國進入第二共和國。

19 比塞特爾監獄（Bicètre）。路易十四世在巴黎建了榮譽軍人院（法語：L'hôtel des Invalides）後，將原本是醫院也是收容所的該機構變成巴黎的一座監獄。

一間地窖中冰冷的地板上。當時已二十二歲的柯鈫，沒看到他哥哥回家，感到極度不安。隔天，他先到蒙馬特墓園去找，然後是那些被蓋在稻草下排放在大道上的屍體，所有人看起來可怕極了。他心緒混亂，淚流不停，應該在這大道上來回走了兩次。

整整過了八天，他終於在警察局得知他哥哥被關了起來，然而卻沒獲准去看望他，但不斷堅持要求，警察便威脅也會將他關進監獄。於是他跑到嘉戴勒舅舅那裡，對他來說舅舅一定有辦法，並希望後者能夠解救佛羅鴻。然而嘉戴勒舅舅一聽便發火，認為這樣才好，這個大笨蛋根本不該跟那些下流的共和政體支持者攪和。他還說佛羅鴻看上去就是那種會陷入這種麻煩裡的人。柯鈫因此哭得透不過氣來，舅舅為自己的行止感到慚愧，覺得一定要幫這可憐的男孩做些甚麼，於是提議要他到店裡來工作。他知道柯鈫是個好廚師，而且他也需要助手。柯鈫實在懼怕回到荷耶克拉街的大房間裡，便立刻接受這項提議。他晚上甚至睡在舅舅家，就在屋子最頂層，一個他幾乎無法將身體躺平的黑洞裡。他在這裡比較不哭了，在家裡面對哥哥的空床，他無法自已。

他終於成功地看到了佛羅鴻，但從比塞特爾監獄回來後，他就倒下了，一場高燒讓他三個星期都昏昏沉沉，而這也是他這輩子唯一一次生病。嘉戴勒舅舅又再一次咒罵他那個支持共和政體的外甥。當他知道佛羅鴻要被送到開雲時，一天早上他突然拍拍柯鈫的手，告訴他這個消息，這個年輕男孩似乎受到了驚嚇，隔天就完全好了。他的痛苦消弭，似乎落下最後幾滴眼淚後變得堅強起來。月餘，他笑了起來，卻為此而感到氣憤，然而他又在不知不覺中恢復了好心情。

他學習製作豬肉食品，嘗到比做菜更愉快的感受。但嘉戴勒舅舅告訴他，不該將他的鍋鏟遺忘太久，因為一個好的肉品商兼好廚師是很少見的，他之前能夠在餐廳工作實幸運。此外他也利用柯鈫的才能，讓他接手市裡客人訂製的晚餐，尤其讓他負責烤肉與豬排配醃黃瓜。這個年輕人是十分得力的幫手，他以自己的方式表現他的愛護，在心情愉快地日子裡，便會偶爾捏捏他的手臂。他也把荷耶克拉街那間屋子裡的家具賣了，並將四十多法郎收了起來，他說這樣愛胡鬧的柯鈫才不會隨意將錢花光。然而他每個月都會給他六法朗，讓他買想吃的食物。手頭很緊的柯鈫，偶爾會發狂，但卻感到不折不扣的快樂。

他喜歡有人指點他過日子。佛羅鴻讓他的生活太安逸了。他接著在嘉戴勒舅舅那裡認識了一個女性朋友，這是舅媽過世時，舅舅找來管帳的。他選了一個健康且可人的女孩，知道這會博得客人開心，也會讓人覺得這些豬肉吃起來津津有味。他認識一位住在植物園旁曲維街（rue

Cuvier）上的寡婦，先生原本是法國南部普拉桑[20]市的行政區區長。這位婦人靠著微薄的終生年俸勉強過活，從南部帶上來一個又胖又漂亮的女孩子，名叫麗莎，她視她如己出。麗莎始終帶著平靜與堅貞的心態照顧她，雖有點嚴肅，但微笑時卻又令人為之一亮。她最吸引人之處就是能以極優雅的方式呈現她難得一見的笑容。她的眼光帶給人撫慰之感，豐滿的身形散發誘人的魅力。那位老婦常說，為了麗莎的一個微笑，她甚至願意下地獄。當她因為氣喘辭世時，她收養的女孩得到所有的存款，一萬多塊法郎。麗莎獨自一人在曲維街的家中待了八天，而嘉戴勒就是在這時候來找她的。她常跟老婦一起到他皮湖艾特街的店裡來，所以他認識這個女孩。在老婦的告別式上，她看上去如此美麗，如此安穩，當隊伍前往墓園時，他竟然情不自禁地也跟著去了。他猶疑不決，自忖能夠給她每個月三十法郎工資，並包括吃住。當他說出這些提議時，她要求一天的時間考慮。隔天早上，她便拎著一個小提包，還有上衣裡的一萬法郎出現在店裡。月餘，整間店，還有嘉戴勒、柯欽以及那些小學徒都逃不出她的手掌心了。尤其是柯欽，簡直願意為她做牛做馬。當她微笑時，他也傻笑著回應她。

20 普拉桑市（Plassans）是作者左拉在《盧貢．馬卡爾》家族（Les Rougon-Macquart）系列小說中以普羅旺斯地區艾克斯（法語：Aix-en-Provence）為藍圖創造出來的城市，現實中並不存在。

麗莎是普拉桑市馬卡爾家的長女，父親還在世。她說他旅居國外，從沒寫過信給她。偶爾，她會不經意地提及她的母親，提到她生前是個勤奮的人，她很依賴她。事實上，麗莎在工作上表現得十分有耐性。但她卻認為一個好女人應該也要具備努力持家的耐性。然後她會靜靜地談到妻子跟先生應盡的義務，一種很合柯欽標準的坦白，他便表明自己跟她有著相同的想法。麗莎的想法是：所有的人都要工作才能有飯吃，而且每個人要對自己的幸福負責，鼓勵懶散非常不妥。要是有人生活悲慘，終究是那些懶鬼們自找的。這無疑是對眾人皆知那個老馬卡爾家中經常有人醉酒，且整天在外遊蕩再直接也不過的譴責。然而馬卡爾家反而對她有很高的評價，她是馬卡爾家族中生活規矩、講理且對自己想要的獲益很清楚的人。她了解到要在一個溫暖快樂的地方生活，就要把自己變成一個能讓他人幸福的人。她無時無刻都這樣做，從六歲開始，她同意一整天乖巧地坐在自己的椅子上，前提是有人會在晚上給她一塊蛋糕。

在嘉戴勒的豬肉肉品店裡，她繼續自己規律且安穩的日子，整間店也因為她迷人的微笑而發亮。她知道怎麼保護自己，對於那些登徒子的提議毫不動心。帶著上天眷顧的敏銳，她預料在皮湖艾特街上這個陰暗的小店裡，可能就有她夢想的未來，一個健康快樂的人生，不太讓人疲憊的工作，且無時無刻都會得到獎勵。她很沉靜地為這個老鰥夫打理他的櫃檯。

很快地，在這個地區穿著整潔的麗莎變得無人不曉。嘉戴勒舅舅對於這個漂亮女孩很是滿意，他時而在灌香腸時會跟柯鈫說：「要不是我六十幾歲了，說真的，我一定會娶她。年輕人，做生意的有這樣一個太太，真的宛如坐擁黃金啊。」

柯鈫則更得寸進尺。一天，一個鄰居笑他愛上了麗莎，他竟然露齒呆笑，這種話對他的態度根本毫無影響。他們是很好的朋友，晚上，兩個人會一起上樓就寢。在這個年輕人佔據的黑洞旁，麗莎有間很小的房間，她用平紋的細布當窗簾裝飾房間，看上去很明亮。有一瞬間，他們倆個人會站在走道上，手裡拿著燭台，一邊用鑰匙開門一邊聊天。然後各自關上前門，他們會親切地說：「麗莎小姐，晚安。」「柯鈫先生，晚安。」柯鈫躺在床上聽麗莎整理屋子。隔間很薄，他能聽到她的一舉一動。他想著：「喔，她把窗前的窗簾關上了，她在她的梳妝台前到底在做甚麼？現在她坐下來脫靴子。終於，晚安了，她吹熄了蠟燭，我們該睡了。」然後就聽到床上出現喀拉一聲，他笑著喃喃地說：「噢，麗莎小姐還真不輕啊。」這樣一想讓他覺得很愉快。然後想著隔天要準備的火腿與一堆小型的鹹食，不知不覺地他便進入了夢鄉。

這種情況持續了一年，麗莎沒有任何的羞赧，柯鈫也沒有任何的尷尬。早晨，由於工作所需，當這個年輕女孩進到廚房時，他們的手會在一堆碎肉裡相遇。有時候她會用她圓滾滾的手指幫他拿著豬腸，他則將豬肉與豬油填塞進去。或者他們也會一起用舌尖嚐嚐生香腸的肉料，好確定是否放足了香料。她很清楚法國南部地方的食譜，給的意見十足中肯，他嘗試後也都頗成功。經常他感受到她就在他身後，越過他的肩膀看著燉鍋裡的食物，有時候近到胸部都貼在他背上。她會遞給他一支湯匙與一個盤子，而大火將他們的臉燒得通紅。他卻絕不會停下攪拌那些在鍋底越來越濃稠的湯，而她則很認真地說著火侯大小。下午，當店裡沒甚麼人的時候，他們會安安靜靜地聊上好幾個小時。她坐在櫃檯後面，稍微側著身子，以一種很細緻規律的方式編織。他則雙腿懸空坐在一塊橡木墩上，腳跟不停地踢打著木墩。他們真是很聊得來，甚麼都可以聊，最常講的是做菜這件事，也談嘉戴勒舅舅還有他們住的環境與鄰居。她像對一個孩子般，跟他說許多故事。她知道很多動聽的故事，很多充滿羔羊與小天使的神奇傳說。她說故事時一臉嚴肅，聲音卻很美妙。倘若有客人進來，為了不變動姿勢，她會要這個年輕人去拿一瓶豬油或是一盒法國田螺。晚上十一點，他們就像前晚一般，緩緩地上樓就寢。然後在各自關門前，很平穩地說：「麗莎小姐，晚安。」「柯鈫先生，晚安。」

一天早上，嘉戴勒舅舅在準備肉凍時突然中風，面朝下地倒在砧板上。麗莎十分鎮定，她說不能夠讓一個死人留在廚房裡，她讓人將舅舅搬到他平常睡覺的小房間裡。

然後她跟那些學徒說，為了不讓鄰居跟客戶感到不安，一定要跟別人說舅舅是在他床上去世的。柯鈫幫著抬自己死去的舅舅，覺得很蠢也很驚訝自己竟然哭不出來。稍晚，麗莎跟他兩個人一起哭了起來。他跟他哥哥佛羅鴻是唯一的繼承人。鄰居那些三姑六婆都說這個老嘉戴勒可是有錢的不得了。事實是，沒有人找到半毛錢，麗莎變得有些擔憂。柯鈫看她不斷地思索，從早到晚看著自己身邊的一切，彷彿她丟失了某樣東西。

最後，她決定來個大掃除，假借大家都在七嘴八舌這裡死過人的事，決定要讓這些人覺得店裡很乾淨。一天下午，她已經花了兩個小時在地窖裡清洗鹽缸。然後她走了出來，提著圍裙，裡面有一些東西。柯鈫在切豬肝，她等他切完後，用一種冷漠的聲音跟他講話，但她眼裡有著一道不尋常的光彩。她美麗的笑容出現在臉上，並跟他說她有事要跟他講。她有些困難地走上樓梯，臀部因為手裡拿的東西而無法自如擺動，手則很費力的拎著她的圍裙。到了三樓時，她呼吸有些急促，甚至還靠在牆上一下子。柯鈫有些意外，一言不發地跟著她一直走進她房間。這是她第一次邀請他進她的房間。接著她關上房門，然後用僵硬的手指，將圍裙的下襬放開，輕輕地讓一大堆的錢跟金子滾到床上。她在鹽缸的底部發現了嘉戴勒舅舅的財富。這一堆錢陷在年輕女子細緻柔軟的床上，形成了一個洞。麗莎與柯鈫滿心歡喜，他們坐在床邊，麗莎在床頭，柯鈫在床尾，那一堆錢在他們中間。

他們為了不弄出太多聲音，在床單上數錢，一共有四萬法郎的黃金跟三萬法郎銀子，在一個白鐵盒裡還有四萬二法郎的現鈔。柯鈫的手有些顫抖，麗莎盡力完成了工作，他們把金子都放在枕頭上，然後銀子留在床單上，花了兩個鐘頭才把所有的錢點完。當他們發現這個對他們來說簡直是天文數字的八萬五千法郎時，他們便開始討論。他們很自然地談到未來，他們的婚禮，卻沒有談到任何關於兩人間的愛情。他們背靠著鄰街的那面牆，坐在白色平紋細布的窗簾下面，兩腳有些伸展，讓自己更沉溺於這個美夢當中。他們邊聊天，邊忘情地把手在這些一百蘇的鈔票裡翻攪，兩人的手碰在一起。黃昏讓他們驚醒，麗莎因為看到自己就在這男孩身邊而有些臉紅。他們把床弄得一團亂，床單垂到地上，在枕頭上的金子將他們兩個人分隔，卻將枕頭弄凹了下去，彷彿他們滿是熱情的頭在上面已經滾動許久。

他們有些尷尬地站起身，像是兩個戀人在第一次嘗試禁果後有些惶恐的表情。這張由於錢而被弄亂的床，像是指責他們關著門得到了被禁止的喜悅，這是他們倆個人的墮落。麗莎重新整理一下衣服，彷彿她真的做了甚麼錯事，然後拿出自己帶來的一萬法郎。柯鈫要她把那些錢跟舅舅的八萬五千法郎放在一起，他將兩堆錢混在一起然後笑了起來，說這些錢也應該要結合在一起。他深信應該是麗莎將這些「錢財」收在她的梳妝台裡。當她放妥錢，並重新鋪了床後，他們安穩地下樓，他們已經是夫妻了。

婚禮在一個月後舉行。附近的鄰居們都覺得這很正常，完全合乎禮儀。大家似乎隱約對那些財富的事有些聽聞，且不停地讚揚麗莎的誠實，畢竟她可以把錢都留給自己，不需要跟柯鈫說隻字片語。她這樣做完全是出於純粹的誠信，因為沒有任何人看過這些錢，柯鈫娶她真是應該的。這個柯鈫真是幸運，他長得不好看，卻找到一個這樣漂亮的太太，她還幫他找到了財富。大家如此讚美麗莎，於是有人竟低聲地說：「麗莎這樣做真是不聰明啊。」當有人含蓄地跟她說這些事時，麗莎只是面帶微笑地聽著。她跟先生的日子並沒有改變，兩個人還是保持那樣的友誼，生活在一種愉悅的平靜裡。她協助他，兩個人的手在肉泥中攪和，或是靠在他的肩上看著鍋子裡的備料，而廚房裡的爐火總是能撩撥他們的心緒。

然而，麗莎這個聰明的女人，很快就了解到讓他們的九萬五千法郎躺在梳妝台抽屜裡實在是件蠢事。柯鈫很想把這些錢再放回鹽缸裡，等著自己也賺到這樣多的錢。然後他們就能搬到敘雷訥（Suresnes），一個他們都喜歡的巴黎郊區。不過她有別的野心。皮湖艾特街的店不僅欠缺整潔，光線不佳，也不夠通風。在這間店裡，嘉戴勒舅舅一點一滴地集聚了他的財富，但就像舊區裡任何一家讓人覺得不十分可靠的豬肉食品店。即使他們會洗地板，還是到處都有很重的肉味。這個年輕婦人夢想的是間現代化，有著寬敞門廳且明亮的店面，還要讓他們的玻璃窗面對著大街。然而這並非是她想當個老闆娘的偏狹慾望，她很清楚地知道擁有一家新店面是多麼奢侈。當她第一次跟他提及搬家並花一部分的錢去裝潢一家新店面時，柯鈫被嚇到了。她只能微笑著輕輕地聳了聳肩。

某日天黑時，店裡也一片漆黑，這對夫婦聽到門外有個附近的鄰居太太跟另一個女人說：

「哈，我再也不到他們店裡買東西了，連一截血腸都不買。您知道嗎，他們的廚房裡死過人。」柯鈫為此流淚，廚房裡死過人的事還是傳了出去。現在，當他發現客人會仔細地近看他那些商品時，他便開始臉紅。

於是他自己重新跟他太太提起搬家一事。她二話不說，開始尋找新店面，就在不遠的朗布托街上，找到了一個地點絕佳的地方。巴黎大堂的商館就在對面，客人會多上好幾倍，而且從巴黎各地來的人都會知道這家店。柯鈫學著花費大筆大筆的錢，光是大理石牆、玻璃櫥窗跟鍍金裝潢就花了三萬法郎。麗莎看著工人工作好幾個鐘頭，對於最支微末節的部分都有意見。當她終於成為新店的掌櫃時，大家都排隊來店裡買東西，只為了一睹店面裝潢。

牆面完全是白色大理石，天花板上有一大片方形鏡子被嵌在一大塊極度裝飾的鑲板裡。而天花板中央掛著一盞有四道分枝的吊燈。櫃台後面有整片鏡子，店面左邊跟後方也都有鏡子嵌在大理石片中間，讓整間店看起來一片明亮。店門一開，就像是走進了不同的房間裡，無窮無盡的放著肉品物架。一進門的右邊則是很大的櫃台，做工尤其漂亮，菱形的粉紅色大理石間有著對稱的圓形裝飾。地板上像是鋪路一樣，鋪滿了白色與粉紅色相間的磁磚，以暗紅色的格線框著。這整個區都為這家豬肉食品店感到驕傲，再也沒有人提及原本在皮湖艾特街上的老店，以及曾經發生的事。有一個月的時間，鄰居們都停在人行道上，透過架上那些粗短的香腸與豬腸，只為了看看麗莎。大家都讚美她粉嫩的皮膚，光滑的像店裡那些大理石。她看上去就是豬肉食品健康又可靠的偶像，代表著一種精神，一種生動的光亮，人們都稱她為最美麗的麗莎。

店面的右手邊是個飯廳，一間很乾淨的房間，有一個五斗櫃、一張桌子與有著淺色橡木條紋的椅子。地板上鋪著蓆子，淡黃色的壁紙，仿橡木色的桌布讓飯廳顯得有些冷清，天花板上的銅製吊燈剛好在餐桌上方，它的光亮跟偌大的透明陶瓷燈罩是唯一讓這房間顯得愉悅的裝飾。餐廳的另一個門連接方正寬敞的廚房。在廚房的另一頭，有個鋪著磁磚的小內院，用來堆放雜物，滿是陶罐、木桶以及不需要用的廚具。裡面還有個小噴泉，其左側是那些陳列的盆花，已枯萎趨近凋謝，而旁邊一整條排水道則讓大家傾倒用過的汙水。

店裡的生意非常好，柯鈫了解到這些花費有了代價，對他太太產生了敬意，認為她「腦筋很好」。五年後，他們有了將近八萬塊的存款，麗莎解釋說他們不要太有野心，他們不需要很快地賺太多錢，她可以驅使她先生進行批發，就可以賺「大把大把鈔票。」他們還年輕，要賺錢有的是時間。他們不喜歡做事草率，希望能自在的工作，不會擔心錢，而是好好的過日子。

麗莎在透露內心想法時又說：「我在巴黎有個表親，我沒看過他幾次，我們兩家人不常來往。他稱自己為撒卡爾[21]，只為了遺忘某些事情。而別人告訴我，這個表親賺了上百萬。這根本不是生活，他沒日沒夜的工作，不斷地旅行，簡直就是坐在開往地獄的列車上。而且他根本無法安靜地吃頓晚餐，真是誇張，對吧？我們其他的人，至少知道自己吃的是甚麼，沒有這樣多煩擾。我們喜愛錢，因為那是生活所需。我們希望能好好過日子，這是很自然的。至於為了賺錢而賺錢，於是讓自己累得半死，以後再來好好享受，說實在話，那我寧願閒著甚麼事都不做。而且我真想看到他賺的那些百萬元，我從不相信他真的這樣富有。前幾天，我瞥見他坐在車子裡，臉色蠟黃，看上去皮笑肉不笑的。一個賺了這麼多錢的人，不應該有這種臉色。反正這也跟我無關。我們寧願只賺一百蘇，然後好好地利用這一百蘇。」

事實上，他們確實享受生活。結婚第一年後，他們有了個女兒。這個家的生活寬裕，大家都很高興且不會太累，麗莎要的就是如此。她小心地撇開所有可能造成麻煩的問題，在這樣豐富且越來越發達的生意裡過著日子。這是一塊樂土，一個舒適的家戶，母親、父親以及小女兒都養得白白胖胖。偶爾，柯鈫獨自一人想到他哥哥佛羅鴻時會感到難過。直到一八五六年，他仍舊會收到他的來信，但間隔越來越長，然後就再也沒有信了。他在報上讀到有三個被流放的

21 撒卡爾（Saccard）是左拉《盧貢．馬卡爾》家族小說系列中所創的一個人物，是個無情又貪婪的金融家。

人想要逃離魔鬼島[22]，還沒到岸邊就淹死了。

警察局無法給他更精確的資訊，認為他哥哥應該死了。他卻還是抱著一絲希望，但好幾年過去了，仍舊毫無音訊。佛羅鴻對這個荷蘭殖民的蓋亞那毫無興趣，他也避免寫信，直想著能夠回到法國。而柯鈫終究還是當他死了，而哭了老一陣子。麗莎不認識佛羅鴻，她先生每次沮喪時跟她講的都是他的好話，她已經聽他講過上百遍他們年輕時的故事：荷耶克拉街上的大房間，他所學過的各種技能，他在房間煎鍋裡所做過的甜點，他全身穿的是白色，而佛羅鴻則全身穿成黑色。她會靜靜地聽他講上好一段時間。

就在他們明智地培養出的這種成熟愉悅當中，佛羅鴻在某個九月的早晨從天而降。麗莎享受著她早晨的日光浴，柯鈫則睡眼惺忪，慵懶地將手指放在前夜已凝固的油脂裡。這家豬肉食品店被完全地動搖。嘉華認為他們應該將這個「被流放的人」藏起來，當他這樣說時，稍微鼓起了腮幫子，有些無奈。麗莎比平常看上去更蒼白且嚴肅，終於領他上到六樓，將店裡女學徒的房間讓給他。柯鈫立刻準備了麵包與火腿，但佛羅鴻卻沒吃甚麼，他感到頭暈想吐，於是倒

22 魔鬼島（île du Diable）是法屬蓋亞那外海的一個小島，自一八五二年起，該島被法國建為流放重犯的監獄。一九三八年起停止接收犯人，一九四六年監獄被撤銷，一九五二年被正式關閉。

床就睡。結果他發了高燒，躺在床上五天，胡言亂語，幸好他逐漸恢復了氣力。當他清醒時，瞥見麗莎在床邊，用一支湯匙在碗裡沒弄出一點聲音地攪拌著。他想要向她道謝，她說他應該多休息，其他的事晚點再說。又過了三天，這個病人終於能下床了。於是幾天後的一個早上，柯欽上樓來找他，告訴他麗莎在她二樓的屋裡等他們。

這層樓是他們的小公寓，有三個房間跟一個小儲藏室。首先要先經過一個空曠的小廳室，裡面只有椅子，然後是一個小客廳，裡面的家具都蓋著白色的床單，在關了一半的百葉窗下偷偷地睡著。關上百葉窗也是為了保護淺藍色的棱紋平布窗簾。然後我們就到了臥室，這是唯一一間住人的房間，裡面放著紅木家具，看上去十分舒適。那張床尤其讓人印象深刻，有四張床墊，四個枕頭，很厚的被子，以及鴨絨壓腳被，在稍顯潮濕的壁龕裡像個隨時能擁人入睡的懷抱。衣櫃門上有著鏡子，還有梳妝台，獨腳的小圓桌上鋪著鉤製的蕾絲，椅子也用方型鏤空花邊的蕾絲保護著，顯現出一種確然的中產階級奢侈。在左面牆邊，壁爐的兩旁，裝飾著雕了風景的銅花瓶，還有一座鍍金的時鐘，描繪著沉思的古騰堡[23]，一隻手指指向一本書。另外牆上還掛著柯欽與麗莎的畫像，橢圓的畫框充滿了裝飾。柯欽在畫中微笑著，麗莎則有著她該有

23 古騰堡（Gutenberg），名為約翰內斯·古騰堡，是第一位發明活字印刷術的歐洲人。

的樣子，兩個人都身穿黑色服裝。畫家用了渲染的技巧，人像看上去有些稀釋，一片流動的粉紅色，十分討人喜愛的畫像。地板上有張地毯，上面是複雜的玫瑰交錯著星辰。在床前面的地上則鋪著一張踏腳墊，是麗莎在櫃檯後耐性地用長條捲羊毛編織的作品。然而在這所有新的家具當中，最讓人驚訝的是靠著右面的牆，有一張大寫字檯，方正且敦實，重新上過漆，但卻無法修復那些破損的大理石，也沒有遮住黑色紅木因為長時間使用的磨損。麗莎想要保留這個嘉戴勒舅舅已用了超過四十年的老家具，她說這會為他們帶來好運。事實上，寫字台上的鐵飾品看上去很老舊，還有一個像監獄牢房用的大鎖，而且這張寫字台非常重，要搬動也不太容易。

當佛羅鴻跟柯鈫進到房間裡時，麗莎坐在寫字檯前，整齊地寫著一些數字。她寫的字又大又圓，很容易讀。她做了個手勢，要他們先別打擾她，於是兩個男人坐下來。佛羅鴻很驚訝地看著這個房間，那兩張人像，那座鐘以及那張床。

在很仔細地確認一整張的數字之後，麗莎終於說話了，「好了。您聽我說，我親愛的佛羅鴻，我們有錢要還給你。」

這是第一次，她這樣叫他。她手中拿著那張有數字的紙繼續說：「您的嘉戴勒舅舅去世時沒有留下遺囑，您跟您弟弟是唯一的繼承人。今天，我們應該把您的部分給您。」

「可是我什麼都不要啊！」佛羅鴻叫道，「我不要任何東西啊！」

柯鈫看來並不知道他太太的這個想法，臉色變得有些蒼白，他有些不高興地看著她。真的，他很愛他的哥哥，但把舅舅的這些遺產就這樣丟給他，實在浪費，我們可以晚一點再說。

「我知道您會這樣想，我親愛的佛羅鴻，」麗莎接著說，「您不是來跟我們要屬於您的那一份財產，不過，我們要就事論事，最好趕快把這件事處理掉。您舅舅的存款高達八萬五千法郎，所以我算您應該有四萬兩千五百法郎，您看看。」

她把紙上的數字指給他看。

「可惜要評估這間店，還有那些器材、商品跟客人人數並不容易，我只能大概算了一個數字，雖然很粗略，不過我想我全都算進去了。全部的數字應該是一萬五千一百一十法郎，所以您應該有七千六百五十五法郎，因此總數是五萬一百五十五法郎，您確認一下。」

她把這些數字說的十分清楚，然後把手上那張紙遞給他，他不得不接過來。

「可是，」柯鈫大叫，「那個老傢伙的肉品店絕對不值一萬五千法郎，要是我，我連一萬都不給。」

他太太終於激怒他了，沒有人會誠實到這個地步。佛羅鴻有提到肉品店嗎？況且他已經說了，他甚麼都不要啊！

麗莎很鎮靜地重覆說道：「肉品店值一萬五千三百一十法郎。我親愛的佛羅鴻，您了解嗎？

這件事不需要找個公證人。因為您復活了，我們該要做這樣的分配。從您一到這裡，我自然而然就想到了這一點。您發燒的這幾天，我就盡力把這份財產清冊做好。您可以看到，全都寫得很清楚。我翻了我們先前的帳本，也嘗試回憶過去的點點滴滴。您就大聲唸，需要說明時，我會跟您解釋。」

佛羅鴻終於笑了起來，他對這份自然又自在的誠實覺得感動。他將那張寫了數字的紙放在這個年輕婦人的腿上，然後握住她的手說：「我親愛的麗莎，我很高興你們生意很成功，不過我不需要你們的錢。你們照顧舅舅直到他過世，這份遺產是我弟弟跟您的，我甚麼都不需要。我也不想打擾你們的生意。」她堅持要這樣做，甚至因為佛羅鴻不從而感到憤怒；這時候，一語不發的柯鈫竟高興地咬住自己的手指。佛羅鴻笑著又說：「哈，要是嘉戴勒舅舅聽到您這番話，他很可能會回來要回這些錢的。嘉戴勒舅舅，他並不喜歡我。」

「哼，嘉戴勒舅舅，他根本不愛你。」柯鈫疲憊地喃喃自語。

然而麗莎繼續討論著，她說她不想要自己的寫字檯裡有不屬於她的錢，這讓她心緒不安，她只要一想到這點就無法平靜的過日子。於是佛羅鴻繼續開玩笑地說，那就把他的錢投資在她這裡，在這間店裡。況且，他會需要他們的協助，因為他顯然無法立刻找到工作。還有他的這身打扮簡直無法見人，所以他需要全套的新衣。

「當然啦！」柯欽大叫，「你住我們家、跟我們一起吃，我們會幫你買你所需要的，這是理所當然的。老天爺，你知道我們不會讓你睡在街上的！」

他開始淚流滿面，甚至對於自己害怕一下子把許多錢給自己的哥哥而感到羞愧。然後他就說笑話，他跟他哥哥說：「我會負責把你養胖的。」他哥哥輕輕地點了點頭。這時候，麗莎把那張紙摺起來，放進寫字台的一個抽屜裡。

她像是要把事情做個了解：「您錯了，我做了該做的事。現在，您要是決定如此，我們就這樣吧。我呢，您也了解，我要是不這樣做，可是無法安心過日子的，這些念頭很讓我不安的。」

於是他們談及別的事情，要如何在不惹警察注意的情況下，解釋佛羅鴻怎麼出現的。他告訴他們，有個可憐人在蘇利南（Surinam）因為黃熱病死在他懷中，於是他就用了他的證件回來法國。這是個奇特的邂逅，那個男孩也叫佛羅鴻，不過那是他的名字，不是姓。佛羅鴻・拉克耶（Florent Laquerrière）在巴黎只有一個表妹，但有人寫信告訴他，她死在美國了，所以還有甚麼比扮演他這個腳色更容易的呢。

麗莎表示她可以當表妹，聽到有人說這個表哥從國外回來的故事，幾次嘗試找工作都失敗後，柯欽跟嘉戴勒家收留了他，街坊鄰居都是這樣稱他們家的。他們就這樣做，直到他找到工作。當一切都說定之後，柯欽要他哥哥看看整棟屋子，而且連一張板凳都不放過。在那個只有椅子的空的小廳房裡，麗莎讓人架起一道門，然後放了一個櫃子，跟他說那個店裡的女學徒會睡在這裡，他就保留六樓的那個房間。

當天晚上，佛羅鴻全身上下都是新衣。他還是想要買一件黑色外套跟長褲，雖然柯欽認為這個顏色讓人傷感。他們不再隱瞞這件事，只要有人問，麗莎就說這個表哥的故事。他就生活在這個豬肉食品店裡，坐在廚房的一張椅子上，坐著坐著就忘了自己是在廚房裡。轉個身，又靠著店裡的大理石牆坐著。在餐桌上，柯欽在他盤子裡放滿食物，卻常常生氣他吃得不多，還留下一半的肉。麗莎又恢復了她緩慢與幸福的步調，她容忍他的行止，即使早上他會影響到大家工作。她會忘記他的存在，然後當他一身黑站在她面前，她認出他來時就會稍稍地嚇一跳。不過為了不傷害他的感受，她很快又會面露微笑。這個削瘦男人的無私讓她訝異，她對他產生一種尊敬，卻混雜著一種不明的害怕。而佛羅鴻只感受到身邊有著許多溫情。

就寢時間到了，因為一整天的虛無而感到疲憊，他跟住在隔壁小屋裡兩個店裡的男學徒一起上樓。一個是雷翁（Léon），還不到十五歲，只是個孩子，瘦小但看上去脾氣很好。他會偷拿那些人們忘記的香腸碎屑，或是剛切開不要的火腿頭，藏在枕頭下，然後在夜裡不配麵包，就這樣吃起來。好幾次佛羅鴻都以為半夜一點左右，雷翁在吃晚餐。在整棟屋子的靜謐裡，兩個人竊竊私語，然後就聽到嚼食東西的聲音，紙張摩擦，還有一連串的笑聲，一種孩子的笑聲，細柔地像一串煮熟的豆莢。

另一個男孩奧古斯特・蘭多（Auguste Landois）是特魯瓦（Troyes）人，有些過胖，頭也太大，才二十八歲，就已經禿頭了。第一個晚上，在上樓的樓梯間裡，他跟佛羅鴻以一種冗長又混亂地方式講述自己的故事。起先他來巴黎，只是為了讓自己的技術純熟，然後能夠回到特魯瓦去開一間店，他的親表妹奧古斯婷・蘭多（Augustine Landois）在家鄉等著他。他們有著同樣的教父，也有同樣的名字[24]。然後他變得較有野心，在離開香檳區之前，他將母親留給他的遺產委託給一位公證人，夢想能夠用這筆錢讓他在巴黎立足。

然後他們到了六樓，奧古斯特抓住佛羅鴻，說了很多柯鈫太太的好話。因為她同意讓他表妹奧古斯婷來店裡，替換另一個出了些問題的女孩。他現在學會怎麼做那些肉品，表妹則剛學會做生意的一些細節。一年或一年半以後，他們會結婚，就會開一家豬肉食品店，應該是在布雷頌斯（Plaisance）[25]，或某個人口較密集的巴黎地區。他們不急著結婚，因為現在豬肉食品賣不了多少錢。然後他又說他們在一個聖旺（Saint-Ouen）的節慶上一起拍了張照片，於是他進到

24 法文中 Augustine 是 Auguste 的女性寫法，因之是同一名字的陰性與陽姓寫法。
25 為巴黎第十四區中的一個區域。

佛羅鴻的房間，想要再看一次那張照片。他表妹應該要讓柯鈫太太表哥的房間更整潔的，竟然沒想到要把壁爐上的照片拿走。他有些忘我，在手中燭台微弱的黃光裡，又看了一次那張有著女孩子的照片，然後走近床邊，問佛羅鴻是否睡得舒適。奧古斯婷現在睡在樓下，她應該覺得較舒服，頂樓的房間在冬天時很冷。最後他總算走出去了，讓佛羅鴻獨自一人在床上面對著那張照片。他心想，奧古斯特是個較蒼白的柯鈫，而奧古斯婷則是還不成熟的麗莎。

成為男孩們的朋友，他的弟弟又寵他，麗莎也接納他，佛羅鴻終於覺得自己無聊透頂了。他尋找能教課的機會，甚至去那些害怕自己會被認出來的學校附近，卻無功而返。麗莎溫和地告訴他，他應該去詢問商家，因為他能寫信，也能寫紀錄報告。她一直都抱持著這個念頭，最後還提議要幫他找一份工作。她漸漸地對於不停地碰到他在店裡無所事事感到生氣。首先，這是一種對那些不做事只張口吃飯的人合理的憎惡，況且她想到他是在他們家。她跟他說：「我呢，我沒有辦法整天就是胡思亂想，到了晚上，您怎麼會餓呢？您了解的，一定要做甚麼讓您感到疲累才行。」

嘉華也幫佛羅鴻找工作，但他以一種驚人且完全秘密的方式進行。他想要找個戲劇性，或純粹會讓人覺得那是種苦澀嘲諷的職位，這才適於「被流放的人」。嘉華是個常有異議的人。他剛過五十歲，對過去四個政府所做的一切，他都驕傲地說他早就料到會如此。查理十世、那些神父、貴族，都是被他掃地出門的流氓，而且他對這樣的行止顯得蠻不在乎。他認為路易士・菲利浦[26]是個蠢蛋，他的那些布爾喬亞[27]階級朋友也不是甚麼好東西。而且他還會講述國王藏匿他私房錢的故事。至於一八四八年的共和國，簡直是個笑話，那些工人階級欺騙了他，不過他不再承認自己曾大力支持拿破崙三世在一八五一年十二月二號推動的政變[28]，因為他把這個人當成了敵人。

一個下流胚子與莫尼[29]還有其他的混帳關在一室，只為了「盡享口腹之慾」。對於這一點，嘉華可有說不完的故事，他會壓低聲音，然後說每天晚上，那些蓋著布的車子都載著女人進到杜樂麗宮[30]。至於他呢，他會告訴你有一天晚上他在卡魯索廣場[31]，聽到的是狂歡的景象。嘉

26 路易士・菲利浦（Louis-Philippe）為路易士・菲利浦一世，一八三〇—一八四八年間的法國國王，其王朝在一八四八年法國革命後被第二共和國取代。
27 原文為**bourgeois**，即現今所稱的中產階級或資本家。
28 一八五一年十二月二日由拿破崙三世進行政變，在其他省區遭受強大的阻力，於是鎮壓這些反抗者，然後將其流放到阿爾及爾以及圭亞那。
29 全名為**Charles Auguste Louis Joseph de Morny**（一八一一—一八六五），為莫尼公爵為第二共和國與法蘭西第二帝國間的金融家與政治人物。
30 杜樂麗宮（Tuileries）原為在塞納河右岸的王宮，自亨利四世至拿破崙三世，這裡一向是法國君主在巴黎的住所。於一八七一年在巴黎公社期間被摧毀，其地點為現今杜樂麗花園的東側。
31 卡魯索廣場（la place du Carrousel）是面對羅浮宮的一個廣場，位在美術館與杜樂麗花園之間。

華的原則就是盡可能的對政府無禮。他會講些惡劣的笑話，然後為此笑上好幾個月。首先，他投票給一個應該會在立法機構（Corps législatif）「讓所有部長受到騷擾」的候選人。接著他又不繳錢給國稅局，或是引發一些群架來擊潰警察。他所做的就是讓這些事物變得十分有叛亂性質。此外他還謊稱自己被當作一個危險份子，講得彷佛「那一夥杜樂麗宮裡的人」都認識他，且都很怕他。他還說一半這些無賴都應該被送上斷頭台，另一半則應該立刻「被掃地出門般」流放。所有講不停且暴力的政治事件都成為他吹噓的素材，讓人站著也會睡著的無稽之談。這種對大肆嘲諷與笑話的需求，讓這個巴黎商販能夠拉開百葉窗營業，奮鬥一整天，只為了看到有人受死。而且當佛羅鴻從開雲回來時，他嗅到一種可以耍惡劣伎倆的機會，他尋求一種方式，尤其希望在精神上能夠諷刺這個國王、部長以及現有的政府官員，甚至到都市裡的警察。

在佛羅鴻面前，嘉華一直保持種隱忍愉悅的姿態。他不停地跟他眨眼睛，低聲地跟他說那些沒甚麼了不起的事，握手時也像共濟會會員那樣充滿秘密。他終於碰到了一場歷險，有一個真正受過刑的同志。他能夠提及自己所面對的危險，且不需要撒謊。他在面對這個從監獄回來的男子時，感受到一種說不出來的恐懼。他的削瘦訴說著長期在監獄中受到的痛苦，然而這份恐懼讓他壯大，他接納這個最危險的人作為朋友時，自己就是做了一件十分驚人的事。佛羅鴻成為一個聖人，他都拿他來發誓，而且只要詞窮時，或是他想要一股腦地讓這個政府一敗塗地時就提佛羅鴻的事。

嘉華在發生政變後的幾個月裡失去了他太太，當時他們還住在聖傑克街。他獨自經營燒烤店直到一八五六年。傳言說他因為跟一個鄰居雜貨商合作，為在洛里昂（Orient）的反抗軍提供乾燥蔬菜而發了一筆財。事實上，他在賣掉燒烤店後的一整年，都靠著先前的積蓄過活。他不喜歡提及這筆錢財的來源，因為這讓他坐立不安，他也因此無法明確地提出他對克里米亞戰爭[32]的意見。他認為那是一次很具冒險精神的遠征，只是為了「鞏固王位以及讓某些親信中飽私囊」。一年過去，他在自己的老家中感到無聊致極。由於他幾乎天天都會來柯鈫一嘉戴勒的店裡，於是他就搬到附近的柯松納尼街（rue de la Cossonnerie）。就是在這裡，他被巴黎大堂給吸引了，那些商館裡的喧囂與說不完的八卦。他決定要在家禽館租個地方，純粹是為了自娛，為了讓他的日子裡充滿市場中那些流言蜚語。他的生活裡有著無窮盡的閒言閒語，他知道整個區裡最微不足道的醜聞。腦子裡滿是那些在他身邊嗡嗡作響的尖叫聲。他在這當中享受著充滿快感的愉悅，覺得心滿意足，這是個讓他感到自在之所，就像艷麗的金魚暢游在陽光下。佛羅

32 克里米亞戰爭（La guerre de Crimér）是一八五三年至一八五六年間在歐洲爆發的一場戰爭，作戰的一方是俄羅斯帝國，另一方是鄂圖曼土耳其帝國、法蘭西帝國、不列顛帝國，後來薩丁尼亞王國也加入這一方。一開始它被稱為「第九次俄土戰爭」，但因為其最長和最重要的戰役在克里米亞半島上爆發，後來被稱為「克里米亞戰爭」。

鴻偶爾會到他的店裡去跟他握個手，打個招呼。午後依然炎熱，狹長的巷道裡，一些女人坐著替那些家禽拔毛。幾縷陽光落在那些掀起邊角的遮棚間，在這股酷熱的空氣裡，在那些金黃陽光照亮的塵埃中，那些羽毛在指尖飛舞，如同舞動的雪。

一連串的叫賣與殷勤跟著佛羅鴻。

「先生，買一隻漂亮的鴨吧？」

「到我店裡來，我有很肥美的雞。」

「先生，先生，跟我買這一對鴿子吧。」

他有些侷促，裝作沒聽到便走開了。那些女人繼續邊拔毛邊想辦法引起他的注意，羽毛之舞迎面襲來，又熱又濃的家禽氣味讓他幾乎窒息。終於在巷道中間的噴泉旁，他找到了嘉華，穿著襯衫以及藍色圍裙，手抱在胸前，在他的店門口侃侃而談。這當下的嘉華，帶著一個像王子般的氣概，完全掌握了在他身邊的那十幾個女人。他是這個家禽市場裡唯一的男人。他是這樣的長舌，在跟連續五六個找來幫他看店的女孩子吵翻之後，他決定還是自己經營店鋪。甚至還若有其事地說這些自以為是的蠢女人都把時間花在搬弄是非，他真是受不了了。然而他不在時，還是需要有人幫忙顧店，於是他接納了馬裘朗，後者在嘗試巴黎大堂裡所有想得出來的工作後，沒有獲得任何商家聘用。偶爾佛羅鴻會待在嘉華那裡一個鐘頭，十分驚訝於他取之不盡，用之不竭的八卦；以及在這所有的女人間他保有的價值觀與自在。一下子打斷一個女人的話，一下子又跟另一個在十幾家店遠的女人鬥嘴，然後又從第三個女人那　搶了個客人。他一個人製造的噪音比上百個他的鄰居都多。這些喧囂以一種嗡嗡地聲響震動著商館的鑄鐵板。

這個家禽商販的所有家人，就只剩下一個大姨子與外甥女了。當他太太去世時，她一年前也成為寡婦的姐姐勒可兒太太，哭得死去活來，幾乎每天都來安慰這個傷心的先生。在這段期間，她一定醞釀著取悅他的計畫，意圖取代才離世不久的死者。然而嘉華嫌惡細瘦的女人，他說碰觸到那種皮包骨就讓他難受，他也只撫弄那些很肥胖的貓或是狗。這是一種個人享受，他偏好感受那種圓潤與飽滿的軀體。勒可兒太太因此感到受傷且暴怒，眼見燒烤店老闆那些一百蘇的錢都飛了，因而累積了能致人於死地的怨恨。她的妹夫於是成了敵人，她無時無刻都想著要如何對付他。當她看到他在巴黎大堂開店，就在她販售牛油、乳酪以及蛋不遠的商館裡；她指責他「就是為了讓她難過，還會壞了她的運氣」。從此之後，她自怨自哀，變得更是面黃肌瘦，精神上彷佛受了很大的打擊，真的開始失去顧客，生意衰敗。她長久以來都帶著另一個姊妹的女兒，而這個鄉下人自從把這個小女孩送到這裡來之後，就不聞不問了。這個孩子是在巴黎大堂裡長大的，她的姓是莎希耶（Sarriet），所以她也這樣叫自己，但很快地，大家都叫她莎希耶特[33]。到了十六歲，莎希耶特已經是個機靈的漂亮少女，許多來買乳酪的男士都是為了一睹她的美貌。然而她不接受這些男士，她只是個有著處女的白皙皮膚，以及眼神帶著淡淡火光的下等人。她選了一個替她阿姨進貨的搬運工，一個來自梅尼蒙當[34]（Ménilmontan）的男孩。二十歲時，她自立門戶，成為水果商。從沒有人知道她哪裡來的錢，而她的愛人，自稱是朱利先生（M. Jules）也不再搬貨，穿著一身乾淨的襯衫，頭戴一頂絲絨帽，腳上趿著拖鞋，只在午後來巴黎大堂。他們住在一起，沃維利耶街（rue Vauvilliers）上一棟大房子的四樓，而一樓則是個名聲不佳的咖啡館。

莎希耶特忘恩負義的態度惹惱了勒可兒太太，她一股腦地用了許多惡毒的話罵她。兩個人反目成仇，阿姨憤怒不已，小外甥女則跟朱利先生編織一堆故事，然後這個年輕人就到牛油商館裡去講述。嘉華認為這個莎希耶特有趣極了，他對她表現出十足的縱容，當他碰到她時就會拍拍她既豐盈又美的臉頰。

一天下午，佛羅鴻因為早上找工作到處奔波卻毫無著落而感到疲憊，坐在肉品店裡，這時

33 原文 Sarriette 的意思是冬香薄荷，一種香草植物。
34 現為法國巴黎市中心的二十個區之一，一八六〇年之前是個郊區村落。

候馬衮朗進了店裡。這個大男孩有著像荷蘭人般的結實與溫柔，很得麗莎寵愛。她說他人很好，有點傻呵呵的，十分健康強壯，是個十分有意思的人，況且沒有人知道他的雙親是誰，就是她讓他去嘉華那裡工作的。

麗莎在櫃檯後面，因為佛羅鴻的鞋踩到狗屎而把紅白色的地磚沾汙了而氣惱，這已經是第二次她要起身去把木屑撒在店裡，免得客人也受害。但她擺出笑臉迎接馬衮朗。

這個年輕人說：「嘉華先生要我來問您……」

然後他停了下來，看看四周，接著低聲地說：「他確實建議我等到沒有人的時候才告訴您這些話，這是他讓我背起來的：『問他們是不是沒有危險，還有我可以來跟他們聊聊他們所知道的一切嗎？』」

「好的，告訴嘉華先生，我們等他來。」麗莎回答道，她很習慣這個家禽商販的神祕態度了。然而馬衮朗並沒有離開，他出神地站在這位美麗的肉品店老闆娘面前，一副等著被愛撫的溫順表情。似乎被這樣無言的崇拜給感動了，她又說：

「在嘉華先生那裡工作，你還喜歡嗎？他是個好人，你應該要讓他對你感到滿意。」

「是的，麗莎女士。」

「只不過你真不懂事，昨天我又看到你爬到巴黎大堂的屋頂上；還有，你又跟一堆男男女女的無賴在一起。你現在是個大人了，應該要替自己的未來著想。」

「是的，麗莎女士。」

她為了回應一個剛進店裡購買一斤[35]排骨配醃黃瓜的女士，離開櫃台走到店裡的砧板前。用一把扁刀，她將三條排骨從一大塊豬肉上切下來，接著拿起大切肉刀，用她光滑且有力的手腕，啪啪啪乾淨俐落的三下。她每砍一刀，在刀子後面的美麗諾羊毛裙就輕微飄動起來，而緊身馬甲撐張布料中的衣架則隨之突出。她一臉嚴肅，抿著嘴，眼光清亮，然後用另一隻手緩慢地將這些豬排放到秤上。當那位女士離開後，她瞥見馬裘朗很高興地看著她用切肉大刀剁了三下，如此地俐落有勁。

她喊道：「你怎麼還在這裡？」他要走出店門時，她拉住他，然後說：「你聽著，要是再讓我看到你跟那個邋遢的卡婷在一起。別否認，今天早上，你們又一起去了下水店，看人家砍羊頭。我真是不懂，像你這樣好看的男孩子，怎麼會喜歡這樣一個生活習慣差又乾癟的女孩子呢？趕快去吧，跟嘉華先生說，要他趁沒有人的時候趕快來。」馬裘朗一臉困惑，感到沮喪，不發一語地走了。

35 法國的古斤，在巴黎為四百九十克，其他省則是三百八十克到五百五十克不等。

漂亮的麗莎站在她的櫃檯後面，視線稍微轉向巴黎大堂，佛羅鴻安靜地看著她，驚訝地發現她是如此美麗。直到現在他都沒有好好地看過她，他不知道如何看女人。她看上去彷佛超越了那個肉品櫃台。在她前面白色的瓷盤裡陳列著亞爾（Arles）跟里昂的灌腸；豬舌與水煮的小塊鹽製豬肉，浸在肉凍裡的豬頭，一罐打開的熟肉醬以及一罐沙丁魚，其金屬罐面陷了進去，顯出一片油。然後左邊跟右邊，在不同的物架上有著義大利的乳酪麵包、豬肉凍，一隻淺粉紅色的一般火腿，一隻暗紅的約克火腿，外面是一大圈的脂肪。除此之外，還有許多菜色放在圓形跟橢圓形盤子上：填塞肉末的豬舌頭、松露肉凍以及開心果豬頭肉凍；就在她眼前手下，則是裝在黃色砂鍋裡的醬牛肉、鵝肝醬，還有野兔肉醬。由於嘉華還沒到，她開始整理，把培根放到櫃檯最裡面小的大理石陳列架上，然後將豬油罐跟燒烤用脂肪罐都排整齊，擦拭兩座白銅秤，又拿抹布拍了拍加熱功能已經停止的保溫箱。然後安安靜靜地，她又將視線轉過去看著巴黎大堂的另一邊。

肉的香氣升起，她似乎在自己的安穩裡被松露的氣味吸引住了。這一天，她看上去非常清新，圍裙與衣袖的白像是銜接著瓷盤的白，直到她豐盈的頸部；粉嫩的雙頰，恍如那些柔嫩的火腿以及蒼白透亮的脂肪。由於害怕她正直的態度，佛羅鴻不敢直接看著她，只能用環繞店內的鏡子偷偷地端詳她。她的背、臉、身側都反映在鏡子裡。甚至在天花板上的鏡子裡，他也看得到她在下方的頭，緊緊梳著髮髻，兩邊的鬢髮貼在太陽穴上。這真是個完整的麗莎，表現出寬闊的肩膀，有力的手臂，渾圓的胸口，既安靜又結實，活像一個大肚子，並不會讓人產生任何遐想。他停在一個自己特別喜愛的側面影像上，就在他身邊，切成兩半的豬旁邊那面鏡子裡。沿著大理石與鏡子，懸吊著有掛鉤的桿子，上面吊著豬肉、鑲嵌香草的豬膘，而麗莎的側臉跟她結實的頸子，渾圓的線條與些微前突的喉嚨，在這些豬膘與生肉當中，就像是個豐實的皇后肖像。然後美麗的店老闆娘低下頭，友善地跟那兩條在架子上水族缸裡不停游動的金魚微笑。

嘉華一臉嚴肅走進店裡，徑自到廚房裡去找柯鈫。當他側坐在一張小的大理石桌上，讓佛羅鴻坐在他的椅子上，麗莎留在櫃檯後方，而柯鈫背對著半隻豬後，他終於宣告他為佛羅鴻找到了一份職務，而且大家一定覺得很好笑，這個政府也必然會十分不高興的。

但他看見薩潔小姐推開店門走進來，便倏地閉上了嘴。她在街上看到麼多人在柯鈫一嘉戴勒的店裡聊天，便決定走過來。這個小老太婆穿著褪色的洋裝，手臂上掛著永遠都是同一個黑色手提包，頭上戴著沒綁緞帶的黑色草帽，那張蒼白的臉隱藏在陰鬱的黑影裡。跟所有男人輕輕地打了個招呼，便堆起笑臉看著麗莎。這是個大家都認識的人，一直都住在皮湖艾特街的那間屋子裡，已經住了四十年了，想必受益於一份微薄的固定收入，但她從不提這件事。她只說別人的事，他人的生活，甚至每個月漂白多少件襯衫；為了滲透進入鄰居的生活中，她還會把耳朵貼在他們門上，或是偷拆他們的信件。從聖丹尼街到讓傑克盧梭街（rue Jean-Jacques Rousseau），從聖歐諾黑街（rue Saint-Honoré）到莫工賽街（rue Mauconseil），這個區裡沒有人不怕她那張嘴。

一整天，她手上掛著手提包在外頭，假借出門買生活用品之名，卻甚麼也沒買，反倒是到處訛傳緋聞，收集那些微不足道的是非。因此在她腦子裡放了這個區裡面不同屋子、不同樓層以及不同人完整的故事。柯鈫一直指責她散佈了嘉德勒舅舅死在砧板上的事，從那個時候起，他就對她心懷不滿。此外，她對嘉德勒舅舅以及柯鈫瞭若指掌，她知道他們的一點一滴，任何細節都不放過。然而自從十幾天前佛羅鴻到來之後，她就有些困惑了，於是迫不急待地想要一探究竟。一旦她的筆記裡漏缺了內容，她便感到不適。然而她很確定自己在甚麼地方看過這個相貌醜陋的高個子。

她停在櫃檯前，看著那些盤子，一個看過一個然後用她細弱的聲音說：「我都不知道該吃甚麼了。一到下午，我就開始擔心自己的晚餐，可是我又甚麼都不想吃。柯鈫太太，你們還有那種裹了炸粉的排骨嗎？」不等對方回答，她拿起了白銅保溫箱上的一個蓋子。這一邊是薰香腸、臘腸與血腸。加熱器已經冷卻，只有一根扁平的臘腸似乎被遺忘在架子上。

「薩潔小姐，看看另一邊吧，我想應該還有一塊排骨。」老闆娘說道。

「算了，我不想吃。」小老太太喃喃地說，但還是把鼻子鑽進第二個蓋子下面，「我只是一時心血來潮，可是晚餐吃炸排骨，不太好消化。我喜歡買個自己不需要加熱的東西。」

她轉向佛羅鴻這一邊，看著他，然後又看看嘉華，他依然坐在那張大理石桌上，拍打著自己的手指。她對他們笑笑，像是要他們繼續剛才的對話。

「您要不要買一塊醃肉呢？」麗莎問道。

「一塊醃肉，是啊，不過……」

她拿起大盤子邊有著白鐵手把的叉子，拖拖拉拉地戳著每一塊醃肉，她在骨頭上輕輕地戳，想看看肉有多厚，然後把它們翻過來翻過去，檢視著每塊粉紅色醃肉的細部，不停地說：「不行，不行，我不喜歡這塊。」

「要不然選一條舌頭、一塊豬頭或是一串鑲牛肉。」老闆娘耐心地說著。

不過薩潔小姐不停地搖頭，她又待了一下子，面對那些盤子表現出一股噁心的樣子，然後發現沒有人要聊天，她甚麼也聽不到，於是決定走了。邊出門邊說：「不行，您看看，我本來想要一塊炸排骨，可是你們剩的那一塊太肥了，下一次吧。」

麗莎低下頭用眼神在陳列架的穗飾中跟著她，看到她過了街進到水果商館裡。

「死老太婆！」嘉華埋怨道。

由於沒有別人了，他開始說幫佛羅鴻找到的是甚麼工作，還真是說來話長。他一個好友維爾拉克先生（M. Verlaque）是海鮮館的監督人員，但因為病得很重所以被迫休息。這天早上，那個可憐的先生就跟他說，要是他能自己推薦一個替代人選，他會比較安心，倘若真的病好了還能回來工作。

「你們聽懂了嗎，」嘉華又補充道，「維爾拉克活不過一個半月的，佛羅鴻可以保有這個職位。這不是很美妙嗎？而我們也讓警察插了一腳。這個職位隸屬於警察局，哈，當佛羅鴻去拿那些臭警察的錢時，這還不夠好笑嗎？」他笑得非常自得，覺得一切極具趣味。

「我不要這個職位。」佛羅鴻乾脆地說，「我已經發誓不再接受這個帝國的任何東西。我寧願餓死，也不要進警察局去做這份工作。這是不可能的，嘉華，您聽到了嗎？」

嘉華聽到了，感到有些尷尬。柯鈫低下了頭，但是麗莎轉過身來定定地看著佛羅鴻，一臉不滿，胸口的緊身馬甲都快要蹦開了。她正要開口說話，莎希耶特走了進來，屋裡又重現一片靜默。

「真是的，」莎希耶特帶著溫柔的笑容輕叫道，「我差點就忘了要買豬膘，柯鈫太太，給我十二片，不要太厚，好嗎？是要做肉片捲的。朱利想吃肉片捲。喔，我的姨丈，您好嗎？」

她在店裡穿梭，精神飽滿地對所有的人微笑，巴黎大堂的風將她一邊頭髮吹得有些散亂。嘉華握住她的手，她則以慣有的放肆無禮說：「我打賭，剛才我進來的時候，您正在談論我。我的姨丈，您到底說了甚麼？」

麗莎喊她，「這樣薄可以嗎？」在砧板的一端，她細心地切著豬膘，然後將它們包裝起來：「你們不需要別的東西嗎？」

莎希耶特回答：「說真的，既然我都來了，給我一斤豬油。我很喜愛炸薯條。我的午餐可以是兩蘇的炸薯條跟一把蕪菁。是的，柯鈫太太，一斤豬油。」

老闆娘放了一張厚紙在一個秤上，用一隻黃楊木的抹刀在陳列架下的罐子裡刮著豬油，手法很輕柔，一次一次地刮，一堆脂肪開始堆積起來。當秤下降到該有的重量時，她拿起那張紙然後對折，再用指尖將兩邊的角都翻折進來。

她說：「二十四蘇，加上六蘇豬膘，一共三十蘇。你們不需要別的東西了嗎？」

莎希耶特說不用了。她付了錢，還是露齒微笑著，看著所有在她對面的男人，轉動著灰色的裙子，紅色頭巾沒有綁好，讓人看到她頸部中間一道白晰皮膚。她走出店門之前，走到嘉華面前然後威脅道：「所以您不想跟我說，我剛才進來時您到底在說甚麼嗎？我在街上就看到您在笑了，哼這個陰險的人，算了，我不再喜歡您了。」她走出店門，用跑地過了街。

美麗的麗莎冷淡地說：「薩潔小姐派她來的。」

然後又是一片靜默。嘉華由於佛羅鴻對他建議的反應感到懊喪，老闆娘用一種友善的聲音第一個開口：「佛羅鴻，您拒絕接受這個海鮮館監督人員的差事是不對的，您知道工作多麼不容易找，以您現在的處境不應該這樣挑三揀四。」

他回答道：「我已經說了我的理由。」

她聳聳肩。

「聽著，這只是玩笑話吧，我了解您多麼不喜歡政府的理由，不過這並不妨礙您賺錢過日子啊。況且，親愛的，皇帝並不是一個壞人。我讓您訴說那些您受過的苦，但是他真的知道您吃了那些發霉的麵包還有腐肉嗎？這個人，他沒有辦法顧全一切。您也看到了我們這些人，他並沒有讓我們無法做生意啊。您不夠客觀，真的，不夠客觀。」

嘉華變得越來越不舒服，他無法忍受有人在他面前讚揚皇帝。

「喔，不對，不對，柯欽太太，您扯的太遠了，他們全都是流氓。」

「哼，您啊，」漂亮的麗莎極有生氣地打斷他，「要是哪一天您的那些故事讓您被偷了或是被殺了，您就高興了吧！不要談政治，因為這就讓我生氣。我們現在講得是關於佛羅鴻的事，對嗎？太好了，我認為他應該接受這份監督人員的工作，柯欽，你不是也這樣想？」

一言不發的柯欽被他太太突來的問題給弄得十分懊惱。

他完全沒表達立場地說：「這是個很好的工作。」。

又出現一陣尷尬的靜默。

佛羅鴻重新開口：「拜託你們，把這件事忘了。我已經下定決心了，我會等到另一份工作。」

「您會等另一份工作！」麗莎失去耐性地叫了起來。

她的雙頰因為激動而顯現出紅粉光澤，臀部擴展直挺挺地站在她的白色圍裙後，她僅僅是為了不要隨口講出任何傷人的話。又一個人進到店裡，轉移了她的注意力，也消弭了她的怒氣。那是勒可兒太太。

「可以給我一盤半斤的綜和肉品，一斤五十蘇對吧？」

話才說完，她很快地停下腳步，為的是避免看到她妹夫；然後，她作勢點個頭當作打招呼，甚麼話都沒說，接著從頭到腳打量著這三個男人，無疑是想意外地發現他們的秘密，因為他們顯然都在等著她離開。

她察覺到自己打擾了他們，於是表現得更尖酸刻薄與執拗，瘦長如蜘蛛腿般的雙臂僵直地連著在圍裙下握抱在一起的雙手。由於她稍微地咳了兩下，被這股靜默弄得有些侷促的嘉華開口問道：「您感冒了嗎？」

她斬釘截鐵地回答：「沒有。」顴骨周圍的皮膚緊繃，帶著一種磚紅色，眼皮上隱約的光芒顯示她罹患了肝病，這一切皆隱藏在她好嫉妒的尖酸刻薄裡。她轉身走向櫃台，眼光一刻不離麗莎每一個動作，簡直像極了一個堅信商家必然會偷斤減兩的客人。

「不要給我豬腦，我不喜歡那個。」她說。

麗莎拿起一把小刀子，切下幾片灌腸；然後走向燻火腿與一般的火腿，彎下身體，盯著刀子，仔細地切著那些較細緻的背脊肉。她那胖呼呼粉嫩的手，輕巧地觸碰著這些肉，有一種充滿脂肪的柔軟，連指關節都十分圓潤。她邊推開一個陶鍋邊問道：「您要一些醬牛肉，對嗎？」

勒可兒太太似乎思索了好一陣子，然後接受了麗莎的建議。這時候肉品店老闆娘在那些陶鍋中間，她拿起一把刀鋒較寬的刀，切下幾片醬牛肉以及野兔肉凍。接著她把每一片都放在秤上的紙中間稱重。

「您不給我帶開心果的豬頭肉凍嗎？」勒可兒太太口氣頗差地提出這個問題。老闆娘加上了她要求的食品，但這位賣牛油的太太開始變得挑剔。她說她喜愛肉凍捲，所以想要加兩片。

已經有些惱怒的麗莎，不耐煩地揮動著刀子，並告訴她說肉凍捲裡塞了松露，因此屬於那種一斤三法朗的綜合菜。勒可兒太太繼續翻耙著每一道菜，搜尋著還要再買些甚麼。當整盤菜都秤好後，老闆娘還是被迫追加肉凍與醃黃瓜。那一塊在瓷盤上的肉凍像極了海綿蛋糕，在老闆娘充滿怒氣的手裡顫抖不已；接著她又從加熱器後頭用手指尖捏起兩大條醃黃瓜，醋汁濺了一地。

「二十五蘇，對嗎？」勒可兒太太不疾不徐地問道。

她很清楚麗莎已經怒氣沖沖，她卻因此感到愉快，彷彿口袋裡裝著大鈔似的，緩緩一個一個地拿出零錢。她看著鬼鬼祟祟的嘉華，享受著因為她的逗留而引起的那股尷尬的沉默，發誓她才不會離開呢，誰要這些人當著她的面「不光明磊落」。老闆娘終於將她的那一包菜放到她手中，不得不走了。她出門時半句話也沒說，深長地看了店裡一圈。

她人才離開他們的視線，麗莎發怒的說：「又是薩潔小姐派的人。難不成這個無賴的老太婆要把所有巴黎大堂裡的人都送到這裡來，就是為了知道我們在講些甚麼嗎？她們真是狡猾，我們可從沒看過這些人在下午五點來買炸排骨或是綜合菜，她們可寧願晚上不消化也不肯……哼，要是薩潔小姐再找另一個人來，你們看我會怎麼接待。倘若是我姊姊的話，我也會把她攆出門去。」面對麗莎的憤怒，三個男人都保持靜默。

嘉華走到放著保溫箱的陳列架前，把手肘架在欄杆上，專心地轉著一個圓柱狀的水晶杆子，讓它遠離了銜接的黃銅三角軸。過了一陣子，他抬起頭來說：「我呢，把這件事當作是個笑話。」

還沒有完全平息的麗莎問道：「您在說甚麼？」

「那個海鮮館監督人員的職位啊！」

麗莎的雙手高舉到空中，又再看了佛羅鴻一眼，一言不發地坐回櫃檯後面的軟墊長凳上。嘉華把他的想法從頭到尾解釋了一遍：總的來說，最諷刺的一點就是政府會付佛羅鴻錢。他殷勤地重複說著：「我的好友，這些無賴不是讓您幾乎餓死嗎？現在呢，就讓他們餵飽您吧。我一聽到這件事就覺得這真是太絕了。」

佛羅鴻面帶微笑，不停地說不行。柯鈫為了取悅他太太，嘗試說些好話來勸佛羅鴻，然而麗莎似乎不再聽他們說些甚麼，她已經注意巴黎大堂那一側好一會兒了。突然間，她站起身來叫道：「哈，現在被派來的是那個諾曼第女人。算她倒楣，她就替其他那幾個人受罪吧。」

一個高大的黑髮女子推開了店門，這就是美麗的魚販，路薏絲・梅育嵣（Louise Méhudin），大家都叫她諾曼第女人。她有一種放肆的美，極度白且細嫩的皮膚，幾乎跟麗莎一樣結實，但眼神更不知害臊，胸口的波動起伏更明顯。她傲慢地走進店裡，金項鍊在圍裙上晃動著，一頭時髦的髮型，頸子上的蕾絲領結讓她成為巴黎大堂裡吸引人注意的俏女郎之一。她身上散發出些微的海鮮味，一隻手的小指頭旁留著一片鯡魚魚鱗，像是戴了一小個珍珠戒指似的。

這兩個女人都曾經住在皮湖艾特街的同一棟房子裡。她們曾經情同姊妹，而女性間天生的競爭性，讓她們兩個更親密。這裡的街坊鄰居，稱她是美麗的諾曼第女人，就像稱另一個為美麗的麗莎一樣。這麼一來，兩個人成了對手，不停地比較，也不得不保有自己的那一種美。肉品店的老闆娘只要從櫃檯欠個身，就能看到對面商館裡那個賣魚的女販站在那些鮭魚以及大菱鮃當中，她們相互監看著對方。美麗的麗莎將緊身馬甲越拉越緊，而美麗的諾曼第女人則在手指上套了戒指，並在肩上添加蝴蝶結。當兩個人相遇時，都表現得很溫柔，不斷稱讚對方，同時卻半瞇著眼睛想從對方身上發現一兩樣缺點。她們利用對方來表現自己，並裝出十分相親相愛的樣子。

「嘿，你們明天晚上才會做血腸對嗎？」帶著笑意的諾曼第女人問道。

麗莎的態度冷淡，她鮮少發怒，不過她氣起來便顯得無情且執拗。她像吹氣般不悅地回答說是。

「您知道的，我十分喜愛熱的血腸，剛從熱鍋裡出來的那種，我再來買。」

諾曼第女人察覺到她對手對她出現的不滿。她看了看佛羅鴻，似乎對他產生了興趣；然而不想就這樣不聲不響地離開，還沒把話講完似地，於是很輕率地又說：「我前天在你們這裡買了血腸，不過不是太新鮮。」

「不是太新鮮！」老闆娘嘴唇顫抖，臉色發白地重複這句話。

她表現地可能很自制，不想讓諾曼第女人以為她是因為對方那個蕾絲領結而感到氣惱。但是這些人不滿足於監視他們，還來侮辱他們，這就讓她忍無可忍。她稍微彎曲上身向前，兩手握拳放在櫃檯上，用一種有些嘶啞的聲音說：「哈，上星期，您賣給我那兩條鯧魚時，我在所有人面前說您那些魚發臭了嗎？」

「發臭，我的鯧魚發臭？」女魚販滿臉通紅地叫了起來。

在這一片豬肉製品中，她們兩個人都有一刻氣得說不出話來，看上去可怕極了。兩人間的美好友誼蕩然無存，一句話就讓表面的和氣付諸流水。

「您真是太粗俗了。」美麗的諾曼第女人說道，「我再也不會踏進這家店來。」

「出去，走啊！」美麗的麗莎說，「我們都很清楚您是為什麼來的。」女魚販走出肉品店，嘴裡還說了髒話，讓麗莎氣得渾身顫抖。一切發生地迅雷不及掩耳，三個震驚的男人連插話的時間都沒有。麗莎很快地平息下來，又重回剛才的話題，當女學徒奧古斯婷買完東西回到店裡時，她完全不提剛才所發生的一切。她告訴嘉華先別急著回覆維爾拉克先生，要求最多再給她兩天時間，她會負責讓她大伯下決定。柯鈫轉身進了廚房，嘉華則帶著佛羅鴻去勒比格先生的酒館喝苦艾酒。他用手指著在海鮮館與家禽館那條有遮棚的街上有一群女人。

他一臉欣羨喃喃地說：「她們開始八卦了。」

巴黎大堂人煙散去，薩潔小姐、勒可兒太太以及莎希耶特聚在人行道上。那個老女人開始高談闊論。

「勒可兒太太，我跟您說過吧，您的妹夫一天到晚都在他們的店裡。您也看到了，不是嗎？」

「我親眼看到的，他就坐在一張桌上，像在自己家裡一般。」

莎希耶特插嘴道：「我沒有聽到甚麼壞話，不懂你們為什麼要這樣擔心。」

薩潔小姐聳聳肩，接著說：「啊，您還是個單純的人，漂亮的姑娘。您看不出來為甚麼柯鈫一嘉德勒一家要拉攏嘉華嗎？我猜想他之後就會把一切都留給那個小寶琳。」

「您真的這樣認為？」勒可兒太太氣得臉都白了。

接著，她彷彿受到重大打擊般，以一種悲傷的聲音說：「我獨自一人，沒有人會保護我，這個男人，他愛怎麼做就怎麼做。您也聽到了吧，不過他的外甥女也贊同他，她已經忘了我為她所做的付出，我也無能為力了。」

「不是這樣的，我的阿姨，」莎希耶特說，「是您從沒有跟我講過好話。」

她們兩個人當下便盡棄前嫌，相互在臉頰上親吻。外甥女保證不再戲弄阿姨，阿姨也以自己最神聖的性命發誓會把莎希耶特視如己出。然後薩潔小姐提出建議，認為她們應該有所行動好迫使嘉華別浪費其財富。她們達成共識，柯鈫一嘉德勒一家不是甚麼了不起的人，但是要有人監視他們。

「我不知道他們家有甚麼陰謀，」老太婆說，「不過絕不是甚麼好事。這個佛羅鴻，柯鈫太太的表哥，你們兩個人覺得他怎麼樣？」

三個女人又再靠近彼此一些，壓低了聲量。

「你們知道嗎，」勒可兒太太繼續說，「有一天早上，我們看到他，穿著破鞋，全身都是灰塵，有股那種小偷做了甚麼壞事的神情。這個男孩子讓我感到害怕。」

「他只是很瘦，而且長的不好看。」莎希耶特低聲說。

薩潔小姐想了想，大聲地把她的想法說了出來。「我已經思索了兩個多星期，我絞盡腦汁，嘉華先生一定認識他，我一定在哪裡碰過他，但我就是想不起來。」

當諾曼第女人走出肉品店，像一道旋風來到她們面前時，她還在繼續回想。

「這個柯鈫的大笨牛，她真是有禮貌。」女魚販大叫，很高興自己能宣洩出來。「她剛才跟我說我賣的魚發臭！哈，我修理了她一頓。這間爛屋子，還有那些讓全世界都中毒的腐壞豬肉。」

「您到底跟她說了甚麼？」那個老女人雀躍地問，很高興地知道這兩個女人吵架了。

「我？甚麼都沒說啊。我不是這種人。我很有禮貌地跟她說，明天晚上我會買些血腸，然後她就用一堆蠢話侮辱我。該死的偽君子，就是會裝那種誠實的樣子，她要為此付出更大的代價。」

另外三個女人覺得這個諾曼第女人並沒有說實話，不過她們也幫腔說了一堆的壞話。她們轉向朗布托街，覺得受了侮辱，於是編起那些柯鈫家菜餚不乾不淨的故事，找出那些確實讓人不可思議的非難。像是他們一定賣過人肉，然而這並沒有讓她們的怒氣變得更具殺傷力，結果那個女魚販還把自己的事說了三遍才罷休。

「那個表哥，他說了甚麼？」薩潔小姐惡意地問。

「表哥？」那個諾曼第女人聲音尖銳地說，「你們真相信他是表哥啊？應該是親愛的吧，柯鈫這個大笨蛋。」

其他三個女人開始大驚小怪地說長道短。在街坊鄰居當中，麗莎的誠實可是牢不可破的。

「算了吧！誰不知道那個深不可測的大聖人，也不過就是一堆肥油！我倒想看看她不穿衣服的樣子，哼，她有美德。她有個太蠢的先生，還不知道自己戴了綠帽子。」

薩潔小姐抬起頭來，似乎要表示她也贊同這個說法。她又緩緩地說：「況且我們根本不知道這個表哥從哪裡冒出來的，柯鈫他們說的故事還真可疑。」

女魚販再次重申：「哼，那是那個胖女人的情人。她不知道從街上哪裡撿來的某個無賴還是臨時工，一看就知道。」

「那些瘦的男人都很粗魯。」莎希耶特十分自信地表示。

「她讓他穿上全新的衣服，一定花了不少錢。」勒可兒太太指出。

「對啊，對啊。」老小姐低聲地說，「您說的有道理，一定要知道這到底是怎麼回事。」

於是她們決定要弄清楚在柯鈫—嘉德勒家中發生的事情。賣牛油的女販聲稱要讓她的妹夫看清楚他到底交的是甚麼朋友。然而，那個諾曼第女人這時候怒氣早已平息，終究是個好女孩，她要離開了，對剛才講了太多的閒話感到疲乏。

當她走了之後，勒可兒太太陰險地說：「我相信那個諾曼第女人剛才一定出言不遜，她習慣上就是如此。她最好不要說別人不知從哪裡冒出來的表哥，她在自己的魚鋪裡就生了個小孩。」

她們三個人相視地笑了出來。接著，勒可兒太太也離開了。

「我的阿姨不應該管這些閒事的，這讓她更瘦了。」莎希耶特繼續說著，「以前那些男人看我的時候，她就打我。是啊，她可以繼續找尋男人，不過我阿姨啊，她這輩子是生不出孩子了。」

薩潔小姐又再次笑了起來。之後她就獨自一人回到皮湖艾特街，自忖「這三個自以為是的蠢女人」真是不費吹灰之力就能被撩撥。不過顯而易見的，要是跟柯鈫—嘉德勒這種有錢又有地位的人鬧得不愉快可不是件好事。她繞道走到圖畢溝街（rue Turbigo）上的塔布侯（Tabouréau）

麵包店，店裡有著這附近最漂亮的麵包店老闆娘。塔布侯太太是麗莎很親近的朋友，她對所有的事物都有著無可爭議的威信。當有人說：「塔布侯太太這樣說，或是塔布侯太太那樣說，」那就沒有甚麼好爭論的，照做就是了。今天，這個老小姐帶了一盤梨來，假藉詢問甚麼時候烤爐會熱，想燒烤這些梨做點心，順帶說了許多那個肉品店老闆娘的好話，並稱讚他們的店多乾淨以及血腸多美味。然後對自己這種道德上的撇清，還有剛才激起的熱烈爭吵感到高興，甚麼人也沒得罪，終於可以回家了。腦子變得更靈活，不斷地在記憶裡搜尋柯鈫太太表哥的影像。

同一天晚上，佛羅鴻在晚餐過後出門散步，在巴黎大堂中一條有遮棚的街上走著。一片輕霧升起，空蕩蕩的商館有股灰濛濛的哀傷，昏黃的煤氣燈刺痛了他的眼睛。這是頭一次，佛羅鴻感到自己惹人厭。他意識到自己這個天真的瘦子，以一種粗野的方式落入了這些胖子的世界。

他直截了當地承認自己打擾了這整個區的街坊，也讓柯鈫一家感到侷促不安，這個來歷不明的表哥，一臉很可能連累他人的長相。這些反思讓他感到十分難過，並非從他自己的弟弟或是麗莎身上感受到一絲的苛刻，他們的良善反而讓他覺得痛苦，他譴責自己毫不體貼地就這樣住進了他們家。他開始有些疑慮，回想到下午在店裡那些對話，這讓他產生了些微的不安。他就像被櫃台邊那些肉味給淹沒，他覺得自己滑進了一種柔軟又滿足的懦弱裡。或許他不該拒絕別人提供的那份監督人員的工作。這個想法在他身上產生了重大的衝突，結果他得搖晃身體才能找回自己的理智。就在他不得不將大衣的釦子扣上時，他重新感覺到自己的穩定與確然。一陣風帶起了他身上那股肉店裡的脂肪氣味，他對此感到疲憊不已。

當他往回走時碰到了克羅德·朗提。這個畫家整個人縮在自己暗綠色的短大衣裡，聲音低沉地發著脾氣。對繪畫發火，並說當畫家是個低下的職業，他發誓這一輩子再也不碰畫筆了。當天下午，他費盡心力地畫著讓卡婷當模特兒的那張習作。他的憤怒在於，當一個藝術家面對他所夢想的那些強烈且生動的作品時所產生的那種無力感。於是對他來說甚麼都不存在，到街上閒逛，看見的是一片漆黑，等著隔日的到來如同是一種復活。他說通常，他在早上都會感到興高采烈，到了晚上就覺得極度不愉快，每一天對他來說都是一長串努力，但結果卻讓人沮喪。佛羅鴻在他身上幾乎看不到那種在夜裡，在巴黎大堂中無憂無慮閒逛的神氣。他們已經又回到了肉品店前，縱然他鮮少到柯鈫家來，但他知道佛羅鴻過去的人生，於是跟他握了握手，並說他是個勇敢的男人。

「您一直都在我阿姨家嗎？」克羅德問道，「我不知道您怎麼能夠留在那個廚房裡，那裡的味道很難聞。當我在裡面待一個小時，就彷彿三天都不用再吃飯了。我今天早上進去是錯的，就是這樣我才沒能把我的習作畫好。」然後靜默地走了幾步之後，他又說：「啊，他們是善良的人。他們的身體如此健康，這一點就讓我難過。我想過要畫他們的畫像，但我從來都不會畫那種看不出一點骨頭的圓潤臉蛋。算了，我的麗莎阿姨可是不需費力就會有食物的。我把卡婷的臉畫得圓潤是不是很笨呢？不過現在想想，她這樣可能也不錯。」

於是他們聊著麗莎阿姨。克羅德說他母親已經很久不跟這位肉品店老闆娘來往了，他的說法是這位阿姨對於她姐姐嫁了個工人感到有些可恥，而且她也不喜歡那些不快樂的人。至於他自己，他說有個好人曾想要把他送去念書，但他卻被那些自己畫的驢子跟女人給吸引了。他八歲時那個好人死了，留給他一千法郎，這讓他不會餓死。

「這不重要，」他繼續說，「我寧願當個工人，比如說木匠。那些木匠都很快樂，他們要做一張桌子，於是他們就做了張桌子，然後就去睡覺了。很高興完成了他們的桌子，絕對的滿足。我呢，晚上幾乎不睡覺，那些我畫不完的習作都在我腦子裡亂竄，我永遠都畫不完，永遠永遠都畫不完。」

他的聲音近乎嗚咽，然後他又試著笑起來。他試著說些下流的話，發誓要讓自己沉溺在那些卑劣的事物中。一個溫和又細緻的靈魂對自身產生了疑惑，於是想作賤自己。

他最後跪在一個能夠看到巴黎大堂那些地窖的角度上，裡頭的煤氣燈無時無刻都亮著。在這樣的景深裡，他指給佛羅鴻看，馬袞朗跟卡婷坐在那些家禽欄中用來屠宰的石頭上安心地晚餐。那兩個孩子知道怎麼躲藏，然後在大堂柵門關上之後住在地窖裡。

「哼，真是個野蠻人，多麼漂亮的野蠻人。」克羅德在談論馬裘朗時重複著這句話，還帶著一種羨慕的稱許。「只能說這個動物過得很快樂。當他們吃完蘋果之後，他們就一起睡在一個滿是羽毛的大籃子裡。至少這也是一種生活。我說呢，您留在那家肉品店裡是對的，說不定您也能夠因此養胖一些。」

他突然地就這樣離開了。佛羅鴻回到他頂樓的房間裡，克羅德那些神經質的擔憂也喚醒了他自己的猶疑不決。隔天，他為了讓自己別整個早上都待在肉品店裡，沿著河岸散步了許久。然而在午餐時，他又被麗莎的那股能將人融化的溫柔給擄獲。她又跟他談及那個海鮮館的監督人員工作，毫不堅持地，但卻要他好好考慮。他聽她緩緩道來，盤子裡盛滿了食物，不由自主地被飯廳那種整潔給收買了。草蓆地墊讓他感到地面的柔軟，銅製吊燈的光澤，淺黃色的壁紙與橡木家具的明亮，讓他產生一種在舒適中的實在感，完全混淆了他的對錯觀念。然而他還是再次有力地拒絕，又再重述他的理由，同時完全意識到自己在這個地方表現出的執　以及對過去的積恨，實在很不妥當。麗莎並不生氣，反而笑了，一個美麗的笑容比起前晚的那股惱怒更讓佛羅鴻感到困惑。

晚餐時，他們聊的都是冬季要做的醃肉，這會讓店裡所有的人手都忙得不可開交。夜晚開始變冷，一旦吃完晚餐，大家都進到廚房裡，那裡十分溫暖。由於空間很大，好幾個人在裡頭都能活動自如，大家圍著一張在正中間的方桌坐著。

煤氣燈照亮的房間牆上，在視線高度都掛著上了白色與藍色彩釉的盤子。左邊是鑿了三個洞的大型鑄鐵爐，洞裡是三個粗短鍋子，黑色鍋底都深埋在黑炭裡。最裡面是個小小的煙囪，往上連接一個烤箱以及一座用來烤肉的煙燻架。爐灶上方，較漏勺、湯匙與長柄肉叉更高的地方，在一排寫上號碼的抽屜裡，整齊地擺著細的與粗的麵包粉、油炸用的麵包屑、調味料、丁香花苞、肉荳蔻以及胡椒。

屋子裡的右邊是切菜砧板，一大塊橡木靠在牆上，所有的接縫跟凹洞都擠壓在一起。好幾個器具固定在橡木塊上：一把注水壺、一台壓肉機、一把機械刀加上各種齒輪與曲柄；放在那裡不禁讓人產生神秘又擔憂的念頭，彷彿是某個地獄廚房。然後在牆邊的各個板子上，甚至是桌子底下都堆滿了鉢、砂鍋、水桶、盤子、白鐵廚具、一組有深度的平底鍋跟大型漏斗。還有刀架、大切肉刀，以及一排的扦子與針，完全就是一個掩沒在脂肪裡的世界。

縱然廚房裡極為整潔，但滿溢的脂肪滲透在彩釉盤中間，磨亮了地板上的紅磚，給爐灶一層灰色反光，讓砧板的四周顯出光澤，也為橡木塊上了一層透明漆。在三個粗短鍋子裡消融著的豬肉，持續冒出蒸氣；這一點一滴累積的蒸氣裡，可以確定的是油脂不會放過從地板到天花板上任何一個釘子。

除了知名店家的砂鍋、熟肉醬、食物保存罐、沙丁魚、乳酪與法國田螺以外，柯欽一嘉德勒的一切產品都是自家生產。同時自九月起，從夏天開始搬空的地窖又將要儲滿食物。為此在店門關上後，他們也延長晚間的工作時間。奧古斯特與雷翁協助柯欽包裹香腸，準備火腿，熬豬油，豬胸肉培根，瘦肉培根以及丁香培根。這些鍋子跟切肉刀發出極大的噪音，烹煮的氣味也縈繞著整間屋子。這些製作並不影響日常新鮮肉品的製作，他們依然提供豬肝醬與野兔肉醬、新鮮肉醬、臘腸與血腸。

這天晚上，約十一點時，柯欽已經放了兩鍋豬油，奧古斯特應該要幫他開始做血腸。在方桌的一個角落，麗莎與奧古斯婷縫補著衣物。在她們面前，桌子另一個角落上，佛羅鴻面對爐灶坐著，並對小寶琳微笑。後者站在他腳上，要他把她「拋上天」。在他們後面，雷翁在橡木板上緩慢又規律地切著香腸用的肉。奧古斯特先到天井裡拿了兩大壺豬血，他也是在屠宰時讓豬放血的人。然後他拿走豬血與內臟，下午那些處理牲畜滌洗的男孩們，會用車子將已處理好的豬肉送過來。柯欽認為奧古斯特放血的方式不像一個在巴黎肉品店工作的男孩子。事實是奧古斯特就是知道血的品質好壞，每次只要他說：「血腸會很棒。」血腸就是很棒。

「所以呢，我們會有好吃的血腸嗎？」麗莎問道。

他放下手中的兩個大壺然後緩慢地回答：「我想是的，柯欽太太。是的，我是這樣想的。

首先我看這些血流動的方式，當我把刀子拿開時，血要是分開地太慢，這就不是好現象，這表示那血不夠好。」

「可是，」柯鈫打斷他，「那也跟怎麼把刀子放進去有關啊！」

蒼白的奧古斯特臉上出現了一抹笑容。

「沒有關係。」他回答道，「我一向都把刀子放進血裡四個手指深，這就是標準。不過您可以看到，更佳測量標準就是在倒血的時候，我用手接著並在水桶裡拍打。這時候的血應該有種良好的熱度與濃度，但又不會太厚重。」

臉龐泛紅，棕色頭髮硬挺的奧古斯婷放下手中的針，抬起雙眼看著奧古斯特，她很仔細地聽著，麗莎跟小寶琳也帶著濃厚的興趣聽他解釋。

「我拍打，拍打，然後拍打，對嗎？」男孩子繼續說著，手在空中舞動，彷彿在攪拌奶油。「然後當我把手抽出來時，我的手應該滿是血，就像戴了紅色手套，每個部位的紅色都相同，於是我們就可以斬釘截鐵地說：『這個血腸會很棒。』」

他的手得意地，從容不迫地在空中停留了一會兒。在白色衣袖下，這隻經歷過那些在水桶中的血的手，完全是粉紅色的，指甲的顏色也很鮮豔。柯鈫點頭表示贊同，然後有一陣子的沉默。雷翁繼續切著肉。寶琳似乎若有所思，又再站上她表舅的腳，大聲地叫著：「表舅，跟我說那個被怪物吃掉的先生的故事。」

顯然在這個小女孩的腦袋裡，豬血這件事喚醒了「那個被怪物吃掉的先生」。佛羅鴻有些疑惑，問她是哪個先生被怪物吃掉。麗莎笑了起來，她說：「您知道的，她問的是那個可憐人的故事。有一天晚上您跟嘉華講，她聽到的。」

佛羅鴻立刻變得很嚴肅。小女孩走去把那隻大黃貓抱在懷裡，然後邊把那隻貓放在表舅的腿上，邊說綿羊（Mouton）也想聽故事。但綿羊跳到桌子上，圓著背坐在那裡，凝視著這個削瘦的男人。從兩個星期前他踏進店裡，牠似乎對他不斷地有意見。然而，寶琳開始不高興地跺腳，因為她想要聽故事。由於她開始無理取鬧，麗莎便對佛羅鴻說：「噯，您就跟她說她想聽的故事吧，這樣她就不會煩我們了。」

佛羅鴻又沉默了一會兒，雙眼看著地板，然後緩緩地抬起頭，視線停下來看著那兩個還在縫補的女人，又看了看在準備製作血腸的柯鈫以及奧古斯特。煤氣燈安穩地燃燒著，爐灶上的火很微小，整個廚房裡的油脂發出一種柔順的光澤。

他讓小寶琳坐在一條腿上，帶著一個悲傷的微笑，開始跟小孩子說：「很久以前有個可憐的人，他被送到很遠很遠的地方，到海的另一邊。在那艘船上，他跟四百個流刑犯被丟在一起。他要跟這些惡棍一起生活五個星期，跟他們穿一樣的帆布衣，吃他們的大鍋飯。巨大的跳蚤侵襲他，不停地流汗也讓他全身無力。廚房、麵包房以及機房不停的燒著，下甲板裡非常熱，有十個犯人就因此死了。白天的時候，每一次有五十個人上到甲板上呼吸一下海面上的空氣。因為大家都害怕這些犯人，所以他們走動的甲板上架了兩隻槍。輪到那個可憐的先生時，他很高興汗流得不那麼快了。可是他再也吃不下東西，因為他病得很重。晚上他又要戴上刑具，被丟回他兩個同船的鄰居中間，他感到很衰弱，於是哭了，不過很慶幸沒有人看到他流淚。」

寶琳張大雙眼，雙手合抱很虔誠地聽著。她這時候插嘴：「可是這不是那個先生被怪物吃掉的故事。我的表舅，這是另一個故事吧！」

「你有耐心一點，」佛羅鴻溫柔地回答，「我就要講到那個先生的故事，我跟你講的是完整的故事。」

「喔！」小女孩一臉高興地喃喃說道。

然而她看上去若有所思，顯然對她無法解決的重大問題感到擔心。她終於下定決心問道：「這個可憐的先生做了甚麼，所以人家讓他坐船然後把他送走？」

麗莎與奧古斯婷笑了起來，小孩子的想法讓她們感到很高興。麗莎趁機教訓她，她並沒有直接回答問題，直說人家也會把不聽話的小孩放到船上送走。

「所以，」寶琳明理地表示，「我表舅說的這個可憐人晚上哭泣也是應該的。」

麗莎垂下肩膀，重拾她的針線。柯鈫甚麼也沒聽到，他剛把切成圓片的洋蔥放進在爐灶上的鍋裡，那些洋蔥發出了細小的聲音，像呼吸著熱氣的蟬那種清楚尖銳的叫聲，聞起來很香。當柯鈫把大木瓢放進鍋裡攪拌時，鍋中發出更大的聲響，整間廚房裡都充滿了熟洋蔥的氣味。奧古斯特在一個盤子裡準備著豬油塊。雷翁的大切肉刀聲音更響亮了，砧板不時刮著桌子，這是為了收攏那些開始有點像肉醬的香腸肉。

「當他們到了海的另一邊時，」佛羅鴻繼續他的故事，「這個男人就被帶到一個叫做惡魔島的島上，那裡有跟他一樣，被他們國家驅逐的人，大家都很不快樂。他們先是被迫跟流刑犯一樣工作，看管他們的警察一天要點三次名，確保沒有人消失。後來，他們就可以自由地做自己想做的事，只在晚上被關起來。他們被關在一間大木屋裡，夜裡就睡在綁在兩道桿子間的吊床上。一年後，他們的鞋都破了露出腳趾，衣服也都撕裂破損，可以看到他們的皮膚。他們自己用樹幹來搭建草屋，為了遮蔽那些炙熱的陽光。可是草屋無法抵擋蚊子，於是在夜裡他們被叮得全身處都是蚊子包。有幾個人因此死了，其他人則全身變黃，留著大把的鬍子，整個人乾枯且沒人理會，他們都覺得非常難過。」

「奧古斯特，把豬油塊給我。」柯鈫叫道。當他拿著盤子時就緩慢地讓所有豬油塊滾入鍋中，然後用湯匙攪拌。那些豬油融化，爐灶上升起一大片蒸汽。

對這個故事深感興趣地寶琳問：「那別人給他們吃甚麼？」

「人家給他們的飯裡都是蟲，還有發臭的肉。」佛羅鴻輕聲地回答，「他們要把那些蟲都拿掉才能吃飯，那些烤的或是太熟的肉還能吃，若是煮的肉就非常臭，而且吃完了常常會腸絞痛。」

小女孩考慮一下後說：「我比較喜歡乾麵包。」

一直坐在桌上的綿羊，似乎十分驚訝這個故事的內容，雙眼直盯著佛羅鴻。雷翁把切完的香腸肉放到方桌上的一個盤子裡，這時候綿羊後退了一些，顯得非常地不優雅。牠的身體蜷縮，發出轟轟的聲音，把鼻子湊近香腸肉。然而聽到滿是蟲的飯跟發臭的肉，麗莎似乎無法隱藏她對這一切感到厭惡。這對她來說似乎是讓人難以置信的髒東西，對那些要飲食的人真是侮辱。面對這個說著這些骯髒不潔的男人，她那張平靜的臉龐上，還有她圓胖的脖子似乎有種不安。

「不是，那不是個有好吃食物的地方。」他繼續說，似乎忘了小寶琳，雙眼迷濛地盯著那個冒著煙的鍋子。「這些人每天都受到不同的欺壓，不停地被欺負，完全沒有正義可言，人的良善蕩然無存，這一切激怒了所有的犯人，且讓他們滿懷仇恨。他們活得像動物一樣，隨時都會有鞭子打在身上。這些悲慘的人竟而想要殺人，這真是太可怕了，真是讓人難以忘懷。他們所受的痛苦總有一天會讓他們想要報復。」

他把聲量降低，鍋子裡愉快地發出滾燙油炸聲響的豬油蓋住了他的聲音。

然而麗莎聽到他說的話，臉上的表情立刻顯現出對那種無情的說法所感到的震驚。她認定他是個偽君子，那種溫柔的表情都是裝出來的。

佛羅鴻深沉的聲音讓寶琳感到更愉快，她在表舅的身上動來動去，聽得入迷了。她低聲地問：「那個人呢？那個人怎麼了？」

佛羅鴻看著小寶琳，彷彿想到了她在眼前，臉上又出現了那個悲傷的笑容。他說：「那個人很不高興留在島上，他只有一個念頭，就是離開那裡，穿越海洋回到另一邊。在那裡天氣好的時候，都可以看到遠方的地平線。不過這是很不容易的，要先造一艘木筏。因為已經有犯人逃跑，所以島上的樹都被砍光了，就是讓其他的人無法得到木頭。整個島已變成了不毛之地，在烈日之下非常乾燥，於是在島上的生活變得更危險且可怕。於是這個人就有個想法，跟另外兩個犯人，他們決定用自己木屋的木頭。一天晚上，他們就坐上用乾樹枝綁起幾根木樑做成的木筏離開了。風把他們吹向海的另一邊，當他們的木筏在一片沙灘上擱淺時，天剛亮。撞上沙灘的力道那樣強，那些瓦解的樹幹都被海浪捲走了。這三個不幸的人差一點就被埋在沙堆裡，沙深及他們的腰部，其中有一個人甚至只看得到頭，另外兩個人爬了出去，並把他拉了出來。三個人終於找到一塊石頭，但沒有甚麼能夠坐得地方。當太陽升起，他們看到對面就是海岸，沿著海岸是一道灰色的懸崖。兩個會游泳的人決定要游到懸崖那邊，他們寧願冒著立刻滅頂的風險，也不想坐在這個暗礁邊慢慢地餓死。他們跟第三個夥伴發誓，一旦他們上了岸，找到一艘船就會回來找他。」

「啊，我現在知道了。」小寶琳大叫，高興地拍著手，「這就是那個被怪物吃掉先生的故事。」

佛羅鴻繼續說：「他們到了對岸，完全杳無人煙。他們四天之後才找到一艘小船。他們回到暗礁邊時，看到他們的同伴躺在地上，手腳都被吞食了，臉也被咬蝕，肚子上滿是竄動的螃蟹，讓腹部的皮膚不停擺動，彷彿這個被吃了一半卻還新鮮的屍體裡穿透了一股憤怒的怨氣。」

麗莎與奧古斯婷低聲地表現出她們的嫌惡，雷翁正準備做血腸用的豬腸，他也做了個鬼臉。柯鈫停下手邊的工作，看著也為此感到噁心的奧古斯特，只有寶琳一個人笑著。這個滿是螃蟹竄動的肚子詭異地攤開在這個廚房中，混雜了飄動在空氣中的豬油與洋蔥氣味。

「把血給我。」柯鈫大喊，他完全沒注意故事的發展。

奧古斯特提過來兩個大壺，緩緩地將血像一道紅色絲線般倒進鍋裡，而柯鈫則瘋狂地攪動逐漸變稠的血漿。當兩壺血都倒光後，柯鈫從爐灶上方一個個抽屜裡，拿出調味料，他胡椒放得特別多。

「於是他們就把那個人留在那裡，然後平安的回來？」麗莎問道。

佛羅鴻回答道：「當他們回程時，風向變了，把他們推向海中央，結果一道大浪沖走了其中一隻槳，而且每颳一次風，海水就大量灌進船裡，他們不停地用手將水潑出去。他們在海上飄盪著，又被一陣狂風吹送，大浪又將他們捲往海中，他們帶的存糧已經吃完，連一口麵包都沒有，這樣子過了三天。」

「三天？」肉品店老闆娘驚訝地大叫，「三天沒東西吃？」

「是啊，三天沒東西吃。當東風終於把小船推向陸地時，其中一個人已經非常虛弱，整個早上動也不動地躺在沙灘上，當天晚上就死了。他的同伴曾試著讓他嚼一些樹葉，卻仍然無力回天。」

就在這時候，奧古斯婷輕輕地笑了起來，然後為自己的行止感到不安，不願意讓人以為她心腸硬，結結巴巴地說：「不是，我不是在笑這件事。是綿羊，太太，您看看綿羊。」

麗莎自己也笑了起來。一直把鼻子湊近香腸肉的綿羊，可能對這些肉感到厭煩或噁心，牠站起身來，爪子在桌上來回爬梳，如同所有的貓急著將自己的排泄物掩埋起來，像是要把那盤肉蓋起來似的。然後牠轉過身背對盤子，趴在桌子上，半瞇著眼睛伸展四肢，把頭捲進身體的愛撫裡。所有人都稱許綿羊，說牠永遠都不會偷吃肉，大家可以放心的把肉放在牠面前。寶琳含糊不清地說著綿羊在吃過晚餐後會舔舐她的手指頭還會替她揩拭臉，但不會咬她。

然而麗莎重拾剛才的問題，想知道人真能三天不吃飯嗎，這是不可能的。

「不可能，我不相信。況且，沒有人真的三天不吃飯。當我們說：『真是餓死了。』這是一種修辭的方式，或多或少，人都是會吃東西的。要那種完全被人拋棄的可憐人或是完全迷失的人……」

她無疑地想說「那些沒有吐實的下等人，」卻看著佛羅鴻並克制住自己。然而她輕蔑地撅嘴，那清亮的眼光都直接了當地表現出，她認為那些無賴就是以一種放蕩的方式生活，才會讓自己挨餓。一個能夠三天不吃飯的人，對她來說絕對是個危險的人。因為那些正直的人絕不會讓自己陷入這種情況裡。

佛羅鴻現在覺得有些窒息，雷翁剛往他面前的爐子裡一鏟一鏟地放進煤炭，爐子發出呼呼的聲響，像一個胖子做日光浴時的打呼聲。廚房變得非常熱，負責照看那些煮豬油鍋的奧古斯特滿身是汗，於是他不停地用袖子抹去額頭上的汗水。柯鈫等待那些豬血攪和地更均勻。所有食物出現昏昏沉沉的狀態，空氣中飄盪著一種難以消化的氛圍。

佛羅鴻緩慢地又繼續說他的故事：「當這個人將他的夥伴埋葬在沙堆中後，他獨自一人離開，逕直地往前走。他在的地方曾經是荷蘭的殖民地圭亞那，那是個遍地森林的國家，到處都是河川與沼澤，這個人走了八天都沒有看到一絲人煙。他感受到死亡在自己的身邊徘徊等待，他的胃經常因為飢餓而痛苦難受，他不敢咬食掛在樹上那些鮮亮的果實。他對那些有著金屬光澤的莓果感到恐懼，上面的許多隆起顯示出它們能置人於死。好幾天，他在不見天日的濃密樹叢裡走著，在一片濃厚的暗綠陰影當中，時時讓人感到驚恐。巨鳥在他頭上飛舞，偌大的翅膀發出嚇人的聲響，還有那些像是亡者喘息聲般的鳴叫；猴子在林間跳動，動物飛奔而過地穿越這茂密的森林，就在他眼前折斷了許多樹枝，樹葉像下雨般掉落。而當他走在地面的枯葉上，那些盤根交錯的樹根間出現了許多細小滑動的蛇，這就讓他立刻全身僵硬。」

這片森林中的某些角落，潮濕陰暗之處，成群的兩棲動物竄動：黑色的、黃色的、淡紫色的、黑白條紋的、黃白條紋的，如同那些枯死的枝葉，突然間就活了過來，消失地無影無蹤。他停下腳步，尋找一塊石頭，期盼脫離那片已讓他漸漸陷入的濕軟土地，然後他停留好幾個鐘頭，看到林間空地盡頭有著讓人驚恐的蟒蛇，身上帶著金色斑點，捲著尾巴，直挺挺的立著，像根龐大的樹幹平衡在地上。夜裡，他睡在樹上，稍有一絲風吹草動他便開始擔憂，以為聽到了那些蛇群不停地在黑暗中擺動。在這些無止盡的枝葉下他感到快要窒息，連陰影中都有著大火爐裡那股封閉的高熱，濕氣濃重，四周發出一種難聞的氣味，樹木粗曠的木質味以及花朵的腐臭。他在經過數個小時的步行後終於看到了天空，但面前出現了寬廣的河流，截斷了他的去路。他順著河流往下游走，注意著是否有凱門鱷的蹤跡，也隨時環顧水流中的枯草，當他發現河水較平靜時便開始游泳。而從這一點開始，又出現了森林。

以前這些都是大片草地，長滿了茂密的植物，由於遠方一座小湖而反射出些許藍光。於是這個人繞了一大圈，他幾乎是趴在地上爬行，差一點就要死去，差一點就要葬身在這個他每走一步就聽到爆裂聲的大平原上。草原上的草被腐土餵養的高大，上頭覆蓋著發出惡臭的沼澤，極深的稀泥四處流動。在這一大片一大片綠地當中，覆蓋著青苔的狹長土地一直延伸往地平線，但他必須看出哪些是能行走其上的土地，否則就會消失在那片綠意當中。有一天晚上，這個人就掉進直達腰部的稀泥裡。每動一下，他都想要脫離這個泥沼，但他似乎連嘴巴都陷了下去。

他動也不動地停在那約兩個鐘頭，當月亮升起，他很高興地抓住了頭上的一根樹枝。當他來到有人煙之處的那一天，已經傷痕累累的雙手雙腳還在流血，並因為許多蟲咬而腫脹。他是這樣的可憐與飢餓，人們甚至對他感到害怕。有人把食物扔到屋前幾公尺處給他，而屋主則拿著獵槍站在門前。

佛羅鴻停了下來，視線飄渺，似乎這都是說給自己聽的。開始感到睏倦的小寶琳，頭已經歪向一旁，不知自己身在何處，但仍努力地眨著眼睛。柯鈫這時發起脾氣來。「你這傢伙，」他對雷翁喊道，「你連拿個豬腸都不會嗎？幹嘛看我？你要看的不是我，是豬腸啊。像這個樣子，現在就保持這樣不要再動了。」

雷翁的右手拿起一長段豬腸，在尾端裝上一個口徑很寬的漏斗；然後左手在一個盆子，以及一個金屬大鐵盤旁邊盤繞著血腸；柯鈙則大瓢大瓢地往漏斗裡塞進填料。還冒著煙的黑色血漿滾動，漸漸撐起了豬腸，接著又飽滿柔軟地掉了下來。柯鈙從爐灶上拿開那些鍋子，他跟雷翁兩個人，一個是纖瘦的孩子，一個有著圓胖的臉，炙熱炭火燃起的火光將粉紅色妝點在他們蒼白的臉與白色服裝上。麗莎與奧古斯婷饒有興味地看著他們兩個人工作，麗莎又訓了雷翁幾句，因為他的手把豬腸掐的太深，她說這樣會產生結節。當血腸完成時，柯鈙讓其滑進一個裝滿滾水的鍋子。他看起來完全地放鬆了，現在只需要等著血腸煮熟。

「那個人，那個人怎麼了？」寶琳又睜開了眼睛喃喃地問，驚訝於表舅的聲音停了下來。

佛羅鴻將她抱在膝上輕輕搖晃著，更加緩慢地說著他的故事，他的低語如同一首搖籃曲。他說：「那個人終於來到一個大城市。起先人們認為他是逃獄的流行犯，於是又被關進監獄好幾個月，不過後來被釋放了，他就做了各式各樣的工作，仔細考慮後還是當兒童的家庭教師；他有一天甚至像個受刑人般去做土木工程的勞工。這個人一直夢想著回到自己的國家。他存夠了所需的錢，卻感染了黃熱病，大家都以為他死了，於是將他的衣物跟錢財都拿走。當他從鬼門關走了一遭回來後，連一件襯衫都沒有，於是他只得重新開始存錢。那個人病得不輕，他很害怕繼續待在那個地方，終於想盡辦法回到了自己的國家。」

他的聲量越來越低，在最後嘴唇輕微蠕動中完全消失。小寶琳睡著了，整個頭靠在表舅的肩上，故事的結尾哄她入睡。他抱著她，以一種非常溫柔的方式輕輕地用腿搖著她。因為沒有人把注意力放在他身上，他就抱著這個睡著的孩子一動也不動地坐在原地。

如同柯鈫所說的，大火滾煮完成。他將血腸從鍋裡抽出，為了不讓血腸有破洞或是打結，他用隻棍子把血腸捲起然後拉到天井裡，放在柳條織的網架上，應該很快就能曬乾。雷翁幫忙拖著太長的血腸，這些血腸花圈穿越了整個廚房，水滴得滿地，一股熱氣增加了空氣中的濕度。

奧古斯特最後又再看了一眼裝著豬油的鑄鐵鍋，兩個鍋子裡的豬油濃稠地滾燒著，每個鍋子都釋放出一股嗆人的蒸氣。大量的脂肪從晚餐過後就開始充滿在空氣裡，現在更掩蓋住煤氣燈，在廚房裡到處滾動，一片迷濛當中讓蒼白的柯鈫跟兩個男孩子都臉色泛紅。麗莎跟奧古斯婷也站起身來，每個人都像是剛游了幾千公尺般的氣喘吁吁。

奧古斯婷將睡著的寶琳抱到她懷中，然後上樓。喜歡自己關上廚房的柯鈫，說他會把血腸收進來，也把奧古斯特跟雷翁打發走了。奧古斯特離開時滿臉通紅，他在自己的襯衫裡偷藏了將近一公尺的血腸，應該快把他熱昏了。然後柯鈫跟太太還有佛羅鴻沉默地留在廚房裡。麗莎站著，吃著一小塊很燙的血腸，她張著美麗的嘴唇小口小口地用牙齒咬，以免燙傷了嘴，而那一小塊黑色血腸就一點一滴地消失在她口中。

她說，「哼，那個諾曼第女人這樣沒禮貌真是她的損失，今天的血腸很好吃。」

有人拍打著巷子裡的側門，接著嘉華進到廚房裡。他每天晚上都會在勒比格先生的酒館待到半夜。他來是為了想知道佛羅鴻對於那個海鮮館監督人員工作的最後決定。

「您可以了解嗎？」他解釋道，「維爾拉克先生無法再等了，他真的病得很重，佛羅鴻一定要下個決定。我已經保證明天一早就給他回覆的。」

「佛羅鴻當然接受。」麗莎平靜地回答，又咬了一口手中的血腸。

依然坐在椅子上的佛羅鴻，感到非常的困倦，連站起身來表達抗議都覺得徒勞。

「別講話，別講話。」麗莎繼續說，「我親愛的佛羅鴻，這是想當然爾的，我們很清楚您受了很多苦，您剛才講的故事真是太可怕了，不過您現在要過些正常的生活。您來自一個體面的家庭，受過教育，像個窮人這樣到處奔波，這可是不常見的。以您的年紀來說，耍孩子脾氣是不被允許的。您做過些瘋狂的事，沒關係，大家都忘了，也原諒您了。您回到屬於您的階級裡，這個階級裡的人都很正直，現在您終於能夠跟大家一樣過生活了。」

佛羅鴻聽她這一席話感到很驚訝，變得啞口無言。毫無疑問，她說得確實有道理。她是這樣的正直、沉靜，絕不會心懷惡意。一定是他這個瘦子，既黑又醜的傢伙才是個壞人，想著不可告人的事。他不知道何以自己一直堅持到現在。

她口若懸河地繼續訓誡他，彷彿他是一個做了壞事的小男孩，還威脅到那些警察。她很有母親的味道，總能找出最具說服力的理由，然後像是要做個總結，她說：「佛羅鴻，就算是為了我們，接受這份工作吧！我們在這個地方有某種地位，這讓我們必須很謹慎。我很害怕這附近的左鄰右舍說長道短。這個職位將會避免這些問題，因為您將是個有地位的人，您也會讓我們沾光。」她開始像是安撫他，一種飽滿的感受充斥在佛羅鴻體內，他已在這裡生活了兩個星期，似乎這間廚房的氣味穿透了他的身體，空氣裡食物的味道餵養著他，他悄悄地滑進了這個充滿脂肪且持續需要消化的愉悅與怯懦裡。那些脂肪很細微地，如同皮膚表面新生的那些汗毛，非常緩慢地侵入整個人體，產生一種柔軟又唯利是圖的舒適。在這個夜深時刻，在這個充滿熱氣的空間裡，他的那些激烈言論與任性都消弭無蹤。

這樣平靜的夜晚，血腸與豬油的香氣，睡在他腿上圓嘟嘟的寶琳都在在讓他感到十分的衰弱無力。他很訝異自己竟希望能夠讓這樣的夜晚延續，那種能夠讓他變胖，無窮無盡的夜晚。特別是綿羊讓他有了這樣的決定。綿羊睡得很沉，肚子翻開向上，一隻腳放在鼻子上，尾巴捲在身旁像是羽絨被一般。牠完全帶著一種貓的幸福睡著，佛羅鴻看著牠輕聲地說：「不會，這其實並不太蠢。我接受，嘉華，跟他說我接受那份工作。」

麗莎正好吃完她的血腸，手指輕輕地在圍裙邊上擦抹乾淨。當嘉華跟柯欽恭喜他所下的決定時，她想到要為她的大伯準備燭台。過去的一切總要結束的，政治那些冒失魯莽無法讓人溫飽。她站著，手中拿著點亮的燭台，用一種滿意的神態看著佛羅鴻，她美麗的臉龐有種聖人般的沉靜安穩。

第三章

三天之後，所有的手續完成，警察局幾乎甚麼都沒問就接受了佛羅鴻接手維爾拉克先生的工作，職稱就是職務代理人。此外，嘉華要求他們進行這些程序時他也要在場。當他跟佛羅鴻兩個人走出警察局，站在人行道上時，他用手肘推了推佛羅鴻的身側，笑著甚麼也沒說，僅僅眨了眨帶著嘲諷意味的眼睛。毫無疑問地，他在時鐘岸[36]上碰到的巴黎市警，在他眼中簡直荒謬至極。因為經過他們面前時，他輕微地將背拱起，這是一種心理不滿，卻又嘗試著不將對方打得頭破血流的表現。

隔天，維爾拉克先生便開始讓新的監督人員了解他的工作內容。他必須在幾個早上，引領佛羅鴻到他要監督的那些不安分的區域。這個可憐的維爾拉克先生，嘉華是這樣稱呼他的，是個蒼白瘦小的男人，咳得很厲害；全身裹著法蘭絨的衣衫，戴著大方巾與圍巾，兩條像病童一

36 時鐘岸（quai dHorloge）是巴黎市中心塞納河畔西堤島上的一段道路，將該小島與河的右岸分隔。其名來自鄰近的西堤宮時鐘塔，該建築屬於巴黎法院的一部份。

般細瘦的腿，在潮濕又帶著涼意，加上不斷有水流動的魚市場裡來回走動。

見習的第一天早上，當佛羅鴻七點到了魚市，他覺得完全迷失，驚惶失措，且頭暈眼花。那些零售商早已虎視眈眈地，在九個拍賣台四周旋繞，工作人員拿著他們的登記簿到來，派送人員則在胸前掛著皮製錢包，坐在買賣辦公室旁翻倒過來的椅子上，等著收帳。在拍賣圍欄裡有人卸貨，有人開箱拆貨，而這些工作都延展到了人行道上。沿著人行道，佈滿了一朵朵的小魚筐，不斷地有箱子與籃子送達，堆疊在一起的淡菜袋子滲出細小的水流。極為忙碌的計算與分貨人員，在一堆堆的海鮮中跨越，動作非常快速地扯掉小魚筐中的稻草，然後將魚筐清空，丟到一旁。至於那些大的圓形雙耳柳條筐，他們就用一隻手，分配那些漁獲量，讓每一堆看上去都很合算。當所有的圓形雙耳柳條筐都清空疊在一起時，佛羅鴻覺得就像一群魚擱淺在面前的人行道上，還發出臨死前的喘息聲，有的粉白，有的腥紅，有的乳白，全都波紋閃閃，帶著海洋的那股蒼綠。

那些隨機的天羅地網亂糟糟地，將海藻也一併送進了市場，上頭躺著海洋深處的神秘生物：新鮮鱈魚、黑線鱈、菱鮃、鰈魚、黃蓋鰈；還有一種常見的魚，帶著深灰色卻有著近白色的斑點。海鰻，這種藍色的大型水蛇，有著細小的黑色眼睛，非常黏滑，好像還活著在地上匍匐前進。扁大的鰩魚，白色的腹部鑲著淡紅色，背脊十分好看，有著一長串突出結點，直延展到魚鰭上；

像大理石花紋般的斑紋，是佛羅倫斯青銅色條紋搭配朱紅色圓片，如同被暗綠以及不健康的花色給弄得黯淡的雜色。而那些有著圓頭的棘角鯊真是醜陋，有著像中國式瓷娃娃的大闊嘴，加上蝙蝠翅膀般的肥厚短鰭，這些怪物真該留在海裡守護那些洞穴裡的寶藏[37]。

接著才是那些被單獨呈現的漂亮的魚，每一條魚放在一個柳條盤上：鮭魚，銀色雕紋，每個鱗片都像被打鑿過的拋光金屬；鯔魚，鱗片較大，雕鏤的花紋也較粗糙；大菱鮃與大鯰魚，鱗片的紋理較緊密，白的就像凝固的牛乳；鮪魚，既滑順又光亮，簡直跟那些黑黝黝的皮包一樣；那些圓潤的鱸魚，張著一張大嘴，讓人想到某些過分敏感的靈魂，在苦痛的震驚當中，張開喉嚨吶喊。還有各式各樣其他的魚：一對對灰色或是白色的鯧魚；細扁且直挺挺的玉筋魚，像極了那些切掉邊的錫器；身體稍微扭曲的鯡魚，交織著金屬線條的外皮上顯現出所有流血的傷斑；肥胖的鯛魚被染上了一抹胭脂紅；而鍍了一層金的鯖魚，背上漸層的青色條紋，襯著會改變色彩且發亮的珠色腹部；粉紅色的魴魚，有著白色腹部，整齊地被排在雙耳柳條筐的中間，尾巴發光，混雜著珍珠白與亮紅，綻放出奇特的色彩。此外還有紅鯔魚，精緻的魚身像鯉魚般通紅；一箱箱有著乳白色反光的牙鱈，一籃籃的胡瓜魚，這些乾淨的小籃子，則如同草莓籃般

37 棘角鯊的法文俗名是「海中的狗」（chien de mer），故句子最後一段是呼應其名稱，認為這種狗應該守護著海中的寶藏。

美麗，並散發出一種強烈的紫羅蘭氣味。然而，已失去生命的粉紅色還是灰色的蝦，躺在小魚簍中，張著那些深黑的眼睛像是上千個鈕扣；棘手的小龍蝦與有著黑色條紋的大龍蝦，都活生生地拖著斷腳在地上爬行，發出喀喀地聲響。佛羅鴻根本聽不清楚維爾拉克先生的解說。

一道陽光從有遮棚的街的高處玻璃窗直射進來，照亮了這些被海浪洗淨而變淺的珍貴色彩，牙鱈的乳白、鯖魚的珠色、紅鯔魚的金色，鯡魚閃爍的表皮以及鮭魚大片的銀鱗，皆融入所有貝類的肉當中，顯現出紅色。如同一個珠寶盒，裡頭的收藏被倒在地上，盡是些前所未聞的奇特飾品，一片光芒四射，一堆項鍊，大型的手環，巨大的胸針，還有來自蠻荒之地的手飾，但這一切卻早已鮮少使用。在鰩魚以及棘角鯊背上有著紫色、綠色大型深色石頭鑲嵌在燻黑的金屬色裡。細瘦扁長的玉筋魚，胡瓜魚的尾巴與魚鰭則有著精緻珠寶的細膩感。

然而吹上佛羅鴻臉頰的則是一股涼風，他熟悉的那種海風，有點苦又有點鹹。他還記得開雲的海邊，以及穿越洋面時那些好天氣。這對他來說像是一個海灣，當潮水退去，海藻鋪在陽光下，那些石頭也裸著身體做日光浴，礫石呼出強烈的海味。他身邊這些極為新鮮的魚，有著苦澀與刺激的氣味，讓人壞了胃口。

維爾拉克先生咳嗽起來，潮濕浸入他體內，他把圍巾又拉得更緊。他說：「現在我們去看淡水魚。」

淡水魚部門靠著水果館，也最靠近朗布托街，拍賣台周圍是兩圈養魚塘，藉由鑄鐵欄分成個別的格子。銅製水龍頭拉長了脖子在塘裡注入細小的水流。在每個格子裡，都混雜著螯蝦、整群游動地黑背鯉魚；一朵朵的鰻魚，不停地盤成一圈又拉直身軀。

維爾拉克先生又咳了好一陣子。這裡的濕氣較淡而無味，一股河流淺淡的氣味，溫濕的水躺在沙灘上的味道。

這一天早上，有許多從德國來裝在箱子與籃子裡的螯蝦，自荷蘭與英國來的白色魚類也佔滿了市場。人們將萊茵河地區送來的鯉魚拆箱，金屬橙紅搭配著金褐色，真是美，鱗片上的斑點像極了鑲嵌著金屬絲又漆上銅色的琺瑯。大型的梭子魚，一身鐵灰伸長牠們兇猛的嘴，這些是非常無禮的水中無賴。歐洲丁鱥，雖然色彩黯淡卻很美麗，如同紅銅上點綴著灰綠色。在這些十分明顯的金色魚群當中，還有白楊魚與河鱸，許多鱒魚及歐白魚，用套網捕捉到的比目魚，牠們表現出極生動的白色，從像景泰藍般的背，漸漸轉換到近乎透明的腹部；雪白的大河鯰就是這一幅巨大靜物畫中最明亮的部分。漸漸地在那些養魚缸中，有人倒入一袋袋的小鯉魚，牠們先圍著自己的同伴繞轉，有一下子完全不動，最後全都消失在魚群當中。一大堆的小鰻魚從不同的籃子裡掉入這些缸中的格子裡，如同一條蛇扭在一起。至於那些已有一個孩童手臂那樣寬的鰻魚，牠們抬起頭，自己鑽進水底，簡直就是靈活的海中游龍，躲進了水草間。一大早就在圓形雙耳柳條筐中躺著喘息的那些魚，在拍賣的喧囂聲中緩緩死去。張著嘴，腹部緊收，像要吸取空氣裡的溼氣；每三秒鐘便誇大地張開嘴，無聲地打著哈欠。

然而維爾拉克先生又把佛羅鴻帶回了海水魚區。他帶著他在館裡遊走，跟他說著十分複雜的工作細節。在這個館裡的三邊，九間辦公室的四周，人群集結，每一邊都有許多人頭此起彼落，工作人員坐在高處主導著一切，並不停地在本子上紀錄。

佛羅鴻問道：「這些工作人員都屬於那些代理人嗎？」

於是維爾拉克先生從人行道往外繞了一圈，把他帶到拍賣場的圍欄邊。他跟他解釋那些箱子以及大型黃色木頭辦公室裡人員的作用，這裡充滿魚腥味，也被那些柳條筐裡濺出來的液體弄得一片髒汙。最高處，在那個玻璃辦公室裡，市政府的收款代理人記錄著拍賣的數據。往下一點，在那些手把架在狹窄的控制台上，因而高起的椅子上，坐著兩個女人，她們手裡拿著銷售看板，讓代理人能夠計算。兩邊有兩張長凳，前面是一張延展到辦公室前的石桌，一個拍賣人員將那些雙耳柳條筐秤重，寫上一份的價格，以及整批的價格。在他下手，那些拿著看板的女人手中拿著筆，等著紀錄成交。然後他指給他看，在圍欄對面，有另一個黃色小間辦公室，那是出納，一個年老且肥胖的女人正在整理那一疊疊的蘇以及五法郎硬幣。

他說：「這裡的交易會被檢查兩次，一次是塞納省省政府，一次是警察局。」後者就是所謂的代理人，聲稱負有監控他們的責任。市府當局則只插手那些涉及稅務的交易。

他繼續用他那個冷漠細小的聲音訴說兩個政府單位間的爭論。佛羅鴻幾乎心不在焉，他看著他對面坐在高椅上那個拿著銷售看板的小姐。她是個很高的褐髮女孩，約三十歲，大大的黑眼睛，神態非常莊重，長長的手指拿著筆，像一個乖巧聽命的秘書在板子上寫著字。

然而拍賣員尖銳的叫聲轉移了他的注意力，一條極漂亮的大菱鮃成為拍賣品。

「有人提出三十法郎！三十法郎！三十法郎！」

他用各種不同的語調重複著這個數字，將聲調提高到一個非常奇怪，讓人嚇了一跳的高音。他駝背，面孔扭曲，一頭蓬髮，穿著一件用吊帶夾著的藍色大圍裙。手臂猛烈地往外延伸，雙眼散發出光芒：「三十一！三十二！三十三！三十三法郎五十分，三十三法郎五十分。」

他重新喘了口氣，將雙耳柳條筐轉了個方向，向前放到石桌上，那些魚販都身體向前彎，用指尖輕輕地觸摸那條大菱鮃。然後他又帶著新的狂熱重新開始，將一個個數字拋給每個競標者，每個動作都讓人驚訝，舉起手指，挑著眉毛，嘟起嘴唇，眨著眼睛，一切都發生地非常快，這樣地含糊不清，佛羅鴻根本跟不上他，顯得一臉張惶失措。而那個駝子則用一種更像唱歌的聲音，一種像是唱詩班成員唱完一段經文的語調喊著：「四十二！四十二！這條大菱鮃賣四十二法郎！」

那個美麗的諾曼第女人提出最後的競標價。靠著拍賣場圍欄的鐵三角旁，魚販排成一長條，佛羅鴻從人群中認出了她。這個早晨有點涼，女性都穿戴起毛皮領，一整片白色圍裙都讓那些肚子、喉嚨以及壯碩的肩膀顯得更圓。在這一群短髮蓬鬆，帶著圍巾，有著酒糟鼻，還有讓人受不了的大嘴，以及如同破碎花瓶般滄桑的臉孔當中，漂亮的諾曼第女人頭上梳著高高的髮髻，佈滿了髮捲，皮膚白皙細緻，且還賣弄了她的緞帶結。她也認出了柯鈫太太的表哥，很意外看到他出現在那裡，於是開始跟旁邊的人耳語。

喧囂的聲音變得如此強烈，維爾拉克先生放棄了進一步的解釋。人行道上，有人宣告大型魚類到來，那些拉著長音的叫喊彷彿是發自巨大的擴音器，尤其有一個人以嘶啞破碎的嗓音喊著：「淡菜來了！淡菜！」，巴黎大堂的天花板都因之震盪。那些被倒過來的一袋袋淡菜在籃子裡流出水來，人們用鏟子清空那些打開的袋子。一個接著一個的雙耳柳葉筐，裡頭裝了鰩魚、鯧魚、鯖魚、海鰻與鮭魚，被計算與分貨人員拿進來又拿出去，汙水四濺的更嚴重，還有魚販敲打著鐵欄杆的噪音。那個駝背的拍賣員又打起了精神，突出下頷，一雙纖細的手臂在空中比劃。最後他站到一把梯凳上，單腳站著，嘴巴變形，一頭亂髮，又再扯著他乾涸的喉嚨沙啞地喊叫，使勁地喊出一連串數字。在上頭就是那些市政府的收款代理人，一個小老人全身裹著立領的鬈毛羔皮大衣，而黑色天鵝絨無邊圓帽下只露出他的鼻子。那個負責銷售看板的褐髮女孩坐在木頭高椅子上，安靜地寫著字，臉上由於冷風而有些泛紅，當那個喋喋不休的駝子沿著她的裙子往上走時，她雙眼依然安定，連眨都不眨。

「這個洛格（Logre）真是了不起，」維爾拉克先生笑著喃喃地說道，「他是市場裡最好的拍賣員，他可以讓人賣了靴子來買鯧魚。」

他又跟佛羅鴻回到商館裡面，再次經過淡水魚的拍賣場，這裡的拍賣顯得冷清多了。他告訴他這裡的拍賣價格降低了，因為在法國，河釣已受到魚群消弭的威脅。

一個拍賣員，皮膚白但看起來狡詐，沒做任何手勢，就以單調的聲音賣出了很多鰻魚和小龍蝦。這時候在養魚缸旁，那些計算與分貨人員撈起袖子用魚網到缸裡打撈。拍賣辦公室周遭變得更擁擠。維爾拉克先生十分認真地擔任他作為教練的角色，用手肘在人群中打開了一條過道，將接替他的人帶往拍賣場中人群最稠密的地方。所有主要的零售商都在那裡，很安靜地等著最漂亮的貨品，然後讓搬運工的肩上扛起鮪魚、大菱鮃以及鮭魚等。在地上，街上的商販分著雙耳柳條筐中一起購買的鯡魚與小黃蓋鰈。還有幾個布爾喬亞階級，這些從遠地來並靠年金生活的人，清晨四點來採購新鮮的魚，最終竟然被迫買了一大堆，四十到五十法郎的海鮮，他們接著就花一整天的時間，再將這些海鮮賣出給他們認識的人。突然間有人在人群裡推擠，一個魚販被擠得受不了，手握拳在空中替自己開道，脖子也氣得發腫，然後那些密實的人牆又闔上。佛羅鴻亦感到喘不過氣來，宣稱他看夠了，他已經了解了。

維爾拉克先生幫著他離開人群，一出來就跟美麗的諾曼第女人碰個正著。她站在他們面前，以一副母儀天下的表情問道：「維爾拉克先生，您確實決定要離開我們了嗎？」

這個小個子男人回答道：「是的，是的。我要去鄉下，去克拉瑪（Clamart）休養。魚腥味似乎讓我不舒服。喔，這是要接替我的先生。」

他轉身要介紹佛羅鴻，漂亮的諾曼第女人意外地說不出話來。當佛羅鴻離開時，他覺得聽到她在鄰人耳邊低語，還上氣不接下氣地笑著說：「這下好了，我們可有得瞧了。」

所有的魚販將魚貨鋪開，在大理石板上，所有彎曲的水龍頭都流出大量的水。像是大雨滂沱的噪音，一道水柱發出聲響且四處飛濺。在那些斜板的邊緣，流動著偌大的水滴，有著比源頭稍細微的呢喃滾落，飛濺到走道中間，這裡則是小河流動，填滿了一些孔洞，接著又以綿密的分支外流，流下斜坡進入朗布托街。一股潮濕的霧氣升起，一片細雨綿綿，這種清新的氣息吹撫在佛羅鴻的臉上，恍如那種他所知道又苦又鹹的海風。而在那些帶著粉白、鮮紅以及乳白色彩被攤開的魚當中，他又找到了海洋裡所有的波光粼粼與蒼綠色。

這個第一天早晨讓他猶豫不已，他後悔屈服於麗莎。從隔天起，一旦離開了肉品店廚房裡那種厚重的昏昏欲睡，他就譴責自己懦弱，如此激動，以至於幾乎快哭了出來。然而他不敢收回自己的承諾，因為麗莎讓他有些害怕。他已經看到她由於不悅而皺起的嘴唇，還有漂亮臉蛋上無聲的責難。他視她為一個太過嚴肅且極容易獲得滿足，而無法接受挫折的女人。幸好嘉華給了他一個想法，讓他覺得好過一些。維爾拉克先生帶他巡過拍賣場的那個晚上，嘉華就將他叫到一邊，語帶遲疑地跟他解釋說「那個可憐鬼」並不快樂。同時考慮到政府其他政策，以及針對這個混帳政府以死刑戕害其雇員，甚至沒跟他們說明到底犯了甚麼罪的情況，他認為，佛羅鴻應該表現出一些善意，放棄這個前監督人員的部分薪資。

這真是太巧了，他自認為是維爾拉克先生的臨時代理人，況且他甚麼都不需要，因為他的生活起居都在他弟弟家。嘉華又再補充說道，每個月一百五十法郎，他要是放棄五十法郎就很棒了，然後他又壓低聲音說，這個情況不會持續太久，因為那個可憐的人已經病入膏肓了。且他約定讓佛羅鴻去見他的太太，跟她說明清楚，為的是不要傷害到他先生的自尊。這個良善的行動讓他鬆了一口氣，他現在以一種帶著奉獻的想法接受了這份工作，他一生都擔任著這樣的角色。只是他被迫跟家禽商發誓絕不跟任何人提及這項安排。由於佛羅鴻對麗莎有些微的害怕，他一定會保密，即便這是個值得讚賞的行為。

於是整間肉品店的人都很開心，美麗的麗莎表現出對她大伯的友善，並很早就讓他就寢，好讓他能夠早起。她讓他能吃到熱騰騰的午餐，也不再覺得在人行道上跟他談話是件可恥的事，因為他現在戴著一頂軍警人員的帽子。柯欽對於這樣良好的安排感到很高興，因為過去晚餐時，他從沒有這樣坦率地坐在他哥哥與太太中間。現在晚餐經常延長到九點，奧古斯婷則留在櫃檯後。這是很長的一段消化時間，穿插著左鄰右舍的故事，以及肉品店老闆娘對政治的正面評論。佛羅鴻則應該講述海鮮館的買賣是如何進行。他逐漸地放棄己見，開始品嘗這種規範生活的美好。飯廳明亮的黃色有種布爾喬亞的整潔與溫熱，從一進門就讓他軟化。漂亮的麗莎的良好照顧，讓他身邊彷佛有一圈溫暖的羽絨被，而他四肢都沉溺其中。這時期，他們之間有著相互的尊重與絕對的融洽。

然而嘉華批評柯欽一嘉德勒家裡的氣氛太懶散。他原諒麗莎對皇帝的偏好，因為他說，絕對不要跟女人談政治，而且這個漂亮的肉品店老闆娘畢竟是個很誠實的女人，她讓她的生意進行地很順遂。只是依他個人的見解，他寧願把晚上時間耗在勒比格先生的酒館裡，因為在這裡他有一小群抱持同樣意見的朋友。當佛羅鴻成為海鮮館的監督人員時，他就帶壞他，把他帶去酒館好幾個小時，強迫他跟那群男人一樣，現在他也有了一席之地。

勒比格先生有一間極為好看的酒館，一種完全現代的奢華。位在皮湖艾特街右側的街角，對著朗布托街，牆面兩側放著四株挪威小松樹，種在漆成綠色的箱子裡，跟柯欽一嘉德勒那間寬敞的肉品店不相上下。明亮的玻璃讓人得以看見酒館裡面，裝飾著用葉片、葡萄藤以及葡萄串做成的花環，襯著淺綠色的牆面。地板是黑白相間的大塊正方形石板。在酒館深處，地窖的大口開在一道掛著紅色帷幕的旋轉梯下，樓梯連接到樓上的彈子檯。右邊的櫃台裝飾尤其豐富，有著寬大且拋光的銀板，檯面往下接到紅白相間的大理石檯座，底邊形成一個圓弧狀，四周是一片金屬波紋，彷彿一個高壇四周放滿了刺繡。在櫃檯一個角上，有著加了皮箍的瓷壺裝著熱酒與潘趣酒，靜止不動地架在瓦斯爐上。櫃台的另一端，一個很高且有許多雕飾的大理石水龍頭，不停地在一個小盆中落下一道細流，看上去好像完全靜止。在三面銀色斜板中間挖了一個水槽，用以讓飲料保持清涼，進行沖洗，裡面排著已開瓶後帶著暗綠瓶頸的酒瓶。接著就是一堆的玻璃杯，一組一組的排在一起，佔據了水槽兩邊。

烈酒用的小杯子、葡萄酒用的平底大口杯、水果酒用的淺口高腳杯、苦艾酒杯、啤酒杯、高腳酒杯，全都杯口朝下倒掛著，在它們的蒼白裡反映出櫃檯的光亮。然後在左邊還有一個白銅壺，架在一個支撐的腳架上，右邊一個類似的壺裡則立著散成一片扇形的小湯匙。

一般來說，勒比格先生都端坐在櫃台後面，一張紅色皮革的軟墊長椅上。他手邊有著利口酒、以及一半插在托架孔洞裡的切角水晶瓶。然後他會將自己渾圓的背靠在一片蓋住整面牆的鏡子上。這面鏡子穿越了兩層樓，還有兩道玻璃支撐著那些瓶罐。一道玻璃板上放著水果、櫻桃、李子、桃子等的罐子，並在鏡子上形成暗淡的斑點。在另一道玻璃板上，左右對稱的放著餅乾盒，中間則是明亮的細頸小玻璃瓶，淡綠色、淡紅色、淡黃色，讓人幻想著那些不知名的利口酒，那些從花朵中提煉出細緻透澈的酒。這些細頸小玻璃瓶彷彿懸在空中，並在大片鏡子的白色光亮中像點了火般的光彩奪目。

為了讓他的酒館有點咖啡館的氣氛，勒比格先生在櫃檯對面靠牆的地方，放了兩張上了漆的小鑄鐵桌，外加四張椅子。一盞有五個分枝且中間有著毛玻璃球的吊燈懸掛在天花板上。有一個小橢圓形氣窗，左邊是一個鑲金的鐘，上面則是一個嵌在牆上的活動門。在酒吧深處則有個包廂，由隔間隔在店裡的一角，白色的玻璃上有著小正方形圖案。白天時，一扇對著皮湖艾特街的窗會打開，帶進些微的光亮。晚上，兩張鋪著人造大理石的桌上點著一盞煤氣燈。這就是嘉華跟他那些談政治的友人每天晚餐後聚會之所。

他們將酒館視為自己家，習慣讓老闆替他們保留位子。當最後一個到的人將隔間的玻璃門關上後，他們就知道跟自己人在一起了，他們會直接了當地談論「將這個政府掃地出門」。沒有任何一個其他的消費者敢進入裡頭。

嘉華給了佛羅鴻幾個關於勒比格先生的細節。那是個很正直的人，偶爾會跟他們一起喝咖啡。他們在他面前不覺得拘束，因為有一天他說，他參與了四八年的戰役[38]。他不多話，看起來傻呼呼的。每個人在進入包廂前經過他面前，都會將手伸過那些杯子與酒瓶，安靜地跟他握個手。經常在紅色皮革的軟墊長椅上，他身邊都有一位小個子的金髮女子，他雇用來處理吧台裡的工作，其他穿著白色圍裙的男孩子則負責外場的桌子與彈子檯。她名叫玫瑰，非常溫柔，非常聽話。嘉華眨眨眼說道，她聽話的程度還不只如此。此外，這些先生都是由玫瑰服侍，她帶著謙卑與愉快的神情，在這些最大膽的政治談論中進進出出。

家禽商要把佛羅鴻介紹給他朋友的這一天，在進到玻璃包廂時，他們只看到一名五十多歲的先生，臉上的表情若有所思且溫和，戴著一頂不很乾淨的帽子，穿著一件褐色大衣。他的下巴貼在一隻大白藤手杖上頭的象牙球上，眼前是一整杯的啤酒。他的鬍鬚非常茂盛，完全看不到他的嘴，因此他的臉看起來似乎是不露聲色且沒有嘴唇的。

「羅賓（Robine），你好嗎？」嘉華問道。

羅賓默默地伸出手來握手，沒有回答，柔和的眼神中有抹淡淡的笑意，算是打了招呼。

他又把下巴放回自己手杖上的球上，然後越過他的酒杯看著佛羅鴻。後者要嘉華發誓絕不

38 即一八四八年的法國二月革命。

說他的事，以免有人失言後會造成危險。這個一臉鬍鬚的先生小心翼翼的態度中那股不信任，並沒有讓他不悅。但他想錯了，羅賓從不會再多說幾句。他總是第一個到的，八點整，然後坐在同樣的角落，不會放掉他的手杖，也不脱去他的帽子，沒有人看過沒戴帽子的羅賓。他就坐在那裡，聽其他人講話，直到半夜，花四個小時喝完杯中的酒，一個接一個看著那些講話的人，彷彿他用眼睛聆聽。後來佛羅鴻跟嘉華問到羅賓時，後者似乎把他當成一個偉大的人，一個很厲害的人，卻無法清楚說出他如何證明自己的偉大，嘉華只說他是反對政府最可怕的人之一。他住在聖丹尼街上一間從沒有人進去過的屋子裡。然而家禽商卻說自己曾去過一次。打了蠟的地板上鋪著綠色的布，許多家具都被罩著，有一座雪花石膏柱鐘。他認為看到羅賓太太的背影從一個房間走進另一個房間，應該是一位中規中矩的女士，上過髮捲的鬈曲長髮落在肩上，但他卻無法確定這件事。大家都不了解何以他們要住在這個吵鬧的商業區裡。這位先生甚麼事都不做，沒有人知道他白天在做甚麼，也不知道他靠甚麼過活，但每個晚上他都會出現，帶著彷彿前往一場高層政治高峰會般的疲憊與愉悅。

「哼，這次皇帝的演說，您讀了嗎？」嘉華邊問，邊把日報放到桌子上。

羅賓聳聳肩，這時候包廂的門被猛烈地打開，出現了一個駝子。佛羅鴻認出他就是那個拍賣員。

雙手洗淨，穿著合宜，戴著一條紅色圍巾，一段掛在他突起的背上，像是一件長大衣的衣角。

「啊，洛格來了。」家禽商又再開口，「他會跟我們說他對這段演說的想法。」

可是洛格一臉憤怒，在掛他的帽子與圍巾時，差一點把掛衣鉤給扯下來。他猛烈地坐下來，在桌子上捶了一拳，丟開那份報紙，然後他就爆發了。

「從沒有看過這樣不理會他人的老闆。兩個小時前，我等著領工資，我們一共十幾個人在辦公室裡。哈，這些小羊們就乖乖地等著。然後馬努西（Manoury）先生終於來了，開著車子，想必是從幾個混蛋家出來。這些代理人不只偷，還大吃大喝。更扯的是他給我的全是零錢，這個蠢豬。」

羅賓眼皮輕微的動了一下算是支持洛格的議論。突然間，這個駝子找到了一個受害人。

「玫瑰，玫瑰！」他邊叫，邊把身體伸向包廂外頭。

當那個年輕女子全身顫抖地站到他面前時，他繼續吼著：「怎麼，您看著我做甚麼？您看到我進來，怎麼還沒拿我的大杯咖啡來？」

嘉華又另外點了兩杯大杯咖啡，玫瑰急忙倒上三杯飲料，洛格眼神嚴厲地看著她，似乎在檢視那些杯子跟裝糖的小碟子。他喝了一大口，然後稍微平靜一些。

過了一下子，他說：「夏威（Charvet）應該也受夠了，他在外頭人行道上等克蕾蒙絲（Clémence）。」

他才說完，夏威就進來了，後面跟著克蕾蒙絲。夏威是個瘦骨嶙峋，個子很高的男孩，鬍子刮得很乾淨，有著細瘦的鼻子與單薄的嘴唇，他住在盧森堡公園後面的瓦風街（rue Vavin）。他說自己是個自由的教師，政治上屬於埃貝爾派[39]。一頭下緣呈現圓弧狀的長髮，禮服大衣磨損的捲邊明顯地翻捲向外。他看上去並無特出之處，但總會講出一大串尖酸刻薄的話語，他的學識淵博，卻又怪異地高傲，一般來說，他的言論都會擊敗他的對手。嘉華不承認自己有些怕他，當夏威不在的時候，他宣稱他講得太過頭了。羅賓認同一切，都是用眼皮的動作來表現。偶爾，關於薪水問題，唯一會反對夏威所提出論調的是洛格。但夏威一直是這群人裡的霸主，最有威權也最有學問。十多年來，夏威跟克蕾蒙絲保持同居關係，基本上經常辯論，且嚴格地遵守兩個人之間的約定。佛羅鴻有些訝異地看著那個年輕女子，總算想起他在哪裡看過她。那個聽話、伸長手指寫字，處理銷售看板的高個子褐髮女孩旁邊的另一個女孩。

玫瑰跟著兩個新到的客人後面進來，她甚麼話都沒說，就在夏威面前放了一杯啤酒，然後在克蕾蒙絲面前放了一個托盤，後者開始安穩地準備自己的熱甜酒：將熱水倒在檸檬片上，用

39 埃貝爾派（hébertiste）為法國大革命時期雅各賓派的左翼。

湯匙壓住，加上糖，接著邊看著小壺，邊倒進萊姆酒，好確定不會倒了超過一般小酒杯的份量。然後嘉華跟這些先生介紹佛羅鴻，特別跟夏威說，他們倆個人都是老師，都是很有能力的人，他們一定談得來。但他讓人以為他已經說了些不該說的，因為所有的握手致意，都是以一種共濟會[40]成員的方式。夏威本人表現地簡直是和善，但大家都避免提及任何關於佛羅鴻的事。

「馬努西也用零錢付您薪水嗎？」洛格問克蕾蒙絲。

她回答是，然後拿出一捲一法郎與兩法郎的紙鈔，接著把它們打開。夏威看著她，眼神跟著那些她確定了內容之後又放回口袋裡的那些紙鈔捲。

「我們應該要算個帳。」他輕聲說道。

「當然，今天晚上。」她低聲地說「其實應該扯平了。我跟你吃了四次午餐，對嗎？可是我上個禮拜借了你一百蘇。」

佛羅鴻有些訝異，為了不顯得冒失，他把頭轉了個方向。當克蕾蒙絲把所有紙鈔捲都收好之後，喝了一口混合熱酒，背靠在隔間玻璃上，安靜地聽著這些男人談論政治。嘉華重新拿起

40 共濟會的法文是Franc-maçonnerie，是一種類似宗教的兄弟會，基本宗旨為倡導博愛、自由、慈善，追求提升個人精神內在美德以促進人類社會完善。

那份報紙，他嘗試用一種戲謔的聲調念皇帝當天早上，在議會開會時發表的演說片段。面對這樣的官方說詞，夏威自然處於有利的一面，他把所有的內容都批評地體無完膚。有一句話特別讓他們覺得好笑：「各位先生，依據您們的智慧，以及這個國家保守的情感，我們有信心能逐漸地增長整體的繁榮。」洛格站著朗誦出這個句子，他將皇帝那種黏膩的鼻音模仿地維妙維肖。

「他說的繁榮還真美。」夏威說，「所有的人都快餓死了。」

「還有這說的是甚麼話，一個人『依據其智慧』？」克蕾蒙絲再次說了那句話，她挑剔文字的用法。

羅賓在他的鬍鬚當中不小心地發出了一絲笑聲，對話熱絡起來。一談到立法，就發現這個政府實在太糟了。洛格不再感到憤怒，佛羅鴻在他身上又看到了那個海鮮商館中了不起的拍賣員：抬起下巴，手在空中比劃，隨時等待挑戰與出擊的態度。

他通常談論政治時都一臉激動，就像他拍賣一籃鯧魚那個樣子。至於夏威，在這個狹窄包廂裡，到處充滿了菸斗與煤氣燈所形成的霧氣中，則變得比較冷靜。而羅賓則不停輕微地左右搖擺他的頭，下巴從沒有離開他手杖上的象牙球。然後嘉華講了一句話，於是他們竟然談論起女人。

「女人，」夏威明確地指出，「跟男人一樣平等；因此，她就不應該在生命中給男人造成麻煩。結婚就是一種聯盟，每個人都要負一半責任，對嗎，克蕾蒙絲？」

「當然了。」那個年輕女子回答道。她的頭靠著隔間玻璃，眼睛看著天花板。

然後佛羅鴻看到那個在街上叫賣的蔬果販，拉卡耶，以及雄壯的亞歷山大，那個克羅德．朗提的朋友。這兩個男人有很長一段時間都坐在包廂中的另一張桌子旁，他們跟這些先生們是不同世界的人。然後政治起了作用，他們靠近了這些先生，接著他們就成為這群人裡的一份子。對夏威來說，他們代表的是大眾，因此極力對他們灌輸一些觀念；嘉華則像是個沒有偏見的商人，跟他們把酒言歡。亞歷山大有一種大塊頭怡人的快樂，已經有些灰髮的拉卡耶則隨時都義憤填膺，每天晚上都因為整天在巴黎的大街小巷裡叫賣而全身痠痛，偶爾他會用一種奇異的眼光看著那種布爾喬亞的平和，亦即羅賓好看的鞋跟大外套。他們倆個人各自點了一小杯酒，現在全體成員都到齊了，他們繼續的對話變得更嘈雜更熱絡。

這天晚上，透過包廂半掩的們，佛羅鴻又瞥見薩潔小姐站在吧檯前面。她從她的圍裙下拿出一瓶酒，並看著玫瑰倒了一杯酒，裡面有較多份量的黑茶藨子酒，以及少分量的烈酒。

接著那一瓶酒又再度消失在圍裙後頭。手也藏了起來，薩潔小姐站在吧檯大片銀白反光中聊著天。面對著鏡子，那些短頸大口瓶與利口酒的細頸瓶彷佛是吊掛的威尼斯燈籠。晚上店裡有些過熱，燈火讓所有的金屬與水晶都亮了起來。那位老小姐穿著黑色裙裝，在這些強烈的光亮下如同一隻怪異的昆蟲。佛羅鴻看著她企圖讓玫瑰開口說話，自忖她一定從半掩的包廂門外瞥見了他。自從他進入巴黎大堂工作後，他到哪裡都會碰到她，有時是在有遮棚的街下某處，經常都有勒可兒太太與沙希耶特陪伴。三個人偷偷地檢視他，看上去對於他成為新的監督人員感到極為驚訝。無疑地，玫瑰說話反應不快，因為薩潔小姐轉過身一會兒，像是想要接近勒比格先生，他正在一張上漆的鑄鐵桌子那裏跟一個客人玩著皮克牌[41]。緩緩地她終於讓自己靠在包廂牆邊，嘉華認出了她，他極度厭惡她。

他粗魯地說：「佛羅鴻，把門關上吧，在這裡想要圖個安靜都不行。」

半夜，在離開時，拉卡耶低聲跟勒比格先生說了幾句話，兩個人握手時，後者在沒人看到的情況下，偷偷塞了四個五塊法郎給對方，並在他耳邊說：「您知道的，明天就是二十二法郎。借錢的人不想少拿一分錢，別忘了您還欠了三天的租車費，全都要付清。」

勒比格先生跟這些先生們道了晚安。他說他會睡得很好，輕輕地打了個哈欠，整張嘴大開露出了牙齒。

玫瑰一臉聽話員工的神態注視著他。他推她，並命令她去熄掉包廂裡的煤氣燈。

41 原文為 piquet，一種由兩個人玩三十二張牌的遊戲。

在人行道上，嘉華有些踉蹌，差一點就跌到地上。彷佛受到啟發一般，他說：「佛羅鴻，我可沒有依靠那些燈光啊[42]，我。」

這聽起來實在太好笑了，然後兩個人分道揚鑣。佛羅鴻往回走，沉溺在這個玻璃包廂裡，羅賓的靜默，洛格的激動情緒以及嘉華冷血的恨意。夜裡當他到家後，他並沒有立刻睡著。他喜歡自己這間閣樓上的房間，這個年輕女子的房間，到處都是奧古斯婷留下的一些碎布，一些女生可愛且稚氣的東西。壁爐上還有那些細長的小髮夾，一些盡是鈕扣與亮片裝飾的瓦楞紙盒，剪裁下來的人像，跟幾個仍舊帶著茉莉花香氣的乳液瓶。在桌子的抽屜裡放著一張品質不佳的白色木頭板子，還有針線、教堂用的經書，旁邊是一本有著汙漬的《夢想之鑰》（Cles des songes）。一件白底黃點的洋裝被遺忘在一個掛鉤上，而在開水壺後頭，用作梳妝的台子上因為一瓶倒翻的女用髮油留下了一大塊印漬。在一個女性的私人空間裡，佛羅鴻應該會感到痛苦，但在這整個房間裡，這張狹窄的鐵床，兩張藤椅，還有壁紙間，就是一種淡淡的灰色，讓人感受到一種動物天真的印象，一種大女孩幼稚的特質。他很高興有這樣純真的窗簾，以及充滿童

42 前文中提及皇帝的演說中有句話「依據您們的智慧」，法文裡用的是「appuyer sur vos lumière」。這裡嘉華用了同樣的句子，表面上的字義就是「依靠著燈光」，由於他喝醉了，因此顯得好笑。

稚裝飾的紙盒、《夢想之鑰》，還有那些講求打扮而笨拙地在牆面上弄出的污漬。這都讓他有清新之感，讓他重拾年少時的夢想。他寧願不認識那個有著褐色且髮質乾燥的奧古斯婷，這樣他就能夠認為自己是住在一個修女的房間裡，一個勇敢的女孩，在他周遭以最粗略的方式呈現了女性天生的優雅。

然而夜裡，能夠雙手托腮架在房間的窗台前，對他來說是一種莫大的慰藉。這片窗戶在屋頂下裁剪出一道狹窄的陽台，高築的鐵欄杆，奧古斯婷在上面照料著一盆番石榴。自從夜晚變冷後，佛羅鴻便將這株番石榴放進屋裡，在他的床腳邊過夜。他留在陽台上幾分鐘，深深地呼吸著那些起自塞納河，飄過里沃利街（rue de Rivoli）上那些屋子而到來的冷空氣。下方，巴黎大堂的屋頂隱約地綻放著大片的灰色。恍如迷濛的湖面，在中間某種鏡面隱約的反射，點亮了一道流水銀色的閃光。遠處，屠宰場以及家禽館的屋頂顏色變得更暗，僅是一堆退向地平線的黑暗。他為自己面前那一大塊天空感到高興，這一大片發展完成的巴黎大堂，在巴黎這些錯綜複雜的街道中給了他一種模糊的海邊景象，一個海灣裡靜止且深灰的海水，幾乎沒有遠方滾滾浪濤的波動。每個晚上他不自覺地忘我，夢想一個新的海濱，同時又再想起在海外那絕望的八年，讓他亦悲亦喜。接著整個人打了個寒顫，他重新關上了窗戶。經常當他在壁爐前脱去襯衫上的領子時，奧古斯特與奧古斯婷的照片讓他擔憂，彷彿他們手牽著手，臉上帶著蒼白地笑容看著他褪去衣衫。

佛羅鴻在海鮮館度過的前幾個星期真是非常辛苦。他感受到梅育嶘一家人公然的敵意，整個市場也跟他敵對。美麗的諾曼第女人有個念頭要報復美麗的麗莎，這個表哥正好當個受害者。

梅育嶘一家人來自魯昂（Rouen），露易絲的母親依然向人述說她是如何來到巴黎的，當初她帶來一籃鰻魚，自此再也沒有離開過魚市場。她在這裡嫁了一個稅收人員，後者死後留下兩個小女兒。自此之後，她寬廣的臀部與絕佳的清新感讓她贏得了美麗的諾曼第女人這個稱號，她的長女承繼了這個稱號。如今蜷縮且了無生氣，六十五歲的她成了個有威望的女人，而魚市的潮濕讓她的聲音變得嘶啞，皮膚也變成藍紫色。她由於長久坐著，身形變得臃腫，腰線超出了臀部，頭也因為有力的脖子跟肥胖而往後仰。此外，她從不願意放棄她那個年代的風格，總是穿著花裙子，戴著黃色圍巾，保有典型女魚販用綢巾包頭在前額打結的樣式。說話大聲，動作快速，握拳在身側，巴黎大堂裡典型魚販用基督教教義罵人的話隨時掛在嘴邊。她為伊諾松市場的消逝感到可惜，談到過去巴黎大堂裡那些女士們的權利，摻雜著與警察拳腳相向的事蹟，以及上法院的故事，還有查理十世與路易士・菲利浦一世當權的時代，穿戴絲綢以及手拿花束的那個年代。

梅育嵣家的母親，人們都這樣稱呼她，很長一段時間她都是聖列依教堂[43]聖母善會的旗手。在宗教儀式裡或在教堂裡，她都穿著配有緞帶的薄紗洋裝與無邊軟帽，腫脹的手指高高地舉著一隻權杖，上面掛著滿是流蘇的絲綢旗幟，旗幟上繡著聖母瑪利亞。

依據住在這一區的三姑六婆，梅育嵣家的母親一定賺了一大筆錢。在重要的日子裡，她會在脖子上、手臂上與腰上掛滿純金的手飾。後來，她兩個女兒相處不來。么女克蕾兒（Claire），一名懶散的金髮女孩，抱怨露易絲的粗暴，用她那慵懶的聲音說道，她永遠都不會成為她姊姊的下女。顯然她們兩個人會相互打罵，母親便將兩人分開。她讓露易絲接手她在海鮮館的攤子；至於克蕾兒，由於鰩魚跟鯡魚的氣味讓她感到刺鼻，她則在淡水魚區找了個攤子。

雖然這位母親發誓要退休，卻還是從這個女兒的攤子到另一個女兒的攤子去干涉她們的買賣，並帶著極度的蠻橫無理，繼續給她的女兒們添麻煩。克蕾兒真是個讓人難以置信的女人，非常的溫柔，卻會不斷地與人起爭執。大家都說，她從不用大腦行事。她處女般夢幻的外表下有種靜默的固執，一種獨立的精神推著她以不同的方式生活。不同於其他人，她有自己的原則，可以一天有著絕對的正直，第二天卻做出不公且讓人作嘔的行止。偶爾她會在市場裡進行革命，

43 全名為聖列伊聖吉爾教堂（Église Saint-Leu - Saint-Gilles），是法國巴黎的一座羅馬天主教教堂。

她的攤子會毫無緣由地時而漲價時而降價。近三十歲時，她天生的細緻，她吹彈欲破且一直保持清新的皮膚，蒼白的小臉，柔軟的四肢必然地開始變胖，落入一種彩繪玻璃上聖人那種無精打采，在巴黎大堂中逐漸失去其特色。然而她二十二歲時，在那些鯉魚與鰻魚當中，簡直就是牟利羅[44]畫像中的少女。依照克羅德・朗提的說法，她經常是那種頭髮蓬亂的畫像少女，穿著過大的鞋子，剪裁粗略的裙子穿在身上就像包著一塊木板。她完全不嬌媚，表現出對自己不屑一顧。反觀用許多緞帶結打扮自己的露易絲，自然而然會取笑她妹妹綁錯邊的圍巾。人們述說有個這地區裡的富商之子，由於只能從她那裡得到一席溫柔軟語而滿心怒氣地離去。

露易絲這個美麗的諾曼第女人則表現地較為柔順。她與穀物商館裡一名僱員的婚姻，在那個可憐的男孩被一袋砸下的麵粉打斷後腰之後便告吹了。而在不到七個月後，她生下了一個胖小孩。梅育嶓家的親友都視這個美麗的諾曼第女人為寡婦。那位魚販老婦偶爾會說：「要是我那個女婿活著……」

梅育嶓一家人是一股勢力。當維爾拉克先生完成讓佛羅鴻清楚他的新工作內容時，他也建

44 全名為Bartolomé Esteban Murillo，一六一七—一六八二，為巴洛克時期著名西班牙畫家。一生畫了大量宗教畫、風俗畫、風景畫和肖像畫，尤其在基督教題材的繪畫上獨佔鰲頭。

議他管理好某些商販，這樣他的日子才不會太難過。他甚至基於同情而教他一些這份職業的一些小秘密：容忍是必要的，虛情假意有其重要性，還有哪些禮物是可以接受的。一個監督人員既是警察也是和事佬，注意市場的良好運作，調停買方與賣方間的差異。性格軟弱的佛羅鴻每次要執行其威權時都會變得僵硬，且矯枉過正。結果有更多人反對他，讓他遭受長期的苦難，臉色也因為受到所有人的摒棄而變得陰鬱。

美麗的諾曼第女人的策略就是讓他捲進幾起爭端當中，她發誓兩個星期後他就會丟了這個職位。

「哼，」一天早上她碰到勒可兒太太時說道，「要是那個胖麗莎認為我們想要她吃剩的，我們可都比她有品味，她的男人還真可怕。」

拍賣結束後，佛羅鴻開始他的監督巡邏，沿著漫流著水的分道碎步地走，他看到美麗的諾曼第女人以眼神跟著他，還放肆地笑著。她的攤子在第二排左邊，靠近淡水魚的攤子，面對著朗布托街。她轉過身跟鄰人取笑，眼睛沒離開過她的受害者。然後當他經過她面前，緩慢地檢視那些石板時，她表現出極度高興，拍打著魚，把檯子上的水龍頭大開，讓整個走道溢滿水。佛羅鴻依然面無表情的繼續。

但一天早上，很不幸地，戰爭爆發。這一天，佛羅鴻來到美麗的諾曼第女人的攤子前，聞到一股讓人難以忍受的臭味。在大理石板上有一尾很漂亮的鮭魚，已被剖開，露出粉白色的魚肉。

乳白色的大菱鮃、海鰻，都用黑色叉子戳著以示分別。一對對鯧魚、紅鯔魚、鱸魚，都很新鮮。敏銳的眼睛看到這些魚鰓還在淌血的魚當中，躺著一條大鰩魚，帶些紅色，點綴著深色的斑點，有著奇特色調的美。然而這條大鰩魚腐爛了，尾巴下垂，寬大的魚鰭穿過了粗糙的皮膚。

「這條鰩魚應該要丟掉。」佛羅鴻邊說邊走近攤子。

美麗的諾曼第女人小聲地笑了。他抬起雙眼，看到她站著，支撐在照亮了每個攤子四個角落的兩盞煤氣燈銅柱上。她看上去很高，為了保護腳不被濕氣浸透，站在幾個箱子上。她噘起嘴巴，甚至比平時更美麗，頭髮捲曲，一臉狡詐，通紅的手放在白色的大圍裙上。他從沒看過她戴這樣多的手飾：她戴著長耳環，一條項鍊，一個別針，一連串的戒指在左手的兩隻手指，還有右手的一隻手指上。

由於她繼續從上端看著他，沒做回應，他又再說：「您聽到了，丟掉這條鰩魚。」

但他沒有注意到梅育嶰家的母親，坐在一張椅子上，蜷在一角。這時候，她站起身來，頂著頭巾上的立角，握拳壓在大理石桌上：「哈，」她蠻橫無理地說，「她為什麼要丟掉那條鰩魚？

難道您要替她付這條魚的錢？」

這下子佛羅鴻明白了，其他的魚販開始冷笑。他感覺到四周有一股隱約的反動，只等一句話就會爆發。他克制住自己，自己從攤子下方拉出那個裝肚腸的桶子，讓那條鰩魚掉了進去。

梅育嵣家的母親已經雙手插在腰上，但美麗的諾曼第女人還是噘著嘴，又發出一種邪惡的笑聲，佛羅鴻走開，四周都是噓聲。他臉色嚴正，裝作沒聽到。

每天，他們都想出一個新方法來整他。監察人員不再循那一條條走道，而只是用眼睛注視一切，如同身處敵國一般。他被那些海綿濺出的水給打中，也差點被腳下擺放的腸肚給弄到摔倒，搬運工經過時也將手裡雙耳柳條藍擦過他的後頸。有一天早上甚至在他跑向兩個爭吵的商販以避免一場打鬥時都必須蹲下身，以免被那些如雨點般落下的小黃蓋鰈給打中雙頰。大家笑得很厲害，他一直認為這兩個商販跟梅育嵣一家沆瀣一氣。他在過去的教師職業裡曾被視為糞土，這讓他具備強大的耐心，當怒氣攻心時，他也知道如何保持不動聲色的冷漠，而他內在則因為受辱而淌血。然而那些艾斯塔巴德街上（rue de l'Estrapade）的孩子，從沒有這些巴黎大堂中女人們般兇猛，或這些壯碩女人的凶惡。當他任憑自己落入某個陷阱當中，她們的胸前與喉嚨都因巨大的愉悅而跳動，興奮發紅的臉盯著他。在那些說話如流氓般的語調裡，那些高聳的臀部間，鼓起的頸子，前後搖晃的大腿，懶散隨便的雙手，他猜想別人跟他說的盡是一連串的髒話。在這些厚顏無恥且滿是氣味的女人當中，嘉華感到自在且痴狂，倘若她們靠得太近，他離開時便一下左邊一下右邊地拍打那些女人的臀部。女人一向讓佛羅鴻感到恐懼，甚至逐漸覺得自己迷失在那些有巨大魅力女人們的噩夢裡，讓人擔憂的是她們在他身邊圍成一個圓，帶著嘶啞的聲音並露出那些好鬥者般粗大的臂膀。

在這些粗枝大葉的女性當中，他確實有個朋友。克蕾兒明白地表示新的監督人員是個正直的人。當他經過時，她的鄰人冒出許多粗話，她則對他微笑。漫不經心地在她的攤子後頭，幾撮金髮落在脖子跟太陽穴上，裙子反穿，並用訂書針固定。他最常看到的就是她站著，雙手在她的養魚塘底部，變換那些魚的位子，高興地轉著那些銅水管彎頭，水管口拋出一道道水柱。這潺潺水流給了她一種戲水的優雅，彷彿在一道水源旁，衣衫尚未穿戴整齊。

一天早上，她特別的友善。她招呼監督人員並讓他看一條已經在拍賣時讓整個市場都震驚的大鰻魚。她打開圍欄，然後小心翼翼地在水塘裡重新關上，那隻鰻魚似乎在水底沉睡。

「等一下，」她說，「您要仔細看。」

她緩緩地將赤裸的手臂伸進水中，一條稍顯纖細的手臂，光滑的皮膚上顯出藍紫的血管。當鰻魚感受到有人碰牠時，立刻捲成一個圈結，狹長的食槽裡充滿了牠身上綠色環圈所形成的閃閃波光。而當牠再次入睡，克蕾兒好玩地又用指尖去挑弄牠。

「牠真是非常大，」佛羅鴻認為應該這樣說，「我從沒有看過這樣漂亮的鰻魚。」於是她跟他招認，在剛開始工作時，她很怕鰻魚。不過現在她知道要怎麼握緊手才不會讓魚溜掉。她就在旁邊抓起一條比較小的，在她握緊的拳頭兩端，鰻魚不停地扭動著，而這讓她笑了起來。她把牠丟回塘裡，又抓起另一隻，然後又將她纖細的手指放入水中攪動著這一大灘海蛇。

接著她就開始聊起販售不佳的狀況。那些來自外地的商販在有遮棚的街上，就在人行道上開賣，讓大堂裡的他們備受委屈。她裸露的手臂因為沒有擦拭而任水流下，滿是水中的清涼，每個手指間都有大顆大顆的水滴落下。

「喔，」她突然說道，「我也應該讓您看我的鯉魚。」

她打開了第三個圍欄，用兩隻手拿出了一條鯉魚，牠喘著氣並拍打著尾巴。但她將之放了回去，又找了一條較小的，她能夠用一隻手抓著，每次喘氣，兩邊的鰓開得較大。她甚至想將自己的大拇指在魚換氣時伸進其嘴裡。

「牠不會咬人。」她低聲地說，帶著淺淺地笑意，「魚很乖的。就像那些小龍蝦，我不怕牠們。」

她已經又把手臂伸進水中，拿出來一個籠子，滿是讓人不解的蠢動，一隻小龍蝦用兩隻螯夾住了她的小指頭。她搖晃了一下子指頭，不過小龍蝦顯然夾得很用力，她的指頭變紅，於是她滿是憤怒地一個動作就將牠的夾子打斷了，但她卻依然笑著。

「例如，」為了隱藏自己不滿的情緒，她說，「我就無法信任梭子魚，牠會像刀子一樣切斷我的手指。」

然後在那些十分乾淨的清理板上，她指著依照大小排列整齊的梭子魚，旁邊是深褐色的丁鱥以及一小攤一小攤的鉤魚。現在她手上都是鯉魚分泌的油脂，她站著，就將手放進魚塘中清洗。人們不禁覺得她渾身充滿了一股清新的氣味，一種從蘆葦和泥濘中睡蓮裡升起的濃厚氣味，彷彿在陽光的照耀下，一切都將綻放。她將手在自己的圍裙上擦拭，臉上一直帶著笑容，在這種讓人起寒顫，且河川已失去其生命的動感裡，那種鎮定的大女孩平靜的表情。

克蕾兒的這種同情對佛羅鴻來說是一種小小的安慰。當他停下來跟一名年輕女子說話時，她就會針對這一點跟他開比較低級的玩笑。然後這個女子會聳聳肩，指出她母親是個年老花俏的女人，而她姊姊則沒甚麼了不起。整個市場對這位監督人員的不公平讓她氣憤不已。可是這場戰爭持續上演，而且每天愈演愈烈。佛羅鴻想到要離開這個職務，若不是擔心會在麗莎面前顯得懦弱，他連二十四小時都不會留下來。他擔心她會說些甚麼，還有她會怎麼想。她必然知道那些魚販跟他們監督人員間的戰爭，因為這已經充斥著巴黎大堂，針對一個新事件整個區裡都評論個沒完沒了。

「嗯，」她經常在晚餐後說，「我會負責讓這些人講理些。所有這些我根本不想用指尖碰觸的女人，這些下流胚子，這些骯髒的傢伙。這個諾曼第女人真是下層階級裡最下流的。等著看，我要把她踩在腳底下。佛羅鴻，您聽到了嗎，權威還是存在的。您那些想法就是錯誤的，給她們一記狠的，您等著看，所有人都會收斂起來。」

最後一次危機簡直可怕。一天早上，那位麵包店老闆娘塔布侯太太的女傭到魚市來找一條菱鮃。那個美麗的諾曼第女人，看著她在她攤子附近轉了幾分鐘，便主動接近她，還跟她甜言蜜語。

「您來我攤子上看看，我可以幫您處理的。您要一對鯧魚，還是一條漂亮的大菱鮃？」

而當那個女傭終於走近她的攤子時，她找到一條菱鮃，癟起嘴並表現出不滿意的樣子，那些想要少付些錢的客人都會這樣做。

「您看這一條有多重。」美麗的諾曼第女人繼續將包在一張黃色牛皮紙裡的魚放到她張開的手中。

這個女傭是個小個子，整個人看上去很悲傷的奧佛涅人（Auvergnate）。掂了掂手中的菱鮃，撥開魚鰓檢視，不說一句話，臉上一直有種不悅的表情。然後彷彿是不得已，問道：「多少錢？」

賣魚的女販回答：「十五法郎。」

另一個女人很快地將魚放回大理石板上，表現出要離開的樣子。但美麗的諾曼第女人拉住她：「別走啊，說您要的價格吧。」

「不行，不行，您的價格太貴了。」

「您還是可以告訴我啊。」

「八法郎，如果您願意接受的話。」

梅育嵣家的母親似乎醒了，發出一種讓人不安的笑聲，心想人們還以為這些魚貨是她們偷來的呢。

「八法郎，買這樣大的菱鮃嗎？我的小姐，這是不可能的。」那個美麗的諾曼第女人帶著一種被得罪的神情，轉過頭去。但那個女傭回頭來過兩次，提議九法郎，最多十法郎。然後彷彿她再也不會回頭來了：「好吧，回來吧，」那位女魚販叫她，「付錢吧！」

那個女傭站在攤子前，友善地跟梅育嵣家的母親聊天。塔布侯太太表現出要求十分地高。晚上家裡吃飯的人口眾多，布洛（Blois）的表兄弟，一個公證人與他的妻子。塔布侯太太一家人是很講究的，她本身雖然經營麵包店，卻受過良好的教育。

「您會幫我清乾淨肚腸，對嗎？」她問道。

那個美麗的諾曼第女人，手指頭一伸進去就掏空了菱鮃的內臟，隨之丟進水桶裡。她將自己圍裙的一角滑進兩鰓中間，拿掉幾顆沙子，甚至親手將魚放進奧佛涅女人的菜籃裡。「好啦，美人，您應該要多說幾句我的好話啊。」

然而過了一刻鐘，那個女傭滿臉通紅跑回來，她剛哭過，全身由於生氣而顫抖。她把菱丟在大理石板上，指著魚肚的部位，一道大裂縫露出了魚肉甚至是魚刺。她用因為哭過而緊繃的喉嚨，斷斷續續地講出許多話：「塔布侯太太不要這條魚，她說她無法把這樣的魚放上桌。她又跟我說我是個笨蛋，說我讓大家坑我。您可以清楚地看到，這條魚受損了。我呢，我剛才信任你們，沒有把牠翻過來。還我十法郎。」

「大家都會仔細看自己買的商品。」那個美麗的諾曼第女人慢條斯理地回答。

而另一個女人提高了嗓門，梅育嶓家的母親站了起來。

「您不會給我們找麻煩，對吧？我們不會收回那些已經在別人家逗留過的魚的。我們又不知道您是不是在哪裡讓魚掉到地上，才會變成現在這個樣子。」

「我讓魚掉到地上？我嗎？」

她喘不過氣來，接著就大哭起來：「妳們兩個是騙子，沒錯，兩個騙子。塔布侯太太早就告訴過我的。」

這下可了不得了。那位母親跟女兒，氣急敗壞，舉起拳頭，此起彼落地罵了起來。那個小女傭在一個嘶啞，另一個尖銳的聲音中顯得不知所措，像是被人推打的球，哭得更起勁。

「算了吧，妳的那個塔布侯太太可比這魚更不新鮮，還要修補才能上菜呢。」

「一整條魚只要十法郎，哼，謝謝您，我才不稀罕呢。」

「喔，妳的耳環要多少錢？看來妳是在背後偷偷賺到的。」

「這還用說，她一定在蒙德度街（rue de Mondétour）站壁吧。」

市場的警衛去找佛羅鴻，他到的時候，這場爭執正處於最火爆的情況，整個商館顯然要反叛了。這些商販們在關係到一條賣兩蘇錢的鯡魚時，他們都互不相讓，然而在對付客人時，他們可是同心協力。女魚販唱著：「那個麵包店老闆娘有著不花她任何錢的金幣。」其他女魚販都用腳踩著拍子，讓梅育嵣家的母女更是興奮，恍如那些被人們激怒而要咬人的動物一般。在這條走道的另一端，那些人走到她們的攤子外，像是要對那個小女傭動手，後者受到這樣異乎尋常的侮辱，感到迷失、無以抵抗且不知所措。

「將十法郎還給這位小姐。」被告知事情經過的佛羅鴻嚴正地說道。

梅育嵣家的母親打蛇棍上。

「你，你這個小夥子，我要你……哼，我還你十法郎。」

她使勁一甩，把菱鮃丟向那個奧佛涅女人的頭，她的臉被打個正著。她的鼻子滲出血來，菱鮃四分五裂地掉到地上，發出一種濕抹布打在地上的聲響。這種野蠻行徑讓佛羅鴻無法自抑。他大喊：「我要你們八天不能做生意。聽到了嗎，我會把你們的許可證取消。」那個美麗的諾曼第女人感到害怕，往後退了幾步。

由於有人在他背後發出噓聲，他一臉嚴厲地轉過頭去，那些被制伏的人裝出一臉無辜的樣子。當梅育嵣家母女退還十法郎後，他強迫她們立刻停止販售。那位老婦氣得喘不過氣來。女兒則一臉蒼白地不發一語。她，這個美麗的諾曼第女人竟被趕出她的攤子。克蕾兒則用平靜地聲音說，早該這樣做了，晚上，這差一點就讓兩姊妹在她們皮湖艾特街的家中拳頭相向。

八天之後，當梅育嵣家母女重拾生意時，她們保持明智的態度，很嚴肅，講話很精簡，有一股讓人疏遠的怒氣。從這一天起，那個美麗的諾曼第女人應該就醞釀著一種可怕的復仇念頭。她覺得這一次應該是美麗的麗莎唆使的，她在爭執發生的第二天碰到她，對方趾高氣昂，因此她發誓會讓麗莎為這種勝利的眼神付出沉重的代價。在巴黎大堂的各個角落裡，她跟薩潔小姐、勒可兒太太與沙希耶特不停地進行秘密集會，當她們厭倦了那些麗莎與表哥之間放蕩行徑，以及人們在柯鈫的碎豬雜香腸中找到頭髮這些不經之談時，就再也沒甚麼好說的，這也無法讓她感到釋懷。她尋求某種非常惡劣，會正中對手紅心的事。

她的兒子在魚市場裡自在的長大。從三歲開始，在市場裡，他就坐在一塊布上，身邊滿是海鮮。他在那些大鮪魚旁睡覺，彷彿牠們是他的手足，他在鯖魚跟牙鱈當中醒來。這個小淘氣全身是醃魚桶的味道，人們還以為他是從哪隻大魚的腹中跑出來的。長久以來他最喜歡的遊戲，就是趁他母親不注意時，用鯡魚搭建屋牆。他也玩打仗遊戲，在大理石板上將魴魚排成兩列，面對面，然後推動牠們，讓魚頭相撞，嘴裡模仿著喇叭跟鼓聲。最後再將牠們疊在一起，宣稱牠們都死了。接著，他就去他阿姨克蕾兒身邊晃來晃去，只為了要拿到她從鯉魚以及梭子魚腹中清出來的膀胱。他把這些東西放在地上，然後將它們用力踩，那種爆開的內臟讓他感到很興奮。

七歲時，他在走道間奔走，鑽進不同攤子裡那些內襯鋅的木箱當中，是所有女魚販所寵愛的小淘氣。當她們給他看某樣新東西，他感到特別高興時，就會緊握雙手，出神並結巴地說：「喔，這真是豪美。」於是「豪美」竟成了他的稱號。豪美來這裡，豪美去那裡，所有人都這樣叫他。他無所不在，在拍賣辦公室的裡面、在那些堆疊的魚筐當中，或是在那些丟棄了腸肚的桶子附近。他就像一隻被丟在水裡的年輕粉嫩鮰魚，到處跳動，他是那種柔情似水的小魚。他在走道間的水窪中遊走，讓自己被那些桌上的水滴給濺到。他經常會偷偷地將水龍頭打開，看到那些水柱就感到很快樂。但晚上，他母親總會在地窖的樓梯上方那些給水槽旁找到他。他全身濕透地被帶回家，手呈現藍紫色，鞋子裡都是水，甚至連衣服口袋裡也是水。

七歲的豪美是個像小天使般漂亮的小男孩，但也像一個運貨馬車車夫般粗魯。他有著天生的褐色捲髮，溫柔漂亮的眼睛，一張純潔的嘴巴卻只會說出咒罵的話。他說的那些粗話，簡直是那些連警察聽到都會住嘴的話。在巴黎大堂的垃圾堆中成長，他的參考對象就是那些下層社會的人，他會將手插在腰上，像梅育嵣家的母親發火那個樣子。他清亮童稚的聲音很流暢地講著「賤女人」、「婊子」、「回去管好你的男人」，還有「你這條命人家付你多少錢」這些句子，而且說話完全不捲舌。那些女魚販都因為他的行止而笑到眼淚都流出來，他像是受到鼓舞，於是每一句話都加上「該死的」，因此也讓自己純真美好的童年變得低下。然而他依然讓人喜愛，完全不懂這些齷齪，以高興的表情背誦著那些下流罵人的話，彷彿他在禱告。至於那些清新的空氣跟海鮮強烈的氣味讓他保有健康。

冬天來臨，豪美這一年竟開始怕冷。從第一道冷鋒進入後，他就開始對監督人員的辦公室十分好奇。佛羅鴻的辦公室在商館左邊的角落，臨著朗布托街，裡面附有一張桌子，一個檔案櫃，一張沙發，兩張椅子以及一個火爐。豪美所夢想接觸的就是這個火爐。佛羅鴻喜愛小孩，當他看到這個雙腿濕透了的小男孩，透過玻璃窗往裡面看，他便讓他進到辦公室裡。豪美與他的第一次對話讓他極度驚訝。小男孩坐在火爐前，聲音平靜地說道：「我要烤一大根木頭，這真是天殺的冷。」

接著他發出一串銀鈴般的笑聲，又補充說道：「我的克蕾兒阿姨，今天早上看起來像個臭東西。先生，你晚上會幫她暖腳是真的嗎？」

佛羅鴻一臉驚愕，但對這個孩子有了一種奇特的興趣。那個美麗的諾曼第女人表現得依然緊繃，但卻對她兒子去他的辦公室沒有任何反應。於是他自忖有權利能讓他來辦公室，他在下午時吸引他前來，漸漸地竟起了個念頭，要將他變成一個懂規矩的小男孩。在他看來是他弟弟柯鈸回到年幼時，他們還住在荷耶克拉街上那個大房間裡。他的喜悅，他私下奉獻自己的夢想，就是永遠都跟一個小孩住在一起，而且那個孩子不會長大，他會不斷地教導他，這是他熱愛人們的一種純真想法。到了第三天，他帶來一張字母表，豪美對於他的聰明感到很高興。他帶著一個巴黎街上孩童的興頭學著那些字母，那些字母的樣子讓他覺得極為有趣。接著在這間狹小的辦公室裡，他有了精彩的娛樂活動，那個火爐依然是他最好的朋友，是無窮無盡的愉悅來源。

他首先在用火爐烤熟了馬鈴薯與栗子，不過這對他來說似乎無趣。他於是偷他克蕾兒阿姨的鉤魚，然後一隻一隻地炭烤，即使會燙嘴，他還是不配麵包，很高興地吃著。有一天他甚至拿來一隻鯉魚，怎麼都烤不熟，弄得整個辦公室都是腥味，結果他們不得不把門窗都打開。當這些烤魚的味道顯得太重時，佛羅鴻便將魚丟出去，不過他最常有的反應還是笑。豪美在兩個月後，開始能夠流暢地讀書，而且他的習作本也保持得很乾淨。

然而到了晚上，這個孩子就用他好友佛羅鴻的故事來煩他的母親。這個好友佛羅鴻畫了樹，還有小木裡的人。這個好友佛羅鴻會做一個這樣的動作，然後他會說要是所有人都讀書的話，大家都會變得更好。於是這個諾曼第女人體驗了她想要掐死的這個男人的內心深處。有一天她把豪美關在家裡，因此他無法去找監督人員，但他哭得死去活來，第二天她就又讓他自由來去。她外表壯碩強悍，但實際上很軟弱。當孩子跟她說他一點都不覺得冷，並且回來時衣褲都是乾的，她感到一種說不上來的感激，高興兒子找到了庇護，能把腳放在火爐前取暖。稍後，當他站在她面前讀著一張包著海鰻的舊報紙時，她變得沒那麼強硬。逐漸地，她嘴上不說，卻開始認為佛羅鴻可能不是個惡劣的男人，她尊敬他的教學，夾雜著越來越多想要更接近他，滲透他生活的好奇。然後突然間，她給了自己一個藉口，她說服自己這樣就能進行報復：要跟這個表哥交好，讓他跟那個胖麗莎不和，這一定會更有趣。

「你的好朋友佛羅鴻跟你談到我嗎？」一天早上，她在幫豪美穿衣服時問道。

「沒有啊，我們自己玩得很高興。」孩子回答道。

「那好，你跟他說我不再生他的氣了，而且我謝謝他教你念書。」

自此以後，這個孩子每天都有一項任務。他幫他母親傳話給監督人員，然後又把監督人員的話告訴他母親，都是些很友善的話，或是他不了解內容的問題與答案，他們很可能讓他說些極為重要的事呢。然而美麗的諾曼第女人擔心自己看起來很害羞，於是有一天她自己來到辦公室，當豪美學寫字時，她就坐在另一張椅子上。她很溫柔，說了許多讚賞的話，佛羅鴻顯得更加尷尬。他們只聊孩子，由於他表現出恐怕無法繼續在辦公室裡上課，她便提議他晚上到他們家去教，然後她談到費用，他卻臉紅地表示若牽涉到錢的話，他就不去了，於是她保證會用漂亮的魚當禮物來代替。

接著便天下太平，美麗的諾曼第女人甚至表現出佛羅鴻是受她保護。監督人員終於被大家接受，縱然他的視力不佳，所有的魚販都認為跟維拉克先生比起來，他真是個好人。梅育嵉家的母親是唯一覺得無可奈何的人，她對於這個被她不屑地叫作「高瘦子」的人有著積恨。一天早上，佛羅鴻滿臉笑意地停在克蕾兒的養魚塘前時，這個年輕女子將手中抓著的一條鰻魚丟回水中，鼓著腮幫子，滿臉通紅怒氣沖沖地背對著他。他為此感到極為驚訝，於是就把這件事跟諾曼第女人說。

「您不用理她！」諾曼第女人說，「那是個神經病。她總是跟別人持相左的意見，她這樣做是為了讓我生氣。」

她勝利了，坐在自己的攤子上更是賣弄風情，梳髮也變得極為花俏。當她碰到美麗的麗莎時，就露出一副不屑的眼神，甚至當著她的面大笑不已。她很確定自己吸引了她的表哥，讓肉品店的老闆娘感到沮喪，因之笑得很大聲，從喉嚨裡發出來的笑聲，讓肥胖白皙的脖子都抖動起來。在這時候，她有個念頭要把豪美打扮得很好看，穿上短的格子外套，戴一頂高起的天鵝絨帽。豪美除了破舊的襯衫外，從沒穿過別的。也就是在這一段時間，豪美重新對那些給水槽有一股親近感。冰雪消融，氣候溫和，他讓格子外套也洗了個澡，讓水龍頭的水四處竄流，從手肘到手上都是水，他說這叫作排水溝遊戲。她母親很意外地看到他跟另外兩個頑童，看著他從克蕾兒阿姨那裡偷來的兩條小白魚，在他裝滿水的高聳天鵝絨帽理游水。

佛羅鴻在巴黎大堂中度過了近八個月，彷彿陷入了一種不斷需要睡眠的狀態裡。在脫離了七年的苦難之後，他落入了這樣一種安穩中，一種如此規律的生活，他幾乎感受不到自己的存在。他讓自己耽於其中，甚麼都不想，繼續感到意外地發現自己每天早上走進這間狹小的辦公室，坐進相同的沙發。他喜歡這個沒甚麼裝飾，狹小的空間。他在這裡找到庇護，遠離外面的世界，在巴黎大堂中不斷地隆隆聲裡，讓他想到某個廣大的海洋，海水將他環繞，遺世獨立。然而漸漸地，一種沉重的擔憂讓他感到沮喪，他變得不滿意，責難自己，卻無法確切說明何以如此，反抗著似乎讓他的腦袋與胸口越挖越空的一切。然後是發臭的氣息，呼吸裡都是腐臭的海鮮，這讓他產生嚴重的噁心。這成為一種緩慢的干擾，一種模糊的厭倦轉變成一種讓人神經質的興奮感。

他每天的日子都大同小異，在同樣的吵雜聲中，同樣的氣味中行走。早晨，單調卻嗡嗡作響的拍賣聲，讓他只聽到遠方鐘樓的聲響。由於那些魚貨到商館的時間很慢，因此這些拍賣叫喊也結束得晚。於是他留在商館裡直到中午，每一分鐘都會出現爭議、爭吵，他在調停當中非常努力讓自己表現地十分公正。時常需要好幾個鐘頭，才能解決這些微不足道卻會讓整個市場反動的狀況。他在這些嘈雜擁擠以及販售的紊亂中走著，漫步在這些走道當中，偶爾會停在一些女魚販面前，她們的攤子已擺出去到朗布托街上了。她們有著大堆的粉紅色蝦子，好幾籃煮熟，且將頭尾綁在一起的紅色龍蝦，至於那些活的龍蝦則攤平在大理石板上逐漸死去。他看著那些戴著黑色帽子與手套的先生們討價還價，最後拿了一隻煮熟的龍蝦包在報紙裡，並放進大衣的一個口袋裡。不遠處，在那些賣著最常見的魚的轉盤前，他認出了這一區中的那些女人，總是梳妝整齊，在同一時間出現。偶爾，他特別注意一些精心打扮的女士，裙擺的花邊沿著濕漉漉的石頭地前進，後面跟了一個穿著圍裙的女傭。他會隨著這位女士走一段距離，看著她一臉不悅的表情還有聳起的肩膀。

各式各樣的籃子、皮袋子、簍子，所有在這些走道間細流裡來來往往的女性，會讓他一直忙到午餐時間，一切都浸淫在這些流動的水、飄動的清新，從海中甲殼類的苦澀到鹽的鹹味之芳香裡。他的巡邏一向結束在醃魚，一箱箱的煙燻鯡魚；鋪在紙上的南泰爾沙丁魚，全身沾滿鹽的鱈魚，堆疊在許多無味的商品前面，讓他想要出發去進行一趟在醃製桶裡的旅程。接著在下午，巴黎大堂安靜下來，進入沉睡中。他將自己關在辦公室裡，整理自己的寫作，享受最佳的時光。倘若他走出去經過那些魚攤，他將發現館裡幾乎空無一人。不再有十點鐘時那種擁擠、摩肩擦踵與喧囂。那些女性魚販挺著胸膛，坐在自己空無一物的陳列台後編織。那些少數晚來的家庭主婦，她們在堂裡繞著圈子，帶著輕蔑地眼神，那種斤斤計較著晚餐花費的眼神，還癟起了嘴唇。黃昏降臨，再次出現搬動箱子的聲音，所有的魚都躺在冰塊上準備過夜了。佛羅鴻看著人們將柵欄關上，然後從頭到腳帶著一身的魚腥味離開。

前幾個月，對於這樣侵透性的氣味，他並沒有感到特別不適。冬季凜冽，結冰讓走道都成了鏡面。冰塊在大理石桌與給水槽上構成了白色蕾絲網。早上，要在水龍頭下稍微加熱才能出水。冰凍的魚，魚尾僵硬變形，如同那些磨砂金屬般堅硬粗糙，被熔刀一敲就會發出斷裂的聲音。一直到二月，整個商館裡都顯得陰鬱、沉悶且悲哀，覆蓋在一片冰裡。然後解凍的時刻到來，三月氣溫回升，飄起輕霧與小雨。於是魚都變軟了，溺在水中，變質的魚肉味伴隨著鄰街泥濘平淡的氣味混合在一起。還是有著些微腥臭味，以及讓人作嘔的溼氣在地面飄盪。然後就是六月熾熱的午後，腥臭味往上升，更加重了那股充滿病菌的熱氣。人們打開了高處的窗戶，燃燒的天空下掛起了大片灰色帆布窗簾。

一片火雨落入巴黎大堂中，商館熱得像火爐一般，沒有一絲風吹開這股腥臭味，那些攤子都像燒火般冒出煙霧。

佛羅鴻生活在這些大量的食物中，感到痛苦不已。對肉品的厭惡又再次出現，變得更讓人難以忍受。他承受過同樣可怕的腥臭味，但胃卻沒有因此不適。他這個瘦子的胃，在經過這些浸在水裡，卻被熱氣破壞了鮮度的大批魚肉時，開始有了反應。這一切強烈的氣味讓他窒息，似乎他無法消化這些氣味。當他將自己關進辦公室裡，那股讓他作嘔的氣味依然跟著他，穿過門窗的縫隙進到裡面。陰天的日子裡，這間小辦公室整天都很陰暗，彷彿在一大片讓人噁心不適的沼澤中暮色漫漫。經常，他感覺到緊張焦慮時，就需要去走走，他會從商館中間偌大的樓梯下到地窖裡。在這個半封閉，點著幾隻煤氣燈的空間裡，他重新找回了純水的清新。

他停在大型的養魚塘前，那些活魚都被放在裡面，他聽著中央供水器的四角持續不斷地流出四道流水的樂聲，一整片水在用鑰匙關著的柵欄後的水槽裡流動，一種水流溫柔的聲響。這個地下水源，在陰影中呢喃的水流讓他感到心安。他也喜愛黃昏，美麗的落日火紅掛在天邊，將巴黎大堂切割成一道道纖細的黑色蕾絲邊。五點的夕陽，從各個百葉窗進來的最後幾道光線裡，飄動著塵埃，彷彿是一層光亮粗糙的透明畫，浮現著廊柱上細瘦的尖脊，建築架構優美的曲度以及屋頂的幾何型態。

他的雙眼充滿了這幅巨大的水墨畫，呈現在閃著亮光的牛皮紙上，於是腦子裡又浮現了某種巨大的機器，有著輪子、輪軸以及平衡桿，隱約在其鍋爐下燃燒的煤炭間瞥見深紅色的火焰。每個鐘頭，光線的遊戲改變著巴黎大堂的輪廓，從早晨的藍紫到中午的陰影，然後是夕陽西下的火紅，接著熄滅在暮色的灰色灰燼裡。然而，透過晚間的這些火焰，當這些腥臭味上升，穿越了大片且顫抖的黃色光束，如同熱氣一般，令人作嘔之感又再次讓他回到現實，他的夢換了方向，想像著巨大的爐灶裡，那些發出惡臭裝著支解動物的大桶裡，正熔煉要供給人們的不良脂肪。

這樣粗野的地方還是讓他感到痛苦，似乎他說的話跟他的動作都沾染上了氣味。然而他性格良善，沒有因之顯得不悅。唯一讓他覺得尷尬的是那些女人，他唯一覺得相處自在的就是他又再碰到的馮索太太。她得知他不再受苦，有了這樣一份工作，表現出十分為他高興，且說他讓這一切顯得較柔和。麗莎、諾曼第女人還有其他女人的笑聲讓他感到不安，但對馮索太太，他甚麼都可以說。她並不會為了取笑他人而笑，她有一種為了他人的愉悅而快樂的笑容。此外她是一個勇氣十足的女人，她的工作很辛苦，不論是冬季、那些結霜的日子，或是那些讓人受不了的雨天，她都得工作。佛羅鴻可以想像在某些清晨，在那些驚人的大雨中，或是在前晚就開始下個不停的冷雨裡，她仍舊得出門。而從南泰爾到巴黎的路上，車子的輪軸都會陷入稀泥中。巴塔扎應該滿身都是泥濘，她邊用老舊的圍裙替牠擦拭，邊為牠抱屈，也可憐自己。

「這些畜生，」她說，「都很嬌弱的，沒事也會發生腹絞痛，嗯，我可憐的老巴塔扎！當我們經過訥伊橋時，雨下得那樣大，我差點以為我們掉進塞納河裡了。」

巴塔扎到客棧的馬廄去休息，她則在傾盆大雨下販售她的蔬菜。人行道都變成了一大片稀泥，那些包心菜、紅蘿蔔、蕪菁被灰色的泥水潑著，淹沒在滿是泥濘的水流中，有些甚至滾到街上。這不再是清明的早晨那些光鮮亮麗的蔬菜，那些種菜的人都縮在他們的馬車裡，拱著背，對著那些行政人員罵髒話，因為他們在視察後竟宣稱雨對蔬菜無害，而且沒有地方可以搭遮棚。

於是下雨天的早晨讓佛羅鴻感到絕望，因為他自然而然會想到馮索太太，於是便抽身去跟她聊上幾句。然而他發現她從沒有表現出傷心的樣子，她像隻獅子狗般地抖動身體，說她又不是第一次碰到雨天，而且她不是糖，不會碰到幾滴水就化了。他會強迫她到有遮棚的街上去躲一下，有幾次他甚至把她帶到勒比格先生的酒吧裡，兩個人喝著熱酒。當她平和且友善地看著他時，他很高興脫離巴黎大堂中那種難聞的氣味，她為他帶來了那種鄉間健康的氣息。她有著大地、乾草、大片空間與天空的氣味。

「我的孩子，你應該要到南泰爾來，」她說，「來看看我的菜園，我種了好幾圈的百里香，你們這個貧窮的巴黎真是臭。」

然後她就在雨中離開。當佛羅鴻跟她道別後，他感到完全的清新。他也試著工作，好跟自己感到痛苦而產生的擔憂搏鬥。他這個有條理的腦袋，偶爾會對幾個小時嚴格的工作變得吹毛求疵。他每個星期有兩天晚上會關在自己屋裡，為了寫下一部關於開雲的重要著作。他認為自己這個寄宿生住的房間，給了他寫作的場所，也讓他安心，簡直完美極了。

他升起火，看看床腳邊的番石榴樹是否無恙，然後他走近那張小桌子，開始工作到半夜。他把祈禱文還有那本《夢想之鑰》推進抽屜底部，抽屜裡一點一滴的放滿了寫作的筆記還有一張張的紙，以及各種手稿。關於開雲的作品進步有限，總是被其他的計畫，或是巨大的工程計畫給打斷，針對這一切他總是以幾句話寫個大綱。他接著起草一份巴黎大堂行政系統的完美改革書，將交易稅轉型為補助，重新分配那些資源到較貧困的地區，終究是一項人道主義法規，但仍然不夠明確。這能讓所有到來的商品得以共同販售，並確保每天巴黎各地區的居民都有最基本的食物。他拱著身軀陷入這些重大事物的寫作中，這間閣樓上失去柔情的房間當中只有他巨大的黑影。偶爾，下雪時，他在巴黎大堂裡拾回的蒼頭燕雀以為看到了光線，在靜默中發出啾啾的叫聲；除此之外，只有那隻在紙上疾書的筆發出聲響。

不可避免地，佛羅鴻又重拾政治。他為此受了許多苦，因此不會將之當成自己的使命。當初不受環境和情況影響，他成為一個優良的鄉間教師，對自己這個小城市裡的平和感到高興。然而人們卻待他如一頭惡狼，只因為過去的一些抗爭，現在他成為被流放過的人。他的不安只是對開雲長期思索後的覺醒，面對不當苦難時感到的辛酸，以及誓言有一天要報復被打落的人性，以及被踐踏的正義。雄偉的巴黎大堂，四處滿溢且氣味濃重的食物都加速了這個危機感。這一切對他來說似乎是一頭感到滿足且消化了食物的野獸，大腹便便的巴黎，偷偷地靠著這個帝國，慢慢地融化著牠的脂肪。

巴黎大堂與這些食物在他身邊擺放著巨大的嘴，可怕的腰桿，圓潤的臉，如同一種持續反對他的論調，因為他像烈士般纖瘦，面色蠟黃且不悅。這是急功近利者的胃，一般誠實者的胃，慢慢地鼓起，愉快的，在陽光下發亮，認為一切都會更好，生活純樸的人們從沒有這樣胖過，且如此好看。於是他感到自己磨拳擦掌，已準備好再戰一場。對於自己被流放的想法更激怒了他，這是他剛回法國時沒有感受到的。恨意攫住了他整個人，他經常放下手中的筆，開始幻想。漸漸熄滅的火光在他臉上印照出火焰，燒炭的燈冒出長煙，而那隻燕雀將頭塞在翅膀下，立在一隻腿上睡了。

有幾次十一點時，奧古斯特從門下看到他屋裡還亮著燈，就會在就寢前敲他的門。佛羅鴻不太有耐性地開了門，這個想開肉品店的男孩坐在火光前，不太說話，也從不解釋為什麼要進他房間來。這段時間，他看著那張有著奧古斯婷與他穿著周日正式服裝，手牽著手的照片。佛羅鴻後來終於明白，他以一種奇特的方式喜愛這個奧古斯婷曾經住過的房間。一天晚上，他笑著問那個男孩，自己這樣的想法是否正確。

「或許吧。」奧古斯特回答，十分訝異於他的發現。「我從沒有這樣想過。我不知道為什麼就來找您，嗯，如果我這樣跟奧古斯婷說的話，她一定會笑我。當我們要結婚時，我們想得不太是這樣的蠢事。」

當他開始滔滔不絕，就是回到他跟奧古斯婷終究會在布雷頌斯開一間豬肉肉品店個主題上。他似乎非常確定他的人生會照著他的意思發展，佛羅鴻最後對他產生一種摻雜了憤怒的敬意。

簡而言之，這個男孩真是太厲害了，看上去傻傻的，卻朝著一個目標勇往直前，他將不受阻撓地達成目標，得到一種完美的幸福。這樣的夜晚，佛羅鴻無法重拾寫作，非常不滿地入睡，卻也無法找回自己的平衡，直到他想著：「這個奧古斯特簡直就是個粗人。」

他每個月都會去克拉瑪拜訪維爾拉克先生，這對他來說幾乎是件樂事。這個可憐人繼續活著，讓原本認為他最多只有六個月可活的嘉華甚為驚訝。每次佛羅鴻去拜訪他時，病人都會說他覺得好些了，且很想重回他的工作崗位。然而日子一天一天過去，病況復發的情形又再次發生。佛羅鴻坐在床邊，聊著海鮮館的事，企圖帶給他一些歡樂。在床邊的小桌上他都會留給原本的監督人員五十法郎，即使這是原本就同意的，兩個人每次還是會弄得不愉快，因為對方拒絕這些錢。然後他們會談別的事，錢就留在那張桌上。當佛羅鴻離開時，維爾拉克太太會陪他到大門口，她是個小個子，軟弱且愛哭哭啼啼的女人。她只提由於她先生的病而造成的花費：雞湯、鮮美的肉、波爾多酒、藥品以及看醫生。這種悲傷的對話讓佛羅鴻感到十分不適。前幾次，他沒意會到這些對話的意義。後來，由於這個可憐的女士不停地哭，並說原本他們以那個監督人員的一千八百法郎薪水過得很好，於是他靦腆地提議在不告知她先生的情況下給她一些錢。她為自己辯護，然後就像甚麼事都沒發生，她自己很確定地說五十法郎很足夠。不過在那個月裡，她會經常寫信給她稱之為他們的救星，她的字跡秀氣，用簡單又低聲下氣的語句寫滿剛好三張信紙，只為了要求十法郎。

於是一百五十法郎的薪資全都用在維爾拉克一家人的生計上了。顯然這位先生完全不知道他太太向他提出這樣的請求。然而這樣良善的行為是他最大的快樂，他隱瞞這件事，彷彿是他自私地想保有這份喜悅。

「維爾拉克這傢伙在作弄你，」偶爾嘉華會這樣說，「現在您給他固定的錢，他就能好好照料自己了。」

他有一天回答道：「已經處理了，我現在只給他二十五法郎。」

此外，佛羅鴻沒有任何的花費。柯鈦一家仍舊供他吃住，剩下的幾個法郎夠他晚上到勒比格先生的酒吧去消費。漸漸地，他的生活規律地跟時鐘一般：他在自己的房間裡寫作，繼續一星期給小豪美上兩堂課，每次都是晚上八點到九點；為了避免讓美麗的麗莎不悅，他留一個晚上在家裡，其他的時間就在嘉華與他的友人陪伴下於酒吧裡的包廂中度過。

在梅育嵣家，他帶著自己作為教師有些溫柔卻又生硬的態度。這間老房子博得他的喜愛。在樓下，他經過香草店那些平淡無奇的氣味，一盆盆的菠菜，一罐罐的酸模，在一個小天井中冷卻。然後他沿著旋轉梯上樓，充滿了濕氣，每個檯階都些微下陷，以一種讓人不安的方式傾斜。梅育嵣家住在三樓，即使兩個女兒都提出請求，她們想望能住進一間在大街上的新房子，但她們的母親從不願意搬家，因為在這裡十分舒適。這位老母親固執地說她在這裡生活多年，所以也要死在這裡。此外她對於自己漆黑的小房間感到滿意，將另外兩個房間讓給了克蕾兒與諾曼第女人。後者仗著長女的威勢，佔據了鄰街的那個房間。

這是個既大又漂亮的房間。克蕾兒因此感到惱火，她拒絕住在隔壁那個窗戶對著天井的房間，她寧願睡在走道的另一邊，一間像是閣樓的房間，她甚至拒絕將之刷洗成白色。她有自己的鑰匙，可以自由進出，一旦不高興，她就把自己關進那個房間裡。

當佛羅鴻來到時，梅育螗一家剛結束晚餐。豪美跳起來抱住他，他坐一下子，讓那個孩子在他的雙腿間不停地講話。當鋪在桌上的油布擦拭清潔過後，課程就在桌子的一角進行。美麗的諾曼第女人很親切的接待他，她把椅子拉近，在同一盞燈下編織或是修補衣物。她經常放下手中的針線只為了聽課，並因此感到驚訝。很快地，她對這個十分有知識的男孩有了很大的敬意，他跟小孩說話時簡直就溫柔的像個女人，而且他十分有耐性，會一直重複相同的準則。她不再認為他很醜，甚至還妒忌起美麗的麗莎。她把椅子靠得更近，帶著一個侷促不安的笑容看著佛羅鴻。

「喔，媽媽，妳推到我手肘了，我沒辦法寫字。」豪美很生氣地說，「哼，現在紙上有個髒的墨跡了，妳退後啦！」

漸漸地，她開始說許多美麗的麗莎的壞話。她聲稱麗莎隱瞞她的年紀，並且把緊身馬甲拉得很緊以致於喘不過氣來；她還說要是一大早，那個肉品店老闆娘下樓來，全身束得很緊，梳妝地很光鮮，頭髮整齊不紊亂，那麼她沒穿衣服時必然很可怕。於是，她稍稍舉起雙臂，讓人看到她裡面沒有穿緊身馬甲，臉上帶著笑容，展現她美好的身軀，在那件單薄的短外套裡極具生命力地搖擺著。課程被打斷了，豪美感興趣地看著他母親舉著雙臂。

佛羅鴻聽她說著，甚至笑了起來，認為女人真是有趣極了，漂亮的諾曼第女人與美麗的麗莎間的競爭讓他莞爾。

豪美完成了他的書寫練習。佛羅鴻有著好看的手，他準備那些練習範本，在一疊紙上他寫下字體大小不一的字，還有冗長並佔滿一整行的詞句。他喜歡這些字詞：「暴虐、破壞自由者、反憲法的、革命的」。他也讓這個孩子抄寫這樣的句子：「正義到來的那一天……正直的人感到痛苦，那些罪惡的人就該受譴責……當時候到了，罪人就會垮台。」他在準備這些範本時，十分天真順服地依從在他腦中不斷出現的那些想法。他完全忘記豪美、美麗的諾曼第女人，以及在身邊的一切。豪美可能抄寫了盧梭的《社會契約論》（Le Contrat social）。他在每張紙上整齊排列地寫滿了「暴虐」與「反憲法的」。

家庭教師在他們家這段時間，梅育嵣家的母親都繞著桌子轉，嘴裡嘟囔著。她持續對佛羅鴻懷有積恨，依照她的說法，晚上是孩子該睡覺的時候，這樣讓小孩學習是不對的。她絕對要把這個「細瘦的大高個兒」丟出門外，若非美麗的諾曼第女人激動地解釋，對她來說佛羅鴻是個好人，並表示，要是這個家的女主人無法接受的話，她就要去住別處了。這樣的爭論每晚都會在她們家中重現。

「妳可以說，」這個老婦人不斷地重覆道，「他的眼睛不好。不過這些瘦子，我都會特別小心。一個瘦男人甚麼都做得出來。我從沒有碰過一個瘦子是好人。可以確定的是這傢伙的胃掉到臀部裡了，因為他平的跟一塊板子一樣，這樣真不好看。我已經過了六十五歲了，可不要家裡有個像這樣的人。」

她這樣說，因為她看清了事情是如何地變化。然後她稱讚勒比格先生，事實上，他會對美麗的諾曼第女人大獻殷勤。除了他感受到將能夠獲得一大筆嫁妝外，他也認為這個年輕女子坐在酒吧的櫃檯裡會是件美事。這個老婦人話講個不停：「至少這個人不是皮包骨，他應該壯得像頭牛。」她甚至興致勃勃地說他有著很壯碩的小腿。但美麗的諾曼第女人聳聳肩，尖刻地回答道：「我對他的小腿一點興趣也沒有，我不需要任何人的小腿，我愛怎麼做就怎麼做。」

要是這位母親想要繼續，且變得過分直率的話。女兒就會大叫：「嗯，又怎樣！這不關妳的事。況且，這也不是真的。不過，若這是真的，我也不需要妳准許，對吧？別煩我。」

她進到自己的房間，並砰地一聲關上門，濫用自己在這個家裡所獲得的一種權威。這個老婦人在夜裡要是認為聽到一點意外的聲響，她就起床光著腳走到她女兒的門邊，聽著是否佛羅鴻又回頭來找她。但佛羅鴻在梅育嶀這個家裡有個更可怕的敵人，只要他人一到，克蕾兒就二話不說的起身，拿起一個燭台回到走道的另一邊，她自己的屋裡。大家會聽到她冷酷又憤怒地鎖上兩道鎖。一個晚上，她姊姊邀請家庭教師來晚餐，她在廚房裡做了晚餐後就回到自己的房間裡用餐。她如此頻繁地將自己關在屋裡，有時候大家甚至一個星期都看不到她。她依舊表現出無精打采的樣子，但耍起脾氣來卻很固執，在她濃密的淺駝色頭髮下，有著動物那種不信任人的眼神。梅育嵣家的母親，自認能夠從她身上得到一些寬慰，但一談及佛羅鴻便讓後者狂怒。於是這個老婦人變本加厲，到哪裡都大喊，她才不怕讓她兩個女兒自相殘殺呢。

一天晚上，當佛羅鴻要回家時，他經過克蕾兒的門前，當時大門洞開，他看到她滿臉通紅地看著他，這個年輕女子敵對的態度讓他很難過，然而他面對女人時的靦腆讓他無法提出一種解釋。這天晚上，他若是沒有瞥見樓上薩潔小姐在樓梯間伸出那張白色小臉的話，必然會進到她屋裡去說明。然而他離開了，還沒有走下十階，克蕾兒的門猛烈地在他背後關上，讓整個樓梯間都晃動起來。而就在這個情形下，薩潔小姐相信柯鈫太太的表哥跟梅育嵣家的兩個女子上床。

佛羅鴻不太花心思在這些漂亮的女子身上，他沒甚麼女人緣，因此以一種正常的態度看待她們，而且他把男性氣概多半用在自己偉大的夢想上。他對諾曼第女人有著真正的友誼，只要她不是太過擔憂，其實她的心很好，但他永遠不會越過雷池半步。晚上在燈光下，當她把椅子移近，以便屈身觀看豪美的習作時，他甚至感受得到她有力且溫暖的身軀在他身邊，這讓他有某種程度的不適。對他來說，她似乎很巨大，很重，再加上她龐大的脖子，幾乎讓人感到不安。他收回自己尖削的手肘，乾扁的肩膀向後退，隱約有種會穿透這個肉體的恐懼。他這種瘦子的骨頭在接觸到豐滿的胸部時會產生一種恐慌。他低下頭，讓自己變得更細瘦，對她呼出的氣息感到更不舒服。當她的短外套微開時，他以為看到白皙的雙峰當中出現了一道生命之煙。一股健康的氣息傳遞到他臉上，仍是熱的，恍如七月酷熱的夜晚裡，巴黎大堂中散發出的一股臭氣。那是一種歷久不散的香水，如同絲一般貼在皮膚上，一股魚腥味流動在美麗的乳房間，在堅實的雙臂上，在柔軟的腰上，在她女性的氣味中摻入了一種粗糙的香氣。

她試過所有精油，也大力用水沖洗，然而一旦洗過澡的清新不再，血液就會重新把鮭魚那種無趣的氣味、胡瓜魚的紫羅蘭麝香味，還有鯡魚和鰩魚惱人的氣味帶到全身，甚至手腳都是。她的裙子擺動發散出一陣煙霧，她走在沾了泥濘正逐漸消失的海藻當中，她巨大的女神身軀，純潔且讓人喜愛的白皙，如同在大海中滾動的古老美麗大理石雕像，被沙丁魚漁夫一網給打撈起來。佛羅鴻感到痛苦，他對她毫無慾望，依舊對魚市午後的氣味感到不適；他覺得她讓人不舒服，身上的氣味太鹹且太苦，有一種太大的美，還有一種過於濃烈的香氣。

至於薩潔小姐，她堅信他是她的情人。她跟美麗的諾曼第女人因為十蘇的比目魚而鬧得不愉快。自從這次爭吵之後，她表現出對美麗的麗莎一種偉大的友誼。她希望很快就能弄清楚她所謂的「柯鈫家的陰謀」。她還是弄不懂佛羅鴻，如同她自己所說的，她是個沒有靈魂的軀殼，但她卻沒有說出何以又有這樣多怨言。一個追著男孩子跑的年輕女子絕不會比這個可怕的老婦人更難過，因為她感受到這個表哥的祕密就在她指尖溜走。她窺伺這個表哥的一舉一動，跟蹤他，並想著褪去他的衣衫，從頭到腳打量他；有著如同動物發情般的那種好奇，卻因為無法得到關於他的任何訊息而大發雷霆。只要他來到梅育嵣家，她就再也沒離開過樓梯間。而且她了解到美麗的麗莎對於他造訪「這些女人」感到非常氣惱。每個早上，她都跟她報告皮湖艾特街上發生的事。那些天冷的日子裡她一身皺縮地進到肉品店中，嚴寒讓她縮得更小，接著將泛紫的手放在保溫箱上，讓手指頭取暖。

站在櫃台前，甚麼都沒買，用她細弱的聲音重覆說著：「他昨天又去她們家了，他簡直走不出來了。在樓梯間，那個諾曼第女人都叫他『親愛的』。」她撒了點謊只為了要留下來，讓自己的手指頭能取暖久一些。隔天她以為看到佛羅鴻從克蕾兒的房間出來，她又跑來編了個半小時的故事。現在這個表哥簡直就是讓人感到可恥，竟然從這張床睡到另一張床。

「我都看到了，」她說，「當他受夠了那個諾曼第女人，他就偷偷地去找那個金髮妹妹。昨天，當他瞥見我時，他就是離開那個金髮的，要折返回去，顯然又回頭去找那個褐髮的大姊。整個夜裡，我聽到兩扇門開開關關，沒完沒了。這個老梅育嵣太太就睡在兩個女兒房間中的那個小房間裡。」

麗莎做了個不屑的表情，她不怎麼說話，這份靜默鼓舞了薩潔小姐不停地八卦。然而她極認真地聽著，當那些細節變得太粗野時，她就喃喃地說：「不，不，這是不可以的。可能有像這樣的女人嗎？」

於是薩潔小姐就回答說，並非每個女人都像她這樣正派的，然後她就表現出對這個表哥十分容忍，她說，男人追求眼前經過的每個女人是天經地義之事，況且他又還沒結婚，不是嗎？她不經意地就問了這樣個問題。然而麗莎從不批評這個表哥，只是聳聳肩，抿了抿嘴唇。當薩潔小姐離開後，她一臉厭惡地看著保溫箱的蓋子，發亮的金屬上，有著她兩隻手所留下的暗沉污垢。

她喊道：「奧古斯婷，拿一條抹布來擦拭那個保溫箱，真是噁心。」

美麗的麗莎與美麗的諾曼第女人間的競爭變得讓人生畏。美麗的諾曼第女人深信她從敵人手中奪走了一個情人。而美麗的麗莎則感到憤怒，這個沒甚麼了不起的女人因為吸引了這個陰鬱的佛羅鴻到她家去，竟然讓他們受到威脅。她們各自在她們的敵意中表現出自己的性格。一個是安靜的，瞧不起人的，帶著那種為了不髒汙自己的衣物而撩起裙子的女人臉上會有的表情。另一個則是厚臉皮，高調的表現出一種無恥的愉悅，走在路上大搖大擺，帶著一種決鬥者來找碴的那種昂首闊步。她們兩個相遇一次就會讓整個魚市談論一整天。美麗的諾曼第女人，當她看到美麗的麗莎站在肉品店門邊時，就會刻意折返經過她面前，只為了輕擦過她的圍裙。兩個人的視線交錯如同兩把利劍，帶著閃電以及迅雷不及掩耳的劍峰。當美麗的麗莎進入魚市時，她會在接近美麗的諾曼第女人的攤子時，擺出一種厭惡的表情。她在隔壁的魚攤拿了幾條大魚：一條大菱鮃跟一條鮭魚，然後將錢攤在大理石板上，注意到這影響了「那個沒甚麼了不起的女人」的情緒，因為她不再微笑。此外，人們聽到關於兩個對手的事都是一個賣的是臭魚，一個賣的是壞了的肉品。然而她們戰鬥的基座主要是美麗的諾曼第的魚攤，還有美麗的麗莎的櫃檯，兩人越過朗布托街相互攻擊。她們穿著白色的大圍裙，嚴正地以梳妝與首飾來保有自己的優越。一大早，她們的爭鬥便開始。

「哼，那隻大母牛起床了。」美麗的諾曼第女人喊道，「這個女人，她把自己綁的跟灌腸一樣。哈，她又戴了星期六的那條項鍊，還穿著那條府綢裙子。」

同一時間，街的另一邊，美麗的麗莎跟店裡的女學徒說：

「奧古斯婷，妳看，那裡那個盯著我們看的女人，她過的那種生活讓她完全地變形了。您看到了她的耳環嗎？我認為她戴的是大梨形耳環，對嗎？戴那種閃亮的耳環，真替這樣的女人感到難過。」

「這應該花不了她甚麼錢！」奧古斯婷討好地回答。

當她們之中一個人有個新首飾，那就是勝利，另一個便忌妒地不得了。整個早上，她們相互忌妒對方的客人，都沉著臉，各自想像「對面那個胖女人」的銷售成績比較好。然後就是午餐時間的間諜活動，她們知道對方吃了甚麼，甚至窺伺對方直到消化結束。下午，一個坐在她的那些熟肉品中，另一個則在她的魚當中，她們擺起姿態，給自己找了極大的麻煩，只為了讓自己看上去漂亮。然後到了決定一天成功的時刻到來，美麗的諾曼第女人刺繡，她選了很細緻的針線活，這讓美麗的麗莎十分不快。

「她最好是把她兒子的長襪補一補，」她說，「他都快要光腳走路了。您看到那個小姐了嗎，她通紅的手滿是魚腥味。」

她跟平常一樣繼續編織。

「她永遠都在打同樣的襪子，」另一個注意到了，「她一定是吃太多了，做著做著就睡著了。她那個戴綠帽子的老公不知道要等到何時才會有溫暖的襪子。」

直到晚上，她們還是依然仇深似海，批評著每個對方上門的客人，眼光銳利地抓住對方的枝微末節，而其他的女人隔著這樣的距離，都會宣稱並沒有注意到這些細節。有一天，柯鈫太太指出那個女魚販的左臉頰上有個刮痕時，薩潔小姐便稱讚她眼睛真銳利。她說，有這樣的雙眼就能看透門後的一切。夜晚降臨，經常仍舊無法決定到底誰勝利。

偶爾，其中一個人會留在自己的攤子上，不過隔天，她又會做相反的事。在這個區裡，人們開始下賭，有人賭美麗的麗莎贏，其他人則賭美麗的諾曼第女人贏。她們甚至不讓她們的孩子跟對方說話。寶琳跟豪美原本是好友，寶琳穿著僵硬的小姐裙，豪美穿著邋遢，滿口髒話，到處打人，推著購物車，玩得天翻地覆。當他們一起在海鮮館前面寬廣的人行道上玩耍時，寶琳就成了那輛購物車。然而一天當十分天真的豪美來找她時，美麗的麗莎把他擋在門外並叫他是小街童。

「誰知道這些家教不好的小孩會做甚麼壞事。」她說，「這一個眼前就有這樣壞的榜樣，他跟我女兒在一起，我就覺得不安心。」

這個孩子只有七歲，而在場的薩潔小姐還加油添醋：「您說的有道理，這個無禮的孩子，他總是跟這個區裡的那些小女生到處亂竄。有人在地窖裡看到他跟那個賣煤炭的女兒在一起。」

當豪美回來哭訴自己的經歷時，美麗的諾曼第女人感受到一股強大的憤怒。她想去砸毀柯欽—嘉戴勒的店。然後她僅僅教訓了豪美一頓。

她生氣地大喊：「你要是再去他們家，你就要當心了。」

然而這兩個女人真正的受害者是佛羅鴻。事實上，他一個人就讓這兩個女人如此強硬地各持己見，她們都是為了他而爭鬥。從他來到之後，情形就每況愈下，他威脅並激怒，擾亂了一個直到目前為止，生活都極為平和的世界。當美麗的諾曼第女人看到他在柯欽家待著並忘卻時間時，便很想用指甲刮他，因為這許多激烈的爭鬥讓她對這個男人產生了慾望。

面對她大伯不良的行為，亦即他跟兩個梅育嵣家女子的關係已成了這個區裡的醜聞，美麗的麗莎對此一直保持著不動聲色的態度。她非常地惱火，卻強迫自己不表現出嫉妒的態度，一種獨特的嫉妒，儘管她鄙視佛羅鴻，也有著正派女人的冷漠，每次他離開肉品店要去皮湖艾特街時，她都想像著他在那裡能夠品嚐到那些禁忌的享樂。

在柯鈫家的晚餐與夜晚時間變得越來越不溫馨，飯廳的整潔呈現出一種尖銳且粗暴的性質。佛羅鴻感受到在這明亮的橡木家具當中，過於乾淨的燈下，還有過新的桌巾上，有一種責備，一種斥責。他幾乎不敢吃飯，擔心會把麵包屑掉在桌上或是弄髒自己的盤子。然而，他十足單純的性格無法讓他看清一切，而且他到處讚揚麗莎的溫柔。事實上，她確實很溫柔，她帶著笑容像開玩笑般地跟他說：「這真是奇特，現在您吃的不算少，然而您並沒有變胖。食物似乎對您沒甚麼好處。」

柯鈫大笑起來，拍打著他哥哥的腹部，表示所有經過這裡的肉品甚麼都沒留下，連一張兩蘇錢厚的肥油都沒有。然而在麗莎的堅持裡，有股仇恨，有著如同梅育嵣家的母親激烈表現出對瘦子的那種不信任，這些話中也不經意地隱射了佛羅鴻過的那種混亂生活。然而，她從沒有在他面前提及美麗的諾曼第女人。一天晚上，柯鈫說了個笑話，她變得冷若冰霜，於是這個有尊嚴的男人就再也沒提過。吃完甜點後，他們坐了一會兒，佛羅鴻注意到當他太快離席時，他弟媳的情緒就會不佳，因此試著找話題聊天。

她就在他旁邊，但他感受不到那個女魚販那種溫度與生命力，而且她也沒有那種有些刺鼻又有些腐臭的海產氣味；她有那種脂肪味，良好肉品平淡的氣味，她的喉頭平滑沒有一絲皺褶。麗莎這種過度緊實，比起美麗的諾曼第女人溫柔地接觸讓他這種瘦骨嶙峋的人更不安。嘉華有一次像吐露秘密般跟他說，柯鈫太太確實是個漂亮的女人，不過他喜歡「較不結實的」。

麗莎也避免跟柯鈫談論佛羅鴻，她跟平常一樣，比現出極度的耐性。而且她認為沒有實在嚴正的動機，不介入兩兄弟間才是正當的表現。如同她所說的，她是個非常好的人，不過別人也不能得寸進尺。她還處於容忍的階段，情緒沒有表現在臉上，極有禮貌，做作的冷漠，甚至小心翼翼地避免讓員工了解到他在他們家吃住卻從沒有拿出錢來。並非她會接受任何的費用，她可沒有這樣小氣，只是他至少可以在外頭午餐。一天，她跟柯鈫提到：「我們都不再能獨處了，現在，我們要是有話要講，都要等到晚上睡覺的時候。」

一天晚上她在他的枕邊說：「你哥哥，他一個月賺一百五十法郎，對吧？真是奇怪，他沒辦法存點錢下來買衣服，我又得拿三件你的舊襯衫給他。」

「喔，這沒甚麼嘛。」柯鈫回答，「我哥哥他不挑的。他的錢就他自己留著。」

「嗯，當然囉。」麗莎喃喃地說，不再堅持，「我這樣說不是為了甚麼。他愛怎麼花他的錢，都不關我們的事。」

她相信他都在梅育嵣家把他的薪水給吃掉了。她只發過一次脾氣，失去那股氣質與考慮周詳的態度。美麗的諾曼第女人送了佛羅鴻一條極好的鮭魚當禮物，後者感到很不好意思，卻不敢拒絕，於是把魚帶回來給美麗的麗莎。

「您用來做個鮭魚抹醬。」他直率地說。

她定定地看著他，嘴唇發白，接著用一種竭力抑制住脾氣的聲音說：「您認為我們還需要食物嗎？感謝老天，我們的東西夠吃了，將這條魚送回去。」

「可是您至少幫我將牠煮熟吧，我自己吃。」佛羅鴻又說，很驚訝她如此生氣。

於是她大發雷霆。

「這個家可不是個旅店，把這條魚給您的人，如果她們願意得話，讓她們幫您將魚煮熟吧。我呢，我可不想讓我的鍋子發臭。您聽到了嗎，把牠送回去！」

她可是會拿起那條魚，然後將之丟到街上去的。他把魚帶到勒比格先生的酒吧，玫瑰受命將魚做成鮭魚抹醬。某天晚上，在那個包廂裡，他們吃著抹醬，嘉華付錢買了淡菜搭配。漸漸地，佛羅鴻到酒吧的頻率增加，自然而然地成了常客。他發現這是個充滿狂熱的地方，他對政治的熱衷很自在地在這裡發出撞擊。現在偶爾他把自己關在閣樓裡寫作時，房間裡的溫柔讓他失去耐性，尋求自由的理論已無法滿足他，他必須要下樓去，感受夏威尖銳的公理以及洛格的激情。剛開始的幾個晚上，這樣的議論紛紛，這樣不斷地論述讓他感到不自在，他還是覺得一切很空洞。

然而他感受到一種必須讓自己得以排遣，得以自我鞭策，並被迫找到一些極端的解決方法才能安定他精神上憂慮的需求。這個包廂裡的氣味，這種烈酒的氣味，菸草燃燒的熱氣都讓他微醺，讓他有種特殊的幸福感，放掉自己，這樣的撫慰讓他能夠毫無困難地接受非常重大的事情。他開始喜愛上這些人物，與他們重逢，且很高興能保有與他們一起相處到夜深的這個習慣。羅賓柔和又滿是鬍鬚的臉，克蕾蒙絲嚴肅的側面，夏威的蒼白削瘦，洛格背上的突起，還有嘉華、亞歷山大以及拉卡耶，他們都進入了他的生命裡，且有了越來越重要的份量。對他來說，這就是一種完全的感官享受。當他把手放在包廂門的銅把手上時，他似乎感受到那個把手是活的，讓他的手指發燙，且自己轉動著。他在抓著一個女人柔軟的手腕時都沒有過這樣生動的感受。

事實上，在這個包廂裡發生了十分嚴肅的事情。一天晚上，洛格在比平常更激烈如一陣旋風般地論述後，用拳頭在桌上敲了幾下，宣稱要是我們是男人的話，就會打垮這個政府。然後他又補充說如果當這種覆滅來臨時，我們都準備好了的話，就應該立刻達成共識。所有的人於是都靠在一起，低聲地說，我們應該要組成一個小團體準備應付所有這些可能發生的事件。從這一天開始，嘉華便相信自己是一個祕密會社的一員，且他參與密謀。這個小圈子並沒有擴大，不過洛格保證他會讓他們跟他認識的其他集會團體接頭。有段時候，他們相信當人們將巴黎掌握在手中時，那些杜勒麗宮中的人只能被牽著鼻子走了。因此這成為延續多個月的討論：組織、目的以及手段、策略還有未來政府等等問題。一旦玫瑰端進來克蕾蒙絲的熱甜酒、夏威與羅賓的啤酒、洛格、嘉華以及佛羅鴻的大杯咖啡，還有拉卡耶與亞歷山大的小杯烈酒後，包廂就被小心地牢牢關上，討論便開始。

很自然地，大家最注意聽的是夏威跟佛羅鴻說的話。嘉華再也管不住自己的嘴，一點一滴地將整個關於開雲的故事講了出來，這讓佛羅鴻有了烈士般的光環。他的話語成為信仰的表現。一天晚上，這個家禽商販聽到他不在場的朋友受到抨擊，因此發火並大喊：「你們別說佛羅鴻，他可是去過了開雲。」

但夏威對佛羅鴻有這樣的優勢感到十分惱怒。

「開雲，開雲，」他低聲地囁嚅，「我們畢竟也不算太差吧。」

而且他堅持證明其實流放不算甚麼，留在這個受壓制的國家中所受的苦痛才是最大的，閉上嘴，面對這種全面的獨裁。況且，十二月二號時，他沒有被逮捕並非他的錯，他甚至說那些被抓走的人都是些笨蛋。這種強大的忌妒讓他執拗地成為佛羅鴻的對手。所有的討論最後總是侷限在這兩人的對話裡。然後他們會在其他人的沉默中又說上好幾個小時，從沒有一個人願意承認被對方打敗。

最常被碰觸的一個問題就是在爭鬥勝利的隔天要重組這個國家。

「我們是勝利者，對嗎？」嘉華一開頭就說。

一旦所有人都承認這一點，每個人都有自己的意見，不過分成了兩個陣營。表明自己是埃貝爾派的夏威，有洛格與羅賓跟他同一陣線。一向失落在他的人道主義夢想裡的佛羅鴻，認為自己是社會主義者，則有著亞歷山大與勒卡耶的支持。至於嘉華並不反對暴力的念頭，但由於有人偶爾責難他的財富，於是帶著情緒性的尖苛，自嘲是共產黨。

「一定要重新來過。」夏威簡短地說，「就像應該一斧劈下去，樹幹都腐爛了，就要把樹砍倒。」

「對啊，對啊！」洛格接著說，為了讓自己比較高所以站起身來，結果他背上的隆起，倏地把包廂的隔板給弄得搖晃起來。「我跟你們說，一切都會應聲倒地的。之後呢，就再說了。」

羅賓的鬍子動了動表示贊同。當各種的提議變得十分具革命性時，他的靜默也顯得愉快。

當聽到斷頭台時，他的雙眼就有股溫柔；他半瞇著眼，彷彿看見了事情發生，這讓他變得柔和，於是他輕輕地將下巴放在手杖的手把上搔了兩下，帶著一種沉悶滿足的呼嚕聲。

「然而，」輪到佛羅鴻說話，聲音裡有股遙遠的悲傷，「要是你們要把樹砍掉，留住它的根是必要的。我持相反的意見，我認為應該保留樹，然後在上面插接一個新生命。你們知道的，政治革命完成了，於是現在要想想那些勞動者以及工人，我們的運動應該涉及社會各層面。我不怕你們會阻止這些人民的要求，人民都累了，他們要屬於他們的。」

這席話激勵了亞歷山大，他用自己好看喜悅的臉確認，人民都累了這件事是實話。

「我們也要屬於我們的，」拉卡耶以一種較具威脅性的表情補充說道。「這所有的革命是為了那些布爾喬亞階級。到頭來，人民都受夠了。首先，這應該是為我們。」

於是大家都不再同意彼此的說法。嘉華提議大家平分，洛格則拒絕這樣做，他發誓自己並非為了錢。

接著漸漸掌控了這場混亂的夏威，獨自一人繼續說：「各階級的自私就是專制暴政最確然的支持。如果他們幫助我們，他們就會有他們的那一份。如果這些工人拒絕為我戰鬥，為什麼您要我為他們挺身而出呢？然而這不是問題的癥結。如果我們要法國這樣的國家習於行使自由，那就要十年的革命專政。」

「況且，」克蕾蒙絲很直接地說，「那些工人並不成熟，他們需要被帶領。」

她鮮少開口說話。這個高大且聲音低沉的女孩，在這所有的男人當中完全被忽略，以一種教授聽學生講話的態度，聽他們談政治。她背靠著包廂的隔間，一邊看著這些對話的人，一邊小口地喝著她的熱甜酒，不論贊同還是反對，她會皺起眉頭或是鼓起鼻翼，一切都是無聲的。這表示她了解，她對於那些最複雜的話題都有著極為不可動搖的念頭。偶爾，她會捲一根菸，用嘴角吐出細細的煙，變得更專注。彷彿在她面前進行著辯論，她應該在最後頒獎給贏家。她確實認為自己保有女人的席位，且保留自己的意見，不像這些男人一樣輕易情緒失控。唯獨在討論最熱烈時，她會丟出一句話，用一個字下結語；或是像嘉華所說的，讓夏威「封住他的嘴」。在內心深處，她自認比這些男人都更厲害。她只尊敬羅賓，會用她大大的黑色雙眼注視著他。

佛羅鴻並沒有比其他人對克蕾蒙絲投予更多的關注。對他們來說，她就是個男人，人們跟她握手會差一點讓她的手臂脫臼。一天晚上，佛羅鴻目睹了那種聽聞過的算帳。這個年輕女子剛拿到工資，夏威想要跟她借十法郎。但是她拒絕，必須要先知道之前的帳是怎麼回事。他們的關係以婚姻自由且財務自理為基礎。各自支付自己的開銷，而且嚴格執行，他們說這樣的話就互不相欠，因為他們不是對方的奴隸。房租、食物、漿洗衣服、娛樂等一切都用白紙黑字寫下來，註明並加總。這天晚上，克蕾蒙絲在做完確認後證明夏威已經欠她五法郎。她接著就拿給他十歐元並跟他說：「現在寫下來你欠我十五法郎，你五號時用小雷羽蝶（Léhudier）的上課費還我。」

當他們叫玫瑰來買單時，他們也各自從口袋裡拿出自己消費的幾蘇錢。夏威甚至笑著說克蕾蒙絲是貴族，因為她喝的是熱甜酒。他說她要羞辱他，讓他感受到他賺得錢不如她，而這是事實，在他的笑容裡，有一種反對這種情形的抗議存在，因為儘管他支持男女平等，這個情形卻貶低了他。

倘若這些討論沒達成甚麼結論，就會讓這些先生敗興而歸。於是這間包廂裡就會發出嚇人的聲音，毛玻璃開始像鼓上的鼓皮般顫動。有時候，這個噪音變得很大聲，即使反應不快的玫瑰，在櫃檯上為幾個工人倒酒時也會擔心地轉過頭來。

「哼，這下好了，他們在裡面撞成一團。」那個工人邊把手中的酒杯放回吧台，邊用手背在嘴巴上一抹。

「沒甚麼好擔心的，」勒比格先生安穩地回答道，「那些先生們在聊天。」

對其他消費者來說不好相處的勒比格先生，他任他們自在地大叫，從沒有批判他們。他坐在櫃台後的長凳上好幾個小時，穿著有袖的短外套，他那個巨大且昏昏欲睡的頭靠著鏡子，眼光跟著玫瑰，看她打開酒瓶或是用抹布擦拭吧檯。

他心情好的日子，當玫瑰在他面前將杯子放進水槽沖洗時，露出前手臂，他會用力捏她手臂有肉之處，卻沒讓任何人看見，她只是淡淡地笑笑並接受。她甚至不會對這樣熟悉的動作發出驚嚇的反應，他要是太過用力，她便說那是因為她不怕癢。然而，酒氣以及熾熱清亮的燈光讓勒比格先生昏昏沉沉，但他會注意聽著包廂裡的吵鬧聲。當音量變大時，他會站起身來將背靠在隔間上；甚至他會推開門，走進去坐一下子，在嘉華的腿上拍一下。這樣的時候，他都用點頭來表達贊同。這個家禽商販說雖然勒比格這傢伙不是個會說話的料，但大家都可以指望他讓「混亂之日」發生。

然而一天早上，在巴黎大堂中，玫瑰和一位女魚販間起了可怕的爭執，由於後者在不知情的狀況下用手肘將一籃鯡魚撞落到地上，佛羅鴻介入時聽到人們說她是「警察的眼線」以及「替警察局收拾善後的人」。當他重建商場裡的平和時，人們都會跟他說許多關於勒比格先生的事：他是幫警察做事的，整個區的人都知道；薩潔小姐在造訪他的酒吧之前，說過有一次碰到他去打小報告；而且這是一個看重錢的人，一個放高利貸的人，他借錢給那些在街上叫賣的蔬果販，並租車給他們，然後要求極高的利息。佛羅鴻為此覺得很感動。當天晚上，他壓低聲音把這些話重覆給那些先生們聽，但他們聳聳肩，對他的憂慮感到好笑。

「這個可憐的佛羅鴻，」夏威惡毒地說，「因為他去過開雲，所以認為每個警察都在追他。」

嘉華發誓勒比格是個「好人，純真的人。」但洛格為此特別感到光火，他的椅子發出響聲，他叫嚷，宣稱繼續這樣下去是不行的，要是每個人都控訴所有人都跟警察有關的話，他寧願待在家裡，再也不管政治了。難道沒有人敢說他也是嗎，他洛格，在四十八年與五十一年都參加過戰爭，差一點就被流放兩次了，即使他「並沒有」被定罪。這樣喊的時候，他抬起下巴看著其他人，彷彿意圖暴力地將每個人都釘在牆上。在他怒火沖天的眼神下，所有其他人都用手勢表達抗議。然而，拉卡耶在聽到有人把勒比格先生當作放高利貸的人時，他低下了頭。

這件事被遺忘在所有的討論中。自從洛格丟出要進行謀反的念頭開始，勒比格先生跟這些包廂裡的常客握手變得更用力。事實上，這些客人帶來的進帳微薄，因為他們從來都只點一份飲料。離開時，他們才將杯中最後一滴飲料飲盡，在熱烈討論政治與社會理論當中，他們的消費都很有分寸。在夜裡的濕冷當中離開酒吧讓人打起哆嗦。他們會在人行道上停一下子，雙眼刺痛，雙耳彷彿被漆黑的街上那股安靜震聾了。在他們身後，玫瑰闔上百葉窗。然後他們疲憊地握手，再也找不出甚麼話可說，便分道揚鑣，咀嚼著剛才的論調，遺憾無法將信念強加入彼此的心中。羅賓的背上下起伏地消失在郎布托街的那一邊，而夏威與克蕾蒙絲則肩併肩穿過巴黎大堂往盧森堡公園走去，從沒有手挽著手，鞋跟像行軍般地發出聲響，還在討論幾個政治或是哲學觀點。

反動陰謀緩慢地醞釀。在夏初，問題依舊是「試一試」的必要性。剛開始時佛羅鴻有一股不信任，但最後還是相信一場革命運動是可能的。他很認真地寫筆記並寫下計畫，其他的人則繼續討論。他則漸漸地將生活專注在這個革命念頭上，每個晚上他都絞盡腦汁，甚至自然而然地把他弟弟帶到勒比格先生的酒館，絲毫沒考慮到這個舉動是否會造成問題。他一直把他當作自己的學生，應該也認為自己有義務將他帶向正途。柯鈫對政治完全地陌生，但經過五六個晚上，他開始同意這些人的想法。當麗莎不在時，他表現出非常順從，一種對他哥哥建議的尊重。此外，畢竟吸引他的是離開自己肉品店那種布爾喬亞階級的放蕩，來到這個包廂裡，人們在裡頭叫得這樣大聲，而克蕾蒙絲的出現對他來說既讓人起疑卻又美妙。他現在也把碎豬雜香腸做得有些草率，只為了能快點到酒館，即使他並非經常能夠跟進，卻不想錯過這些對他來說似乎非常重要的討論。美麗的麗莎自然注意到他急著出門，還是甚麼都沒說。當佛羅鴻將他帶走時，她會來到門前看著他們進入勒比格先生的酒館，臉色有些蒼白，眼神變得嚴厲。

一天晚上，薩潔小姐從她的小窗戶看出去，認出了那個包廂對著皮湖艾特街上大毛玻璃上柯鈫的身影。她發現面對這種不透明的玻璃窗，這裡是個絕佳的監視點。窗上出現了這些先生們的剪影，看不見他們的身軀，但卻能看到突出的鼻子，倏地冒出那些收緊的下巴，還有突然伸展的巨大手臂。這些人讓人意外的熱血沸騰，這些表現在外靜默且激烈的側影，背叛了包廂內熱絡的討論，讓薩潔小姐留在她的平紋細布的窗簾後，直到那一片透明變成全然黑暗。她窺探出那裡有種「風雨欲來」的氣氛。她從他們的手、頭髮以及衣服，終於認出了所有的身影。在這些混亂的拳頭、生氣的面孔以及聳起的肩膀當中，他們似乎扭打成一團，然後又分開。她直截了當地說：「那就是那個大傻瓜表哥，這個呢，是那個討人厭的嘉華；還有那個駝子；喔，那個瘦高的克蕾蒙絲。」接著當這些剪影的動作越來越熱絡，一切變得完全地混亂時，她感受到一種無法抑制要下樓去探個究竟的需要。她晚上去買了黑茶藨子酒，藉口是她覺得早上「混身不對勁」，所以她說一下床就需要喝幾口。她看到柯鈫沉甸甸的頭那一天，夏威細瘦的拳頭神經質地揮動了好幾次，她氣喘吁吁地來到勒比格先生的酒吧，讓玫瑰沖洗她的小酒瓶，為了爭取一些喘息的時間。然而，就在她要回家時，她聽到肉品店老闆用孩子般清晰的聲音說：「不對，要做得更多。我們給這些可笑的人民代表以及部長們一點顏色瞧瞧，或是做些諸如此類的行動。」

隔天，八點一到，薩潔小姐已經出現在肉品店。她在那裡碰到勒可兒太太跟莎希耶特，她們的臉埋在保溫箱裡，選購午餐要的熱香腸。由於這個老小姐就為了十蘇的黃蓋鰈，也把她們也捲入了跟美麗的諾曼第女人間的爭執。突然地，她們都跟美麗的麗莎和好了。現在，那個女魚販在她們眼中簡直毫無價值。而且她們開始說梅育嵣一家人的閒話，指出那些沒甚麼了不起的女子要的只是男人的錢。事實是薩潔小姐還跟勒可兒太太表明，佛羅鴻偶爾會把兩姊妹中的一人讓給嘉華。四個人相偕到巴哈特小酒館，盡興地吃喝，當然就是那個家禽販用他那些一百蘇的錢幣付帳。勒可兒太太對此依然感到難過，她的雙眼已出現了黃疸症狀。

這天早上，這個老小姐要打擊一下柯鈫太太。她在櫃檯前轉身，然後用最溫柔的聲音說：「我昨晚看到柯鈫先生。喔，他們在那個包廂裡玩得可開心呢，發出很大的噪音。」

麗莎轉身向街的那一邊，耳朵很注意地聽著，但顯然不想與薩潔小姐面對面。薩潔小姐停了一會兒，希望有人會詢問她。她又低聲補充道：「他們當中還有個女人。喔，這當然跟柯鈫先生無關，我不是這個意思，我也不太清楚狀況。」

「那是克蕾蒙絲。」莎希耶特打斷她，「一個高大乏味的女人，像隻火雞，她跟人家一起搭伙，跟一個窮教授住在一起。我看過他們倆個在一塊，他們看上去就像在站崗一般。」

「我知道的，這我知道啦。」那個老婦人又開口說話，她很清楚夏威跟克蕾蒙絲，她這樣說只是為了讓肉店老闆娘擔心。

後者沒甚麼反應。她彷彿看著巴黎大堂裡某個很有趣的東西。於是另一個女人便採取極端的措施。她對勒可兒太太說：「我想跟您說，您應該要建議您的妹夫謹慎一些。他們在那間包廂裡大叫的那些事都會讓人驚惶不安，說真的，這些男人只要一談政治就不理性了。要是有人聽到的話，這是很可能的，對他們來說就不是好事了。」

「嘉華做他自己喜歡的事，」勒可兒太太嘆口氣，「他恐怕哪一天會被人丟進牢裡，我就不需要再擔心了。」她迷離的雙眼中閃現一道光芒。不過莎希耶特笑起來，搖著頭，一臉早晨的清新。

「朱利都會罵他們，」她說，「這些講帝國壞話的人，應該把他們全都丟進塞納河，因為他跟我解釋過，他們裡面沒有一個是像樣的男人。」

「喔，這也不是甚麼壞事，」薩潔小姐繼續說，「那樣輕率的話落進像我這樣的人的耳朵裡。你們知道的，我寧願讓人砍斷手，也不會到處告密的。就像昨天晚上，柯鈫先生說……」

她再次停下來，麗莎稍微有些動靜。

「柯鈫先生說要把那些部長、人民代表都槍斃，或是諸如此類的話。」

這一次，肉品店老闆娘突地轉過身來，臉色蒼白，雙手緊抓著自己的圍裙。她很簡短地問：

「柯鈫這樣說嗎？」

「還有其他我想不起來的事。您了解嗎，還好聽到的人是我。柯鈫太太，您不要這樣擔心，您知道的，我是不會隨便亂說的。我已經老得能夠權衡一個男人是否踰矩啦，不過這是我們之間的秘密。」

麗莎又恢復了鎮定。她自豪於自己家中的誠實和平，絕不會承認跟先生間有任何的不愉快。她最後也聳聳肩，臉上帶著微笑，低聲地說：「這些都是微不足道的蠢事。」

當三個女人來到人行道上時，她們一致同意美麗的麗莎剛才有一種奇特的表情。這一切：那個表哥、梅玉幯一家、嘉華、柯鈫一家跟他們那些沒有人了解的事，一定不會善了。勒可兒太太詢問那些「因為政治」而被逮捕的人會受到甚麼待遇。薩潔小姐只知道人們就永遠都不會再看到這些人，這就讓莎希耶特說他們可能就像朱利所說的，被丟進塞納河裡。

午餐跟晚餐時，肉品店老闆娘都避免提及任何這些事。晚上，當佛羅鴻跟柯鈫前往勒比格先生的酒吧時，她眼中並沒有出現較嚴厲的眼神。而這天晚上，他們辯論的問題是下一部憲法，這些先生決定要離開那間包廂時已是清晨一點鐘，百頁窗都關上了，他們應該一個接一個彎著背從側邊窄門出來。柯鈫回到家，感到不安。所有的人都睡了，他打開住處三或四道門，盡可能地輕手輕腳，踮著腳尖穿越客廳，並緊收雙臂避免撞上家具。在房間裡，他看到麗莎讓蠟燭燒著，這讓他十分不悅；這支蠟燭在偌大的靜默中燃燒，有道聳立又悲傷的火光。當他脫去鞋子並將之放到地毯角落時，時鐘響起，以一種十分清亮的聲音宣告一點半。他沮喪地轉過身，害怕做出任何動作，看著鍍金發亮的古騰堡帶著那個指責生氣的表情，手指放在嘴唇上。他只看到麗莎的背，她的頭埋在枕頭裡，但他感覺得到她還醒著，雙眼圓睜地看著牆壁。這個雄厚的背，寬大的肩膀，一片蒼白，有著壓抑的憤怒。背部保持不動地擴張，有著一種後重卻讓人無法辯駁的指責。柯鈫對這片背極度的嚴厲感到窘迫，似乎它以一種法官沉重的臉檢視著他。他滾進被子裡，吹熄了蠟燭，一動也不動。為了不碰到他太太，他靠著床沿睡下，因為他肯定她還是醒著，但他接著便睡著了。對她的不言不語感到難過，也不敢跟她道晚安，面對這一大片無情禁制了床笫間的溫柔，覺得無能為力。

隔天早上，他晏起。當他醒來，鴨絨壓腳被在臉上，四肢大張地躺在床中央，他看到麗莎坐在寫字檯前，整理著紙張。他毫無知覺間她就起床了，他還有著前夜放蕩後的那股睡意。他鼓起勇氣在床上跟她說：「嗯，你怎麼沒叫醒我？你在做甚麼？」

「我在整理這些抽屜，」她以平常的聲音十分冷靜地回答。

他覺得如釋重負，不過她補充道：「我們不知道會發生甚麼事，要是警察來的話……」

「甚麼，警察？」

「當然啦，因為你現在涉入政治。」

他不自覺地坐起身來，這種粗暴又不曾預料到的抨擊讓他心裡一驚。

「我涉入政治，我涉入政治。」他重複說著，「這跟警察一點關係都沒有，我不會妥協的。」

「當然不會。」麗莎又聳聳肩說，「你只是說要射殺所有人。」

「我嗎？我嗎？」

「而且你在一個賣酒的店裡大喊這些話，薩潔小姐都聽到了。這時候，整個街坊鄰居都知道你是共產黨了。」

他還沒有完全清醒，突地又重新睡回床上。麗莎的那些話迴盪在耳邊，彷彿他已經聽見那些警察笨重的靴子出現在房間門口。他看著她梳妝好，擠在她的緊身馬甲裡，穿著平日的服飾，發現她在這種事態嚴重的情況下是如此的端莊，讓他更覺得目瞪口呆。

「你知道的，你是完全自由的。」一陣靜默後她又說，同時繼續整理著那些紙張，「我不想當那個大家都說的那種主導者，你是主人，你可以危及自己，威脅到我們的信用，毀了這個家。我呢，我只要為寶琳著想就可以了。」

他想抗議，但她用手勢制止了他並補充說道：「別說，甚麼都別說，這不是吵嘴，我也不是要你解釋。喔，如果你問我的意見的話，如果我們一起談過這些的話，算了，當我沒說。人們認為女人不聽任何關於政治的事是錯的，你要我告訴你我認為的政治嗎？」

她站起身來，從床邊走到窗邊，用手指頭抹起她在閃閃發光的紅木衣櫃以及五斗櫃上發現的灰塵。

「就是那些誠實人的政治。當我們的生意順遂，當我能安心地喝湯，還有當我睡著時不會被那些槍聲給喚醒，我為此感激政府。四十八年的事件就很正當嗎？嘉德勒舅舅，一個可敬的人讓我們看了這段時間他的帳，他失去了不只六千法郎。現在我們有個帝國，一切運作良好，甚麼都賣地很好。你不能否認吧？所以你們到底要甚麼？當你們把所有人都槍斃後，你們能得到更多嗎？」

她站在床頭櫃前，雙手交握面對著整個人已陷進鴨絨被裡的柯鈫。他試圖解釋這些先生們想要的是甚麼，然而他卻講不出夏威跟佛羅鴻所說的那些政治與社會體系，他說著那些不被賞識的原則，民主的美好，社會的再生，用一種如此奇特的方式把一切都混在一起，麗莎絲毫不懂，因之聳了聳肩。最後，他為了保全自己的面子便抨擊帝國：那是放蕩者的統治、還有黑幕交易以及武力搶奪。

「你懂嗎？」他說想起了洛格的一句話，「我們是一幫進行掠奪、侵害並謀殺法國的土匪的獵物，所以不能再忍受他們了。」

麗莎依然聳了聳肩。

「這就是你要說的嗎？」她用她那股十足的沉著問道。「你講得這些跟我有甚麼關係？當這些都成真後，又怎麼樣呢？我出了主意要你當個不誠實的男人嗎？我強迫你不要付帳、欺騙客人，還是盡快累積這些得來不易的一百蘇呢？終究，你就是要讓我發火。我們是正直的人，我們是那些不搶奪，不謀殺任何人的人，這就夠了。其他人我管不著，他們要當流氓是他們的事。」

她為此感到驕傲且得意洋洋。她又開始走動，保持一貫的抬頭挺胸，並繼續說：「為了讓那些甚麼都沒有的人高興，於是就不要賺錢過日子。當然我享受著這種好日子，我也支持這個讓商業運作的政府。如果政府做了甚麼卑鄙的事，我也不想知道。我知道我自己不會做這樣的事，我不擔心在這鄰里之間有人會指責我。去打一場必敗的仗可真是太蠢了。你還記得在選舉時，嘉華說過那個皇帝候選人是個曾破產的人，因此做了些見不得人的事。我不否認這很可能是真的，你卻很明智地投票給他，因為問題不在此，人們沒有要求你借他錢，也沒有要跟這個先生做生意，而是要向這個政府表示你對肉品店能夠發達感到滿意。」

然而這下子柯欽想起了夏威的一句話，宣稱「這些衣食無虞的布爾喬亞，這些賺飽錢的店東，將他們的支持給一個一般來說無法消化的政府，這些人應該最先被丟到汙水池裡。」就是由於這些人，由於他們對溫飽的自私，所以獨裁得以發生，吞食一個國家。他竭力將句子講完，麗莎卻發怒地打斷了他。

「夠了！我的良心沒甚麼好責備我的。我既不欠錢，也沒有做甚麼不法勾當，我買賣好商品，我也不敲客戶竹槓。你說的這些，針對的是我們的表親，撒卡爾一家人。他們甚至還作態像不知道我在巴黎，不過我比他們驕傲多了，我才不稀罕他們的上百萬財富呢。人們說撒卡爾在帝國瓦解時偷渡了不少東西，他欺騙所有的人。我才不訝異呢，他離開家鄉就是為了這些。他喜愛在金錢裡打滾，然後像個傻瓜一樣亂花錢。人們質疑像他這樣獲得過多財富的人，我可以理解。如果你想知道我的想法，我並不尊敬撒卡爾。可是我們，我們這樣安穩地過日子，花了十五年才過得舒適一些，我們並不涉入政治，所有的擔心只在養大我們的女兒以及好好地做生意。我這樣說你可能覺得好笑，但我們是誠實的人。」

她過來坐到床邊，柯鈫感到動搖。

「你聽我說，」她又以一種更深沉的聲音說道，「我想你不希望有人來搶你的店，清空你的地窖，還偷你的錢吧？要是這些在勒比格先生酒吧裡的先生成功了，你認為隔天你還能像現在這樣溫暖地睡在被子裡嗎？當你下去廚房時，你還能安穩地做那些等一下你會做的肉凍嗎？不會，對嗎？那麼你為什麼說要推翻這個不僅保護你，也讓你能有存款的政府呢？你有一個太太，一個女兒，你畢竟應該照顧她們。你要是危及她們的幸福，你就是有罪。只有那些無親無故的人，沒甚麼好怕的，才想用槍殺人。你並不打算成為替死鬼，對嗎？所以你這個大傢伙，應該留在自己家裡，好好睡，好好吃，賺你的錢，並覺得問心無愧。跟你自己說，要是帝國讓法國憂煩，那麼法國就會自己想辦法擺脫困境，法國不需要你。」

她臉上帶著她那個美麗的笑容，柯鈫完全地被說服。她說的畢竟很有道理，而且這個坐在床邊的美麗女人這樣早起梳妝打扮，穿著炫目的衣衫，如此整潔清新。在聽麗莎講話時，他看著壁爐兩邊他們的畫像，毫無疑問地，他們是誠實的人，看上去就是他們該有的樣子，穿著黑色的服裝，在金色的畫框裡。這個房間也是，對他來說似乎是個尊貴的人的房間。那些一個個方塊的蕾絲讓這些椅子、地毯、窗簾與有著鄉村風景的瓷花瓶看上去很廉潔，表現出他們的工作以及他們對舒適的品味。他在鴨絨被裡越陷越深，漸漸地感到熱，彷彿在澡盆裡洗熱水澡。

似乎他差一點就要在勒比格先生的酒吧裡失去這一切，他巨大的床，他這個如此舒適的房間，他的肉品店，現在他一想到這些，就帶有情緒化的悔恨。而他身邊的麗莎、家具以及這些溫柔的裝飾，以一種美妙的方式呈現一種讓他情緒稍微平歇的安適。

「傻瓜，」他太太看著他被說服了，跟他說，「你選了對的路。不過你知道的，應該要想到我們，寶琳跟我。你不要再介入批判政府了，對嗎？況且所有的政府都一樣。人們支持這一個，或是支持另外一個，這都是必然的。最重要的就是當我們老的時候，我們能夠安定的依靠我們的退休年金，且確定那是我們賺到的。」

柯鈫點頭表示贊同，他想要開始辯解。

「是嘉華……」他囁嚅地說。

但她變得很嚴肅，唐突地打斷他。

「不是，不是嘉華。我知道是誰。這個人在危及到其他人之前應該想想自己的安危。」

「妳說的是佛羅鴻嗎？」一陣靜默後，柯鈫怯怯地說。

她沒有立即回答。站起身來又回到寫字檯前，彷彿盡力壓抑自己，接著直接了當地說：

「對，就是佛羅鴻。你知道我是很有耐性的，無論如何我都不想介入你哥哥跟你之間，家人間的關係很重要。不過他真的太過分了，自從你哥哥來這裡之後，一切都每況愈下。此外，算了，我什麼都不想說，這樣比較好。」

又是一陣靜默。接著，他丈夫看著天花板，一臉尷尬，她又更粗暴地說：

「總之，他似乎根本不了解我們為他所做的。我們大家都有些拘束，我們還給了他奧古斯婷的房間，這個可憐的女孩現在睡在一個會讓人窒息的小房間裡，卻毫不抱怨。我們供他午餐跟晚餐，對他小心翼翼，他什麼都沒說，理所當然地接受這一切。他賺了錢，只是我們不知道錢到哪裡去了，或者應該說大家都心知肚明那些錢花到哪裡去了。」

「他有舅舅的那些遺產。」柯鈫輕率地說，對於他哥哥被指責感到十分難過。

麗莎直挺挺地站著，像是感到厭煩了，怒氣也消失了。

「你說的對，他有那些遺產。那些帳都在這個抽屜裡。他拒絕這筆錢，你當時人也在場，

還記得嗎？這只證明了這個男孩子既沒有頭腦也沒有教養。要是他有點概念的話，他早就會處理這些錢了。我呢，我很希望不要保管這些錢，他要是拿走了，也算讓我們了了一樁心事。我已經跟他說過兩次了，不過他都拒絕聽我的話。你應該讓他決定收下這筆錢，試圖跟他談談吧！」

柯鈫低聲嘟噥地回答。麗莎並沒有堅持，她自忖已經將自己的正直誠實做到了極致。

「沒錯，他跟其他的那些男孩子不一樣。」她又繼續說著，「他無法讓人放心，但我們又能如何？我這樣說是因為我們在聊天。我不管他的行止，不過他已經讓鄰里間說了許多我們的閒話了。他吃我們的、住我們的、讓我們不自在，這大家都還能忍受。只是我無法容許他還要再加添政治進來，他要是再唆使你反政府，讓我們受到絲毫的危害，我警告你，我會毫不遲疑地把他趕出去。我警告你，你懂了嗎？」

佛羅鴻被定罪了。她真的盡可能一點都不寬待，她放不下心裡積下的這許多怨恨。他激起了她各種情緒，讓她感到受傷，讓她覺得憎惡，讓她真的難過。她又喃喃地說：「一個經歷過最險惡事件的男人，無法自己重新建設，我了解他會想要用槍殺人。他要是喜歡，他自己去承受，但他要把那些正直的人留給他們的家人。還有，我不喜歡他，就這麼簡單。晚餐時，他全身是魚味，這讓我食不下嚥。他呢，味口好得很，不過有甚麼用，這個可憐人就是胖不起來，他被那些惡念給啃食著。」

她走向窗邊，看到佛羅鴻穿過朗布托街往魚市走去。這天早上，海鮮到貨滿溢。大柳條筐裡波光粼粼，拍賣員發出了低沉地喊叫聲。麗莎眼神跟著她大伯尖削的肩脊進入那個氣味濃重的巴黎大堂裡。他拱著背，反胃的感受直衝腦門，而她則用她戰士般的眼神看著他，這是個決心要勝利的女人。

當她轉身時，柯鈫已經起床。穿著襯衫，腳站在柔軟的泡沫狀地毯上，全身還有著鴨絨被裡的那股熱氣，他有些蒼白，為了他哥哥與太太間的不和感到苦惱。但麗莎臉上有著她那迷人的笑容，並在拿襪子給他時，對他多所愛撫。

第四章

馬裘朗是在伊諾松市場被人發現的。在一堆包心菜當中，一顆巨大的白色包心菜下面，一張凹折的菜葉蓋住了這個熟睡中孩子粉嫩的臉。人們一直沒追究到底哪個悲慘的人把這個孩子放在那裡，他當時已經二到三歲，圓胖且活得很快樂，卻不怎麼早熟，十分臃腫，還無法清楚得講出幾個字，只曉得笑。當一個女菜販在這顆巨大的包心菜下發現他時，她驚訝地大叫起來，所有鄰人都跑過來，也感到十分吃驚，而他身上穿著睡袍，捲在一條被子裡，伸出了雙手。他無法說出他的母親是誰。一個肥胖的女下水販將他抱起時，他一臉吃驚，緊緊地抓住對方的肩膀。直到當天晚上，整個市場都在談論他。他覺得安心後，吃了些烤麵包，然後看到女人就發出笑聲。那個肥胖的女下水販養了他一陣子，接著他被放到另一個鄰居家，一個月後他又住到第三個女人家。有人問他：「你媽媽在哪裡？」他有個很可愛的動作：他的手會轉一圈，一次指出所有的那些女商販。他是巴黎大堂的孩子，從一個女人家到另一個女人家，總是會在一張床上找到地方睡覺。幾乎到處都有湯可以喝，身上穿著神的恩典，甚至在他那些破洞的衣服口袋裡還有些錢。一個賣藥材的漂亮紅髮女孩叫他馬裘朗，卻沒有人知道為什麼。

當香特美斯太太自己在市場一個角落，聖丹尼街的人行道上撿到一個小女孩時，馬裘朗快要四歲了。那個小女孩可能只有兩歲，但她已經很會講話，在牙牙學語中發音不準地說著話，她說得這樣好，香特美斯太太認為聽懂她說自己叫作卡婷，而她母親在前一晚將她放在一扇門前，要她等她回來。這個孩子沒有哭泣，就在那裡睡著了，而且她說家人會打她。然後她就跟著香特美斯太太，很高興且對於這樣大的地方感到著迷，這裡有這麼多的人，還有這麼多的蔬菜。香特美斯太太賣的都是小堆的菜，是個受人尊敬的女人，卻憂鬱易怒。她已經六十多歲，喜愛小孩，且曾經失去三個襁褓中的兒子。她認為「這個小賤人似乎不太容易這樣就死了」，於是收養了卡婷。

然而，一天晚上，當香特美斯太太要離開市場時，卡婷牽著她的右手，馬裘朗隨意地牽起她的左手。

「喔，小男孩，」這個老太太停下來，然後說，「我們家的床已經有人睡了。你不是跟那個高大的德莉莎（Thérèse）住嗎？你知道你可出了名的會亂跑啊？」

他看著她，臉上帶著笑，並沒有放手。她只能嘟噥兩下，他真是漂亮的捲髮小男孩。於是她低聲地說：「走吧，來吧，臭小子，我就讓你們一起睡吧！」

於是她一手牽著一個小孩，回到自己在拉爾街（rue au Lard）的住處。

馬袞朗忘我地在香特美斯太太家住了下來。當他們變得太吵鬧，她就賞他們幾個巴掌，很高興還能大吼，對他們生氣，幫他們快速地洗澡並將他們放進同一條被子裡。她在一輛早已沒了車架跟車輪的賣菜用老舊推車裡，為他們鋪了一張小床。這就如同一個大搖籃，有些硬，但仍有著那些蔬菜的氣味，因為她長久以來都用濕布蓋在車上以保持蔬菜新鮮。馬袞朗與卡婷兩個人手挽著手，就睡在裡面。

於是他們一起長大，人們總是看到他們手環在對方的腰上。夜裡，香特美斯太太聽到他們輕聲地講話。卡婷清亮的聲音，講個不停，馬袞朗聆聽，帶著低沉的驚訝反應。卡婷心眼很壞，編織那些會讓他害怕的故事，他則說，之前有個晚上，她看到他們的床腳旁有個全身白色的男人，吐出一條長又紅的舌頭，看著他們。馬袞朗害怕地直冒汗，並問她細節。她則取笑他，最後還叫他「大笨蛋」。其他時候，他們不聽話，兩個人在被子裡互踢，卡婷縮起自己的腿，笑得喘不過氣來；馬袞朗則因為盡全力卻踢不到她而生氣地搥著牆。這些時候，香特美斯太太就會起身去把他們的被子塞緊，然後在他們的枕頭上各打一下，讓他們好好睡覺。這張床長久以來也是他們的遊戲場，他們帶進去自己的玩具，也在裡面吃偷來的紅蘿蔔與蕪菁。每天早上，他們的養母都會很驚訝地在床上發現奇怪的物品：小石子、樹葉、蘋果核以及用碎布做的娃娃。天氣很冷的時候，她會讓他們留在床上睡覺，卡婷黝黑的蓬髮搭著馬袞朗的捲曲金髮，他們倆人的嘴巴如此貼近，似乎用自己的氣息來為彼此取暖。

這個在拉爾街上的屋子是個大閣樓，殘破且只有一個窗戶，不下雨時，光線便能照進來。這兩個孩子在裡面玩捉迷藏，躲進高的核桃木櫥櫃或是香特美斯太太的大床底下。屋子裡還有兩三張桌子，他們就在底下爬來爬去。這是個迷人的地方，並不太亮，在黑暗角落裡還有些被遺忘的蔬菜。拉爾街也是條有趣的街，狹窄且人煙稀少，寬大的拱廊則銜接到朗潔衣街（**rue de la Lingerie**）。房子的大門就在拱廊旁邊，是個矮門，且只能半開，對著一道油膩的旋轉梯。這間房子突出的擋雨檐也由於濕氣而顯得黯沉，每一層樓都有個生了綠繡的銅箱，也成為一件他們的大玩具。卡婷與馬袞朗花整個早上從樓下丟石頭，想要將它們丟進那些箱子裡。那些石頭因此沿著排水管往下降，發出一種非常討人喜歡的噪音。可是他們砸破了兩片窗戶，讓排水管塞滿了石頭，甚至讓在這間屋子裡住了四十三年的香特美斯太太，險些被房東趕走。

於是卡婷與馬袞朗轉而攻擊那些安裝幃幔的工人，或是停在這條無人街上的平台馬車與卡車。他們爬上車輪，平衡在車軸上，然後在那些堆疊起來的箱子與籃子間爬上爬下。那些波得利街上（**rue de la Poterie**）的雜貨商打開盡是陰暗寬敞的儲藏室，在一天之內裝滿又清空，每個小時都會出現那些吸引人的空洞，可以藏身之處，這兩個孩子忘我地在這些乾燥的水果、橘子以及新鮮的蘋果氣味中玩耍。然後當他們厭倦疲乏了，就去伊諾松市場的人行道上找香特美斯太太。

他們手挽著手笑著穿過每條街，穿梭在車陣當中，毫不害怕會被車子壓倒。他們對這條街瞭若指掌，讓自己的短腿陷入那些與他們膝蓋齊高的蔬菜莖葉堆當中。他們不會滑倒，因此當運貨馬車車夫穿著厚重的鞋，由於踩到一根朝鮮薊的枝而摔得四腳朝天時，他們就取笑那些人。他們是粉紅惡魔，是這些滑膩街道的常客，人們走到哪兒都會看到他們。下雨的時候，他們撐著一把十分破爛的巨大陽傘，小心翼翼地逛著。這把陽傘是這個做小生意的女販放在攤販上，用了二十年的遮陽傘。他們認真地把陽傘架在市場的某個角落，然後說那是「他們的家」。出太陽的日子，他們在街上玩瘋了，直到晚上再也動彈不得。他們在噴泉裡洗腳，在水流前用閘門把水堵住，躲在成堆的蔬菜中，並留在裡面聊天，如同晚上在他們的床上一般。人們在經過一整堆的萵苣或是蘿蔓生菜旁時，經常聽到有人摀著嘴咯咯地笑。當人們搬開這些生菜，就看到他們肩並肩靠著，躺在鋪了菜葉的地板上；明亮的眼神，像在樹叢深處被發現的小鳥一樣有些擔憂。現在卡婷不能沒有馬袞朗，而馬袞朗找不到卡婷時就會落淚。他們要是被分開了，就會在巴黎大堂人來人往的衣裙中，在所有的櫃台後面或是包心菜堆裡，尋找對方。事實上，他們在包心菜堆中成長，也在這裡相親相愛。

馬袞朗即將滿八歲，卡婷則要滿六歲時，香特美斯太太讓他們為自己的懶惰感到羞愧。於是她跟他們說，讓他們一起做這件小買賣，並跟他們保證，如果他們願意幫忙削這些蔬菜的話，每天都給他們一蘇。剛開始幾天，這兩個孩子興致沖沖。他們分別坐在菜攤的兩邊，手裡拿著蔬果刀，非常認真地執行工作。

香特美斯太太專門賣削好的蔬菜，她會在攤子上放一塊濕的黑色織物，上面排著馬鈴薯、蕪菁、紅蘿蔔以及白洋蔥，四個一堆，堆成一個金字塔，三個是底座，一個是尖塔。所有的菜都準備好讓那些趕時間的婦女們下鍋。她也有捆成一包包用來做火鍋的料：四枝大蔥、三條紅蘿蔔、一條芹菜蘿蔔、兩個蕪菁以及兩束芹菜。更別提那些放在紙上切細的新鮮香芥、切成四塊的包心菜，還有那些清水洗過的其他白色蔬菜，以及許多切成了紅色星狀的蕃茄與半圓的金黃南瓜片。雖然卡婷年紀較小，技巧卻表現地比馬裘朗熟練許多，她削掉的馬鈴薯皮相當薄，幾乎能夠透光。她非常小心翼翼地綑綁那些火鍋料包，看上去像極了花束。最後，她甚至知道如何用三條紅蘿蔔或兩個蕪菁疊出看上去很大的一堆。當她用尖細的童音喊著：「女士，女士，來我這裡看看吧，我的小堆只要兩蘇。」經過的人都會微笑著停下腳步。

她有自己的作法，那些小蔬菜堆變得十分出名。香特美斯太太坐在兩個孩子中間，看到他們如此認真地做事，高興地暗自發笑。她每天都慎重其事地給他們那一蘇錢，然而那些小蔬菜堆終究還是讓他們覺得無聊了。他們長大了，夢想能做更賺錢的生意。馬裘朗一直都很孩子氣，這讓卡婷感到不耐煩。她說，他的腦袋跟包心菜沒兩樣。事實上，她為他創造出賺錢的方法，他卻賺不到甚麼錢，甚至連辦件小事情都不會。

她是那種非常奸巧的人。八歲時，她就受雇於那些坐在巴黎大堂四周板凳上的女商販之一，這些女商販會拿一籃檸檬，讓一整群的孩子聽從她們的命令販賣。卡婷把檸檬放在手中，兩顆賣三蘇，追著客人跑，將手中的商品放到那些婦人眼前，然後當手中不再有商品時，她就再回去補貨。她賣掉十幾個檸檬可以賺兩蘇，因此生意好時，一天下來能有五到六蘇。隔年她賣起一頂九蘇的無邊軟帽，手套可以賣更多錢。只是眼睛要夠警覺，因為四處兜售是不被允許的，只要不遠處有警察走近她都感覺得到，那些軟帽立刻消失在她裙下，她則裝出一副無辜的臉，吃起蘋果。然後她把蛋糕、煎餅、櫻桃塔、杏仁小蛋糕以及又厚又黃的玉米餅放在柳條托盤上販售，不過馬裘朗把她賺的錢都吃掉了。終於在十一歲時，她實踐了一個長久以來折磨她的想法。她在兩個月內存下了四法郎，買了一個小背筐，然後開始販售繁縷。

這是個大生意。她早上很早起，跟大盤商買那些繁縷、一束束乾癟的小米；然後就開始到拉丁區[45]去兜售，從聖傑克街經過都芬街（rue Dauphine），最後到盧森堡公園。馬裘朗則陪著

45 拉丁區位在巴黎第五和第六區之間，從聖日耳曼德佩區（Saint-Germain-des-Prér）到盧森堡公園，是巴黎著名的學府區。拉丁區這個名字來源於中世紀這裡以拉丁語做為教學的語言。拉丁區處在巴黎幾個區的交界處，不是巴黎一個真正的街區。

她，她甚至不讓他背那個背筐，她說他最擅長的就是叫賣，而他喊叫的聲音深沉又綿長：「給小鳥吃的繁縷。」然後她會用高音再重複一次，一種奇特的樂句最後以一個延長的純淨高音結尾：「給小鳥吃的繁縷。」

他們分別在街道兩邊的人行道上，眼睛往高處看。在這個時候，馬袞朗穿著一件及膝的紅色大外套，這是過世的香特美斯先生的外套，他曾經是個馬車夫。卡婷則穿著一件藍白相間格子洋裝，這是香特美斯太太用老舊的蘇格蘭格子花呢剪裁的。整個拉丁區中閣樓裡的金絲雀都認識他們，當他們經過並重複這些句子時，回應他們叫賣的是那些鳥籠裡的歌唱。

卡婷也賣水田芥，「一把兩蘇，一把兩蘇。」而馬袞朗則會進到店家去提供「採自水泉的水田芥，有益身體健康。」巴黎大堂這個中央市場才剛落成，這個小女孩在穿越水果館的那一條花徑前感到心醉神迷。整條路上，那些攤販像是道路兩邊的花壇，大束的花朵綻放，是種有香氣的莊稼。兩排玫瑰叢剪成矮籬，這一區裡的女孩子都喜歡從中間走過，臉上帶著微笑，但這種太濃的氣味仍有些嗆鼻。在那些展示台上方有著人工花朵與紙做的葉子，還有那些樹膠做成的露珠。此外黑色與白色的假珍珠做成墓地用的花環發出藍色的閃光。卡婷像一隻貓般張開她粉紅色的鼻子，停在這股新鮮好聞的氣味裡，盡可能地帶走這股芳香。當她把自己的髮髻放在馬袞朗的鼻子下方時，他說這聞起來像石竹。她發誓再也不需要用任何香膏了，只要走過那條巷子就夠了。然後，她費盡心思，終於開始為一個女花販工作。馬袞朗認為她從頭到腳聞起來都很香。她生活在玫瑰、紫丁香、紫羅蘭以及鈴蘭當中。他則花時間聞嗅她的裙子，像在玩一種遊戲，彷彿在找尋甚麼，最後說：「這聞起來像鈴蘭。」他再把鼻子往上移到腰部及緊身馬甲處，更用力地聞，接著說：「這聞起來像紫羅蘭。」然後是衣袖及袖口，他說：「這聞起來像紫丁香。」最後是後頸、整圈脖子、臉頰與嘴唇上，「這聞起來像玫瑰。」卡婷笑了起來，叫他「傻瓜」，最後卻尖叫起來，因為他用鼻尖搔她癢。她呼出了茉莉的氣息，她就是一束有溫度且有生命力的花。

現在這個小女孩早上四點起床去幫她的老闆娘採買。每天早上，跟郊區的園藝家買好幾大把的花，一包包的苔蘚、蕨類植物的葉子與長春花，這些都是用來包覆花束的。卡婷看著那些從蒙特勒伊（Montreuil）大花圃裡的玫瑰叢中走出來，穿戴著閃亮寶石與瓦朗西納刺繡的賣花女孩感到讚嘆不已。聖瑪莉日（Sainte Marie）、聖皮耶日（Saint Pierre）、聖袞瑟夫日（Saint Joseph）以及那些許多人慶祝的聖名日[46]，販售從清晨兩點開始，在人行道上有著超過十萬法郎的切花，這些零售女花女販在幾個小時內就能賺到兩百法郎。這樣的日子裡，卡婷鬈曲的瀏海

46 在法國的月曆上每一天都有一個聖人，因此與聖人有相同名字者都視其為他們的節日，也會藉此慶祝。

不再出現在一把把的三色堇、木犀草以及瑪格麗特上，她完全被埋沒在花叢當中，整天都在把一束束的花放到綁在一起的燈心草枝上。幾個星期後，她變得熟練且有一種獨特的優雅。並非所有的人都喜歡她的花束，它們讓人發笑也讓人不安，因為有種殘酷的天真浪漫。主調是紅色，搭配：藍色、黃色與紫色等強烈色調，一種野蠻的魅力。她掐醒馬裘朗，且逗他直到把他弄哭的那些早晨，她做出的是殘酷的花束，表現出女孩子發怒的花束，有著粗野的氣味與惱人的色彩。其他早上，她被某種悲傷或某種愉悅觸動時，呈現出很溫柔且含蓄的銀灰色花束，有著低調的氣味。

然後就是那些玫瑰，在一團團白色石竹當中，鮮紅地像剖開的心臟；黃褐色菖蘭在讓人驚惶失措的綠意中顯現出火光的羽翼；如同那些土耳其地毯上用一朵朵的花繪成的複雜圖樣，也像畫稿上的畫。那些攤子閃閃發光，蕾絲的柔美更加擴大其氛圍。可愛的純真、厚重的形體，是在那些村婦或是貴婦、笨拙的處女以及肉體充滿活力的女孩手中放入的夢想；這是一個十二歲小女孩的所有美好幻想，在這當中一個女人也因之甦醒。

卡婷只對兩種花產生崇敬：敬重白色丁香，一把八到十枝花在冬天值十五到二十法郎；也尊敬山茶花，因為它們更貴，且用盒子裝著送到攤子上，盒子裡十幾朵花，鋪在一床苔蘚上，再蓋上一片吸水棉花。她小心翼翼地拿起這些花，彷彿手中拿著珠寶，摒住呼吸，害怕一呼氣就會把花弄壞了；然後她極用心地將花的短枝綁在燈心草枝上。她很嚴肅地談論這些花，跟馬裘朗說一枝漂亮且毫無斑點的白色山茶是很少見的，非常的美，彷彿她在讓他欣賞一朵花。一天他大喊：「好啦，這很好，不過我比較喜歡你的下巴下方，這個地方；比妳的山茶花更柔也更透明漂亮。這裡有那些藍色紅色的小血管，就像那些花脈。」

他用指尖輕撫她，然後把鼻子靠近她低聲地說：「嗯，妳今天聞起來像朵橙花。」

卡婷的脾氣非常暴躁，她無法容忍自己得將就地當個僕人。因此最後她還是建立了自己的事業。她已經十三歲了，夢想做大生意，能在這條花市裡有個攤位。她賣紫羅蘭，一束一蘇，插在一床苔蘚上，放在她掛在脖子上的一個柳條箱上。她整天在巴黎大堂裡、在巴黎大堂四周來回地走著，繞著圈子。這就是讓她快樂的事，不停地漫步，讓她的腿得以伸展，因為她花了好幾個小時，彎曲膝蓋坐在一張矮凳上製作花束。現在，她邊走邊轉動著她的紫羅蘭，她的手指以一種美妙輕盈，像轉動紡錐一般轉動它們。她會依照不同的季節放六到八朵花，將一根燈心草枝對折，加上一片葉子，用一條濕潤的線綁起花束，然後用她年輕強健的牙齒咬斷繩子。她只要能夠快速地將這些小花束插妥，它們似乎獨自生長在箱子裡的苔蘚上。沿著那些人行道，在那些街上的摩肩擦踵裡，她的手指動作迅速如同花朵綻放，絲毫不需要看一眼，臉上有著肆無忌憚的表情，只顧著花束與身邊的行人。然後她會在一個門廊前歇息一會兒，在那些充滿油漬洗碗水的細流邊放下一道有著藍色花草的木條，增添一點春色。她的花束保有她不佳的情緒與柔情，有的有著可怕的皮刺，無法將它們從弄皺的圓錐形紙包裝上拿開；還有其他平和且讓人喜愛的花束，在紙包裡微笑。當她經過時會留下一陣淡淡的香味。馬裘朗怡然自得地跟著她，而她從頭到腳只有一種香味。當他抓住她，從裙子往上嗅聞到緊身馬甲，從手聞到臉上，他說她就是紫羅蘭，一大朵紫羅蘭。他將頭湊近她然後重複地說：「你還記得我們去羅曼維爾（Romainville）那一天嗎？就是這個味道，尤其是妳的袖子。以後別再換了，妳聞起來真香。」

她不再換工作，這就是她最後一份職業。然而兩個孩子長大了，她經常忘了自己要四處掛著籃子兜售。巴黎大堂中央市場在建造時，對他們來說是個不斷讓人逃避正業的場所。他們經由幾個槽板圍欄的裂口，潛入工地裡，往下走到地基層，或是爬上鑄鐵廊柱。他們對自己、對自己鑽的每個洞以及在建築結架裡的遊戲以及計謀感到十分得意。這些商館在他們的小手當中漸漸堆高。他們對偌大的巴黎大堂的溫情就是這樣產生的，而巴黎大堂也以同樣的溫柔回報他們。他們很熟悉這艘巨船，如同老朋友般知曉每個最細微的細節。他們絲毫不害怕這個怪獸，細小的拳頭打在它巨大的身軀上，很天真地對待它，如同毫不尷尬的好友。而巴黎大堂似乎對這兩個自由來去的孩子露出笑容，他們對大堂的大肚有著不知害臊的純樸愛情。

卡婷與馬裘朗在香特美斯太太家，不再一起睡在那輛車子裡。那個老太太晚上總是聽到他們聊天，另外在衣櫥前的地上放了一張床給小女孩。但隔天早上，她會發現馬袠朗靠著小女孩蓋在同一張被子裡。於是她就讓他睡到一個鄰居家，這讓兩個孩子非常難過。白天時，當香特美斯太太不在時，他們全身穿戴整齊手挽著手躺在地板上，就像在床上一般，這讓他們覺得十分有趣。晚一點，他們就淘氣地在街上閒晃，尋找每間屋子裡黑暗的角落。他們時常躲在拉爾街上那些店面裡，在一堆堆蘋果或是一箱箱的橘子後面。

他們自由自在且絲毫不覺得羞恥，如同那些在屋簷邊交配的麻雀。在家禽館裡的地窖裡，他們找到又能夠睡在一起的方法了。這是一種溫柔的習慣，一種良好的熱度感受，一種兩人相伴入睡的方式，他們無法將之拋棄。在屠宰桌的附近有著大籃的羽毛，而他們在裡面覺得很舒適。一旦夜晚降臨，他們就會下到地窖裡，在那裡待一整個晚上，相互取暖，眼下就是羽毛，很高興有這樣一層柔軟的墊被。他們通常會將他們的籃子拖離煤氣燈，地窖中厚重家禽的氣味裡只有他們，那些從陰影中突然走出來啼叫的公雞讓他們一直醒著。他們笑起來，互相擁抱親吻，不知該如何表達這樣強烈的友誼。馬袠朗實在愚蠢無知，卡婷無來由地對他發怒並打他。透過她那種在街上求生女孩的大膽，讓他逐漸開竅。漸漸地，他們能夠待在那些裝滿羽毛的籃子裡的時間更久，而這是種遊戲，那些睡在他們身邊的母雞與公雞，也不比他們更天真無邪。

之後，他們將這種無憂無慮的麻雀之愛充滿了整個巴黎大堂。他們過著小動物那樣快樂的日子，只依靠本能，在這些成堆的食物中滿足他們的食慾，在這當中他們迅速成長。卡婷十六歲了，是個逃家的女孩，生活在街上的黑髮波希米亞人，非常愛吃也非常感性。馬袞朗十八歲，這個青少年已經像個大男人般的大腹便便，沒甚麼大腦，只用感官過日子。她經常為了要跟他在家禽館的地窖裡過夜而在外露宿。第二天，香特美斯太太在屋裡拿起掃把胡亂地打她，卻從來碰不到這個淘氣鬼時，她便放肆地取笑對方，甚至以難得的放肆無禮說她整晚不睡「就是為了看月亮是不是也戴了綠帽。」

馬袞朗到處漂泊，當卡婷留他一個人的夜晚，他就跟商館裡值勤的警衛在一起。他睡在第一個找到的角落，可以是袋子上或是箱子上。最後，他們倆個都無法離開巴黎大堂。這是他們的屋舍，他們的穀倉，這個巨大的食槽是他們睡覺、相親相愛、生活的地方，他們身下就是一大床的肉品、牛油與蔬菜。然而他們卻一直對那些大籃裡的羽毛情有獨鍾。他們都會回到那裡，度過柔情的夜晚。那些羽毛沒經過篩選，有著火雞的黑色長羽毛，也有鵝那種白又光滑的羽毛，當他們翻身時，這些羽毛都會對著他們耳朵搔癢。然後還有鴨絨，他們陷入其中就像在棉花堆裡；其他還有母雞金色或五顏六色的輕羽毛，他們只要一吹就會飛起來，如同那些在太陽下嗡嗡作響的蒼蠅。冬天時，他們也睡在野雞的紫色羽毛裡，一堆灰雲雀的灰色羽毛，還有鷓鴣、鵪鶉和畫眉等有斑點像絲線一般的細毛裡。那些羽毛都還有生命力，也還有氣味與溫度；他們唇邊的這些羽毛曾在翅膀上打過哆嗦，也有過鳥巢裡的熱度。這一大片羽毛像極了一隻大鳥的背，他們躺在上面，被承載著，然後昏睡在對方的臂膀中。早晨，馬裘朗尋找已消失在大籃子裡的卡婷，彷彿一場雪蓋住了她。她醒來時頭髮蓬亂，全身抖動一番才走出那片羽雲，而髮髻上總是留有幾根公雞羽毛。

他們還找到另一個得以自娛的地方，即牛油、雞蛋與乳酪的批發商館。每個早晨，到處都是一大絡一大絡疊起的空籃子；兩個人溜進這些籃子牆後面，挖出一個藏身之地。接著他們把那個地方變成一個房間後，就再拉進去一個籃子，然後把自己關在裡面。於是他們就像在自己家裡，有了一個住處。他們盡情地相擁，絕不會受到懲罰。柳條籃這樣單薄的隔板把他們與巴黎大堂裡的人群隔離開來，而他們聽得到四周的聲音，這也讓他們得以嘲弄全世界。偶爾人們就在他們身邊停下來卻毫不懷疑他們的存在時，他們就開始傻笑，並隨機找個人大開殺戒。在櫻桃盛產的季節，卡婷將那些櫻桃核丟向經過的每個老婦人的鼻子。讓他們覺得更有趣的是這些受驚的老婦人，從來都想不出來這些冰雹般的櫻桃核是怎麼來的。

他們也在地窖深處閒晃，熟悉那些暗無人煙的地方，也知道如何穿過那些關得緊密的柵欄。他們最重要的遊戲之一就是潛入地下鐵軌，這些規劃的鐵軌應該要連結不同的火車站，這一條線的某些部份穿越那些有遮棚的街道底下，分隔了每個商館地窖，甚至在每個十字路口都放置了軌道切換器，一切都就緒等待運作了。卡婷與馬袞朗最後發現在保護鐵軌的木柵欄上，有一片比較不牢固的木板，他們將之鬆動，於是能夠自在地進出。他們在地底下完全與外界隔絕，頭上是那些走在巴黎街上的腳步聲。在那些鑄鐵欄杆的下方，這條白日裡作用的鐵軌延展到各大道，以及冷清的地下通道；在黑暗深處，燃燒著煤氣燈。他們像是在一個專屬的城堡裡散步，很確定沒有任何人會打擾他們。在這種嗡嗡的無聲，詭異的光線，以及地下的這種隱密裡，他們孩子間玩笑式的愛情像情節劇般盪漾。穿過那些木頭柵欄，相鄰的那些地窖裡，各式各樣的氣味迎面而來：蔬菜的平淡、海鮮的澀味、乳酪粗暴的惡臭，還有家禽生動的熱氣。他們橫躺在那些鐵軌上，忘我地在那些黑影中親吻時，呼吸到的盡是食物的氣息。其他時候，在美麗的夜晚中，或是清朗的黎明時，他們爬上屋頂，爬上在商館角落邊塔樓的陡峭樓梯。在高處，放眼望去盡是鋅板，散步的場所與廣場，他們是這片高低起伏田野上的主宰。他們繞著商館的正方屋頂，沿著那些有遮棚的街上方的長型屋頂，攀上爬下那些傾斜的屋簷，迷失在無盡之旅當中。

當他們對於平地感到厭倦時，就會冒著攀爬長串鐵梯的危險，爬上更高的地方，卡婷的裙子在上面如同飄揚的旗幟。於是他們到達屋頂的再上層，並在天空下奔跑。他們頭上除了星宿外，別無他物。底下發出聲響的巴黎大堂傳上來的喧囂聲，滾動的噪音，遠處的風暴，在夜裡聽得一清二楚。在這樣的高度，清晨的風將腐爛的氣味，市場清醒時的壞氣息一掃而空。在晨曦裡，他們像鳥一樣在排水管邊上相互親吻，在那些瓦片上搗蛋。第一道太陽的紅光下，他們全身變成粉紅色。卡婷因為站在高空中而笑了起來，喉嚨裡像那些白鴿一樣發出愉快的聲響。馬袞朗彎下身看著那些仍舊黑暗的街道，雙手像大野鴿的爪子，緊抓著屋簷。當他們帶著開闊的喜悅重新下到地面時，帶著像是兩個愛人在麥田裡翻滾過笑容，他們說自己剛從鄉下回來。

他們是在下水商館裡認識克羅德・朗提的。他們每天都去，帶著嗜血的癖好，街上頑童喜歡看頭被切下來的那種殘忍趣味。在商館四周的水流都是紅色的，他們把腳尖浸在裡面，並將許多淤塞的樹葉推開，讓那些血水延展。

那些內臟由發出臭味的兩輪運貨馬車送達，且人們會用大量的水清洗，這些都讓他們感興趣。他們看著人家將一包包的羊角疊在地上，彷彿是骯髒的鋪路石；那些僵硬的大舌頭，顯現出被血腥撕裂的喉嚨；被摘下的結實牛心，如同無聲的鐘。然而讓他們尤其感到興奮悸動的，是那些滲出血的大籃子，裝滿羊頭、油膩的羊角、黑色的羊嘴，還掛著幾片滿是羊毛的碎肉。他們幻想著幾個斷頭台在這些籃子裡丟下了無止盡的羊群的頭。他們跟著這些籃子直到地窖深處，沿著鋪設在市場樓梯上的軌道，聽著這些柳條車車輪發出的噪音，就像鋸子發出的噓噓聲。底下有一種少見的恐怖。他們進入的地方充滿堆屍處的味道，走在黑暗的水窪裡，裡面似乎瞬間亮起了紫色的眼睛；他們的鞋底沾黏在地上，汩汩作響，他們既擔憂又欣喜這樣可怕的泥濘。

煤氣燈短小的火焰，如同不停眨著的鮮紅眼皮。在水泉四周，從通風口透進來的蒼白光線下，他們走近那些鉗子。在這裡他們十分高興，看著那些處理內臟的人與他們的圍裙因為飛濺的血水而變得僵硬，看著一個又一個的羊頭被一槌給敲碎。他們留在那裡好幾個小時，直到那些籃子被清空，被那些裂開的骨頭給吸引，想要看到最後人們拔掉那些羊舌，以及從裂碎的羊頭中拿出羊腦。偶爾，一個養護人員經過他們身後，用噴水管清洗地窖，一整片的水有著像下傾盆大雨的聲響，粗魯的水柱擦傷了那些牆面與地板，卻無法洗去鐵鏽與血腥味。

近傍晚約四到五點之間，卡婷與馬袞朗很確定會在批發牛肺時碰到克羅德。他站在那裡，在那些卡在人行道前賣內臟的車子當中，在那些穿著藍色罩衫與白色圍裙的人群裡，被推擠，耳朵忍受著那些高聲叫賣的聲音，然而他根本感受不到那些摩肩擦踵，面對那些掛在拍賣用掛勾上的大片牛肺，他處於一種欣喜若狂的狀態。他經常跟卡婷與馬袞朗解釋道，沒有甚麼比這個景象更美了。那些牛肺有著柔和的粉色，漸漸地擴大；到邊緣，下方則是鮮豔的胭脂紅，他說這些像是雲紋緞，找不出字詞來描繪這種像絲綢般的柔軟，這種一長條的鮮物，這些輕質的肉如廣闊的摺痕下墜，像那些舞者下垂的裙子。他提到那些能讓人看到一位美麗女人臀部的薄紗與花邊。當一道陽光落在那些大片牛肺上時，為牠們放上一條金色腰帶，克羅德眼中有種痴狂，似乎比看到那些全裸的希臘女神，以及那些有浪漫鍊飾的錦緞裙子在眼前魚貫而行更高興。

這位畫家成為兩個孩子的大朋友。他十分喜愛原始未加工的美。他長久以來夢想著畫一幅巨畫，卡婷與馬裘朗在巴黎大堂中，在那些蔬菜、海鮮與肉品當中相愛。他會讓他們坐在他們的食物之床上，手臂攬著對方的腰，交換著田園詩般的吻。在這當中他看到了一種藝術宣言，藝術的實證論，完全實驗性且完全唯物主義的現代藝術。他也在這當中看到了對繪畫思想的諷刺，一種對老學派的侮辱。然而在幾近兩年的時間裡，他不斷重拾草圖，卻無法找到確切的畫風。他已畫壞了十五張畫布，為此有著極大的積怨，透過對他畫不出的畫那種無望之愛，繼續跟他兩個模特兒生活著。對街上的人生深感興趣，通常在下午，他碰到他們兩個在街上閒晃時，他已手插在口袋裡，逛完了整個巴黎大堂的這一區。

三個人一起逛，拖著腳在人行道上走，佔據路面，強迫其他人走下到馬路上。他們抬起鼻子，嗅著巴黎的味道。他們閉著眼睛，從酒商的甜燒酒氣味，麵包店與糕餅店的熱氣，以及平淡的水果攤味道，便能認出每個角落。那是個很大的巡行，他們很高興地穿過小麥大堂的圓形建築，經過堆疊著的白色麵粉袋中巨大沉重的石籠，聽著他們的腳步聲在安靜的穹頂下迴盪。他們喜愛鄰近變得冷清的街道，黑暗且悲傷地如同城市中一個被遺棄的角落：巴比耶街（rue Babille）、索瓦街（rue Sauval）、德埃區街（rue des Deux-Ecus）以及維亞盟街（rue de Viarmes），磨坊這一區的灰白，在四點時會因為穀物拍賣而擠滿人群。一般來說，他們會從這裡出發，緩緩地沿著沃維利耶街（rue Vauvilliers），停在曖昧的低級小飯店前，笑著用眼角瞥一眼，一間關著百葉窗的屋子上偌大的黃色號碼。在蒲維爾街（rue des Prouvaires）狹窄之處，克羅德眨眨眼看著對面那條有遮棚的街另一端，聖厄斯塔什教堂的側門，以及其圓花窗與兩層樓高的半圓拱腹窗戶，被這個巨大的現代車站環繞著。他帶著一種挑釁的方式說，整個中世紀與文藝復興時期在巴黎大堂下還是能繼續維持。接著在順著新橋街與大堂街（rue des Halles）這些新的大街走時，他跟兩個孩子說明這種新的生活，好看的人行道，高樓以及高級商店。他說他要宣布感受到一種創新藝術的到來，然後為了無法將之表現出來而咬起自己的拳頭。不過卡婷與馬裘朗偏愛布桐納街（rue des Bourdonnais）上那種鄉間的平和，在這裡他們能夠打彈珠，不需擔心被車子壓撞。

經過那些批發的帽子與手套店時，這個小女孩假裝自己是個美麗的女生，而每家店裡，那些沒戴帽子的辦事員，耳朵上架著羽毛筆，一臉無趣地用眼神跟著她。他們其實偏愛那些還沒有被摧毀的老巴黎，波特利街（rue de la Poterie）與朗傑利街（rue de la Lingerie），街上都是大腹便便的房子，以及販售牛油、雞蛋與乳酪的店鋪。佛鴻諾利街（rue de la Ferronnerie）與埃居樂街（rue de l'Aiguillerie），過去這些都是十分美的街道，滿是狹長陰暗的商店；尤其是古塔龍街（rue Courtalon），這是一條從聖奧波爾坦廣場（Place Sainte-Opportune）銜接聖丹尼街的小街，漆黑又髒污，周邊都是臭氣滿天的小巷子，他們更小的時候都在這些巷子裡玩耍。在聖丹尼街上他們學會講究美食，他們臉上帶著微笑看著乾扁蘋果[47]、甘草、李子乾，以及雜貨店與藥商店裡的那些糖果。他們閒晃到最後，每次都會產生吃好東西的念頭，想要用眼睛吃遍那些陳列的商品。這整個區對他們來說就是一張一直擺放著食物的大桌子，有著無窮無盡的點心，他們很想把手伸進櫥窗裡拿取那些食物。他們一下子又造訪另一大片搖晃的破屋子，皮湖耶特街、蒙德杜爾街（rue de Mondétour）、小圖安德街（Petite-Truanderie）與大圖安德街（Grande-Truanderie）[48]；但對於那些法國田螺的倉庫、香料商，賣內臟以及賣甜燒酒的破屋子興趣不高。不過在大圖安德街上有個香皂製造廠，在周遭充滿臭味之中顯得非常柔和，這讓馬裘朗停下腳步，等著某個人走進或走出這家工廠，只為了能在開門時吸取那股好聞的氣味。他們很快地又回到了皮耶勒斯柯街（Pierre-Lescot）與朗布托街。卡婷極喜愛那些醃製品，她滿懷讚賞地停在那些一包包醃鯡魚、一小桶一小桶的鯷魚與刺山柑花蕾，還有一大桶一大桶的醃黃瓜與橄欖前

47 原文是La pomme tapée，是以傳統方式將小蘋果去皮曬乾後，用一個鎚子將之打扁，成品是一個約兩公分厚的乾蘋果。為法國安茹與圖賴納省的特產。

48 現今巴黎大堂地鐵站外一個三角形廣場，面對廣場的左邊是大圖安德街，右邊是小圖安德街，三角形另一邊就是蒙德吐爾街。

面，桶子裡浸著木勺，醋的味道很舒服地搔著她的喉攏。軋製鱈魚、煙燻鮭魚、培根與火腿等的澀味，檸檬簍子略帶酸的氣味，讓她伸出舌尖，嘴裡更顯濕潤。

她也喜歡看在那些袋子與貨箱，以及精製的金屬柱子中間一堆裝在紙箱裡的沙丁魚。蒙托格伊街與蒙馬特街上還有漂亮的雜貨店，通風口有著好聞氣味的餐廳，十分讓人滿意的家禽與野禽陳列架，賣罐頭的商店，其中滿是坑洞的桶子漫出了黃酸菜，如同那些被撕裂的老舊鑲空花邊。但是一到柯基利耶街（Coquillière），他們便在松露的氣味裡渾然忘我。街上有一家很大的食品店，吹送出這樣一股香味直達人行道上。卡婷與馬袞朗閉上雙眼，想像著呑食下那些精緻的食物。克羅德則感到心緒不寧，他說這一切增進了他的食慾，他要經過歐布朗街（rue Oblin）再去看看小麥館，沿路研究那些在門廊前賣沙拉的商販，還有那些鋪展在人行道上的普通陶器，讓「這兩個小野人」在這種松露的芬芳中結束他們的閒晃，這是這個區裡最鮮明的香氣。

這就是他們的巡行。當卡婷獨自一人帶著她的紫羅蘭漫步時，她會不停地走，尤其會造訪某些她喜愛的店鋪。她尤其偏愛塔布侯麵包店，整片櫥窗擺放的都是糕點，她順著圖比　街

（Turbigo），回頭兩次都是為了經過那些杏仁蛋糕、聖多諾和蛋糕[49]、薩瓦蘭蛋糕[50]、法式蛋塔、水果塔，還有一盤盤萊姆酒水果蛋糕、閃電泡芙與奶油泡芙。一罐罐的乾點心、馬卡龍與瑪德蓮讓她更是充滿柔情。這家麵包店非常明亮，有著大片的鏡子、大理石牆、鍍金裝飾以及精緻的鐵麵包架。另一片櫥窗裡可以看到斜放的長麵包與各式不同的麵包，架子尖角在一片小水晶台上，上方則用黃銅桿支撐著。

整間店裡有種烤了麵包的熱度，這讓她十分喜悅；當她禁不起誘惑時，就走進店裡用兩蘇買一個布里歐麵包。另一家在伊諾松廣場對面的店舖則引起她對美食的貪婪，完全無法熄滅的熱望。這是專賣肉丸的店舖，她出神地看著普通肉丸、梭子魚肉丸與鵝肝松露肉丸，然後就停在那裡，自言自語地說，終究有一天她要吃一次。卡婷也有她愛打扮的時候，她會買「法國製造」這家店的服裝，店面在聖厄斯塔什廣場上掛著一張巨大的布幔，從一樓與二樓間垂掛飄蕩到人行道上。在巴黎大堂這些女人當中，她身上掛著有些妨礙的筐籃，穿著骯髒的圍裙站在這些她

49 聖多諾和蛋糕（saint-honoré）是種經典的法式甜點，底座是一圈酥皮泡芙，外環淋一圈泡芙內餡。上面放一圈有著焦糖的小泡芙。

50 薩瓦蘭蛋糕（savarin）是一種皇冠狀沒有葡萄乾的萊姆酒蛋糕。其名字是為了紀念法國著名的美食家與作家彼耶・薩瓦蘭（Brillat-Savarin）。通常食用時會先浸泡在萊姆酒糖漿或其他酒精裡，再淋上奶油。

期待未來周日會穿的服裝前，用手碰觸那些毛織品、法蘭絨、棉布以確定那些布紋與柔軟度。她打算為自己買幾件鮮亮的法蘭絨裙子、有花樣的棉裙或是猩紅色的府綢裙。偶爾她甚至進到那些店裡，在店員手中那些打摺的便宜零碼布料裡，選一種細柔的天藍色或蘋果綠的絲料，夢想著穿衣時要搭配粉紅絲帶。晚上，她會去看著蒙馬特街上那些讓人頭暈目眩的大型珠寶商店。這條街上源源不絕的車行震耳欲聾，川流不息的人群摩肩擦踵，她卻不離開，站在那些店面外頭掛著的路燈下，眼裡滿是這種璀璨輝煌。首先是那種霧面白：光亮強烈的銀飾、排列整齊的手錶、吊掛著的項鍊、擺成十字的餐具、金屬杯、鼻煙盒、餐巾環還有梳子都放在陳列架上。不過她特別喜愛銀製的骰子，整齊地放在一個瓷首飾盒裡，上面蓋著一個圓蓋子。然後在另一邊，黃金黃褐色的光芒佈滿所有的鏡子。一大片的長鏈從高處垂下來，閃爍著紅色。錶身反摺的女性小型錶，有著流星般波光粼粼的曲線；婚戒都穿掛在細長棍子上。手鍊、胸針與昂貴的珠寶在珠寶盒的黑色天鵝絨布上閃耀。戒指在方形的大戒指盒裡綻放出短小的藍光、綠光、黃光與紫光。在陳列架的水晶隔板上，兩三層都排列著耳環、十字架、金牌，還有滿是綴飾的珠寶盒。這所有黃金的反射如同一道陽光照亮了這條街，直到馬路中間。卡婷覺得進入了某種神聖的事物中，進入了帝國的寶庫裡。她緩慢地檢視著這家非常大的珠寶店，仔細地看著每個珠寶旁寫著斗大數字的標籤。她決定耳環要戴那一付有著假珊瑚，後面是粉金的梨形耳環。

一天早上，克羅德在她出神地站在聖多諾和（rue Saint-Honoré）街上一家美容院前時嚇了她一跳。她一臉十分羨慕地看著那些頭髮。高處是串濃密的長髮，鬆軟的髮尾，鬆開的髮辮，如雨絲般的捲髮，三層的假髮髻，一大撮的馬鬃毛與絲，上面有著發亮的紅色髮撮，厚重的黑髮，淺色的金髮以及那些六十幾歲的人喜愛的白髮。下方則是較不引人注目的物件，大捲的長髮，上了髮油並梳理整齊的髮髻都躺在瓦楞紙盒裡。而在這整個框架當中，最裡面有一座像是小禮拜堂的地方，在那些掛著披散開的頭髮下，有個轉動的女人胸像。那個女人圍著一條櫻桃紅的緞質圍巾，一個銅胸針固定在胸口下陷處。

她頂著一頭很高的新娘梳髮，幾撮橘色髮絲強化了造型，洋娃娃般的嘴笑著，眼睛明亮，眉毛顯得有些僵硬且過長，白皙的臉頰與肩膀彷彿讓煤氣燈燒烤過地發紅。卡婷等著她帶著她的笑容轉回身，那個女人緩緩地從左邊轉到右邊，隨著輪廓越來越清晰，她也變得很高興。克羅德有些氣憤，他搖晃著卡婷並問她在那堆垃圾前面做甚麼，他說「這個女孩子毫無生命力，像從停屍間撿回來的」。他對著這種身體裸露、這種醜陋的美發火，並說人們不該再把女人梳妝成這個樣子。這個小女孩絲毫沒被說服，她認為那個女人美極了。然後在抗拒畫家抓住她手臂拉她時，由於不滿而抓著自己蓬亂黑髮，她指給他看一大束紅棕色的馬尾，應是從幾匹魁武的母馬身上拔下來的，並表明她想要那些頭髮。

在他們大圈的巡行當中，三個人——克羅德、卡婷與馬裘朗會繞著巴黎大堂遊蕩；他們在每個街角都能瞥見一個巨大的鑄鐵屋角，就像屋子突然溢出的部分，意料之外的建築，相同的地平線在不同的角度上不斷地出現。克羅德在經過教堂後，會特地回到蒙馬特街上。從遠方那種透視角度來看巴黎大堂讓他充滿激情：一個大拱廊、一道敞開的高門、然後就是一進一進有著兩層屋頂的商館，它們無止盡的百葉窗與巨大的遮簾。人們會以為那是架疊在一起的房子與宮殿的輪廓，一個有著印度尖塔般輕盈的金屬大城，穿插著懸浮的露臺、空中走廊以及投在高空上的浮橋。他們總是會回到這裡，他們在這個城中城的四周遊蕩，無法離開太遠。他們在午後進到微溫的巴黎大堂裡，高處的百葉窗都關上，遮簾也放了下來。

在那些有遮棚的街上，空氣一片昏沉，那些落在長彩繪玻璃窗上的太陽斑點形成的黃色長條切割了這一片深灰。柔和的低語從市場中傳出來，為數不多的商客，其腳步聲在人行道上迴響。搬運工掛著他們的號碼牌，在各商館角落的石頭邊上坐成一排，脫去他們的大鞋，照料著自己疼痛的腳。這是一種休息中巨大的沉靜，偶爾在家禽館的地窖深處揚起公雞啼叫。他們經常去看人們在卡車上裝滿空的籃子，這些卡車每天下午都會來運載這些籃子以送回給那些出貨商。這些籃子上都有著黑色的字母與數字，在貝傑街上（rue Berger）的雜貨店前堆成一座座的山，人們將它們一堆一堆對稱地排放著。然而當那些籃子在卡車上觸及第一層層頂時，就需要有個人留在車下平衡那一堆籃子，帶著一些力氣將其他的籃子丟給另一個留在卡車高處的同事。喜愛那些工人的力量與靈巧，克羅德會留在那裡幾個小時看著這些大量的柳條籃的飛舞，並在有人太過用力而將籃子丟過頭，掉到地上時笑起來。他也喜愛朗布托街及新橋街的人行道，在水果商館的角落上，這是零售小攤的販售場所。放在外面的蔬菜讓他感到愉快，它們都陳列在蓋了黑色濕布的桌子上。四點時，太陽點亮了這整個角落的綠意。他順著那些小巷子走，對那些頭上有著不同色彩的商販感到興趣。將頭髮綁在髮網中的年輕女子，已經被她們惡劣的生活給糟蹋；那些衰老乾癟的老女人，在她們包頭的黃色府綢圍巾下露出泛紅的臉。卡婷與馬裘朗拒絕跟著他走，意識到在遠處的香特美斯太太因為看到他們在一起淘氣而光火，對他們舉起了拳頭。

他跟他們在另一個人行道上又湊在一起。在穿過這條街的時候，他發現了一幅畫絕佳的主題：零售商販在他們褪色的大陽傘下，有紅的、藍的與紫的，都被綁在柱子上，在整個市場裡起伏，在夕陽的火紅中顯現出它們強而有力的協調性，而那道火光消逝在胡蘿蔔與蕪菁上。一個老的女商販，一個上了年紀骯髒不堪的老女人，在一把破爛的粉紅絲質陽傘下放了三個毫無分量的沙拉。

然而有一天當柯鈫—嘉德勒家的那個豬肉食品學徒雷翁，在這附近遞送一份圓餡餅時，卡婷與馬袞朗結識了他。他們看到他在蒙德杜爾街的一個陰暗的角落，拿起了手中鍋子的鍋蓋，小心翼翼地用手指拿出一個戈地福餡餅[51]吃了起來。他們因此笑了起來，這讓他們有了個十分孩子氣的念頭。卡婷構思了這個計畫，終於能夠讓她最熱烈的想望之一得到滿足。當她再次遇到這個小男孩拿著他有柄的平底鍋時，她表現得十分友善，並讓自己得到了一個戈地福餡餅，她笑了起來並吮著自己的指頭。然而她有些失望，她認為餡餅吃起來味道應該更好。不過這個小男孩對她來說很有趣，全身雪白像個要去領聖體的小女孩，有張狡猾且貪吃的臉。她邀請他吃一頓盛大的午餐，她把食物都放在拍賣奶油的籃子裡。他們三個人：她、馬袞朗與雷翁關在那些柳條籃築起的牆後面，與世隔絕。餐桌就是一個大的扁籃子，午餐有梨子、核桃、奶油乾酪、蝦子、薯條以及蕪菁。奶油乾酪是柯松奈利街（rue de la Cossonnerie）上一名水果商人送的禮物。大圖安德街的一位賣油炸食品的商人讓她賒了兩蘇的薯條。其餘的梨子、核桃、蝦子與蕪菁都是從巴黎大堂中各處偷來的。這真是一頓精緻的盛宴。雷翁不想顯得不夠友善，於是一天清晨一點，他在自己屋裡回請了一頓宵夜。

他上的菜是冷的血腸、切成圓片的灌腸、一塊小鹹肉、醃黃瓜，加上鵝油，全都由柯欽一

51 原文是godiveau，是一種內有香腸、牛肉糜與蘑菇等餡料製成的餡餅。

嘉德勒豬肉食品店提供。而這下子就沒完沒了了，精美的消夜接著就是精緻的午餐，這個邀請接著另一個邀請。每星期三次，這些親密的聚會就在批發菜籃築起的空洞以及這間閣樓小屋裡進行。失眠的夜裡，佛羅鴻便聽到低聲的咀嚼聲，被壓抑住銀鈴般孩子的笑聲直到天明。

卡婷與馬裘朗之間的愛情更加深厚，他們十分幸福。他向她獻殷勤，帶她到那些地窖黑暗角落的某個特定小房間，只為了能吃到蘋果以及芹菜心。一天，他偷了一條燻鹹鯡魚，兩個人在海鮮館的屋頂上，坐在排水管邊上津津有味地吃著。巴黎大堂裡各個陰暗洞穴都隱藏著他們愛好的美食。這個區裡，這些列隊開門的店鋪，滿是水果、蛋糕與罐頭食品；這已經不是一個封閉的天堂，在這個天堂前面，他們帶著隱隱約約的渴望，以及貪食的飢餓遊蕩著。經過一長串的攤子前，他們伸長了手，偷拿一個李子乾，偷抓一把櫻桃或是一小段鱈魚。他們同時也在巴黎大堂裡儲備食物，留神市場裡各個走道，撿拾所有掉下來的食物；甚至經常協助讓那些食物掉落，肩膀撞一下，整籃商品便掉了下來。儘管有這樣的偷竊行止，在大圖安德街上那家賣油炸食物商人那裡的賒帳數字也可怕地往上增加。這個賣油炸食物的商人，他的店鋪靠著一間搖晃不定的屋子，用大片的苔癬綠厚木板支撐著。大的陶沙拉碗裡，煮熟的淡菜浸泡在清水中；小盤僵硬的黃蓋碟下則是過份厚重的麵團；大塊牛肚在長柄平底鍋裡悶燒著；還有呈現黑色加上炭燒味的燒烤鯡魚，十分的堅硬，像燃燒的木頭般發出滋滋聲。

某幾個星期，卡婷賒帳高達二十蘇，這份債務壓垮了她。她得賣掉數不清的紫羅蘭花束，因為她完全不依靠馬袞朗。此外，她必然要禮貌地回應雷翁，甚至因為從沒有準備過任何的肉食而感到羞愧。因為後者最後甚至拿來整塊火腿。習慣上他把所有的食物都藏在襯衫裡。晚上當他從肉品店上樓時，就從胸口拉出幾段臘腸，幾片豬肝糜，以及大塊的豬肉皮。少了麵包，而且他們也不喝酒。馬袞朗注意到一天夜裡，雷翁在兩口食物之間，親吻了卡婷。這讓他笑了起來，他可能會一拳就讓那個小男孩不省人事，然而他並沒有因為卡婷而有絲毫嫉妒，他視她為長久以來擁有的好友。

克羅德並不參與這些盛宴。當賣花小女孩在一個鋪滿稻草的小籃子中偷一個甜菜時，他意外地逮到了她，並拎著她的耳朵說她是個小無賴，他還說，這樣一來，她甚麼壞事都做盡了。縱然如此，他對這些耽於感官享受的動物有種欽佩，愛偷東西又貪食，在這樣的苦日子裡只顧享樂，撿拾一個巨大食堂剩菜中所掉落的些微食物。

馬袞朗進到嘉華的店裡工作，很高興甚麼都不用做，只要聽他老闆沒完沒了的故事。卡婷賣她的花束，早習於香特美斯太太的責罵。他們毫不羞恥地繼續他們的童年，帶著那些完全天真的罪行，滿足自己的食慾。他們代表著巴黎大堂這個油膩區中的清新，即使天氣好的時候，這個區裡仍然到處都是既黑又黏的爛泥。這個女孩子十六歲，男孩子也十八歲了，依然保有孩子那種隨機應變的忝不知恥。然而，卡婷開始做起讓人擔憂的白日夢，當她在人行道上走時，將紫羅蘭的梗子像紡錐一樣地不停旋轉。而馬袞朗也是，他有種說不上來的不安。偶爾，他會離開這個小女孩，避開一趟遊蕩，或是少吃一頓美食，只為了透過那家豬肉食品店的玻璃看看柯鈫太太。她是這樣美麗，這樣胖，這樣圓潤，看一眼便讓他感到舒暢。在她面前，他感受到一種飽滿，彷彿他已經吃了或是喝了甚麼好東西。當他離開時，他帶走了一種期待再次看到她的飢渴。這種情形持續了好幾個月。起先，他對她有著對那些食品雜貨店以及醃菜商販的攤位同樣尊敬的眼神。接著，當那些大肆偷竊的日子到來時，他夢想著看到她時將手伸出去放到她粗壯的腰上，或是她寬大的手臂上，因此他能夠將她浸入那些裝橄欖的大桶或是那些壓扁的蘋果箱中。

有一段時間以來，馬袞朗每天早上都會看到美麗的麗莎。她經過嘉華的店面，停下腳步，跟家禽商聊幾句。她說她都親自買菜，這樣別人就不會揩她太多的油。事實上，她力圖要讓嘉華跟她說實話。在豬肉食品店裡，他會小心翼翼；在他自己的店裡，他侃侃而談，無話不說。她認為這樣就能夠知道在勒比格先生的酒吧中發生的事，因為她不太信任薩潔小姐這個秘密警察。她因此知道他們談論到一些讓人混亂且可怕的事物，這讓她非常驚嚇。她從嘉華那裡得到說明兩天後，她一臉蒼白的從市場回到店裡，她做了個手勢要她先生跟著進到飯廳裡。將所有的門都關上後，她說：「你哥哥要把我們送上斷頭台嗎？你知道的，為什麼沒有跟我說？」柯鈫發誓他甚麼都不知道，他嚴正地發誓，確認他沒有再回去勒比格先生的酒吧，而且他不會再回去。她聳聳肩，又再說：「最好是這樣，除非你想要在那裡被殺。我感覺到佛羅鴻又要犯錯了。從我剛才聽到的，我可以猜測他會怎麼做。你聽到了嗎，他又會去坐牢的！」然後在一陣靜默後，她以一種較平穩的聲音繼續說：「啊，真是不幸。他在這裡生活地很舒適，能夠再次成為一個正派的人，身邊都是些好榜樣。可是這是種天性，他一定要用他的那些政治讓自己斷頭。我要這些到此為止，你聽到了嗎，柯鈫？我已經警告過你了。」她直接地強調最後說的這些話。柯鈫低下頭，等她說完。她說：「首先，他不能再在這裡吃飯。他在這裡住已經夠了。他賺了錢，可以養活自己。」

他做了個抗議的表情，然而她不讓他開口，有力地又補充說道：「所以，選他還是選我們。我發誓，他要是再多留在我們家，我就帶著我的女兒離開。你要我明說嗎，終究這是個甚麼事都做得出來的男人，他就是來擾亂我們家的。不過我跟你保證，我要好好整頓一番。你聽清楚了：有他就沒有我。」

她留下她啞口無言的先生，回到肉品店裡，帶著那個美麗肉品店老闆娘和藹可親的笑容，為客人稱了半斤的豬肝糜。有一次，在她技巧地引導下，嘉華在與她的政治討論中提及：她等著看，他們會讓一切都毀掉；只要兩個像她大伯以及他自己這樣有決心的人，就能一把火燒了這間店。這就是她提到佛羅鴻會犯的錯，這是家禽商不斷影射的那些謀反，他一臉低調，但那些冷笑卻讓她猜測了許久。

她已經看到一群警察侵占了肉品店，禁制她、柯鈫跟寶琳說話，並將他們三個人都丟入地牢裡。

晚餐時，她顯得冷若冰霜，且不替佛羅鴻添菜，還說了好幾次：「這真是奇怪了，好一陣子以來，我們都只能吃麵包。」

佛羅鴻終於理解了。他覺得像是父母將他丟出門外。麗莎，在過去兩個月裡，讓他穿的是柯鈫的舊長褲與舊禮服，由於他是如此乾癟而他弟弟十分圓胖，這些襤褸衣衫在他身上看起來真是再奇怪也不過。她也給他舊的內衣、已經縫補過二十幾次的手帕、破了洞的毛巾、能夠當作抹布的床單；還有那些被他弟弟的肚子撐大的老舊襯衫，看上去如此地短，幾乎可以變成短外套了。此外，在他身邊，他再也無法感受到當初那種柔適的親切。整間屋子裡的人都瞧不起他，大家看到麗莎的作為，奧古斯特與奧古斯婷也不再理他，至於小寶琳則有著小孩那種可怕殘酷的言語，她指出他衣服上的髒污以及手帕上的洞。最後的那幾天，他在餐桌上尤其受苦。當他切麵包時，看到寶琳跟她母親看著他，他不敢再吃東西。柯鈫一直看著盤子，避免抬起頭來，只為了不要捲入桌上所發生的一切。最讓佛羅鴻痛苦的是不知道該如何離開這個地方。他近一個星期都在腦子裡演練，卻不敢說出那個句子，表明自此以後他都會在外面用餐。

這個溫柔的靈魂活在這樣的幻想中，擔心自己不再在他弟弟與弟媳家用餐會傷害了他們。他花了兩個月才意識到麗莎沉重的敵意；偶爾他甚至擔心是自己的錯覺，在他看來她是個太好的人。他自身的無私就是甚至會忘記自己的需求，這已不再是一種美德，而是一種極端的漠不關心，一種性格上絕對的缺失。即使他被一點一滴地驅逐，他卻從沒有想過老嘉戴勒舅舅的那筆遺產，他的弟妹要還給他的錢。況且他已經事先做過預算：他的工資在給了維爾拉克太太錢後還有剩，美麗的諾曼第女人幫他找到的一門課有三十法郎；他計算過午餐需要支出十八蘇，晚餐則要二十六蘇，因此這些錢綽綽有餘。終於有一天早晨，他冒險藉口他新教的課無法讓他在用餐時回到肉品店來，這種費力的謊言讓他臉紅，且他致歉：「不要怪我，這個孩子有空的時間就是這樣。沒有關係的，我在外頭吃點東西，晚上會回來跟你們道晚安。」

美麗的麗莎一直保持很冷淡的表情，這讓他感到更不安。為了不讓自己成為該愧疚的那一方，她不想將他攆走，寧願等到他自己離開。他走了，對她來說，這真是輕鬆許多，她避免所有會讓他留下的友愛表現。但柯鈫有些激動地喊道：「不要不好意思，如果這樣你比較方便的話，就在外面吃。該死的，你知道我們不會趕你的。星期天，有空要回來跟我們一起喝湯。」

佛羅鴻感到很難過，迫不及待地要出門。當他離開後，美麗的麗莎不敢責怪她先生的懦弱，竟然邀請他星期天來用餐。她依然勝利了，在飯廳裡光亮的橡木中自在地呼吸著，甚至想要燒一些糖，去除那些她感受到那種不正當的瘦子的氣味。

然而一個星期後，她有了更強烈的擔憂。她顯少看到佛羅鴻，因此晚上想像起可怕的事情，他在樓上，在奧古斯婷的房間裡，製造一種可怕的機器；或是他從露台上傳遞訊息好讓整個區都設滿了路障。嘉華表現出更陰沉的行徑，他只用搖頭來回應，將他的店面整天都讓馬袞朗看管。美麗的麗莎下定決心要把事情弄明白。她知道佛羅鴻有假期，他將跟克羅德・朗提到南特的馮索太太家度過。由於他會一大早就出門，直到晚間才回來，她想著邀請嘉華來晚餐，他就會把一切都擺明地說出來。然而，一整個早上她都沒有碰到那個家禽商。當天下午，她又回到巴黎大堂裡。

馬袞朗獨自一人在店裡，他在那裡已睡了好幾小時，從他長時間的遊盪中恢復精神。習慣上，他在店最裡面坐著，將頭靠著小櫥櫃，把腳伸展到另一張椅子上。冬天，那些陳列的野禽讓他很高興：小鹿頭朝下掛著，已受損的前腳被綁在脖子下方；一串雲雀像是花環掛滿了整間店，如同野生動物裝飾品。紅色的大兔子、斑翅山鶉，那些有著銅灰的水中動物；在混合著燕麥秸稈和煤炭的箱子裡送達的俄國松雞，還有漂亮的雉，牠們猩紅色的頭頂、綠色綢緞般的喉頭、黑金般的身軀，火焰般的尾巴在後頭像是宮廷中的朝服。這所有的羽毛讓他想到卡婷，那些在大堂底下，在籃子中柔軟的羽毛間度過的夜晚。

這一天，美麗的麗莎在那些家禽中間找到馬裘朗。

下午的空氣溫熱，微風吹過商館中狹窄的小路。她應該彎下身才看到他，在陳列的生肉下，躺臥在店鋪的最裡面。在高處，那些有掛勾的長桿上吊掛著肥胖的鵝，鉤子穿進了脖子上流著血的傷口中，脖子既長又僵直，加上一個在纖細的羽毛下粉紅色的巨大腹部，在白如被單的尾巴與翅膀中間，鼓起如同一具裸體。長桿上也掛著那些灰色背脊的兔子，摻雜著翹起的尾巴上一搓白毛，耳朵下垂，兔腳分開著像要做幾個大跳躍；而臉上露出利齒、驚恐的眼睛，有著一種死了的動物的笑容。在陳列台上，拔了毛的雞被烤叉給撐開，露出牠們多肉的胸膛；柳條托盤上擠著一些鴿子，有著像無辜的動物般無毛且柔嫩的皮膚；那些皮膚比較粗糙的鴨子，攤著鴨蹼；三隻漂亮的火雞，佈滿了藍色的斑點，像是剛刮過鬍子的下巴，喉嚨已被縫合起來，躺在台子上，身下是牠們如黑色扇子般的大尾巴。在旁邊的盤子裡則擺著些內臟：肝、腰子、脖子、腳掌與翅膀。同時在另一個橢圓形盤子裡躺著一隻剝了皮且清理過的兔子，四肢大開，血淋淋的頭，肚子上的皮膚裂開一條縫，露出兩個腎；背脊上有一條血流到了像瓷器般潔白的尾巴上，形成了一滴一滴的紅點。馬裘朗甚至沒有擦拭砧板，旁邊還放著一些兔腳。他眼睛半閉，身邊是店裡擺滿了其他死掉家禽的三個陳列架，那些家禽放在紙製的圓錐筒裡像是一束束的花，加上那些彎曲的腿以及鼓起的胸口上綁著的繩子，真是些讓人困惑的景象。在這一切的食物後面，就是他高大白皙的身軀、臉頰與手，有力的脖子與紅棕色的頭髮，還有美麗火雞般細嫩的皮膚與肥鵝一般的圓肚。當他瞥見美麗的麗莎時，倏地站起身來，因為這樣慵懶地躺著，被意外發現而臉紅。在她面前，他一向很害羞且手足無措。當她問他嘉華先生在不在的時候，他結巴地回答：「不在，我不知道；他剛才還在這裡，可是他又走了。」

她笑著看著他，對他有種特別的友善。由於她一隻手懸著，感到一陣溫暖的觸摸，她輕叫了一聲。在陳列台下方的一個箱子裡，那些活蹦亂跳的兔子拉長了脖子聞著她的裙子。

「喔，是這些兔子搔我的癢。」她笑著說。

她彎下身愛撫一隻躲在箱子角落的白色兔子，然後又直起身子問：「嘉華先生會很快回來嗎？」

馬裘朗又再回答說他不知道，雙手有些顫抖，接著他重新用一種猶豫不決的聲音說：「他可能在儲藏室那裡，我想他跟我說他會下去。」

「那麼我就等他。」麗莎又說，「可以讓他知道我在這裡等他嗎？除非我也下去。啊，這也是個辦法。五年前我就說要去看看那些儲藏室的。你會帶我下去，對吧，你再跟我解釋。」

他變得滿臉通紅，迅速地走出店鋪，走在她的前面，忘了那些陳列台，不停地說：「當然。您想要的都行，麗莎女士。」

然而在底下，地窖的漆黑讓美麗的肉品店老闆娘喘不過氣來。她停在最後一階階梯上，抬起頭看看穹頂，由扁平的小拱連接成白色與紅色的長條，嵌在鑄鐵的線條中由圓柱支撐著。讓她停下腳步的除了陰暗外，還有那股侵入性的熱氣，活著的動物的氣息，那些強鹼的氣味刺鼻刮喉。

「這真是很難聞。」她低聲說道，「在這裡生活真是不健康。」

「我很健康啊。」馬裘朗吃驚地回答。「當我們習慣之後，味道就沒有那麼難聞。況且在這裡冬天很溫暖，很舒服的。」

她跟著他，說著這種強烈的家禽味讓她反感，確定自己兩個月都不會再吃雞肉了。然而，沿著規則的小路是那些方方正正的儲藏室，那些商販照料他們生禽的狹窄房間。沒有幾盞煤氣燈，小路在沉睡中，一片靜謐，如同整個鄉間人們都入睡時的村莊一角。馬裘朗讓麗莎觸摸那些架在鑄鐵架上細目的鐵絲網。在沿著一條路往前走時，她讀著那些在藍色板子上寫著的租用人名字。

「嘉華先生在最後面。」年輕人邊說邊繼續往前走。

他們向左轉後進入一條死巷子，那是一個黑洞，完全沒有一絲光線，而嘉華不在那裡。

「沒關係。」馬裘朗又說，「我還是讓您看看我們的家禽，我有一把儲藏室的鑰匙。」

美麗的麗莎在他身後進入了這個沉重的黑夜中，而她突然間覺得他站在她的裙子中間，她認為自己太靠近他了，於是往後退並笑著說：「你覺得我會在這片黑暗裡看到你的那些家禽嗎？」

他沒有立刻回答，接著他結巴地說在儲藏室裡一向都有一隻蠟燭。然而他甚麼都無法做，也找不到鑰匙孔。由於她幫著他，感覺到脖子上有股熱氣。當他終於打開了門，並點亮蠟燭後，她看到他全身發抖便大聲地說：「大傻瓜，有人因為無法打開一扇門而變成這個樣子嗎，你雖然塊頭大，卻真像個女孩子。」

她進到儲藏室裡，嘉華租了兩間，他把中間的隔板拿掉，做成單一間雞舍。那些肥大的動物：鵝、火雞跟鴨子，在地上的一堆糞便中走來走去；上方的三層架上，扁平鏤空的箱子裡裝著母雞與兔子。儲藏室裡的欄杆上都是灰塵，掛著蜘蛛網，簡直就像裝了灰色的掛簾。兔子的尿侵蝕著下方的護板，家禽的糞便濺得木板上都是白點。然而麗莎不想表現出她更多的憎惡，以免讓馬裘朗感到不快。她將手指頭伸進這些箱子的欄杆當中，為這些擠在一起甚至無法站起身來的可憐母雞感到難過。她撫摸著一隻蹲在一角的鴨子，腳掌斷了，而這個年輕人則說擔心牠在夜裡會死掉，當天晚上牠就會被宰了。

「可是，牠們要怎麼進食？」麗莎問。

於是他跟她說明，家禽在沒有光線的情況下無法進食。這些商販不得不點亮一隻蠟燭，並在那裡等著，直到所有的動物都完成進食。

「這讓我覺得很有趣，」他繼續說，「我要是亮起燈好幾個小時，就會看到牠們怎麼相互對啄。然後，當我把蠟燭藏在手掌後面時，牠們都把頸子拉長，彷彿太陽已下山似的，但我們離開時不能留下點亮的蠟燭。您認識的一個商販，巴列特太太（Palette），前幾天差一點就把所有的東西都燒掉了。一隻母雞可能把蠟燭弄掉到稻草堆裡了。」

「真是的，」麗莎說，「這些家禽還真不知害臊，每一頓飯都要有人幫牠們點燈！」

這句話讓他笑了起來。她走出儲藏室，擦拭了雙腳，為了不被那些髒污碰到，稍微將裙子撩高。他吹熄了蠟燭，重新關上門。在這個男孩身邊重新進入一片黑暗裡讓她有些害怕，為了不再感受到他又離她太近，於是她走在前面。當他跟上她時，她說：「我很高興能夠看到這些。大家從不曉得，巴黎大堂下面到底有些甚麼東西呢，我要謝謝你，我要趕快上去了，店裡的人都會想我到底去了哪裡。如果嘉華先生回來，跟他說我急著找他。」

「可是，他顯然在屠宰區那裡，如果您想要的話，我們可以過去看看。」

她沒有回答，臉上那股溫熱的空氣讓她喘不過氣來。她臉色泛紅，一向如此貼身的緊身上衣竟然有些顫抖。聽到身後馬裘朗似乎有些氣喘吁吁地加快腳步，讓她擔心起來，讓她感到不安。她轉過身，讓他走在前面。這個鄉村，那些黑暗的小路都還在睡夢中。麗莎注意到她的同伴沿著路往前走，當他們來到一條狹路前面時，他跟她說想要讓她看鐵軌。他們停在那裡一下子，透過那些寬大的圍欄木板看見另一邊。他提議帶她參觀鐵軌，她拒絕，並說這是沒有必要的，她很清楚那是甚麼。當他們往回走時，發現巴列特太太在她的儲藏室前，拿掉一個方形大籃子外的繩索，他們聽到籃子裡一陣激動的翅膀拍打與踩踏聲。當她解開了最後一個結，突然間，出現了鵝的長脖子，彈了一下讓籃子蓋打開來。那些鵝都驚嚇地跑開，頭在前面，帶著鳴叫聲與喙所發出的喀喀聲，讓昏暗的地窖裡充滿了可怕的音樂。儘管那位女家禽商的狀況狼狽，絕望且滿口粗話，麗莎卻情不自禁地笑了起來。巴列特太太成功地抓到了兩隻鵝，拎著牠們的脖子回來。馬裘朗開始追趕第三隻鵝，聽到他在小路上跑，不知東南西北，對這樣的追趕感到極具趣味。接著在最裡面出現了一陣戰鬥的聲響，然後他抱著那隻鵝走回來。巴列特太太是個皮膚泛黃的老女人，把鵝抱在懷裡，將之放在自己的腹部上一陣子，如同古希臘神話中麗達（Léda）[52]的那個姿勢。

「啊，真好。」她說道，「幸好你在這裡。前幾天，我就跟一隻鵝戰鬥，拿著我的刀，切開了牠的脖子。」

馬裘朗整個人還是上氣不接下氣。當他們來到屠宰區時，在煤氣燈的光亮下，麗莎看到他一身是汗，眼裡有著她從沒看過的光亮。平時他在她面前都像個女孩子那樣低著眼。她覺得他現在這樣子是個很美的男人，寬闊的肩膀，在捲曲金髮中的粉紅色大臉。她如此慈愛地看著他，一臉讚賞，這在面對太年輕的男孩子時並無大礙，而他又重新變得羞赧。

「你看嘉華先生也不在這裡，」她說，「你讓我浪費了時間。」

於是他很快地跟她解釋，這個屠宰區有五塊巨大的白石板，沿著朗布托街這一邊擺放著，上面有著從通風口以及煤氣燈投下的黃色光亮。一個女人在一端讓一些母雞放血，而這也讓他注意到這個女人在那些家禽還是活著時就拔毛，因為這樣比較容易。那些石板上擺放著許多堆的羽毛，他接著想要讓她抓一把，並告訴她，人們會挑選並販賣這些羽毛，依著牠們的柔軟度，

52 根據希臘神話，宙斯以天鵝的外型找上美麗的凡人莉妲，並讓她生下兩顆蛋。該故事自文藝復興時代起成為許多畫家的繪畫主題，而詩人葉慈也針對此一典故寫下了詩作《莉妲與天鵝》。

最高可以賣到一斤九蘇，她應該也把手伸進滿是絨毛的大籃子裡去試試。然後他打開了每個柱石前所有水泉上的水龍頭。他不停地說著細節：血會沿著石板流，在板子上形成血灘；那些養護人員每兩個小時就會用大水沖洗，用粗刷子去除那些紅色汙漬。當麗莎彎身到排水的汙水道口上端，這又是另一段故事。他說，有暴風雨的日子裡，水就是從這個出水口淹進地窖的；有一次，這個出水口竟然也被抬離地面三十公分，大家必須讓家禽到地窖傾斜的另一端去避難。他對當時四處亂竄的動物所造成的嘈雜仍感到好笑。然而，他說完了，再也找不出甚麼可以說時，卻想起了風扇。他把她帶到最後面，讓她抬起頭，她注意到在一個角落上的小塔內有一種大型排氣管，儲藏室中讓人噁心的氣味都循此往上升。在這個湧入難聞氣息的角落，馬袞朗閉上了嘴。這是一種鳥糞發出的粗野鹼味。然而他似乎生氣勃勃且受到刺激一般。他的鼻翼震動，用力地吸氣，像是重新找回了放肆的食慾。從他跟美麗的麗莎在地下室裡這一刻鐘以來，這種香氣，這種活生生的動物熱氣就讓他飄飄然。現在，在這個能壓垮人的穹頂下，陰影中，他絲毫不再羞赧，他充滿了能燒起雞舍裡那些糞便的發情熱望。

「走吧，」美麗的麗莎說，「你是個善良的孩子，帶我看了這一切。當你來肉品店時，我會給你一些東西。」

她捏著他的下巴，如同她經常做的動作，卻沒注意到他已經長大了。事實上她有些感動，被這個在地下的漫步所感動，產生一種她想要品嚐的很溫柔的情緒，一種可以被允許且不會造成甚麼不良後果的情緒。這個青少年的下巴，觸摸起來如此細膩；她可能忘了，手停留的時間比平常久了一些。而他在這樣的撫摸下，屈服於一種本能的推動，左右一看確認沒有人在附近，縮起身體並以一股公牛的力量撲向美麗的麗莎。他抓著她的肩膀，將她推進一個滿是羽毛的大籃子裡，她整個人倒下，裙子撩到了膝蓋處。他要抓住她的腰，就像他抓卡婷的腰，全身上下都是一種動物性的粗野；被這次突然的攻擊而一臉蒼白，沒有發出尖叫的她，這時候一跳跳出了大籃子。她舉起手臂，如同在屠宰場看到那些人們所做的那樣，握緊了女人的拳頭，一拳打在馬裘朗的兩眼之間，將他打昏。他身體下墜，頭部撞在屠宰用石板角落上裂開來。在這個時候，一聲嘶啞與持久的公雞叫聲在黑暗中升起。美麗的麗莎整個人很冷靜，咬住嘴唇，喉嚨重拾那種看上去就像個肚子的無聲圓弧。在她頭上，聽到了巴黎大堂裡的隆隆聲響。透過朗布托街的通風口，在地窖這種偌大讓人窒息的靜默裡，掉落了人行道上的雜音。她想到，就是這些粗臂膀救了她。她抖掉黏在裙子上的幾根羽毛，然後擔心會有甚麼意外，看都不看馬裘朗就走了出去。當她在樓梯間裡經過柵欄時，白日的亮光讓她大大地鬆了一口氣。她有些蒼白，但非常鎮定地回到肉品店中。

「你出去了好一陣子。」柯鈫說。

「我到處都找遍了，還是沒有找到嘉華。」她平靜地回答，「我們就自己吃我們的羊腿吧。」

她在找到的空罐子裡倒滿了豬油，替派了她的小女傭來的朋友──塔布侯太太切排骨。她用大切菜刀切肉的每一下都讓她想到在地窖裡的馬袞朗。然而她完全不自責，她做了正經女人都會做的反應。她不會為了這個孩子攪亂她的平靜，在她先生跟女兒中間，她確實非常自在。然而她看了看柯鈫，他後頸的皮膚粗糙，是種紅色的粗皮；而他剃了鬍子的下巴則像木頭那樣凹凸不平；另一個人的後頸與下巴則像是粉紅天鵝絨。不應該再多想了，她不會再碰他了，因為他想著那些不應該想的事。她後悔有了這樣的小樂趣，並告訴自己，這些孩子長得真是太快了。由於她的雙頰重現些微紅光，柯鈫覺得她「非常健康」。他在櫃台裡坐在她身邊一下子，重複說著：「你應該更常出去，這對你有好處。你想要的話，我們可以找個晚上去嘉葉德劇院（Gaieté），塔布侯太太看了那齣很好看的戲。」麗莎笑著說，再說吧。然後，她又再度消失。

柯鈫想她沒有這個必要追著嘉華這個動物身後跑，但他並沒有看到她上樓。佛羅鴻的房間鑰匙一直掛在廚房的一個釘子上，她剛上來到他房間。她希望能從這個房間了解一些事物，因為她不再能依靠那個家禽商了。她緩緩地繞了一圈，檢查那張床、壁爐還有房間的四周。小露臺邊的窗戶敞開，帶著花苞的石榴樹浸淫在夕陽下的金色塵埃裡。看上去她店裡的女學徒似乎沒有離開過這個房間，彷彿前一晚還睡在這裡，她在這裡感受不到男人的氣息，這讓她很詫異，因為她期待會找到一些讓人起疑的箱子，或是上了大鎖的櫃子。她走過去拍拍一直掛在牆上的奧古斯婷的那件裙子，然後她終於坐到桌前，讀著一張一開頭就寫著「革命」的紙，而這個詞在紙上出現了兩次。她驚恐地打開了抽屜，看到裡面放滿紙張。然而面對被這張彆腳的木頭桌子如此差勁地保護著的秘密時，她的正直感甦醒。她沒有碰觸那些紙張，屈身讀著並嘗試了解紙上寫的內容，感到十分地激動。當一道斜陽照在鳥籠上，雲雀發出尖銳的鳴叫，讓她打了一個寒顫。她重新關上抽屜，意識到自己在這裡的作為非常差勁。

她在窗戶旁邊有些忘我，自言自語地說她應該採取胡思坦神父（Roustan）的建議，他是個有智慧的人。這時候她注意到下方在巴黎大堂裡的地上，一群人圍著一個擔架。夜晚降臨，但她清楚地看出在人群中哭泣的是卡婷；而腳上滿是白色灰塵的佛羅鴻與克羅德，兩個人在人行道邊上激動地聊著天。她趕忙下樓，意外他們已經回來了。她才剛走進櫃台後方，薩潔小姐進來並說：「他們剛在地窖裡找到馬裘朗這個可怕的小孩，頭打破了。柯鈫太太，您不要來看看嗎？」

她穿越馬路去看馬裘朗。這個年輕男子躺著，閉著雙眼，臉色非常蒼白，幾撮金髮因為沾到血而僵硬。

在人群中，有人說這沒甚麼，而且這個孩子愛在地窖裡放蕩遊玩，是他自己的錯。有人揣測他嘗試跳過一張屠宰桌，這是他最喜歡的遊戲之一，然後跌下來撞到了石板。薩潔小姐指著哭泣的卡婷，並低聲地說：「一定是這個女乞丐讓他這樣做的，他們總是一起在這些地方鬼混。」

街上新鮮的空氣讓馬袞朗復甦，他睜開大眼，眼中充滿驚嚇。他檢視著所有人，然後眼光碰見了彎身看他的麗莎的臉，他對她溫柔地微笑，有種卑微的表情，一種順從的友好表現，他似乎想不起來發生的事情。麗莎安心地說應該要立刻把他送去醫院，她會帶些橘子跟餅乾去看他，馬袞朗的頭再次躺下。當人們抬起擔架，卡婷跟在後頭，脖子上掛著她的售貨筐，紫羅蘭花束插在一層苔蘚上，她的熱淚不停掉落其上。她絲毫沒想到那些被她傷害的花朵，只有她巨大的傷痛。

當麗莎回到肉品店時，她聽到克羅德跟佛羅鴻握手離開的同時還低聲說：「啊，這個孩子，他真是壞了我一天的興致，我們真的玩得開心極了。」

事實上，克羅德與佛羅鴻一身疲憊且高興地回到巴黎，他們帶著戶外良好空氣的氣味。這天早上，馮索太太在天亮之前已經賣完她的蔬菜。他們三個人到蒙托格伊街的康帕多客棧去領車子，這就像在巴黎市中心先感受鄉間的氣氛。那家兩層樓的細木護壁板皆鍍金的菲利浦餐廳（restaurant Philippe）後面，有一個農場天井，一片黑暗但生氣十足，充滿了新鮮稻草與糞便熱氣的氣味。

一群母雞用喙子啄著柔軟的土地，樓梯、走道這些木結構都長滿青苔；破了洞的屋頂，斜靠著隔鄰的老房子。在最裡面，一個大框棚下，巴塔扎還套著車子在那裡等待，吃著掛在籠頭上一個袋子裡的燕麥。牠以小快步走下蒙托格伊街，由於能如此快速地回到南特，顯得一臉高興，然而牠不是空車回去。這個女蔬菜販與負責清理巴黎大堂的公司簽了合同，她每星期兩次，載走一卡車的葉子，那是由落葉耙在路口的垃圾堆裡挑揀出來的，是極好的肥料。幾分鐘後，車子就放滿了葉子。克羅德與佛羅鴻躺在這片深厚的綠葉床上，馮索太太拿起轀繩，巴塔扎開始以其緩慢的速度前進，為了要載運這樣多的人而稍微低下了頭。

這次聚會已經計畫了很久，女蔬菜販愉快地笑著，她喜歡這兩個男人，並承諾給他們做在這個「無賴的巴黎」裡吃不到的燻肉蛋捲。他們則享受品味著這懶散遊蕩的一天，而太陽才剛剛升起。遠方的南特是個他們將要進入的純粹愉悅。

「你們至少還舒服吧？」走上新橋路時馮索太太問道。

克洛德很肯定地說：「這就像新婚夫妻的床墊一樣柔軟。」兩個人都躺著，十指交錯放在腦後，他們看著蒼白的天空，星光剛熄滅。沿著里沃利街一路上，他們沒有交談，等著房子在視線裡消失，聽著可敬的女人跟巴塔札說話，溫柔地跟牠說：「我的老馬，用你舒服的步調走。我們不趕時間，我們一定會到家的。」

在香榭大道上，畫家注意到路的兩側不再是房子而是樹頂，還有背景中杜勒麗花園的大片綠意，他甦醒了，自言自語地說起話來。在經過胡勒街（rue du Roule）時，他從遠處看過去，穿過巴黎大堂有遮棚的街上巨大的庫房，看著聖厄斯塔什教堂的側門。他不停地想著，想找到這其中的象徵。

「這是個有意思的交會，這塊教堂框在這條盡是鐵的大道下。這個會破壞那個，鐵將取代石頭，而這樣的時刻將不遠了。佛羅鴻，您相信巧合嗎？我想像這種排列不只是以這種方式將聖厄斯塔什教堂的圓花窗放在巴黎大堂當中。您看得到嗎，那些都是證明：這是現代藝術，寫實主義還是自然主義，您喜歡怎麼說都可以，在古老的藝術面前成長。您不是這樣想嗎？」

佛羅鴻保持沉默，他繼續說道：「這座教堂是個雜種建築，此外，中世紀時人們抨擊它，文藝復興時則說不清楚。您注意到現今人們建的是甚麼樣的教堂嗎？這看似我們想要的一切，像圖書館、像觀星台、像鴿舍，也像軍營；然而可以確定的是，人們並不相信上帝住在裡面。上帝的砌石工已經死了，要是聰明的話就別再建造這種醜陋的石頭架構，反正沒有人會住進去。從這一世紀初開始，人們只建了一座獨創的紀念性建築物，一座沒有任何抄襲的建築物，自然而然地在這個時代的大地上聳起，就是巴黎中央的巴黎大堂。佛羅鴻，您聽到了嗎？一件大膽的作品，而這還只是二十世紀畏畏縮縮的啟示。想當然爾，這也是何以聖厄斯塔什教堂會處於劣勢了。聖厄斯塔什教堂帶著它的圓花窗，卻沒有那些虔誠的信徒；而巴黎大堂則在一旁擴展，充滿生命的隆隆作響。這就是我所看到的，我的朋友。」

「是這樣的啊！」馮索太太笑著說，「您知道嗎，克羅德先生，您怎麼知道我這個讓您別說話的女人不是虔誠的信徒呢！連巴塔札都張著耳朵聽您說話呢，是的，巴塔札。」

車子緩緩地往上爬，早晨這個時候，大道上空無一人，兩邊的人行道上有著鑄鐵椅，以及大規模修剪的草坪，隱沒在樹木的藍影之下。在圓環處，一名騎兵與一名女騎士以小快步經過。佛羅鴻，用一包包心菜葉做成枕頭，依然看著天空，亮起了一大道粉紅色光芒。這個時候，他閉上雙眼以便更能感受清晨撫過他臉龐的清新，十分喜悅遠離了巴黎大堂，前往純淨的空氣裡，這讓他無言，也甚至不聽他周遭的人所說的話。

「那些把藝術放進一個玩具箱裡的人還是優秀的。」在一陣沉默後，克羅德又說，「他們說的大話就是：我們不用科學做藝術，工業抹煞了詩意；但那些對著花哭泣的傻瓜，彷彿做了甚麼對不起這些花的事。我為此覺得惱火，不過是正向的；因為我想要回應，用作品來挑戰這些愛哭的人，讓這些善良人產生反感讓我覺得有趣。您想知道我最美的作品是甚麼嗎，自從我開始創作，最讓我滿意的回憶是什麼？這可有一段故事。去年在聖誕節前夕，由於我在我麗莎阿姨家，肉品店裡的見習生奧古斯特，這個笨蛋，您知道的，正在做商品擺設。啊，真是悲慘，他那種毫無表現力的整體組織方式讓我生氣。

我拜託他離開那裡，然後跟他說，我幫他以稍微乾淨俐落的方式表現。您了解嗎，我放入所有有力的色彩，那些有著內餡的紅色舌頭，黃色的肘子，藍色的紙張切邊，已切開的粉紅色食物，綠色的歐石南葉子，尤其是黑色的血腸，真是漂亮的黑色，我從無法在我的調色盤上再找到那樣的色彩。自然而然地，網膜、灌腸、碎豬雜香腸、以及撒了麵包屑的豬腳，這些讓我覺得是種很細緻的灰。於是我做了一件真的藝術作品。我拿起那些大盤子、小盤子、陶鍋與罐子，開始調那些色調，我安排出一個讓人驚訝的靜物畫，爆發出各種色彩，維持著靈巧的色階。紅色的舌頭跟著那些美食的火焰延展著，而黑色的血腸則在香腸清澈的章節中，放入了一種極大無法消化的黑暗。我做了一幅畫，不是嗎？聖誕夜的暴食，這個半夜時分讓人不停地吃，那些經受狼吞虎嚥後的胃被聖歌給清空。在上面，一隻大火雞露出牠白色有些斑駁的胸膛，皮膚下是點點黑色松露。真是又野蠻又漂亮，像是在一個榮光中看間一個肚子，但帶著淡淡的殘酷，激情的嘲諷，人群聚集在櫥窗前，為這個熱情燃燒的陳列架感到憂心。當我的麗莎阿姨從廚房出來時，她也嚇了一跳，想像我用火燒了店裡那些脂肪。那隻火雞對她來說尤其不雅，當奧古斯特重新整頓那些東西並陳列他的蠢想法時，她把我趕出門。這些野蠻人永遠都不會了解將一個紅點放在一個灰點旁邊這種語彙。無所謂，那是我的傑作。我再也沒有做過更好的作品了。」

他閉上嘴笑了起來，落入這份回憶裡。車子到達凱旋門前，在這個尖頂上，風有些大，在無邊的廣場上開展著來自不同方向的大道。

佛羅鴻坐起身來，用力地吸著城牆附近最先出現的草的氣味。他轉過身，不再看著巴黎，想要看到遠方的鄉村。走到達朗相街的高處時，馮索太太指出她之前扶起他的地方，這讓他變得若有所思。而他看著她如此健康且安穩，雙臂稍微伸直地拿著韁繩。她前額綁著手絹，膚色粗糙，加上突如其來的善意，比麗莎更美。當她用舌頭嗒一下，巴塔扎豎起耳朵，緩慢地在道路上行走。

當他們到了南特，車子向左轉，進入一條窄路，沿著一片牆面，到了路底，進入一條死巷子。如同女蔬菜販所說的，這就是世界的盡頭，要先卸下那些枯葉。克洛德與佛羅鴻不想打擾那個忙著種沙拉的小男孩，他們一人拿起一隻耙子，將一堆堆的葉子丟入肥料洞中。這讓他們覺得有趣極了。克羅德很喜愛肥料：蔬菜果皮、巴黎大堂的爛泥，從那個巨大的餐桌上掉下來的垃圾，一直都是活生生的，回到了蔬菜生長的地方，為其他後續成長的包心菜、蕪菁以及紅蘿蔔提供能量。然後生長成漂亮的水果，再陳列到那些人行道上。巴黎讓一切腐敗，讓一切歸於大地，不知疲倦地修補著死亡。

「好了，」在丟了最後一耙葉子時，克羅德說，「我認得出這些是白菜梗。這至少是它第二次在這附近生長了，在那裡，杏樹附近。」這些話讓佛羅鴻笑了起來，然而他變得很嚴肅。克羅德畫一幅馬廄的速寫時，他在菜園裡漫步，馮索太太則準備著午餐。

菜園的佔地是長條型，中間的一條窄路將之分隔成兩邊。地形稍微往上爬升，在最高處，抬起頭，就可以看到蒙瓦雷驤（**Mont-Valérien**）的軍營。茂密的樹籬將菜園與其他的土地分開。這一牆的山楂非常高，以一片綠簾圍住了地平線。圍得如此緊密，附近的人都會說只有蒙瓦雷驤軍營裡的人會好奇地爬高來看看馮索太太的園地裡有甚麼。人們看不見這片鄉間有股特別的平和。在四片樹籬當中，沿著菜園，五月的太陽有股能讓人昏厥的溫熱，靜謐中充滿了昆蟲鳴叫，一股創作愉快的昏昏欲睡。在一些爆裂聲，輕盈的嘆息聲中，人們似乎能聽到蔬菜生長的聲音。一方塊一方塊的菠菜與酸模、一長條一長條的紫蘿蔔、蕪菁、紅蘿蔔，以及一片片的馬鈴薯與包心菜，整齊地呈現在黑色的土壤上，綠葉穿插其中。更遠處一畦一畦的萵苣、洋蔥、大蔥與芹菜連成一氣，整齊單調地排列著，像是遊行的小錫兵；至於碗豆與四季豆則開始在如林的支架上捲起它們細長的莖。到六月時，它們應該變成茂密的豆林。這當中沒有一株雜草。人們會把這片菜園當作兩張有著規律花樣的平行地毯，紅色的底色襯著綠色，而且每天早上都有人仔細地刷洗。邊界上的百里香在小路的兩邊形成灰色流蘇。

佛羅鴻來來回回地在被陽光燃起的百里香氣味裡行走。他深深為這平和與大地的整潔感到愉快。近一年來，他只認識那些前一夜被拔連根拔起，仍舊半生不熟，並在車輛行進顛簸中給碰傷的蔬菜。他感到十分喜悅，能在菜園中看到它們，安定地在土壤中健全生長。包心菜看起來十分生氣勃勃，紅蘿蔔則很快活，一整排萵苣都是那種無所事事的懶散。而他早上離開的巴黎大堂對他來說是個大的屍骨掩埋場，一個只有屍體的死亡之地，一個結合臭氣與腐敗的地方。他放慢了腳步，在馮索太太的菜園中休憩，如同行走在震耳欲聾的噪音與令人厭惡的臭氣中。海鮮館的喧鬧、令人噁心的潮濕都離他遠去，他再次感受到純淨的空氣。克羅德說的有道理，在巴黎大堂裡一切都瀕於滅亡。大地才是生命，永恆的搖籃與世界的健康指標。

「煎蛋捲好了！」馮索太太喊道。

當他們三個人坐在廚房裡，門開著迎向陽光，十分高興地用餐時，馮索太太看著佛羅鴻，每吃一口都重複讚嘆地說：「您看起來不一樣了，年輕了十歲。這個可悲的巴黎讓您一臉發黑。現在您的眼睛似乎被陽光刺傷了。您很清楚那些大城市沒甚麼了不得；您應該來這裡住的。」

克羅德笑了起來，並說巴黎棒極了。他為之辯護，甚至講到小細流這樣的細節，同時對鄉村又有著一種柔情。下午，馮索太太與佛羅鴻單獨在菜園另一邊，這一個角落裡種了幾株果樹。他們坐在地上，有分寸地聊著天。她以一種同時像母親一般又溫柔的友愛給他建議。她問了他許多關於他人生的問題，以及他將來想變成甚麼樣的人，並爽直地跟他說，如果有一天他需要她的協助的話，她願意幫忙。他感到十分感動，從來沒有一個女人這樣跟他說話。他覺得她是一株健壯的植物，就像那些在菜園中的土壤裡成長的蔬菜；他同時想到麗莎、諾曼第女人以及巴黎大堂裡的那些漂亮女孩，她們就像讓人起疑卻已準備好要被放到陳列台上的肉。他在這裡呼吸了幾個小時的絕對愜意，擺脫那些讓他發狂的食物氣味，就像克羅德宣稱看過不只十次在這裡生長的包心菜一樣，在鄉間的活力中重生。

約五點左右，他們跟馮索太太告辭，並希望走路回去。女蔬菜販陪他們到小路的另一頭，並握了一下佛羅鴻的手，溫柔地跟他說：「如果您想念鄉間的話，就到這裡來。」

接下來的一刻鐘裡，佛羅鴻不發一語地走著，已經感到憂傷，自忖將他的健康留在身後了。庫柏瓦公路（route de Courbevoie）佈滿灰塵，顯得一片白。他們倆個人都喜愛長途行走，每走一步，鞋跟踩在堅硬的泥土地上發出聲響。斜陽像一條圍巾環繞著大道，將他們倆人的影子拉長穿越了馬路，如此地誇張，他們的頭甚至映在街的另一邊，在對面的人行道上浮動。

克羅德的雙臂在身邊晃動，規律地大步走著，得意地看著兩個人的影子，高興地沉浸在規律的步伐中，他甚至誇張地擺動著肩膀。接著像走出了一個夢想，他問道：「您知道那個胖子與瘦子間的戰爭嗎？」

佛羅鴻有些意外，然後說沒有。於是克羅德興致勃勃地談起這一系列受到許多讚賞的版畫。

他舉了一些畫面情節的例子：「那些胖子，肥胖地要死，在餐廳裡準備要大吃一頓；而餓得彎下身的瘦子，則帶著細瘦的人的羨慕表情從街上看著。然後胖子坐在桌前，雙頰都塞滿了食物，驅趕一個大膽前來的謙卑瘦子，在這些圓滾滾的人群當中，他像極了一支木棍。」

克羅德在這裡面看到了所有人性的悲劇，最後把人分成瘦子與胖子，這兩個互不相容的團體，其中一個吞食另一個，鼓起了肚子並感到欣喜。

「可以確定的是，該隱是個胖子，亞伯則是個瘦子[53]。自從世上發生了第一件謀殺案後，一向都是巨大的飢餓一點一滴地搾取了那些少食者的血。這是一種不停的盛宴，從最瘦弱的到最強壯的，每個人都吞食其鄰居然後等著被吞食。您明白了嗎，我的朋友，您要挑戰那些胖子。」

他閉上嘴一下子，眼光一直跟隨著他們兩個被夕陽拉得更長的影子。然後他低聲地說：「我們是瘦子，我們這些人，您懂嗎？告訴我，像我們這樣有著平坦肚子的人，在陽光下會佔許多空間嗎？」

佛羅鴻看著兩個人的影子笑了起來，然而克羅德生氣了，他大喊：「您覺得這樣很可笑是

53 該隱與亞伯，根據創世記說法，該隱與亞伯是亞當和夏娃所生下的兩個兒子。該隱是農民，他的弟弟亞伯為一個牧羊人。該隱由於忌妒弟弟向耶和華的獻禮，而將之謀殺。這也是人類第一樁謀殺。

不對的。我為身為瘦子而受苦。如果我是個胖子，就能安心地繪畫，會有一間漂亮的工作室，並且用黃金計價賣我的畫。相反地，我是個瘦子，我的脾氣就是極盡可能地找到那些會讓胖子不悅的詭計。可以確定的是我會因此瘦到皮包骨而死亡，如此平坦，所以人們能夠把我放在兩張書頁中下葬。而您呢，您是個讓人驚訝的瘦子，我發誓，您是瘦子之王。您還記得與那些女魚販的爭執嗎，那真是太棒了，那些鬆弛巨大的喉嚨對抗您細窄的胸膛，而她們出自天性地驅逐瘦子，就像貓抓老鼠一般。」

「原則上，您聽到的就是一個胖子受不了一個瘦子，甚至想要讓他從眼前消失，不管是咬他一口或是踢他一腳。這也是為什麼，如果我是您的話，我會特別注意。柯鈫一家人都是胖子，梅育嵣一家人也是胖子，您身邊都是胖子，這讓我有些擔心。」

「那嘉華、薩潔小姐還有您的朋友馬袞朗呢？」佛羅鴻繼續笑著問道。

喔，如果您想這樣做的話，」克羅德回答道，「我會將我所有認識的人分類。很久以前我就開始在我的工作室中，把這些人頭放在一個紙箱裡，上面寫著他們屬於哪一種人的標示。這是個自然的歷史章節。嘉華是個胖子，不過是個會為瘦子發聲的胖子，該品種相當普遍。薩潔小姐與勒可兒太太都是瘦子，但卻是很讓人擔心的品種，這種絕望的瘦子能夠不擇手段讓自己變成胖子。我的朋友馬袞朗，那個小卡婷以及莎希耶特，三個仍舊純真的胖子，有的只是年輕人的飢渴。要注意的是當胖子還沒有變老的時候，是很有魅力的。勒比格先生就是一個胖子，對嗎？至於您那些談政治的朋友：夏威、克蕾蒙思、洛格以及拉卡耶，都是瘦子。對於亞歷山大這個大野獸以及那個異常的羅賓，我認為他們是例外。對羅賓，我覺得有些困難，他經常讓我不知如何分類。」

從訥伊橋一直到凱旋門，畫家繼續在這個基調上，完成了某些特定的性格描繪：洛格是個肚子在兩肩當中的瘦子，美麗的麗莎整個人就是個肚子，而美麗的諾曼第女人則全都表現在胸部；薩潔小姐確然在她一生中錯過了讓自己變胖的機會，因為她討厭胖子，卻又蔑視那些瘦子；嘉華會損害自己的脂肪，終究會扁得跟一根圖釘一樣。

「那馮索太太呢？」佛羅鴻問。

克羅德被這個問題弄得十分尷尬，他試著找出答案，結巴地說：「馮索太太，馮索太太，我不知道，我從沒有想過要將她分類。馮索太太是個正直的女人，就是這樣。我可以確定，她既不是胖子也不是瘦子。」

兩個人都笑了起來，這時候他們來到凱旋門面前。在敘雷訥光禿禿的山坡上，太陽在地平線上非常低的地方，他們巨大的影子在白色紀念建築物很高的地方上形成黑影，比那一整群的大型雕塑都還高，兩條黑槓，就跟炭筆畫出的兩條線沒有兩樣。克羅德更進一步地藉此取樂，晃動臂膀，彎下身，然後邊往前走邊說：「您看到了嗎？當夕陽西下時，我們兩個頭就碰到天空了。」

然而佛羅鴻不再笑得出來，巴黎重新攫住了他，在開雲讓他留下如此多眼淚之後，巴黎現在卻讓他感到害怕。當他到達巴黎大堂時，夜色降臨，那些氣味讓人窒息。進到那個巨大食物的惡夢當中時，他帶著這一整天清明健康、甜蜜又悲傷，且充滿百里香香氣的回憶低下了頭。

第五章

隔天下午約四點左右，麗莎前往聖厄斯塔什教堂。為了穿過那個廣場，她慎重地裝扮了一番，穿著黑色絲質連身裙，搭配大披肩。美麗的諾曼第女人從魚攤上看著她一直走到教堂門口，為此驚訝地說不出話來。

「真是太好了，感謝老天，」她惡毒地說，「現在那個胖子信上帝了，把臀部浸在聖水裡會讓這個女人平靜些。」

她想錯了，麗莎一點都不虔誠。她不是教徒，平常她盡力在所有事物上都表現地誠實，對她來說這就足夠了。然而她並不喜歡他人在她面前說宗教的不是，她經常讓嘉華閉嘴，後者喜歡講神父與宗教性的故事，以及在聖器室裡的惡作劇。然而這對她來說有失禮儀。每個人都應有自己的信仰，且所有人的禁忌都該被尊重；況且那些神父一般來說都是好人。她認識聖厄斯塔什教堂的胡思坦神父，一位傑出的男人，會提供良好的建議，而且她很確定他意圖良好。

然後她最後都會解釋，對大說數人來說，宗教是絕對必要的。她將宗教視為有助於維持秩序的警察，倘若缺乏宗教，統治管理這個社會就不可能了。當嘉華把這個主題扯得有些太遠並說應該把那些神父趕到街上，並關掉他們的教堂時，她就聳聳肩回答道：「您真是有遠見啊！不到一個月，人們就會在街上相互殘殺，於是其他的人就不得不創造出另一個神。在九三年事情就是這樣發生的[54]，您知道的，對吧？我呢，我不需要這些神父來過我的日子，不過我說他們是必要的，因為就是如此。」

而且當麗莎進到教堂裡時，她表現出沉思的態度。她買了一本漂亮的祈禱書，但她從不翻閱，只在參加葬禮或是婚禮時帶著。她在正確的地方起身與下跪，專心地保持應有的那種莊重態度。對她而言，這是那些誠實的人、那些商人與地產業主在宗教前應保有的一種正式態度。

這一天，在進入聖厄斯塔什教堂時，美麗的肉品店老闆娘讓第二道懸掛著但褪了色，且被那些教徒磨損的綠色布門輕輕落下。她用手指在聖水池中沾了一下，接著正確地畫了十字。然後小步地走向聖安涅斯（Saint-Agnes）祭壇處，兩個女人跪在那裡，臉埋在手中，等待著，第三個人的藍色裙子溢出了告解室。她看上去有些挫敗，詢問一名經過面前，步調緩慢，戴著黑色教士圓帽的教堂執事：「今天是胡思坦神父聽告解的日子，對嗎？」

他回答說神父只剩下兩個告解者，應該不會太久，如果她願意拿一張椅子坐著等，很快就

54 一八九三年七月，由於抗議一名學生被判妨害風化罪而演變成學生示威與暴動，導致當時的警察局長辭職。

會輪到她。

她道謝，但沒有說出她不是來告解的。她決定等，以細小的步伐在石板上走著，直到大門口，然後從這裡看著空無一人的大殿，高大且莊嚴，過道都漆著生動的色彩；她稍稍抬高下巴，發現主祭壇過於簡樸，她並不欣賞這些石頭冰冷的宏偉，她偏愛側邊禮拜堂的鍍金色彩與五顏六色。臨孺爾街（rue du Jour）這一邊的所有禮拜堂都是灰色，照明來自滿是塵埃的窗戶。而在巴黎大堂這一邊，夕陽點亮了彩繪玻璃，表現出非常溫柔愉悅的色彩，尤其是綠色與黃色，如此地清晰讓她想到那些在勒比格先生店裡大鏡子前的烈酒酒瓶。她從這一邊往回走，似乎夕陽光線的餘燼讓一切變得不冷不熱，有興致地看著聖人遺骸盒，祭壇上的裝飾以及在反射稜鏡中的繪畫。教堂裡沒甚麼人，穹頂下沉默微微地顫抖。幾條女人的裙子在椅子模糊的黃色裡形成幾塊陰影，關著門的告解室，傳出一陣耳語。再次經過聖安涅斯祭壇時，她看到那條藍裙子仍舊在告解室裡。

「如果是我的話，我只要兩秒鐘就結束了。」她邊想，邊為自己的誠實而自豪。

她走到教堂最深處，在主祭壇後面，雙列支柱的陰影當中，聖母祭壇完全地浸淫在靜默與昏暗裡。十分陰暗的彩繪玻璃只顯出那些聖人有著大片紅色與紫色的長袍，如同在沉思當中燃燒的神秘愛情火焰，抑或黑暗無聲的崇拜。這是個神祕的角落，天堂昏暗的凹陷之處，而兩支蠟燭照亮了星辰，同時隱約可以看見從穹頂上墜下四隻金屬吊燈，讓人想到天使在聖母瑪利亞入睡時搖晃的那些金的大吊爐。

在柱子之間，那些女人依然在那些倒轉過來的椅子上發楞，沉溺在這種讓人感到精神滿足的黑暗裡。麗莎站著並非常安穩地看著她們，她絲毫不急。她覺得沒有將那些吊燈點亮是種錯誤，若有光亮，這個角落感覺上會比較愉悦。在這個陰影中有種失禮，讓人想到家中床所在之處的陰暗，顯得似乎不夠得體。在她旁邊，一個燭台上燒著許多蠟燭，讓她的臉龐感到熱，一名老婦用一隻大刀子刮著蠟燭掉落下來所形成的蠟。在小禮拜堂這種宗教的顫動中，這種愛的靜默昏沉裡，她很清楚地聽見，在那些彩繪玻璃上紅色與紫色的聖人後面，那些出租馬車開離蒙馬特街的車行聲響。遠處，巴黎大堂持續地隆隆作響。

當她要離開小禮拜堂時，看到梅育嵣家的么女克蕾兒，那個淡水魚販進入教堂。她在燭台上點亮一支蠟燭，然後在一根柱子後頭跪下來，膝蓋碰地撞在石板地上，那頭稍顯蓬亂的金髮下，臉色非常蒼白，看上去像個無生命的人。她自認為躲藏在一角，非常痛苦地涕淚縱橫，同時激動地祈禱著，整個人像被風吹彎了腰，表現出一種將自己完全托付與人的那種激動行止。美麗的肉品店老闆娘感到非常驚訝，因為梅育嵣一家根本不是虔誠的教徒。尤其是克蕾兒，通常她談到宗教與那些教士時，便表現出一種激憤的情緒。

「這到底是怎麼回事？」她邊自言自語，邊再次回到聖安涅斯祭壇處。她心想這個妓女一定下毒害死了幾個男人。

胡思坦神父總算走出了他的告解室，真是個美男子，約莫四十歲，一臉和善且面帶笑容。當他認出柯鈫太太時，他與她握了握手，稱她「親愛的女士」，並將她帶往聖器室，脫去他的白色法衣，並告訴她他準備好聽她說話。他們走回教堂裡，他光著頭穿著長袍，她舒適地披著她的披肩，他們沿著孺爾街這一邊的各禮拜堂緩慢地走著，低聲交談。陽光在彩繪玻璃上消逝，教堂變得一片漆黑，最後幾個虔誠的教徒在石板地上發出輕柔的窸窸窣窣。

於是麗莎跟胡思坦神父解釋她的顧忌，他們之間的對話從不涉及宗教。她並不告解，純粹在碰到一些棘手的狀況時請他提供建議，因為他是一個低調且有智慧的人，她偶爾會說，她寧願詢問神父而非那些讓人覺得不經意就會去坐牢的奇怪商人。他表現出一種無窮無盡的善意，會為她翻閱法典，指點她做良好的投資，有技巧地解決道德上的問題，建議她一些供應商，幾乎對所有的需求都有答案。面對各式各樣或複雜的問題，他都很自然地提供回應，既不會牽扯到上帝，也不會是為了他個人或宗教的利益。一聲道謝或是一個微笑對他來說就足夠了。他的管家經常以一種尊敬的態度跟他提到這位美麗的柯鈫太太，說她是個在這一區中受到高度尊崇的人，他似乎對於能夠提供這樣的恩惠感到十分自在。這一天，她的諮詢特別棘手，涉及的是她在面對她的大伯時，要有甚麼樣的誠實態度，她是否有權利監視他，避免讓他危害他們家人的生活；如果出現了危險，她又該如何處理。她並沒有粗野地一下子問這所有的事情，她非常細心地選擇了提問的方式，因之神父能夠就事論事，而不會涉及人身攻擊。

他說了許多矛盾的論調，總而言之，他認為一個公正的靈魂有權利，甚至是義務避免惡行的發生，哪怕要採取必要的手段來獲取良好的勝利。

「這就是我的意見，親愛的女士。」他最後說道，「關於手段的討論總是很嚴肅，手段都是那些一般的美德會陷落的陷阱。不過我知道您有著良好的意圖，衡量您的每種做法，倘若您自身不會因此感到不滿，就大膽地做吧。誠實的天性有這種奇妙恩典，能夠將之傳播到所有它所碰觸的事物上。」接著他換了種聲調繼續說道：「請代我向柯鈫先生請安，當我經過你們的店時，我會進去親吻我的小寶琳。再見，親愛的女士，您隨時可以來找我。」

他回到聖器室裡，麗莎在離開時有些好奇地想知道是否克蕾兒仍在那裡祈禱，然而克蕾兒已經回到她的鯉魚與鰻魚當中了。在聖母祭壇前，已是一片夜色，剛才那些熾熱虔誠的女人跪在這裡，而現在則是一堆翻轉過來的椅子混亂地擺放著。

當美麗的肉品店老闆娘再次穿過廣場時，監視著教堂大門的諾曼第女人，在黃昏裡認出了她裙子的圓弧。

「太好了，」她大喊，「她在裡面待了超過一小時。當那些神父清理這個女人的罪惡時，那些唱詩班的孩子就要排隊用桶子把垃圾倒到街上了。」

隔天早上，麗莎直接走進佛羅鴻的房間。她完全安穩地坐在那裡，確定沒有人會干擾她，並決定要是佛羅鴻重新上樓來的話，她就撒謊說是來確認床單等是否乾淨。

她看到他在下面，身在那些海鮮當中十分地忙碌。坐到小桌子前，她拿出了抽屜，將之放在腿上，非常小心地把抽屜清空，確定能夠保持同樣的順序再將那幾疊紙放回去。她首先看到的是關於開雲的著作當中前幾個章節，然後是各種草案與計畫，轉帳的補助金轉化成稅收，巴黎大堂的行政體系重建以及其他的想法。她在閱讀這些文字秀美的紙張時，感到非常煩擾；她把抽屜放回原處，確信佛羅鴻把他那些不良的計畫藏在別處，便動手翻動床墊，她發現了一個信封中有著諾曼第女人的肖像。照片有些泛黑，諾曼第女人站著，右手臂架在一道截斷的柱子上，身上帶著所有的珠寶，穿著一件顯得蓬鬆的新絲質裙，臉上有著傲慢的笑容。麗莎忘了她的大伯，自己感到的恐懼，以及上樓來要做的事。她浸淫在凝視著另一個女人在她面前的沉思中，完全的自在，不擔心被對方看到。她從沒有閒暇如此近的檢視她的對手，她仔細看著她的頭髮、鼻子、嘴巴，將照片拿遠又再拿近。然後癟起嘴巴讀著照片背面用既大又醜的字寫著：「露易絲送給她的友人佛羅鴻。」這讓她產生了反感，這是種表白。她有股想望要將這張卡片拿走，並把它當作對付她敵人的武器。她緩緩地將照片放回信封裡，並想到這樣做是不妥的，況且她總是會在這裡找到它的。

於是她又再翻閱那些輕飄的紙張，一張又一張的整理好，她有個念頭想看佛羅鴻將奧古斯婷的針線推到抽屜最裡面的部分，而在祈禱書與《夢想之鑰》當中，她發現了她要找的東西。一些非常會讓人受牽連的筆記，就放在一個灰色的檔案夾裡。一天晚上在勒比格先生的酒吧裡，洛格對起義、藉由一股力量推翻王朝的念頭有了更進一步的想法，這一切也在佛羅鴻熾熱的心中逐漸成熟。他很快就想到這是一種義務，一種任務。他終於發現這也是他逃離開雲，回到巴黎的目的。相信這樣能夠以他的細瘦報復這個肥胖的城市，為那些在流放時被餓死的人民權利倡導者報復，他自我辯護，甚至夢想著讓巴黎大堂也起身反抗，以粉碎這種酒醉飯飽主導的情況。確切的念頭隨著這樣溫情的性格，自在地往內扎根。一切都變得非常誇大，發展出最奇怪的故事，他想像著在他回到巴黎時，巴黎大堂就征服了他，為了讓他軟化，用它們的氣味來毒害他。接著就是麗莎想讓他變得愚蠢，過去的兩三天中，他都避著她，彷彿如果他接近她的話，她就是那個會融化他意志的溶劑。這些孩子氣的恐懼，這些反動男人的激動，總是會以非常的溫柔作結，因為他帶著一種孩童般的羞愧隱藏了對被愛的需求。

夜裡，佛羅鴻尤其感到困惑，腦子裡浮現許多的壞念頭。對白天的日子感到不愉快，緊張的神經拒絕入睡，對這樣的虛無有種沉重的恐懼，他待在勒比格先生的酒吧或是梅育嶿家的時間更晚，然而當他回到家時，他還是不就寢，他寫作，為那個了不起的起義做準備。漸漸地他找到了完整的組織計畫，將巴黎分成二十個分區，每個行政區就是一個分區；而每一個分區都有個領袖，像是一名將領，手下有二十個附屬部隊的二十名少校。這些領袖每個星期都會開一次會，每次都在不同的地點以保持隱密。此外，這些附屬部隊只認識他們的少校，而少校只會晤當區的將領。

這些部隊的作用是相信他們所負責的假想任務，並能夠擺脫警察。至於要讓這些力量履行任務，這是最容易的，大家只要等待這些將領完成他們的訓練，然後就利用第一次的政治動盪。毫無疑問地，一定會有人開槍驅離，就先佔領警察局，然後卸除救火員與巴黎警備的武裝，最前線的士兵，盡量不引起任何戰鬥，而是邀請他們與人民攜手。接下來，大家徑直走向立法機構，為的是能更進一步前往市政府。這個佛羅鴻每晚都會複習的計畫，如同一齣悲劇的腳本減輕他過度興奮的神經。這一切仍僅限於寫在紙上，不停地修改，作者反覆的探索，並讓人能夠遵循這種既孩子氣又科學的概念所寫出來的句子。當麗莎瀏覽這些筆記時，顯然也明白了作者的想法，她全身顫抖，不敢再碰觸這些紙張，深恐它們像那些蓄勢待發的武器會在她手中爆炸開來。

最後一頁筆記讓她尤其感到恐懼。佛羅鴻在半張紙上畫出了那些分辨將領以及少校的徽章，旁邊則有那些部隊的指揮旗。縱然只是用鉛筆繪畫，還是表明了二十區不同顏色的旗幟。將領的徽幟是紅色領巾，那些少校的臂章也是紅色的。在麗莎看來，這就是立刻會產生的動亂。她已經看到這些帶著所有紅色徽幟的男人經過她的肉品店，往鏡子與大理石牆上發射子彈，並奪取那些陳列架上的乾腸與雜碎香腸。她大伯這些可恥的計畫就是對她進行攻擊，反對她的幸福。

她重新關上了抽屜，看了看這個房間，自忖到底是她讓這個男人安頓在他們家裡，睡在他們家的被單裡，還用著他們的家具。只要想到在這張白色小木桌裡，他隱藏著那個地獄般極壞的詭計，她就特別地惱怒。之前在嘉德勒舅舅家，在她結婚之前，她用的就是這張無辜且搖搖擺擺的桌子。

她依舊站在那裡，想著自己要怎麼做。首先，告知柯釹是完全無用的。她的想法是跟佛羅鴻把事情說清楚，但她卻擔心他會犯下更糟的罪，惡意地危害他們。她稍微鎮定下來，認為還是先留意他的一舉一動。一有危險，她就會知道。總而言之，她現在有能夠讓他回去做勞役的證據了。

當她回到店裡時，看到奧古斯婷表現地非常激動。小寶琳已經不見半個多小時了，麗莎擔心地問了好幾個問題，她只能回答道：「我不知道，老闆娘，她剛才還在這裡，就在人行道上跟一個小男生。我看著他們，然後我為一個先生包了一塊火腿，就沒有再看到他們了。」

「我打賭一定是豪美。」肉品店老闆娘大喊，「哼，這個小無賴。」

事實上就是豪美。這一天，寶琳正好穿了一件全新的藍色條紋連身裙，於是想炫耀。她直挺挺地站在店鋪門口，非常地乖巧，癟著嘴唇，這是一個六歲小女孩擔心會弄髒衣服的噘嘴表現。她的裙子非常短，像舞者的裙子一樣蓬，露出貼身的白色長統襪；搭配了天藍色的亮面短靴；而讓她裸露肩膀的大圍裙上有一條狹窄的繡邊，從中露出她可愛稚幼且粉嫩的雙臂。她的耳朵上戴著綠松石小耳環，脖子上戴了一條十字架項鍊，梳得很整齊的頭髮上，有一個藍色天鵝絨蝴蝶結。她有著她母親那種豐實且溫柔的態度，一個新洋娃娃的巴黎式優雅。

在巴黎大堂裡的豪美瞥見了她。他在水流中放下小的死魚，讓水將它們帶走，然後他沿著人行道行走，並說這些魚在游水。然而美麗且乾淨的寶琳讓他因此過了街。頭上沒戴帽子，穿著被扯破的罩衫，往下掉的褲子露出了裡面的襯衫，完全是一個七歲街頭頑童的邋遢模樣。他母親確實禁止他再跟「這個她的父母硬要她吃東西，然後會讓她因此死掉的胖小孩」玩在一起。他在旁邊徘徊了一陣子，慢慢靠近，想碰觸那件藍色條紋的漂亮洋裝。起先寶琳覺得很得意，高興地噘起嘴，但往後退，並以一種生氣的語調說：「別煩我。媽媽不要我把裙子弄髒了。」

這句話讓小豪美笑了起來，他非常的聰明伶俐也很厚臉皮。

「這樣啊。你真是個漂亮的傻瓜。你媽媽不要你弄髒裙子沒關係，我們可以去玩推車，你要嗎？」

他一定醞釀著要讓寶琳弄髒裙子的壞念頭。後者看到前者準備好要在她背上推一把，她又再多退後了一些，裝作要進入店裡。於是他變得很溫柔，像那些男人一樣拉起褲子。

「你真是笨啊，我只是開玩笑，妳這樣很乖。你的小十字架是妳媽媽的嗎？」

她神氣活現地說那是她的。他溫柔地把她帶到皮湖耶特街的街角，他觸摸她的裙子，並很驚訝於那十分奇怪的僵硬，他這樣一說，就讓小寶琳感到無限地愉悅。自從她穿戴漂亮地站在人行道上，便很氣惱沒有人看她。

然而即使豪美讚美她，她仍舊不想走到街上。

「真是個蠢蛋。」他變得粗俗地喊道，「漂亮屁股女士，我會讓你坐進一籃狗屎裡。」

她受了驚嚇。他牽起她的手並了解到自己的錯，重新表現出溫柔的態度，很快地在口袋裡找了一找，然後說：「我有一蘇。」

看到那一蘇錢讓寶琳安靜下來。他很巧妙地用手指間將一蘇錢拿在她眼前，而她絲毫沒留心，跟著那一蘇錢便走到了街上。顯然這個小豪美很會討好女孩子，成為一個引誘者。

「妳要吃甚麼?」他問道。

她沒有立刻回答,因為她不確定,她喜歡的東西太多了。她被稱作為甜食瘋狂的孩子:甘草糖、糖蜜、口香糖以及糖粉。這個小女孩思考了很久是否要說糖粉,她把手指頭放到糖粉裡然後吸吮,真是太好吃了。她一直保持著嚴肅的態度,然後下了決心地說:「不要,我喜歡神奇圓錐袋。」

於是他抓著她的手臂,她則毫不抗拒地讓他帶著往前走。他們穿過了朗布托街,沿著巴黎大堂外寬敞的人行道,徑直走向柯松納尼街上一家以神奇圓錐袋著名的雜貨店。神奇圓錐袋是以薄紙捲成圓錐形,雜貨店店家將他們陳列架上甜點的碎片、破碎的糖衣片、裂成小塊的糖漬栗子,或是糖罐底的碎糖都放進紙袋裡。豪美獻殷勤地讓寶琳選擇一個神奇圓錐袋,她選了一個藍色色紙做的圓錐袋,他付了一蘇錢並讓她把圓錐袋拿在手中。出來到人行道上,她將各種的點心屑全倒進圍裙的兩個口袋裡,兩個口袋都很窄於是很快地便裝滿了。她很高興,一小塊一小塊地慢慢吃著,那些過於細小的糖,她就用手指沾口水,結果這也讓那些糖化掉了,兩個黃色的污漬已出現在圍裙的口袋上。豪美狡獪地笑著,手放在她的腰上,並在讓她覺得自在的情況下弄縐了她的裙子,讓她繞過伊諾松廣場那一邊的皮耶勒斯克街街角,並跟她說:「嗯,你現在要跟我一起玩了嗎?妳看,我並沒有要欺負妳吧,大笨蛋。」

而他則把手插入自己的口袋裡，兩個人進到廣場中，顯然這就是小豪美夢想將被他所征服的人帶往的地方。他帶著她繞了一圈廣場，彷彿這是他的領地，他經常整個下午都在這裡舒服地閒逛玩耍。寶琳從沒有離家這麼遠，她要是沒有口袋裡那些糖的話，就會哭得像個被綁架的小姐。在剪成圓形的草地中間，噴泉流動著，往下形成一波波的水；灰色的石頭襯著古戎[55]那些全身白晰的仙女，在聖丹尼這個區中的骯髒空氣裡，傾倒著手中的水缽，呈現出她們裸露的優雅。兩個孩子在噴泉旁繞了一圈，看著水從六個水池上落下，對那一大片草坪感到好奇，必然夢想著穿越那草坪中央，或是從大片的冬青與杜鵑花下溜過，而這些都被廣場四周一大圈的花壇圍著。然而，已經從後方將那件漂亮的洋裝弄縐的小豪美，用著他得意的笑聲說：「我們去玩丟沙子，要嗎？」

寶琳受到引誘，於是他們閉著眼睛互相丟著沙子。沙子進入小女孩低胸的上衣裡，滾落到她手臂上以及靴子裡。豪美看著白色的圍裙全變成了黃色，覺得有趣極了，不過他一定覺得這樣還是太乾淨。

55 古戎（Jean Goujeon），一五一〇—一五六六，為法國雕塑家與建築師，是法國文藝復興時期的重要人物之一，為羅浮宮製作了許多浮雕與裝飾。

「嗯，那我們來種樹好了，我知道怎麼弄個漂亮的花園。」他突然說道。

「真的嗎，花園？」寶琳帶著敬佩喃喃地說。

由於廣場的警衛不在，他要她在一個花壇裡挖一些洞。她跪在那些軟土中間，又趴下來，將她可愛又光滑的手臂直到手肘都挖進土裡。他則找了些樹枝，將它們折斷，當作花園裡的樹，然後他把這些樹枝種在寶琳挖的洞裡。只是他每次都覺得那些洞不夠深，他以一種凶狠的老闆口吻說她不是個好員工。當她重新站起身來，樣子真是非常好笑，從頭到腳都是黑的，頭髮上也沾了泥土，再加上她像燒炭般黑的手臂，整個人顯得髒亂。而豪美拍著手大聲叫著：「現在，我們要來澆水。妳懂嗎，不然它們長不大。」這簡直是雪上加霜。他們走出廣場，用手捧著街上小溪流中的水，跑著回來要替那些樹枝澆水。在路上，太胖又不會跑的寶琳讓水都從指縫間流掉，沿著她的裙子往下。於是到了第六趟時，她似乎像在溪流中翻滾過。豪美發現她非常骯髒時，覺得這真是太好了。

他讓她跟他一起坐在一株杜鵑花下，在他們剛種的樹旁邊，並告訴她那些樹已經開始生長了。他牽起她的手並叫她他的小女人，「妳不後悔來這裡玩，對吧。妳站在人行道上看起來非常地無聊。妳等著，我知道很多在街上可以玩的遊戲。妳要再回來，聽到了嗎？只是我們不要告訴妳媽媽，我們不當傻瓜。要是妳告訴她的話，妳知道的，我經過你們家前面就會扯妳的頭髮。」

寶琳一直都回答好。他為了表現出最後的殷勤，在她圍裙的兩個口袋裡裝滿了土。現在，他把她摟得很緊，出於孩子的殘酷又想讓她不舒服。但她已經沒有糖可以吃了，也不想再玩了，並且開始感到擔憂。由於他開始掐她，她哭了起來並說她想要回家了。這讓豪美感到更加有趣味，他表現出騎士的樣子，並威脅不把她帶回她父母家。這個很害怕的小女孩哭得歇斯底里，像一個美女在一個無以求援的地方跟她的誘惑者求饒。顯然他為了讓她閉嘴就要動手打她，這時候一個尖銳的聲音，薩潔小姐的聲音在他們身邊大喊：「喔，老天爺，這是寶琳啊。你不要煩她，這個惡劣的壞蛋。」

這位老小姐牽起寶琳的手，對她悲慘的衣著狀態驚叫起來。豪美絲毫不感到害怕。他跟在她們後頭，狡獪地笑著自己的傑作，並不停地說是她自己要來的，然後她就摔到地上。薩潔小姐每天都會經過伊諾松廣場，每個午後她都會在這裡待上一小時，為的是隨時跟上大家所說的閒話。廣場兩邊各有一條半圓形的長椅，兩張長椅頭尾相對。住在鄰近狹窄街道中貧民區的窮人在覺得喘不過氣來時都會在這裡坐著：乾癟的老女人，看上去很冷的樣子，戴著揉縐的圓帽；年輕的女人穿著貼身背心，沒綁好的裙子，不多的頭髮已因生活悲慘而變得色彩黯淡。也有幾個男人，整齊清潔的老人，穿著厚重外套的人，讓人起疑心戴著黑帽的先生。

同時在小巷子裡，一群吵鬧的孩子到處奔跑，拖著沒有輪子的玩具車，將桶子裝滿沙子，有的哭泣，有的相互欺咬，一群可怕的孩子，衣衫破爛，臉上掛著鼻涕，像是陽光下大量繁殖的寄生蟲。如此細瘦的薩潔小姐，總是有辦法將自己塞進那些長凳上一隅。她聆聽，開啟與鄰人一段對話，幾個臉色發黃的女工，從一個小籃子中拉出線來修補著衣物，手帕、褲襪都像篩子般佈滿破洞。

況且，她是有概念的人。在這些孩子群讓人無法忍受的吱吱喳喳與不斷地車水馬龍當中，在後面的聖丹尼街上，都是些無窮盡的流言蜚語，關於供應商、雜貨商、麵包店老闆、肉販等的閒言閒語，整個鄰里的新聞傳播，都是由於他們拒絕賒帳以及這些窮人無盡的想望而衍生出的怨恨。

在這些不幸的人當中，她聽到的尤其是那些讓人難以忘懷的事情，誰從那些讓人起疑並附有家具的出租房間走下樓，誰又從那些陰暗的門房的屋子裡走出來，這些惡劣的誹謗如同有刺激性的辣椒，更增進她的好奇慾望。而且在她面前就是巴黎大堂一邊的轉角，她在這裡能夠看到三面的房子，鏤空的窗戶，她總是嘗試透過那些空洞看入人家屋裡。她彷彿走上去到每個樓層，看穿那些玻璃上的洞，甚至是閣樓屋子門上的窺視孔。她盯著那些窗簾，一但有一個頭出現在兩張百頁窗當中，她就重建一段故事；因此她只要看著這些屋子的面牆，終究會知道住在每一間屋子裡每個人的故事。

她對巴哈特餐廳有一種獨特的興趣，其賣酒的店鋪，蓋住人行道那片形式獨特且鍍金的挑蓬，加上幾個花盆溢出一片綠意，以及狹窄的四層樓裝飾著鮮豔的色彩。她也喜歡在這個像盒子的聖堂正面牆上，畫著一間老舊的屋子，柔和的藍色背景，黃色的屋柱，以及在石碑上頭的貝殼裝飾，整幅畫一直到屋頂邊緣，然後有一道鋅結束了這些色彩。

在活動的百葉窗後面，在紅色的大板子上，她讀著那些可口的早餐，細緻的晚餐以及花費不貲的婚禮餐點。而且她甚至曾撒謊，說佛羅鴻與嘉華跟梅育嵋家的兩個蕩婦在這裡大吃大喝，在吃甜點時還發生了令人可憎的事情。

然而自從這個老小姐牽起她的手之後，寶琳哭得更大聲。前者似乎改變了主意，帶著她往廣場門口走去。她在一張長凳上坐下，嘗試讓這個小女孩安靜下來。

「妳看看，不要哭了，警察會把你抓走。我會帶妳回家，妳認識我，對嗎？我是妳知道的『好朋友』，來，笑一笑。」

不過淚水讓她哽咽，她想要回家。於是薩潔小姐很鎮定地讓她抽噎，等著她停下來。這個可憐的小女孩全身顫抖，裙子跟手臂都濕了；而她用骯髒的拳頭擦拭淚水時把泥土都弄到了耳朵裡。當她表現出稍微平靜時，老女人又以一種溫柔的語調說：「妳媽媽不兇，對不對，她很愛妳。」

「對，對。」寶琳回答，依然感到很難過。

「妳爸爸，他也不兇，他不會打妳，也不會跟妳媽媽吵架，對嗎？他們晚上睡覺時都說甚麼？」

「嗯，我不知道，我在床上覺得很熱。」

「他們會聊妳的表舅佛羅鴻嗎？」

「我不知道。」

薩潔小姐一臉嚴肅，假裝要起身離開。

「哼，妳不過是個騙子。妳知道不應該騙人，妳要是騙人的話，我就把妳留在這裡，然後讓豪美掐妳。」

在長椅前遊蕩的豪美介入，用一種小男人深具決心的語調說：「算了，她太笨了，根本不可能知道。我呢，我知道昨天當媽媽笑著跟他說，如果他喜歡的話，他可以親她，我的好朋友佛羅鴻整張臉都皺了起來。」

但是被威脅要被拋棄的寶琳又開始哭了起來。

「閉嘴，妳閉嘴，壞孩子。」老女人邊低聲地說邊推她，「我不走了，我給妳買一支棒棒糖，嗯，一支棒棒糖。啊，妳不喜歡妳的表舅佛羅鴻啊？」

「不喜歡，媽媽說他不誠實。」

「喔，妳看吧，妳媽媽確實說了甚麼。」

「有一天晚上，綿羊在我床上，我跟綿羊一起睡。媽媽跟爸爸說：『你哥哥，他逃離監獄就是為了把我們全都帶進那裡。』」

薩潔小姐輕輕地發出一聲尖叫。她站起身來，全身顫抖著。一道光線打在她的臉上，她重新牽起寶琳的手，一句話也沒說地踱回了肉品店。噘著嘴，內心卻在微笑，銳利的眼神中有著極度的喜悅。在皮湖耶特街街角，蹦跳著陪伴她們回來的豪美，高興地看著那個小女孩帶著她骯髒的雙手臂跑起來，小心地消失在店裡。麗莎心急如焚，當她看到她女兒像塊抹布一樣回來，非常地激動，她讓她轉了幾圈確認她沒事，根本沒想到要打她。老女人用她沙啞的聲音說：「是那個小豪美。我幫您把她帶了回來，您懂嗎？我在廣場上的一棵樹下發現他們在一起，我不知道他們在做甚麼。我要是您的話，我會小心地看著她。他甚麼都做得出來，這個小無賴。」

麗莎說不出話來，她不知道應該要從哪裡下手，她女兒的靴子上都是泥濘，長統襪都是污漬，裙子被扯破了，雙手跟臉一片黑，這讓她產生了反感。藍色的天鵝絨、耳環以及那條十字項鍊都覆蓋在一層汙垢下。讓她最生氣的是兩個圍裙口袋裡滿是泥土。她彎下身毫不理會店裡的白色與粉紅色地磚，將口袋清空。然後她只能說出幾個字，她邊拖著寶琳邊說：「來吧，髒鬼。」

薩潔小姐從她的黑色帽子下看到這一景後，覺得十分愉悅，興致高昂地穿過了朗布托街。她的小腳幾乎輕飄飄地走著，一種快樂支持著她，如同一片充滿挑逗愛撫的氣息。她終於知道了，將近一年來她都渴望知道，現在她突然間得到了關於佛羅鴻的所有故事。這是一種意想不到的滿足，也讓她治癒了一些疾病；因為她知道要是她熾熱的好奇長久以來無法獲得滿足的話，這個男人會讓她受煎熬地死去。現在，整個巴黎大堂街坊都屬於她，她腦子裡沒有任何差距了，她應該去每條街上，每間店裡講這件事。她邊走進水果館，邊發出細小的嘆息。

「喂，薩潔小姐，」莎希耶特從她的攤子上喊著，「您為什麼獨自發笑啊？您贏了彩券大獎嗎？」

「不是，不是，啊，小女孩，您要是知道的話……」

在她的水果當中，莎希耶特十分可愛，有著漂亮女孩的放肆。微微捲曲的頭髮像藤蔓般掉在額頭上，露出她的雙臂與脖子，所有她露出的部分都有著桃子與櫻桃的新鮮與粉嫩。她淘氣地在耳朵上掛著長柄黑櫻桃，這些櫻桃在她面頰上跳動，當她屈身向前時，便讓人忍不住發笑。讓她覺得最有意思的是當她吃黑醋栗時，不僅把嘴巴弄髒，連下巴跟鼻子都是，新鮮的黑醋栗汁讓她的嘴巴變成紅色，像是畫了口紅，彷彿後宮粉黛畫了妝還噴了香水。裙子上泛出一股李子的氣味，她鬆掉的頭巾上聞起來有草莓味。

在她四周，這間狹窄的攤位裡堆滿了水果。身後的物架上，有著一排排的香瓜、佈滿疣的甜瓜，那些菜販用的灰色鏤空蕾絲以及露出樹疣的樹皮。在陳列架上放著漂亮的水果，小心翼翼地擺飾在籃子裡，像是隱藏起來的圓胖臉頰，在葉子做的簾幕下露出如同孩子般漂亮的半邊臉孔。尤其是那些桃子，來自蒙特勒伊的紅桃，清薄透亮的皮就像來自北方的女孩；那些從南方來的桃子，有著焦黃的色彩，如同那些普羅旺斯曬成古銅色的女孩。杏桃在苔蘚上現出琥珀色，彷彿那種褐髮女孩後頸有著細嫩捲髮處被夕陽溫熱的熱度。一個個排列的櫻桃像極了那些微笑著的中國人過度狹窄的嘴唇：蒙特莫朗西（Montmorency）櫻桃，是胖女人的粗短嘴唇；英國櫻桃比較狹長且厚重；長柄黑櫻桃最常見，黑得像傷痕累累的吻；歐洲甜櫻桃則帶有白色與粉紅色斑點，像是既愉快又生氣的笑容。蘋果、梨子堆疊起來，固定的建構成金字塔狀，呈現出少女新生乳房般的紅、圓潤肩膀與臀部的金，在幾株蕨葉中完全是一種低調的裸露。它們都有著不同的外膚，紅皮小蘋果像在搖籃裡的嬰孩，涵布（rambourg）蘋果則顯得鬆弛，加利維（calville）蘋果有著白色長袍，加拿大蘋果鮮紅，夏旦聶蘋果（châtaignier）則像酒糟鼻，金黃的海涅特（reinette）蘋果點綴著粉紅色斑點。接著是不同品種的梨：布朗凱特梨（blanquette）、英國梨、布黑梨（beurré）、梅西讓梨（les messire-jean）、女爵梨，有的粗短，有的狹長，有的像天鵝的脖子或是行動受限的肩膀，有的像黃色與綠色的肚子上襯著一抹胭脂紅。

旁邊則是透明的李子，顯現出處女般萎黃的甜美；克羅德皇后李、紫圓李表皮上都有著純真鮮花那種淨白；黃香里則像念珠上的黃色珠子粒粒分明，被遺忘在一個有著香草梗的盒子裡。草莓也是，散發出新鮮的芳香，一種年輕的芬芳，尤其是那些人們在樹林裡採擷的小顆草莓，比那些栽種在花園裡的大顆草莓更香，後者聞起來簡直乏味之至。覆盆子為這種純淨的氣味添加了一股香氣。黑醋栗、黑茶藨子、榛子帶著調皮的笑容；在籃子裡的葡萄，一串串很厚重，充滿醉意垂掛在柳條籃邊，讓那些被太陽曬得十分暖和舒適的深紅葡萄果實垂掛下來。

莎希耶特生活在這裡，如同在果園中，享受著這些氣味。那些價格不高的水果：櫻桃、李子與草莓，疊在她面前放了紙的平坦籃子裡，相互撞傷讓陳列台上沾了果汁，如此地濃稠甚至在熱氣中發出薰香。七月午後那股悶燒，加上四周的香瓜散發出濃烈的麝香味，她也會感到頭暈。由於感到暈眩，在方巾下裸露出更多尚未成熟，有著春天清新氣息的肌膚；她嘗試用嘴呼吸，引發出讓人掠奪的渴望。是她，她的雙臂、她的後頸給了這些水果這種愛情生活，女人的這種柔順溫暖。在販售攤的隔壁有個年老的女販，一個可怕的酒鬼，只在陳列台上擺出皮發皺的蘋果，像那些乾癟的乳房般下垂的梨子，慘白的杏桃，有著女巫般那種臭名昭彰的蒼黃。

然而，莎希耶特卻把陳列架當成享受巨大裸體樂趣之處。她的雙唇在一個又一個的櫻桃上印下紅色的親吻，她讓那些滑嫩的桃子落入自己的緊身馬甲中，她將自己最細嫩的皮膚：太陽穴、下巴以及嘴角都給了那些李子；她也讓一些紅色汁液流入黑醋栗的枝葉中。她那種美麗女孩的熱情讓那些來自大地的水果發情，這所有的果類，愛情完成在一床樹葉上，在鋪著苔蘚的小果籃凹處。在她的店鋪後面，在她那些開放的籃子以及解開地衣物中發出的生命之氣旁邊，賣花的巷子顯得氣味平淡。

然而，這一天莎希耶特因為滿市場的黃香李而有些頭暈。她看出薩潔小姐有甚麼大消息，而她想讓她聊聊，但這個老女人急忙地走著：「不行，不行，我要去找勒可兒太太。啊，我知道了些好消息。如果您想要知道的話也一起來吧。」

事實上，她經過水果館只為了引起莎希耶特的注意，這個女孩可是無法拒絕誘惑的。朱利先生也在，身體在一張翻轉過來的椅子上左右搖晃，刮過鬍子的臉清新的像個小天使。

「看一下鋪子，可以吧？我馬上回來。」

但當她轉身走進巷子裡時，他站起身來用他低沉的聲音喊道：「喔，別這樣，莎希耶特，你知道，我要走了。我不想像前幾天那樣等一個小時，你的那些李子會讓我頭痛。」

他安心地離開，兩手插在口袋裡，店鋪獨自地留在原地。莎希耶特跑著追上薩潔小姐。

在奶油館裡，鄰婦說勒可兒太太下去地窖了。莎希耶特下樓去找她，此時這位老婦人就好整以暇地坐在乳酪當中。

下面的地窖裡非常暗，沿著一條條小路，儲藏室都蓋著一片細格紋的金屬網，防範發生火災。在讓人噁心的水蒸氣中，極稀少的煤氣燈映出黃色的斑點卻沒有綻放的光束，在拱頂的壓迫下更加重了難聞的氣味。然而勒可兒太太正在一張沿著貝潔街（Berger）的桌子上製作奶油。背通風口落下了白日稀薄的亮光。那些不停地以水龍頭沖水清洗的桌子有著新桌子的那種白。背對著最裡面的泵，那個女販攪拌著在一個橡木箱中的「黃油團」。她在身邊拿了不同奶油的團樣，把它們混在一起，一個一個地修正，如同人們混和酒一般。彎著身，兩個肩膀聳起，細瘦且粗糙的雙臂像兩隻長棍子，整隻手臂裸露到肩膀處，她瘋狂地打著這個已經發白的油脂團。她流著汗，每用力一下就舒一口氣。

「阿姨，薩潔小姐想要跟您說話。」莎希耶特說。

勒可兒太太停下來，似乎不擔心會弄髒帽子，用手指上滿是奶油的手重新戴上她的無邊帽。

「我快做完了，要她等一下。」她回答道。

「她有非常有趣的事要告訴您。」

「小女孩，只要一分鐘就好了。」

她將雙臂重新伸進箱子裡，奶油高達她的手肘，事先在溫水中已軟化的奶油，把她羊皮紙般的皮膚都上了油，襯出她皮膚上明顯的紫色血管，就像靜脈曲張爆發出來。莎希耶特對這兩條醜陋的雙臂，在這一大片融化著的奶油中努力工作產生反感。然而她記得這份職業；過去，她自己也整個下午都把那雙小巧可愛的手放在牛油裡。這些奶油團就像一種讓她保持皮膚白皙，指甲粉紅的護手膏，而她纖細的手指似乎也保有其柔軟度。在一鎮靜默之後，她又說：「阿姨，您的黃油團不會太好，那裡的奶油太硬了。」

「我知道，」勒可兒太太在呻吟中說，「可是我能怎麼辦呢？這全都要濾過的，可是有些人只願意付很少的錢買奶油，所以我們就幫他們做便宜的奶油，這對那些可人來說已經太好了。」

莎希耶特心想她可不會主動食用這些由她阿姨的手臂調理過的奶油。她在一個小罐子裡看到一種紅色染料。

「您的食用色素太亮了。」

食用色素用來讓黃油團有一種漂亮的黃色色彩，商販都很嚴格地遵守將這種色素當作獨家祕方，然而這僅僅是提煉自紅木子的色素，而且事實上也有人用紅蘿蔔與萬壽菊鮮花來製作。

「您到底要不要上來？」這個年輕女孩有些不耐煩地問，且她早已不習慣散發出惡臭的地窖氣味。「薩潔小姐可能已經走了，她應該知道關於我嘉華姨丈什麼重要的事。」

突然間勒可兒太太停下來，她把黃油團與食用色素留在原地，甚至沒有擦拭雙臂。輕拍一下，重新戴好無邊帽，跟著她外甥女的腳步走上樓梯，擔心地不斷重複：「妳覺得她可能不等我們嗎？」

但一瞥見薩潔小姐坐在乳酪當中，她就安心了，前者完全無意離開。三個女人坐在狹窄店鋪裡面，一個挨著一個，相互將臉湊著鼻子講話。薩潔小姐安靜了兩分鐘，然後她看到另外兩個女人被好奇心糾纏著，便用她尖銳的聲音說：「妳們知道嗎，這個佛羅鴻，我現在可以告訴妳們他是從哪　來的了。」

她又讓她的嘴巴停下了一下，最後她終於非常小聲地說：「他是從監獄回來的。」

她們四周的乳酪發出臭味，店裡深處的兩層物架上排滿了巨大的奶油塊。不列塔尼的奶油放在籃子裡，快溢出來；諾曼第的奶油包在布裡，像是一個雕塑家可能在上面丟下浸濕布料的肚子草樣；其他已經切開的大塊奶油，用鋸齒大刀修整後顯出許多裂隙與凹洞，恍如坍塌的山峰，映照在一個秋夜的暗淡裡。在陳列台下有著帶灰色紋路的紅色大理石，許多籃的雞蛋看上去白如粉筆。稻草小筐上的箱子裡放著一個個的圓木塞形軟乳酪，谷內爾乳酪[56]則像獎牌一樣

56 古內乳酪（gournay）產自上諾曼第，為牛奶乳酪，製成一到兩公分高的圓筒狀。

平放排列，點綴著綠色色調，一整片看上去像陰暗的檯布。陳列桌上著實堆滿了乳酪。就在論斤販售的奶油麵包旁，莙薘菜葉[57]當中躺著一個巨大的康塔爾乳酪，彷彿被斧頭劈出了許多裂隙；然後是黃金般的柴郡乳酪；瑞士格魯耶爾乳酪，硬得跟從粗魯的馬車上掉下來的車輪沒什麼兩樣；荷蘭乳酪圓得像那些切斷的頭，被凝乾的血給髒污了，就是這種像挖空腦子的堅硬讓其被叫作「死人之首」。

在這些熟乳酪的重量感當中，一個帕馬森乳酪加入了其鮮明的風味。三個布里乳酪放在圓形木板上，有著月亮失去光輝的那種憂愁，其中兩個已經完成其成熟過程，非常的乾；另一個只完成了一半，呈現些微液態並流出一些白色乳脂，形成一灘，蹂躪著單薄的木板，然而藉由這塊板子嘗試將之固定也是徒勞。沙呂港乳酪像極了古老的圓盤，顯現出刻印下來的製作人名字。在這些嗆人的發酵乳酪當中，一個包在銀色包裝紙裡的羅曼都乳酪，似乎誤入了歧途，讓人想到一條牛軋糖，甜乳酪。侯格堡乳酪也是，在玻璃罩下有著公主的表情，大理石般油滑的表面，刻著藍色與黃色的紋絡，彷彿那些吃了太多松露而被一種讓人羞恥的疾病給打擊的富人。在旁邊的一個大盤子裡則放著羊乳酪，大如孩童的拳頭，又硬又灰，讓人想到羊腸小徑上滾動

57 莙薘菜即葉用甜菜，常見於地中海料理，原產於歐洲南部，是歐洲用來做西式餡餅的餡料之一。

的石頭，而非那一群走動的公山羊。

接著則是那些發臭的乳酪：淺黃色的金山乳酪（mont-d'or），有股淡淡的臭氣；非常厚的特華乳酪（troyes），四周傷痕累累，已經十分明顯的澀味，更增添一股地窖潮濕的惡臭。卡門貝爾乳酪帶著一種略為發臭的野禽氣味；新堡乳酪（neufchâtel）、林堡乳酪（limbourg）、瑪霍勒乳酪（marolles）、主教橋乳酪（pont-l'évêque），這些方形乳酪在這樣生硬的氣味當中各自散發出尖銳而特殊的定調。略帶紅色的立瓦侯乳酪（livarot），讓喉嚨感覺就像吞下一道硫的蒸氣。最後，除了上述所有乳酪外，包裹在胡桃葉裡的歐立維乳酪（olivet），有如那些農人在農地邊用樹枝蓋住，任其在太陽下發熱發臭的那些腐屍。午後的熱氣融化了乳酪，黴菌開始在乳酪皮上生長，有著豐富的銅紅與灰綠色調，像極了那些沒有痊癒的傷口。

在橡樹葉下面吹起一陣風掀開了歐利維乳酪的外皮，那些葉子上下拍打如同一個睡著的男人的胸口，既慢且起伏明顯的呼吸著。一道流動的生命突破了一塊立瓦侯乳酪，由一群蟲所造成的缺口產生。在那些秤後面，一塊加了茴香的杰拉爾梅乳酪（géromé）在它單薄的盒子裡散發出一種惡臭，許多蒼蠅都掉落在盒子四周帶有灰色紋路的紅色大理石板上。

薩潔小姐眼下幾乎就是這一塊杰拉爾梅乳酪，她後退幾步到了店的最裡面，並將頭靠在大片的黃色與白色的包裝紙上，抓住一個角落稍微遮住口鼻。

「沒錯，他是從牢裡出來的。」她重複這句話，臉上有種厭惡的表情。「柯鈫—嘉德勒這一家人沒什麼好驕傲的。」

然而勒可兒太太與莎希耶特發出驚叫，不可能吧！他做了什麼竟然會去坐牢？從沒有人懷疑過柯鈫太太，這個有美德且讓整個鄰里驕傲的女人，怎麼選了一個坐過牢的情人？

「噢，不是的，妳們都想錯了！」這個老婦人急躁地喊道，「妳們聽我說，我就知道我曾經在哪裡看過這個醜八怪。」

她跟她們說了佛羅鴻的故事，現在她想起了曾經隱約有過流言，提及老嘉德列的一個外甥被送去開雲，因為他在一個路障旁殺了六個憲兵，她有一次甚至在皮湖耶特街上瞥見他。她又感嘆說自己的記性真差，已經沒什麼用了，很快地她就什麼也不會記得了。她為了自己的記憶消逝而難過，如同一個學問淵博的人看著自己花了畢生努力累積的那些筆記被風吹散。

「六個憲兵！」莎希耶特帶著讚賞地低語，「這個男人一定有著很堅硬的拳頭。」

「而且他一定也殺過其他人。」薩潔小姐補充道，「我勸你們別在半夜時碰到他。」

「真是個卑鄙無恥的人！」勒可兒太太充滿恐懼且結巴地說。

斜陽照進商館裡，乳酪的臭味變得更濃烈。這個時候，瑪瑞里斯乳酪尤其主宰了整個氣味，它散發出強而有力的氣息，在一塊塊平淡的奶油間有一股老舊床蓆的味道。接著風似乎轉向，突然間，林堡乳酪那種掙扎的嘶啞喘氣來到三個女人當中，就像那些瀕死的人喉嚨中發出那種又酸又苦的氣息。

「可是，」勒可兒太太又說，「他是那個胖麗莎的大伯囉，所以他沒有跟她……。」

她們相視．看，為佛羅鴻這個新身份感到意外，她們覺得要放掉第一個版本真是太可惜了。那個老小姐慫了聳肩大膽地說：「不過這也不妨礙……說實在話，這對我來說真是讓人難以置信，不過我畢竟不會去確認這樣的事。」

「終究，」莎希耶特，「這應該是過去式了，他不再睡在那裡了，因為您看到他跟梅育嵣家的兩個女人。」

「當然啦，美女，那些事就像我現在看到您這樣真實。」薩潔小姐大喊，惱怒的認為對方懷疑她。「他每天晚上都在梅育嵣家那些裙下打轉。而且這不關我們的事，他愛跟誰睡是他的事，對吧？我們是正經的女人。他那個自以為是的無賴！」

「當然啦！」其他兩個女人斷定說道，「他真是個不折不扣的無賴。」

簡而言之，故事轉向悲劇發展，她們想到佛羅鴻為他們帶來這些駭人聽聞的災難，便自我安慰地認為對美麗的麗莎表現地夠寬容。顯然這樣的人有不良的企圖，只會隱瞞自己的事，然後到處製造紛爭。況且這樣一個男人能夠進到巴黎大堂裡工作一定「秘密策劃了些陰謀」。於是就有些不可思議的預測，兩個女販宣稱她們要在儲藏室多加一道鎖，莎希耶特甚至想起前一個星期，有人偷了她一籃桃子。然而薩潔小姐嚇唬她們，告訴她們那些「共產黨」不是這樣運作的，他們根本不在乎一籃桃子，不過他們會聚集兩三百人然後殺了所有的人，並且毫不憂鬱的搶掠。她帶著一種有知識者的優越感說，這就是政治。勒可兒太太聽到這就覺得不適，已經看到一個夜裡巴黎大堂冒出火焰，佛羅鴻與他的共謀躲在地窖深處，準備從那　開始攻打巴黎。

「噢，我想到了，」那個老婦人突然說，「老嘉德勒的遺產，哼，柯鈫一家人應該笑不出來了。」

她整個人顯得歡喜，八卦又轉了個話題。她們又回到了柯鈫一家人，當她講述在鹽缸裡的財富這件事時，她連最微不足道的細節都知道。她甚至說出八萬五千法郎這個數字，縱然麗莎與她先生都想不起來曾將這件事告訴過任何人。不過柯鈫一家人沒有給「那個高瘦子」他的部分，要不然他的穿著也太差勁了。或許他只是不知道這件關於鹽缸的事，這些人，都跟小偷沒兩樣。然後她們把頭湊在一起低聲地說，要攻擊美麗的麗莎可能太危險了，不過應該「讓那個共產黨知道」，於是他就不會再多用那個可憐的嘉華先生的錢了。

提到嘉華的時候，有一陣子的沈默。她們三個人相視，一臉謹慎，當她們稍作呼吸時，她們特別聞到的是卡門貝爾乳酪。有著野禽味的卡門貝爾乳酪掩蓋住瑪霍勒乳酪與林堡乳酪那種更重的氣味。它擴展了其氣味，以一種大量驚人的腐臭氣息壓制住其他的香氣。然而在這強烈的氛圍中，帕馬森乳酪偶然發出一股鄉間笛音輕柔微細的調性，而布里乾酪則顯現出低音鼓那種淡而無味。立瓦侯乳酪那種讓人窒息的氣味又重現。這個交響曲有一剎那停留在一個放了茴香的杰拉爾梅乳酪那種管風琴延長音時的尖銳調性上。

「我跟雷翁思太太（Léonce）碰了面。」薩潔小姐又開口，帶著一個頗具深意的眼神。於是另外兩個女人變得非常專注。雷翁思太太是嘉華在科頌諾伊街（Cossonnerie）住所的門房。他住在一間不臨街的老屋裡，一樓由一個檸檬與橘子的倉儲店給佔據，他們將直到二樓的外牆都粉刷成藍色。雷翁思太太幫他打掃，保管衣櫃的鑰匙，或是當他感冒時幫他送藥草茶。她是一個五十多歲的嚴肅女人，講話很慢，似乎話永遠都講不完的樣子。一天她因為嘉華在她腰上捏了一把而生氣，然而這仍無法讓他成為正經的男人，在一個不起眼的地方，或是在他才剛病癒後，他依然會毛手毛腳。薩潔小姐每個星期三晚上都會到雷翁思太太的住處跟她喝咖啡，當這個家禽商住進這個屋子裡後，她跟她有了更緊密的友誼。她們好幾個小時都聊著這個正直的男人，她們都很喜愛他，都希望他能快樂。

「是的，我跟雷翁思太太約。」老小姐重覆道，「我們昨天一起喝咖啡，我發現她很苦惱，嘉華先生似乎晚上不到一點以前不回家。星期天，因為她看到他整個臉都垮了下來，因此端了熱湯上去。」
「她很清楚自己在做什麼，別說了。」勒可兒太太說，這個門房的殷勤讓她感到擔憂。
薩潔小姐認為應該為她的朋友辯護：「才不是呢，您想錯了。雷翁思太太可不只是門房，她是一個出身良好的人，如果她想要從嘉華先生那裡得到什麼好處，她很久以前就可以開始自貶身價了。他似乎什麼都不太注意，這就是我想要跟妳們說的，可是妳們會保密對吧？我跟妳們說的這些是秘密。」
她們對著她們信仰的神發誓她們會閉上嘴，然後兩個人拉長了脖子，另一個人則鄭重地說：
「妳們都知道嘉華先生已經好一陣子不太一樣了，他買了武器，妳們可知道他買了一把大手槍。雷翁思太太說這真是太可怕了，這把槍總是放在壁爐或是桌子上，她甚至不再敢擦拭這些地方。這還沒有什麼，他的錢呢……」。
「他的錢？」勒可兒太太重複了這句話，迫不及待想知道下文。
「嗯，他沒有任何股票了，全都賣掉了，現在，在一個櫥櫃裡有一堆金子。」
「一堆金子！」莎希耶特高興地說。
「是的，一大堆金子！在一塊隔板上滿滿都是，讓人眼花。雷翁思太太告訴我有一天早上他在她面前打開了一個櫥櫃，那些金子十分地閃亮，讓她的眼睛覺得不舒服。」

又是一陣靜默。三個女人的眼皮不停地眨著，彷彿她們看見了那堆金子。莎希耶特第一個笑了起來，低聲地說：「我呢，要是我姨丈給我這些，我就跟朱利好好享受。我們就不需要再早起了，我們要讓餐廳送來好吃的東西。」

勒可兒太太像是被這個意想不到的發現給壓垮了，她無法不去想那些金子，那股渴望緊壓著她的胸口。她終於舉起纖瘦的雙臂與乾癟的手，指甲上滿是那些硬固的牛油，以一種滿是焦慮的聲調含糊不清地說：「不應該想這些，這太讓人難受了！」

「哼，要是發生了什麼意外，這就是您的財產了。」薩潔小姐說，「我要是您的話，我會看好我的利益，您了解嗎，這把槍絕不是什麼好事。嘉華先生交了損友，這將不會善了。」

她們的話題又回到佛羅鴻身上，用更多的憤怒將他貶得一文不值。接著，她們沈著地估量著，這些糟糕的事情會引領他跟嘉華落入什麼情況。可以確定的是要是有人夠嚼舌的話，他們會落入無人能解救的狀況。於是她們發誓，她們不會張嘴談這些事，並非這個下流的佛羅鴻不需要一點教訓，而是因為要不計代價地避免讓正直的嘉華先生受到牽連。她們三個人都起身，就在薩潔小姐要走時，賣牛油的女販問道：「不過，在發生意外的狀況下，我們能夠信任雷翁思太太嗎？有鑰匙的是她啊！」

「您這就問得我不知該如何回答。」老婦人回答，「我認為她是個很誠實的女人；我不知道，畢竟這要視情況而定吧。我已經告知您們兩個人了，這是您們的事。」

她們繼續站著，在乳酪發出最後的濃厚氣味中相互道別。在這個時刻，所有的乳酪都同時散發出氣味，那是一股不和諧的惡臭，先是那些煮熟且柔軟的乳酪，格呂耶爾乳酪（gruyère）與荷蘭乳酪所發出的濃厚氣味。

然後有歐利維乳酪（olivet）那種少量的鹼味；康塔爾乾酪（cantal）、柴郡乳酪（chester）、羊奶乳酪等低沈的鼾聲，如同男低音寬廣的歌聲；上面突出的那些尖銳音符，即新堡乳酪、特華乳酪（troyes）以及金山乳酪那種細小又突兀的煙薰調。接著是那些讓人驚惶失措的氣味，一個蓋過一個，沙呂港乳酪（port-salut）、林堡起司、杰拉爾梅乳酪、瑪霍勒乳酪、立瓦侯乳酪與主教橋乳酪發出的氣息越來越重；漸漸地讓人迷惘，在一個單一的臭味爆發中全數綻放。在全面性的顫動中，這一切拓展開來，相互支持，不再有明確的氣味，只有連續讓人噁心頭暈與窒息的恐怖力量。然而似乎是勒可兒太太與莎希耶特小姐低劣的話語，發出了如此強烈的臭氣。

「我要謝謝您，」賣牛油的女販說，「倘若有一天我變得富有，我會報答您。」

然而那個老婦人並沒有真的離開，她拿起一塊原木塞形彭東乾乳酪（bondon），將之翻轉過來，又再放回大理石桌上，然後她問這一塊多少錢。

「我買的話？」她又帶著笑容補上一句。

「您的話，不用錢。」勒可兒太太回答，「我送給您。」

然後她重複說：「喔，如果我有錢的話。」

於是薩潔小姐跟她說總會有這麼一天的。那一塊乳酪已經消失在她的購物袋中。賣牛油的女販又下到地窖去，那位老小姐則又陪著莎希耶特回到她的店鋪，然後她們又聊了一下朱利先生，她們身邊的水果有著春天新鮮的氣息。

「您的店裡聞起來比您阿姨的好聞多了。」老婦人說，「我剛才覺得有些噁心，她怎麼能夠在那裡面過生活呢？至少在這裡很溫和，很香。這讓您膚色很好，美人。」

莎希耶特笑了起來，她喜歡聽恭維的話。接著她賣了一斤黃香李給一位婦人，還說那些李子甜的跟糖一樣。

「我也想買一些黃香李。」當那個婦人離開時，薩潔小姐喃喃地說，「只是我吃得這樣少，像我這樣一個獨身的女人，您懂嗎？」

「您就抓一把吧，」漂亮的棕髮女孩喊著，「這不會讓我破產的。若是您看到朱利的話，要他進來。他應該在出了大街右手邊的第一條長椅那裡抽雪茄。」

薩潔小姐張大了手指好抓一把黃香李，這些李子也進入購物袋裡。她假裝要離開巴黎大堂，但她在一條有遮蓬的街上又轉了個方向，緩慢地走著，想著黃香李與乳酪當晚餐實在太粗劣了。

一般來說，在午後的巡行之後，她要是沒有透過哄騙與一堆故事成功地讓那些商販裝滿她的購物袋，她就被迫去買殘羹剩菜。

她悄悄地重新回到牛油館中，貝傑街（Berger）這一邊，在處理輸送牡蠣的辦公室後方，有著熟食肉品的店鋪。每天早上，那些內襯鋅板，像盒子一樣並配有通氣孔的小車子會停在那些大廚房的門口，載來餐廳、使館、各部會等地方混雜的點心，而分揀這些食物是在一個地窖中進行。九點一開始，準備好的盤子排開，三蘇或五蘇一盤，肉塊、野禽的里脊肉、魚頭或是魚尾、青菜、豬肉製品，還有甜點、幾乎沒有動過的蛋糕與包裝完整的糖果。那些生活拮据的人、小員工、發燒打寒顫的女人都來排隊。

偶爾一群孩子譏笑著這些蒼白的吝嗇鬼，他們帶著陰險的眼神買了食物，隨時警戒確定沒有人看到他們。薩潔小姐溜到一間店門口，店家自命不凡地表示只賣那些來自杜樂麗宮的殘羹剩菜。有一天，老闆娘甚至讓她買了一片羊腿，並確切地告訴她那是從皇帝的盤子裡拿來的。這位老小姐帶著些許驕傲吃了這一片羊腿，對她的虛榮心就是一種安慰。如果她偷偷摸摸是為了能夠自在地進出這些鄰里間的商店，她通常都到處遊走，卻從沒有買過什麼。她的計謀就是，一旦她知道了那些商家的事，她就與他們鬧得不愉快，換到別家去，然後過一陣子又跟他們和好；就這樣子在巴黎大堂裡繞圈子，這就是她停留在所有店家裡的手法。人們以為她買了許多的食物，事實上她都是靠著人家給的禮物，萬不得以才用自己的錢買這些殘羹剩菜過日子。

這一天晚上，店門口有一名高大的老人，他聞著一個裡面混雜著魚跟肉的盤子。薩潔小姐則在旁邊聞著一堆冷的油炸食品，要三蘇。她討價還價後用兩蘇買到那一盤。冷的油炸食品猛然地掉進了購物袋中。其他的顧客到來，他們都一致地將鼻子湊近那些盤子。陳列架上的味道令人作嘔，一種有著油膩碗盤且水槽發出惡臭的氣味。

「明天來找我，」女商販跟老婦人說，「我為您留下一些好東西，今晚在杜樂麗宮有個重大的晚宴。」薩潔小姐承諾會回來，就在轉身時她瞥見了嘉華，後者聽到了她們的對話並看著她。她變得滿臉通紅，縮起了纖瘦的雙肩，表現出沒有認出他來，然後離開。不過他用眼神看了她一下子，聳了聳肩，嘟噥地說他再也不會驚訝這個嘴碎尖酸女人的惡行，「哪一天她會吃那些杜樂麗宮中的人打嗝出來的髒東西而中毒。」

從隔天開始，一個隱隱約約的流言在巴黎大堂中流傳開來。勒可兒太太與莎希耶特堅持保守秘密。在這個情況下，薩潔小姐顯得特別狡詐，她閉上嘴，讓另外兩個人去散播佛羅鴻的故事。起先是簡短版的故事，一些話語到處被低聲地傳播。然後有了不同根據的故事版本，段落都被加長，進而形成一種傳說，佛羅鴻在故事中變成了凶神惡煞。他在格累內達街（Grenéta）的路障處殺死了十個警察，他搭乘那些在海上殺人放火的海盜船回到法國，自從他回來之後，人們常看到他夜裡跟那些可疑分子在街上閒逛，他應該就是他們的領袖。而那些商販的想像力自此開始自由發揮，他們夢想著更有戲劇性的情況，一群走私者生活在巴黎市中心，或是一大群人集中處理在巴黎大堂中偷竊的物品。人們對柯鈫—嘉德勒一家人多所抱怨，大家都惡意地談論那一筆遺產，這讓所有人都很感興趣。大眾的意見就是佛羅鴻要回來拿他的那一份財富，然而由於他讓人無法捉摸，因此分家產一事尚未完成，人們甚至編造說他等待一個好機會拿走所有的錢。總有一天，大家會發現柯鈫—嘉德勒一家人被殺害的。人們已經開始繪聲繪影地說，每天晚上在兩兄弟與美麗的麗莎之間都有讓人恐懼的爭論。

當這些無稽之談傳到美麗的諾曼第女人耳中時，她笑著聳了聳肩。

「算了吧，」她說，「你們不認識他，這個親愛的男人跟綿羊一樣溫柔。」

她不久前明確地拒絕了嘗試正式求婚的勒比格先生。從兩個月前開始，每個週日，他都會給梅育嶿家一瓶利口酒，由玫瑰帶著她順從的表情送酒來。她一直都被賦予責任要跟諾曼第女人說出恭維的話，她忠實地複述著讓人高興的句子，從沒有顯現出對這種奇怪跑腿差事有絲毫的不耐。當勒比格先生被打發掉後，為了表現出他並沒有生氣且還保持著希望，在接下來的那個週日，他又派玫瑰送去兩瓶香檳與一大束花。她確實將這一切都交到美麗的女魚販手中，並背誦一段酒商的牧歌：「勒比格先生請您喝這瓶酒時能想到他，您知道的，他已經受到很大的打擊。他希望有一天，如這些花朵般美麗且芬芳的您能讓他從這份打擊中恢復。」

諾曼第女人對於這個侍女快樂的表情感到有趣，她親吻她的臉頰，並跟她提及大家都說她的老闆要求很多。她又問玫瑰，是否很喜歡他，他是否穿著吊帶以及他夜裡是否會打呼。然後她讓她將香檳與花束帶回去。

「告訴勒比格先生別再派您來了，小女孩，您實在是人太好了。看到您手臂中抱著這些酒瓶讓我感到不悅，您就是無法反抗您那位老闆對嗎？」

「女士，他還是會要我來的。」玫瑰在離開時回答道，「您讓他感到難過是不對的，他真的是個好人。」

諾曼第女人被佛羅鴻溫柔的性格給征服了，她晚上在燈下繼續跟著豪美上課，腦中幻想著她會嫁給這個對孩子非常好的男孩。她將繼續她魚攤的生意，他在巴黎大堂的行政體系中得到更高的職位。

然而這個夢想與這位教師的表現有衝突。他跟她打招呼，保持著距離；而她則想跟他一起笑，讓自己被挑撥，最後就是以她知道的方式愛他。這股隱約的不順從更讓她一直懷抱著結婚的念頭，她想像著純真愛情那種巨大的快樂。佛羅鴻則活在更高更遠的理想中，他若沒有對這個小豪美產生好感，或許他會屈服。然而想到在這個屋子裡，他的情人身邊有那位母親與妹妹，這個想法便讓他產生反感。

諾曼第女人得知她所愛的人的故事時非常訝異，因為他從沒有講過任何這些事情。她跟他吵架，這些不平凡的經歷在他溫柔的性格中添加了一些刺激。於是好幾個晚上，他必須講述他曾經歷的事情，她擔心顫抖地想，警察終究會發現他；然而他跟她保證，告訴她這些都是陳年往事，警察現在已經不會為此自找麻煩。

一天晚上，他跟她說那個在蒙馬特大道上那個女人，那個穿著有帽子的粉紅色長大衣的女人，胸口破了洞，血流到他手中。他還是經常會想到她，在開雲那些天氣清朗的夜晚，他常回顧那些讓人難過的回憶。當他回到法國，瘋狂地想著在一個陽光普照的日子裡，會在人行道上重新看到她，縱然他一直都感覺得到自己腿上那股死亡的重量，不過她很可能又重新站起身來了。偶爾在街上，他認為又認出她來時，就像胸口被人打了一拳。他跟隨著那些穿著有帽子的粉紅色長大衣，圍巾掛在肩上的那些女人，心裡打著冷顫。當他閉上雙眼，他看到她在行走，向他走過來。然而她讓自己的圍巾滑落，露出胸前的那兩個紅點，看上去就跟蠟像一樣蒼白，有著空洞的雙眼與痛苦的雙唇。他深沈的痛苦是長久以來都不知道她的名字，她只是個他則稱之為懊悔的陰影。

當他想到女人時，出現的就是她，彷彿她是唯一的好女人，唯一純真的女人。他有時候驚訝自己夢到她在這個她停歇的大道上尋找他，如果她早幾秒鐘碰到他的話，她很可能會給他一個充滿喜悅的生命。然而他不要其他的女人，他只為自己而存在。談到她時，他的聲音顫抖，愛慕著他的諾曼第女人，以一個女人的天性了解到他的感受，這也令她嫉妒。

「沒錯，」她惡狠狠地低聲說道，「你最好不要再看到她，現在她應該不會太漂亮。」

佛羅鴻顯得很蒼白，為了那個女魚販所暗示的影象感到恐懼。他的愛情回憶掉入了堆屍處。他無法原諒她這種殘酷的暴行，自此以往，她讓那個可人的絲質長大衣裡只有突出的下顎與雙眼大睜的骨架。當諾曼第女人開玩笑說這名女士「在維維安街的街角跟他睡在一起」時，他變得很粗暴並用了近乎下流的字眼要她閉嘴。

然而在這些意想不到的發現中，讓美麗的諾曼第女人尤其驚訝的是，她竟然錯以為從美麗的麗莎手中搶過了一個情人。這降低了她的成就感，因此在接下來的八天當中也減少了她對佛羅鴻的愛意。她以那筆遺產的故事來安慰自己，美麗的麗莎只不過是個裝作一本正經的女人，她是個拿著其大伯財產的小偷，那些虛偽的面貌欺騙了所有人。現在每個晚上，當豪美抄寫著那些書寫範本時，他們的對話都落入老嘉德勒的財富。

「大家從沒有想到那個老傢伙所想的，」女魚販笑著說，「他想要讓自己的錢變鹹所以才把它們放在鹽缸裡。八萬五千法郎，真是個漂亮的數目，尤其是柯鈫一家顯然撒了謊，數目很可能是兩倍，甚至三倍。啊，如果是我的話，我會很快地要求我的那一份。」

「我什麼都不需要，」佛羅鴻總是重複這句話，「這些錢，我不知道要如何處理。」

於是她發火地說：「真是的，您簡直不是男人！這真讓人難過，您不了解柯欽一家人都在捉弄您嗎？那個胖女人給您穿那些她先生的舊衣服。我這麼說不是為了要讓您難過，但是真的大家都注意到了。您有一條上面滿是油脂的長褲，街坊鄰居看著您弟弟穿了三年了。我要是您的話，我會把那些破布丟到他們臉上，我自己處理自己的錢。那是四萬兩千五百法郎，對嗎？我才不會放著自己的四萬兩千五百法郎就走了。」

佛羅鴻盡可能地跟她解釋說，他的弟妹要給他他的那一份，她說他隨時都可以拿，是他自己不想要的。他甚至講到最枝微末節的細節，努力說服她，柯欽一家是很誠實的。

「去看看他們會不會來啊，讓！[58]」她用一種反諷的聲音唱著，「我很了解他們的誠實，那個胖女人每天早上為了不弄髒那份誠實，都將之收藏在衣櫃裡。說真的，我可憐的朋友，我真替您感到難過。他們這樣愚弄您，您還不生氣，連一個五歲小孩都看得比您清楚。她有一天會將您的錢放進口袋裡，然後再也不還給您，這種手段其實更高明。您需要我去幫您要求屬於

58 這是一首當時流行歌曲的曲名，原文為「va-t-en voir s' ils viennent, Jean!」用以表示「沒有任何一件事能讓人相信」。

您的東西嗎？我可以跟您保證，這一定很有趣。我可以發誓，我要是拿不到該拿的，就會把他們家給砸了。」

「不需要，不需要，您不需要這樣做。」被嚇壞的佛羅鴻急忙說道，「我再看看，可能很快我就會需要錢。」

她不相信他的話，聳了聳肩，咕噥地說他真的太軟弱。她持續關注的就是用盡一切方法：憤怒、輕蔑以及溫柔，讓他興起反抗柯鈫－嘉德勒一家的意念。然後她醞釀另一個計劃，當她真的嫁給佛羅鴻時，如果美麗的麗莎不交出那份遺產的話，她就會去賞她幾巴掌。晚上在床上，她清醒地幻想著：她進到肉品店裡，在他們做生意的時候坐在店中央，撒野給大家看。她對這個計劃懷著夢想，結果讓自己極度陷入其中，只要想到結婚，就是為了去要那筆老嘉德勒的四萬兩千五百法郎。

勒比格先生被拒絕一事激怒了梅育嵣家的母親，她到處喊著她的女兒瘋了，「那個高瘦子」一定是讓她染上了什麼糟糕的毒癮。當她得知開雲那段故事時，覺得真是可怕，罵他是個苦役犯、殺人犯，並說他對這些卑劣的行為如此在行就不讓人意外了。在這一區的鄰里之間就是她講述了這個故事最可怕的版本。然而在家裡，她很高興能夠在佛羅鴻到來的時候罵人，並鎖上放銀器的抽屜。一天，在跟她大女兒吵架後，她大喊：「這種情況不能再繼續了，就是這個流氓讓妳跟我作對，對吧？不要得寸進尺，因為我會去警察局告發他，我說話算話。」

「您要去告發他，」諾曼第女人整個人顫抖地握緊雙拳，重複了這句話。「別做這種帶來厄運的事，噢，您若不是我母親的話」

眼見這場爭吵的克蕾兒笑了起來，一種歇斯底里且嘶啞的笑聲。最近，她變得更陰沈，更古怪，雙眼通紅且整個面容慘白。

「哼，要不然呢？」她問道，「妳要打她嗎？妳也要打我嗎，我是你妹妹呢！妳知道，一切就到此為止。我會把房子給處理掉，然後去警察局，這樣媽媽就不用跑一趟了。」

正當諾曼第女人悶聲斷斷續續地說著些威脅的話時，她補充道：「妳不需要費力打我，我呢，在回來經過橋的時候就會跳進河裡。」

大滴眼淚自她的雙眼滾滾落下，她躲進自己的房間，用力地關上了門。梅育螗家的母親不再提及要告發佛羅鴻的事，只不過豪美告訴他母親，他在附近到處都會看到外婆跟勒比格先生聊天。

美麗的諾曼第女人與美麗的麗莎間的角力因之變得更不露聲色且更讓人擔憂。下午，當肉品店裡有著粉紅條紋的人字斜紋布的遮蓬降下來時，女魚販就叫說那個胖女人害怕了，所以她要藏起來。櫥窗裡也有百葉窗，當它拉下來時便讓她發火，一幅畫上穿著黑色服裝的男士，與穿著露背裝的女士在黃色的草坪上享用著狩獵午餐，吃著一塊偌大的紅色肉餅。顯而易見，美麗的麗莎並不害怕。

一旦陽光散去，她重新打開百葉窗，坐在她的櫃檯後面編織，安穩地看著巴黎大堂外人行道上種植的法國梧桐。在那些樹形成的柵欄下，一群頑童在地上到處竄動；在長凳上，搬運工抽著煙斗；人行道兩端兩個廣告欄像是穿了小丑的大衣，上面貼滿綠色、黃色、紅色、藍色的劇場方形海報。她完美地監視著美麗的諾曼第女人，表面上卻像是頗有興味地看著那些經過的車子。

偶爾，她假裝彎下身，跟著從巴士底廣場前往瓦剛廣場（Wagram）的公共馬車，直到聖厄斯塔什廣場的車站；這是為了更清楚地看到女魚販，為了報復對方的百葉窗，她則在自己頭上以及商品上放置大片的灰色紙，藉口用以保護商品不受夕照直射。然而美麗的麗莎現在較佔上風，她對那些決定性的一擊接近時表現的非常鎮定；至於另一個女人，即使她努力讓自己看起來與眾不同，卻總是讓自己變得過分傲慢，事後卻又感到懊悔。諾曼第女人的野心是要表現出「出身良好」，因為沒有什麼比聽到她對手良好的舉止更讓她不悅。梅育嵣家的母親也注意到她這個弱點，於是也只攻擊她女兒這一點。

偶爾她晚上會說，我看到柯鈫太太站在店門口，這個女人如此地矜持真是讓人驚訝；然而即使如此，她看上去就真的是位女士。一定是因為那個櫃檯的關係，妳懂嗎？那個櫃檯現在會讓您看起來像個女人，但卻讓她與眾不同。這些話中間接暗示了勒比格先生之前的求婚。美麗的諾曼第女人沒有回答，有一下子的不安。她想到自己在皮湖耶特街的另一個角落，在酒商的櫃檯裡，與美麗的麗莎相對。這是第一次她對佛羅鴻的溫柔受到了衝擊。

事實上，要捍衛佛羅鴻實在是件很困難的事。整個區的人都湧向他，似乎每個人都立刻有興趣要消滅他。現在在巴黎大堂裡，有人發誓他一定是警察的走狗；其他人則確定有人看到他在放奶油的地窖中，嘗試在那些儲藏室的金屬蓋布上打洞，想要把點了火的火柴丟進去。這些是誇張的誹謗，不公正的對待，來源擴大了但卻沒有人知道出處為何。海鮮館是最後才進行反動的。那些女魚販喜愛佛羅鴻的溫柔，她們捍衛他一段時間，接著被那些從牛油館以及水果管的商販煽動影響，她們也放棄了。於是那些龐大肚子與巨大脖子對這個瘦子的反動又再開始，他又再次迷失在這些女人當中，這些緊得隨時會爆開的緊身馬甲當中，她們生氣地在他尖削的肩膀四周滾動。他似乎甚麼都沒看見，走路時只想著腦子裡既定的念頭。

現在，任何時候，任何角落，在這些放縱的言論當中都會出現薩潔小姐的黑色帽子。她蒼白的小臉似乎無所不在，她發誓要報復那些在勒比格先生的玻璃包廂中的那群人。她指責這些先生散播了她吃那些殘羹剩菜的事。事實就是一天晚上，嘉華述說監視他們的「這個老嫗」吃的是波拿巴[59]那一夥人吃剩的食物。克蕾蒙絲聽了感到噁心，羅賓則很快地喝了一小口啤酒，像是要清洗自己的喉嚨。然而家禽商不斷重複地說：「那些杜樂麗宮的人都在那上頭打嗝。」他一邊說一邊做了個可怕的鬼臉。這些從皇帝的盤中收集的那些肉對他來說是叫不出名字的垃圾，政治排泄物，統治者手中令人作嘔的腐爛食物。於是在勒比格先生酒吧裡的這些人，他們再也瞧不起薩潔小姐，她成為一個活生生的廢物，一個卑劣的動物，吃著那些連狗都不吃的腐爛食物。克蕾蒙絲跟嘉華在巴黎大堂中到處宣傳這件事，結果危及了這位老小姐與那些商販的良好關係。

當她討價還價，閒聊卻什麼都不買的時候，大家都要她去買那些殘羹剩菜。這樣一來切斷了她的訊息來源。某些日子裡，她甚至完全不知道周遭發生了什麼事情，她為此而憤怒地哭了。就在這種情況下，她直截了當地跟莎希耶特與勒可兒太太說：「你們不需要再多說甚麼，年輕人；我會跟你們的嘉華算賬的。」另外兩個人有些目瞪口呆，但她們都沒有抗議。隔天，稍微鎮定的薩潔小姐對這個可憐的嘉華先生的態度比較軟化，他交了不良的朋友，勢必會有損失的。

事實上，嘉華做了許多危及自己名聲的舉動。自從謀反的計劃成熟，他到哪裡，口袋中都

59 波拿巴（bonapartiste）擁護者在法國政治歷史上，廣義來說指的是想恢復法國第一個皇朝—波拿巴皇朝的人。

帶著那把讓他的門房雷翁思太太十分驚嚇的手槍。這真的是把了不起的手槍，他以非常神秘的方式購自巴黎最好的武器店。隔天他就把槍拿給家禽商館裡所有的女人看，彷彿一個國中生在自己的書桌裡藏了一本被禁止的小說。他把槍管露出口袋外側，讓人看到，然後使了個眼色；接著他表現出半推半就，一個男人假裝感到害怕的各種美妙表現。這把手槍給了他十足的重要性，他也將其列為危險人物之一。偶爾在他店鋪最裡面，同意將槍拿出他的口袋讓兩三個女人看。他並要這些女人站在他前面，說這樣能夠用她們的裙子藏住那把槍。於是他把槍上膛，操作它，用之調整在陳列架上的一隻鵝或是一隻火雞。那些女人的恐懼讓他陶醉其中，他最後跟她們保證並跟她們說其實那把槍沒有上膛。不過他身上也有子彈，在一個他極小心翼翼打開的盒子裡。當那些人用手掂了掂那些子彈後，他終於決定要把他的武器收起來。然後雙臂交叉在胸前，狂喜地高談闊論好幾個鐘頭：「一個男人就要這樣才是男人，」他以一種吹噓的態度說。「現在，我才不在乎那些警察，上個星期天，我跟一個朋友在聖丹尼平原裡試槍。你們懂的，我們不會跟所有的人說我們有這樣的玩具。喔，可憐的小女孩們，我們往一棵樹上射，每一次都是啪的一聲，樹都被打到。你們等著看，等著看，不久之後你們就會聽到有人談論阿納多勒了。」他叫他的手槍阿納多勒。他如此的高調，八天之後整個商館都知道那把手槍跟子彈的事。然而他與佛羅鴻相交看上去很曖昧，他太有錢也太胖，人們難以想像他也有同樣的恨意。他失去了那些精明人的器重，甚至成功地讓那些膽小的人感到害怕，他因之感到高興。

「在身上帶著武器實在是太輕率，」薩潔小姐說，「他一定會因此倒霉的。」

在勒比格先生的酒吧裡，嘉華更是洋洋得意。自從佛羅鴻不再在柯鈫家用餐後，他就住在這個玻璃包廂裡。他在裡面午餐、晚餐，每次都把自己關在裡面。他把這裡變成像是他的房間，一間書房，他把自己老舊的長外套、書籍與紙張都留在裡面。勒比格先生容忍這種佔有，他甚至搬走了其中一張桌子，為了在狹窄的空間裡放進一張軟墊長椅；有時候佛羅鴻也能夠在上面睡覺。當後者有一些顧忌時，老闆會讓他別介意，並說整間屋子都可以任他使用。洛格也表現出對他非常友善，並讓自己成為他的副手，隨時都跟他談論「這件事」，好讓他了解他行事的步驟，並給他新成員的名字。

在這次任務裡，洛格讓自己擔任組織者這個角色，他應該接洽所有的人，設立各單位，當訊號發出後，巴黎便會落入他每個環節都準備好的那張大網當中。佛羅鴻繼續當首腦，這次陰謀的靈魂。此外，縱然這個駝子曾發誓在巴黎的每一區中都認識兩到三個可靠的男性團體，跟聚在勒比格先生酒吧裡的這一群人一樣，他似乎也費了很多工夫，卻沒有達到顯著的結果。直到這時候他都沒有提出任何精確的訊息，在這群人的熱情當中，他只是丟出了幾個虛無的名字，描述那些無止盡地東奔西走。他報告最清楚的就是跟哪些人握過手，其中一個在巨石里[60]的人跟他稱兄道弟，對方跟他握手並表示「他會參與」；一個大魔王，曾經把他的手拉脫臼，會成為一個重要的分區首領；另外在波旁庫爾街[61]上一整群的工人都鼓舞激勵他。

每天聽他講述這些，人們認為將能集結十萬人。當他到達酒吧帶著一臉疲憊，把自己整個人摔進包廂的長凳上，講著各種不同的故事；佛羅鴻記著筆記，依靠他來實現其承諾。很快地，在後者的口袋裡，這個密謀不再只是紙上談兵，筆記變成了事實，不爭的數據，整個密謀的計畫都建構在其上，萬事俱備，只欠東風。洛格邊說一切都會很順利，邊熱情地比劃著。

在這段期間，佛羅鴻完全沉浸於快樂，整個人浮在半空中，能夠為自己所見的苦難而伸張正義如此強烈的想法似乎支撐著他。他像孩童般輕易地相信他人且有著英雄的自信。洛格告訴他七月之柱[62]的那些天才將會結束他們的統治，這是意料中的事。晚上在勒比格先生的店裡，他都會真情流露，講著下一場戰役如同所有勇者都受到邀請的宴會。

60 巨石里（Gros-Caillou）為巴黎第七區中的一個小鄰里。
61 波旁庫爾街（Popincourt）為巴黎第十一區中一條極短的小街。
62 原文為「colonne de Juillet」，是在一八三五與一八四〇年間立於巴士底廣場上的一個紀念碑。以示慶祝一八三〇年七月時讓查理十世失勢，而路易·菲利浦一世成為國王（一八三〇—一八四八）的革命。

然而當嘉華很高興地玩著他的手槍時，夏威卻變得更尖酸刻薄，邊冷笑邊顯出毫不在乎的樣子。他的對手成為這份密謀主腦的狀況讓他不能自己，讓他對政治感到反感。一天晚上到得較早，他獨自跟洛格與勒比格先生在一起，感到鬆了一口氣。

「一個男孩子，」他說，「對政治的想法真是單純，應該去女孩子的寄宿學校當個文學教師還比較好。他要是成功的話可就慘了，因為他用他那些社會夢想，把那些該死的工人丟給我們。你們懂嗎，就是這樣才會失敗。不應該再有那些唉聲嘆氣的人，那些人道主義的詩人，那些自尊心稍受損就要被安慰的人，不過他不會成功的，他又會被關進監牢，就是這樣。」

洛格與酒商沒有表示反對，他們讓夏威發著牢騷。

「他要是真像他自己說的那樣危險的話，」他繼續說道，「他早就應該被關進牢裡了。你們知道的，他那種從開雲回來的樣子，真讓人同情。我跟你們說，警察從第一天就知道他回到巴黎來了，如果他們讓他這樣安穩的過日子，就是他們懶得理他。」

洛格輕輕地打了個哆嗦。

「我呢，從十五歲開始就被人盯哨了，」埃貝爾派支持者又再說道，「我也沒有到處宣傳，只是我不會成為他戰爭的一分子，我可不想像傻瓜一樣被逮到。可能有半打密探跟蹤他，哪一天警察要逮他的時候，那些人也會把你們都拎走。」

「喔，不會的，虧你想得出來。」從不說話的勒比格先生說道。他有些蒼白，看著靠著玻璃隔間緩緩轉動身體的駝子。

「這都是假想。」駝子低聲地說。

「你們要認為這是假想也罷，」自由的教師回答道，「我知道這是怎麼運作的，不論如何，這一次警察是抓不到我的。你們其他人，你們做你們想做的，不過你們要是聽我的話，尤其是您勒比格先生，您就不會危害到您的生意，否則有人會關了您的店。」

洛格只是笑一笑。夏威已經跟他們講了許多次類似的話，他一定想讓他們感到害怕，並計畫讓贊同佛羅鴻的那兩個人離開。他卻總是發現他們有種讓他十分驚訝的鎮定與自信，儘管如此，他跟克蕾蒙絲晚上仍舊很規律地前來。這個高個子的褐髮女孩不再是漁市的登記員，馬努西先生已經把她辭退了。

「這些經理人都是無賴。」洛格低聲地抱怨。

克蕾蒙絲側身靠著隔間，在她纖細的手指間捲了一隻菸，用她清晰的聲音說道：「嗯，這是場好戰役，我們的政治理念幾乎都不一樣，對嗎？這個馬努西賺的錢跟他那個人一樣肥厚，很會拍皇帝的馬屁。我呢，要是我有間辦公室，我才不會讓它一整天都空著。」

事實上，她開了個很嚴重的玩笑。有一天，面對著那些拍賣的黃蓋鰈、鰩魚與鯖魚，她竟然好玩地在販售登記板上寫下了那些宮廷裡最有名的女士與先生的名字。這些魚的別號套在那些顯貴身上，招標那些伯爵與男爵夫人，一件都是三十蘇的價格，這個舉動嚇壞了馬努西先生，但嘉華仍然笑話著這件事。

「誰理他呢，」他邊說邊拍了拍克蕾蒙絲的臂膀，「您真的是個男人。」

克蕾蒙絲找出一種新方法來調她的熱甜酒。她先在杯子裡倒滿熱水，有甜味之後，再在那一片漂浮的檸檬上一滴一滴地倒入萊姆酒，像是不要讓之跟水混在一起。接著她點火，非常認真地看著酒精燃燒，煙緩緩升起，那道煙霧將她的面容映成一片綠色。然而當她失去了職位後，她就無法再繼續進行這樣的昂貴消費。夏威苦笑地讓她注意到，她現在已不再有錢了。她現在靠著在米侯玫尼街（rue Miromesnil）上教法文課過日子，上課時間是一大早，教的是一個瞞著她的侍女，要讓自己的教育更完善的年經女子。於是她晚上只能點一大杯啤酒，不過她很豁達地喝著。

包廂中的夜晚不再非常吵鬧，夏威在有人要他聆聽對手說話時，臉色慘白且冷冷地發怒，立刻就閉上了嘴。在另一個人到來之前，他是掌控這群人的獨裁者，他曾經統治著這裡的想法，現在這個狀況讓他產生一種被剝奪了權位的痛苦。他仍舊前來是因為他對這個狹窄的角落有股懷舊之情。他回想起對嘉華與羅賓專權的那些溫柔時刻，洛格這個駝子也跟他同一派，還有臂膀粗壯的亞歷山大以及面孔陰沉的拉卡耶。只要一個字，他就讓他們折服，讓他們接受他的意見，把他的權威加諸在他們身上。然而現今他太過痛苦，於是他不再發表意見，拱著背，臉上盡是輕蔑的表情，不屑反對眼前那些滔滔不絕的蠢話。尤其讓他絕望的是，他在不知不覺中漸漸地被排擠了。佛羅鴻的優勢是難以解釋的，在聽著他溫柔且帶些悲傷的聲音講了好幾個小時的話之後，

他常說：「這個男孩子簡直就是個神父，只差那頂教士的圓帽。」

其他人似乎很欽佩地聽著他的話。在看到所有掛衣勾上都掛著佛羅鴻衣物的夏威，作勢擔心會把帽子弄髒，卻又不知該把它掛在哪裡。他推開那些到處都是的紙張，並說自從「這位先生」在這個包廂裡生活後，大家都不再能像之前那樣自在了。他甚至跟酒商抱怨，問對方這個包廂屬於單一個消費者還是一個會社。男人都是畜生，這種對他人領土的入侵簡直就是致命一擊。他看到洛格與勒比格先生專注地看著佛羅鴻時，便鄭重地蔑視人道。嘉華跟他的手槍讓他發火，安靜地待在他的大杯啤酒後面的羅賓對他來說確實是這一幫人中最強的。這個人應該用人的價值來評斷他們，但他用的不是言語。至於拉卡耶與亞歷山大，他們認定由於他有著人民都太笨的這個想法，他可能需要十年的革命性專制才能駕馭他們。

然而這時候洛格表示那些分隊將很快地組織完成，佛羅鴻開始分配工作。一晚，在他進行

了最後一項討論後，夏威起身並拿起帽子對他們說：「好了晚安，如果你們覺得這很有趣，就等著你們的頭被打破吧，我呢，我還不打算這樣做，你們聽到了嗎！我從沒做過只為了滿足某個人野心的事。」

克蕾蒙絲披上她的圍巾，冷冷地補充道：「這個計畫很荒謬。」

當羅賓用一種很溫柔地眼神看著他們走出去，夏威問他是否要跟他們一起走。羅賓的杯子裡還有幾口啤酒，他只是伸出手去握了握手，那一對男女沒再回來。拉卡耶有一天告訴這一群人，夏威跟克蕾蒙絲現在都去薩彭特街（rue Serpente）上的一間小餐館。他透過一塊玻璃窗，看到他們在一群很年輕且專注的人當中激動地比手畫腳。

佛羅鴻從沒有辦法網羅克羅德。他有一下子夢想著能夠告訴對方自己的政治理念，讓他成為他革命任務中能協助他的弟子。為了能讓他加入，一天晚上他帶他到勒比格先生的酒吧。然而克羅德花了整個晚上畫羅賓的速描，他的帽子與褐色大衣，支撐在手杖圓球上的鬍子。接著在跟佛羅鴻一起離開時，他說：「不是，您也看到了，您在裡面說的那一些，我一點都沒興趣。可能都很重要，但我卻完全無法理解。喔，不過，你們有一個很棒的先生，這個了不起的羅賓。這個男人，他跟一口井一樣深沉。我會回來，只不過不是為了政治。我要畫一張洛格的速寫以及嘉華的速寫，然後把他們跟羅賓放在一張壯麗的畫裡；我想在你們討論時這樣做，您覺得如何？哈，您想像得到嘉華、洛格與羅賓伏在他們的啤酒杯後頭談論政治嗎？我親愛的朋友，這會是畫展中的成功之作，突破一切的成就，這真的會是一幅現代畫。」

他對政治的懷疑態度讓佛羅鴻感到憂愁。他讓他上到他住的地方，在那個面對著一片藍光的巴黎大堂的狹窄露臺上把他留到清晨兩點。他對他曉以大義，說他如果對於自己國家的幸福表現的如此不在意就不是個男人。畫家搖搖頭回答道：「您說的可能有道理，我是個自私的人，我甚至不能說我畫畫是為了我的國家，因為首先，我的那些草稿嚇壞了所有人，然後當我繪畫時，我只想到我個人的快樂。我繪畫就像是在自娛，讓我全身上下都發笑。您要我怎麼辦呢，我就是這樣的人，畢竟不能因此而去跳河吧。況且法國不需要我，我阿姨麗莎也是這樣說的。我能直說嗎？是的，我喜歡您，對我來說您投入政治完全就像我繪畫一樣。您做讓自己高興的事，我親愛的朋友。」

當對方抗議時，他則說：「算了！您是您那個領域裡的藝術家，您夢想著政治，我打賭您在這裡花上許多夜晚看著那些星辰，把他們當成那些無窮無盡的選票。終究，您用您那些正義與事實的念頭來自娛。而您的想法，還有我的草稿都讓那些布爾喬亞階級感到非常恐懼卻是實情。還有，您想想，如果您是羅賓的話，您認為我會想成為您的朋友嗎？喔，您真是個夢想家啊。」然後他開玩笑地說政治不會干擾他，他在那些小餐館與畫室中聽多了，已經習慣了。講到這一點，他提及一個在沃維利耶街上的咖啡館，那間咖啡館在莎希耶特住的那棟房子的一樓。這間滿是煙霧的咖啡館，有著天鵝絨長椅，被摻了燒酒的咖啡漬弄成黃色的大理石桌子，這是巴黎大堂那些年輕人聚集之所。朱利先生在那裡統治著一群搬運工，店鋪中的學徒，還有那些穿著白色上衣戴著天鵝絨扁帽的人。他出生就有頰髯，在臉頰兩旁各有一搓捲曲的髮束。為了讓自己有一個淨白的脖子，他固定每個月繳費給德愛曲街（rue des Deux-Ecus）的一間理容院，然後每個週六讓人把那些髮束修成圓形。

當他打撞球時，呈現給那些先生的也是這種調子，一種研究過的優雅，慢慢抬起他的臀部，舉起他的手臂並張開他的雙腿，半趴在桌布上，一種有弧度的姿勢，讓人清楚地看到他的下背。球局結束後，他們就聊天。這一幫人都十分守舊，也很熱衷社交。朱利先生閱讀那些讓人愉快的報紙，他認識那些小劇場的工作人員，跟那些當紅的人有良好交情，知道前一晚演出的作品是否成功。不過他無法抗拒政治，他的理想人物是莫尼[63]，他都是這樣叫他。他閱讀那些立法機關的會議紀錄，對莫尼的隻字片語皆感到好笑。莫尼取笑這些擁護共和政體的無賴。而他從

63 全名為 Charles Auguste Louis Joseph Demorny，成為莫尼公爵。生於一八一一年，卒於一八六五年，為第二共和國與法蘭西第二帝國間的金融家與政治人物。

這一點就可以說只有惡棍會厭惡皇帝，因為皇帝希望那些出身良好的人都快樂。

「我去過他們的那家咖啡店幾次，」克羅德跟佛羅鴻說，「這些人也很好笑，當他們聊著皇宮裡的舞會時就抽著菸斗，彷彿他們也被邀請似的。您認識的，他就是跟莎希耶特在一起的年輕人，前幾天晚上他還狠狠地取笑了嘉華一番，他叫他我的姨丈。當莎希耶特下樓來找他時，她竟然要付帳，而且付了六法郎，因為他打撞球時輸了。這個莎希耶特，真是個漂亮的女孩，不是嗎？」

「您的日子過得不錯，」佛羅鴻笑著低聲地說，「卡婷、莎希耶特還有其他的女孩子，對嗎？」

畫家一臉不在意的表情。

「喔，您錯了。」他回答道，「我不需要這些女人，這太干擾我了，我只是不知道一個女人有甚麼用，而且我一向很害怕去嘗試。晚安，好好睡吧！如果您是部長的話，有一天我會提供您美化巴黎的那些想法。」

佛羅鴻顯然放棄了把他變成一個聽話弟子的念頭。這不禁讓他感到悲傷，因為即使他有著美麗且盲目的狂熱，卻無時無刻都感覺到身邊的敵意逐漸擴張。甚至在梅育嶠家受到的接待也很冷漠，那個老婦人坐在旁邊笑著，豪美不再聽話，當美麗的諾曼第女人拿起椅子靠近他的椅子時，突然不耐地看著他，且沒有減少她的冷漠。有一次，她說他看上去似乎很討厭她，於是她粗魯地坐到桌子的另一個角落時，他只是尷尬地笑著。他也失去了奧古斯特的友誼。那個肉品店裡的男孩，當他上樓睡覺時，不再進到他的房間。他對關於這位先生的那些流言感到十分害怕，之前他都敢跟他關在那間屋子裡直到半夜。奧古斯婷要他發誓別再做這樣輕率的舉動。

然而麗莎讓他們生氣，她要求他們將婚禮延期，因為那個表哥還沒有把上面的房間還給他們。她不想讓新的店鋪女學徒住在二樓的那個小房間裡。自此之後，奧古斯特期待有人「逮捕這個苦役犯」。他找到了夢想的肉品店，不在布雷頌斯，而是稍微遠一點的蒙魯日（Montrouge），豬肉食品又變得有市場了；奧古斯婷也帶著她那個胖女孩稚氣的笑容說她已經準備好了。每個夜裡，一絲噪音吵醒他，他都有股瘋狂的喜悅認為警察抓走了佛羅鴻。

在柯欽一嘉德勒家中，大家都不太談這些事情。那些肉品店裡的工作人員有股默契，在柯欽身邊都保持緘默。後者對他太太與哥哥間的不和睦感到有些難過，用灌香腸與鹽漬燻肉來安慰自己。他偶爾會走到店門口，展示被他肚子撐起的白色圍裙下那些泛紅的皮膚。他完全沒有料想到自己的出現，增加了巴黎大堂內的閒言閒語。有人可憐他，有人認為他瘦了，即使他還是那樣的胖；相反地，其他人則指責他不夠瘦，有一個像他那樣的哥哥應該讓他感到羞恥。他就像那些戴了綠帽子的丈夫一樣，是最後一個知道這些起伏的人；帶著一種美麗的無知，一種溫柔的愉悅，他在人行道上攔下幾個鄰居，詢問他們對他店裡的義大利乳酪或是豬頭肉凍有甚麼反應。那些鄰居婦人都有著抱歉的表情，彷彿肉品店裡的豬肉都得了黃疸，要他別難過似的。

「她們為什麼都像去參加葬禮一樣地看著我？」一天他這樣問麗莎，「妳也覺得我臉色很難看嗎？」

她跟他說，並跟他保證，他跟一朵玫瑰一樣清新。因為他很害怕生病，一旦他稍微有些不舒服，他就會呻吟並明確地表現出來。然而事實上，柯鈫—嘉德勒這個大的肉品店變得陰暗：大片玻璃窗變得黯淡，大理石則有了冰霜般的白斑，櫃台邊的熟食豬肉沉睡在黃色的脂肪，或是一大片昏昧的肉凍裡。克羅德有一天甚至走進店裡跟他阿姨說，她的陳列架看上去「似乎不想被打擾」。這是實情。在鋪了細緻藍色飾邊的盤子上，史特拉斯堡填塞肉末的豬舌頭有著病人們憂鬱的白色。至於那些點綴著綠色絨球的肘子，看起來嬌弱且一臉病容。此外，店裡面的生意也只限於一塊血腸、十蘇培根或是半斤豬油，人們甚至不再在乎店裡的情況，帶著抱歉的聲調高談闊論。店裡也總是有兩三個看上去悲傷的女人站在已經冷卻的保溫箱前。

麗莎以一種無聲的莊嚴表現對這家肉品店的悼念。她讓自己的白色圍裙以一種更端正的方式遮住她的黑裙子。長大的袖子緊縮在手腕上，僅露出她乾淨的雙手，一種契合的悲傷神情讓她顯得更美麗，同時明確地告知整個鄰里，告知所有那些從早到晚出現的好奇的人，他們遭受了不該有的厄運，不過她知道其原因而且她將會克服這一切。有時候她會低下身子，承諾給那兩隻金魚更好的日子，因為牠們也有些擔憂，無精打采地在陳列架上的水族箱裡游動。

美麗的麗莎只讓自己有一項樂趣，就是毫不害怕的拍打馬袠朗絲緞般光滑的下巴。他剛出院，腦袋被縫補修復，依舊圓胖與快活，但就是蠢，甚至更蠢了，簡直就是一個傻瓜。那道裂縫應該裂進了腦袋裡，他變成了一個畜生，有著巨大的身軀與五歲兒童的稚氣。他笑著，說話口齒不清，無法再清楚的發出字音，且像隻綿羊般的聽話。卡婷重新接納了這樣的他，起先有些震驚，很快的就很高興有這樣一隻漂亮的動物任她擺布。她讓他睡在放羽毛的大籃子裡，帶著他去閒晃，隨心所欲的利用他，把他當成一隻狗、一個洋娃娃或者一個情人。他屬於她，就像一顆糖果，像巴黎大堂中一個肥沃滋養的角落，一個她能不擇手段地消耗的金髮碧眼的肉體。然而即使這個小女孩擁有他，且他很順從地跟著她，她卻無法阻止他回到柯鈫太太的店裡。她生氣地用她的拳頭打他，他卻似乎毫無感受。一旦她將售貨筐掛到脖子上，到新橋街或是圖比鈎街上兜售紫羅蘭時，他就到肉品店前遊蕩。

「進來啊！」麗莎叫他。

她最常給他的就是醃黃瓜。他愛極了這些黃瓜，就在櫃檯前帶著他那個天真的笑容吃起來。見到美麗的麗莎讓他很高興，歡喜地拍起手來，然後跳起來發出細小的尖叫聲，就像一個面前有著美好東西的小孩。他剛出院的那些日子，她擔心他記起了發生的事。

「你的頭還會痛嗎？」她問他。

他回答不會，搖擺著整個身體，顯露出更生動的愉悅。她又溫柔地問：「所以你摔到地上？」

「對，到地上，到地上，到地上。」他以一種完全滿足的聲調唱起歌來，同時用手拍著腦袋。然後很認真且出神地看著她，以一種較緩慢的韻律重複說著「美麗、美麗、美麗」。這讓麗莎非常感動。她要求嘉華仍留他在店裡工作。當他溫柔謙卑地唱著自己的曲調時，她撫摸著他的下巴，並告訴他他是個誠實的孩子。她的手就停在那裡，有種不顯眼的喜悅所產生的溫暖。這樣的撫摸又成為被允許的樂趣，那個大個子非常孩子氣地接受這份關愛。他稍微凸起脖子，閉著眼睛享受著，如同一隻被愛撫的動物。美麗的肉品店老闆娘為了原諒自己從他身上獲得這份誠實的樂趣，告訴自己這是為了補償她在家禽地窖中把他打昏的那一拳。

然而美麗的肉品店老闆娘依然表現地很憂愁。佛羅鴻還是不時地會出現幾次，在麗莎冷漠的無言中跟他弟弟握個手。隔好一陣子，他還是會在星期日來他們家晚餐，柯鈫非常努力地表現出愉快的樣子，卻無法讓餐桌上的氣氛熱絡。他吃得不愉快，最後就會發脾氣。

一天晚上，在走出其中一次這樣冷淡的家庭聚會時，幾乎要留下眼淚地跟他太太說：「我到底是怎麼了？說實話，我沒有生病，妳覺得我有甚麼改變嗎？我發誓我好像哪裡不對勁，卻不知道為什麼，也因此而難過，妳感覺不出來嗎？」

「毫無疑問地，你的心情不佳。」麗莎回答道。

「不是，不是，這已經持續了好一陣子，讓我感到窒息。然而我們的生意做得不錯，我也沒甚麼特別難過的事，我都規律地工作；妳也是，我的好太太，你也不對勁，妳似乎一直很悲傷，要是這樣繼續下去，我要找醫生來了。」

「不需要醫生。」她說，「這會過去的。你看看，只是暫時的不舒服，我們這一區的人全都生病了。」然後像是屈從於母性的溫柔：「我的胖先生，你別擔心，我可不想你生病，要不然這就是雪上加霜了。」

她像平常一樣讓他回到廚房去，她知道那些切菜的噪音，脂肪發出的歌唱，鍋子發出的嘈雜聲會讓他高興起來。此外，她也避免薩潔小姐的冒失；現在，她早上都會留在肉品店裡。老婦人給自己的任務就是嚇唬麗莎，迫使她做一些極端的決定。首先，她要獲得秘密真相。

「喔，真的有不少壞人。」她說，「那些人最好是管好他們自己的事。要是您知道的話，親愛的柯鈫太太。不行，我永遠都不敢跟您說這些。」

那位肉品店老闆娘跟她表明這些都不會影響她，而且她都把別人說的壞話置之不理，於是橫過櫃台旁的那些肉，她低聲地湊近對方耳朵說：「嗯，有人說佛羅鴻先生不是您的表哥。」

接著，一點一滴地，她表現出她甚麼都知道，這樣做只是為了讓麗莎任她擺佈。於是後者坦白真相，這也同樣是她的伎倆，為的是藉此讓自己知曉鄰里間的閒言閒語；這位老小姐發誓她會守口如瓶，她以自己的腦袋保證。然而她深自為這個悲劇感到喜悅，每天都誇張那些讓人擔憂的新聞。

「您應該未雨綢繆，」她喃喃地說，「我在那家賣肚腸的店又聽到兩個女人在聊，您知道的。我不能跟那些人說她們撒謊，您了解嗎？我看上去就太可笑了，這些話一傳再傳，再也沒有人把這些話擋下來，這一切應該停止。」

幾天後，她終於給了一個真正的突擊。她驚惶失措地來到店裡，帶著不耐煩的動作等到店裡沒有其他人，帶著噓聲地說：「您知道大家在說甚麼嗎？在勒比格先生酒吧中聚集的這些男人，他們每個人都有槍，而且他們等待著能夠像四八年[64]那樣。看到嘉華先生這樣正直的人，富有又莊重的人，竟跟這些無賴在一起，怎麼不讓人難過。因為您大伯的關係，我認為該警告您。」

64 一八四八年歐洲各國爆發了一系列武裝革命。波及範圍之廣，影響國家之大，可以說是歐洲歷史上最大規模的革命運動。縱然這一系列革命並未成功，卻造成了各國君主與貴族體制動蕩，並間接導致了德國與義大利的統一運動。

「這些都是蠢話，都不是真的。」麗莎這樣說是為了刺激她。

「這不是真的？感謝老天爺！晚上當大家經過皮湖耶特街時，都會聽到他們發出嚇人的叫聲。他們變得放肆了，您還記得他們曾嘗試要帶壞您先生。從我的窗戶可以看到那些他們製造的子彈，這些是蠢話嗎？

不論如何，我跟您說是為了您好。」

「當然啦，我要謝謝您！只是大家都編造許多的故事。」

「喔，不是的，很不幸地，這些不是編造出來的，況且街坊鄰居都在談這件事。大家說要是警察發現他們的話，很多人都會受到牽連，當然也包括嘉華先生。」

不過肉品店老闆娘一臉不在意，彷彿要說嘉華先生是個老瘋子，這是他自找的。

「我說嘉華先生，就像我說其他人一樣，像是您的大伯。」她狡猾地又再說道，「您的大伯，看上去他是主腦，這對您來說一定很煩人。我為您感到難過，因為要是警察來這裡，他們很可能也會抓走柯鈫先生，他們兩個是兄弟啊。」

美麗的麗莎沒有激動地叫嚷起來，但整張臉一片慘白，薩潔小姐剛觸及了她最擔心的事情。從這一天開始，薩潔小姐只講述那些因為留宿了犯罪者而無辜下獄的人這樣的故事。晚上在酒吧中喝著她的黑茶藨子酒時，她就為隔天早晨製做一個小卷宗。然而玫瑰並不太說話，老婦人靠的是自己的耳朵與眼睛。她清楚地注意到勒比格先生對佛羅鴻的偏愛，盡心地讓他留在店裡，但他的好意得到的回饋極少，因為這個男孩子在酒吧裡的消費並不多。更讓她感到意外的是面對美麗的諾曼第女人，她很清楚這兩個男人的處境。

「大家會說他細心地餵養著他，」她想著，「他想要把他賣給誰呢？」

一天晚上，她在酒吧裡，看到洛格邊把自己丟進包廂中那條有軟墊的長椅上，邊說著到郊區去買東西讓自己累得半死。她仔細地看著他的腳，洛格的鞋底完全沒有一絲灰塵。於是她偷偷地笑了，癟著嘴唇帶著自己的黑茶藨子酒離開。

接著在她的窗邊，完成了她的檔案。這個位置很高的窗戶能夠環視鄰近的房子，她因此有了無止盡的愉悅。一天當中的任何時刻，她坐在窗邊就像在一個觀測所裡，窺伺著這整個區。首先是所有的房間，對面的、右邊的還有左邊的，甚至到最細小的家具她都很清楚。她可以不遺漏任何細節的講述，那些住戶的習慣，他們是否愛整潔，他們怎麼清理自己，他們晚餐的內容，她甚至知道那些來造訪這些住戶的客人。

然後她有個空隙可以看到巴黎大堂，這個區裡的任何一個女人穿越朗布托街都逃不過她的眼睛；她可以準確地說出那個女人來自何處，將去何處，在她的提籃裡有些甚麼，以及她的故事；還有關於她的先生、她的衣物、她的小孩與她的財物。那是洛荷太太（Loret），她把她兒子教得很好；那是胡鐺太太（Hutin），完全被她先生給遺忘的可憐小女人；這是賽西爾小姐（Cécile），那個屠夫的女兒，完全不可能嫁出去的孩子，因為她總是很冷淡。她可以持續好幾天講著這些空話，以那些微不足道，被截取且毫無意義的事物來自娛。

不過從晚上八點開始，她只看那扇有著磨砂玻璃的窗戶，上面畫著在包廂中消費者的黑色身影。她觀察到夏威與克蕾蒙絲與他們的分裂，因為在那片半透明的乳白色玻璃上再也沒有看到他們乾癟的側影。藉由那些突然出現的手臂或是安靜湧現的腦袋，她終究都能猜到在那裡面發生的任何事。她變得非常厲害，詮釋著那些往前凸出的鼻子，分開的手指，張開的嘴，倨傲的肩膀動作，這樣一來，她接著就一步一步地詮釋那個密謀，她簡直能夠述說每天事情的發展到了甚麼地步。一天晚上，出現了一個突然的結果。她見到了嘉華手槍的影子，一個巨大的手槍側影，整片黑色顯現在淺白玻璃上，槍口往外延伸。這把槍來來去去，然後飛得滿天都是，這就是她跟柯鈫太太說的那些武器。

然後另一個晚上，她完全沒弄清楚，她看到一條條布料不停地延展開來，想像著他們在製造子彈。隔天早上，她十一點就下樓，藉口問玫瑰是否可以借她一支蠟燭，眼角一瞄，她瞥見在包廂的桌子上有一堆的紅色布料，這對她來說實在可怕。因此隔天她做了具有決定性的重要報告。

「柯鈫太太，我不是想嚇你，」她說，「不過這事情變得太可怖了。說真的，我覺得害怕。無論如何，您都別跟別人提及我要跟您說的，那些人要是知道的話會砍了我的頭。」

於是當肉品店老闆娘跟她保證絕不會讓她受牽連，她便跟她提那些紅色布料。

「我不知道這些能做甚麼，不過有很多，簡直就像是浸過血的薄紗。洛格，您知道那個駝子，他就把其中一塊放在肩頭，看起來像一隻鬥牛。可以確定的是這又是某種小計謀。」

麗莎沒有回應，低下雙眼好像在思考，玩弄一隻叉子，整理著那些在各個盤子裡的醃肉。

薩潔小姐緩緩地又說：「我要是您的話，我可無法這樣鎮定，我會想知道……您為什麼不上樓到您大伯的房間裡去看看？」

麗莎微微地打了個冷顫，放下了手中的叉子，用一種擔憂的眼神盯著老婦人，認為她識破了她的意圖。不過老婦人繼續說道：「畢竟這樣做也沒甚麼錯。您要是讓您大伯任意妄為，他會造成嚴重的後果。昨天在塔布侯太太那裡，我們聊到您，您的這個朋友對您真忠心，塔布侯太太說您這個人太好了，要是她的話，她老早就整頓這一切了。」

「塔布侯太太這樣說嗎？」肉品店老闆娘喃喃地說，有些出神。

「當然啦，而且大家都會聽塔布侯太太的。所以努力弄清楚那些紅色布料是做甚麼用的，然後您會告訴我，對吧？」

然而麗莎已經心不在焉，她透過陳列架上一串串吊著的香腸，茫然地看著那些捷威（Gervais）小方形乳酪與法國田螺。她似乎陷入一種內在掙扎，讓她沉靜的臉上出現了兩道細微的皺紋。這個老小姐卻把鼻子湊近櫃台旁的那些菜盤，她低聲像是自言自語地說：「哈，這裡有切開的灌腸，這樣先切開的灌腸應該會乾掉。還有這段已經塌陷的血腸，它一定是被叉子戳到了，應該要把它拿走，不然會弄髒整個盤子。」麗莎依然是漫不經心的樣子，將那段血腸跟切開的圓片灌腸拿給她，說道：「您如果喜歡的話，這是給您的。」

一切都消失在那個手提袋裡。薩潔小姐對於別人的餽贈是如此習以為常，她甚至連道謝都不再說了。每個早上，她會帶走肉品店裡所有的邊料。然後她離開，意圖到莎希耶特以及勒可兒太太的店裡跟她們談嘉華先生，順便帶走她的點心。

當她單獨一人時，肉品店老闆娘坐在櫃檯後面的長椅上，像是要讓自己能夠舒服地做個較佳的決定。從八天前開始，她就感到十分擔憂。一天晚上，佛羅鴻跟柯鈫要了五百法郎，當然了，他有一個敞開的帳戶，柯鈫卻要他去找他太太，這讓他感到不安，於是他有些顫抖地問了美麗的麗莎。後者甚麼話都沒說，就上去房間裡拿出五百法郎給他。她僅僅告訴他，她把這個記在遺產的帳目上了。三天之後，他又拿了一千法郎。

「他根本不需要裝作不在意，」晚上就寢時，麗莎跟柯鈫說，「你看吧，我把這些錢留著是對的。等一下，我忘了記今天拿走的一千法郎。」

她坐到寫字檯前，重新看了一下那張帳目表，然後她又補充道：「我在旁邊留白是對的，我把這些數目都寫在旁邊。現在他會這樣一點一滴地把錢浪費掉。我很久以前就知道他會這樣做的。」

柯欽沒有答話，心情不佳地睡了。每一次他太太打開寫字檯，檯面就發出一聲悲哀的尖叫，撕裂著他的靈魂。他發誓要告誡他哥哥，別因為梅育嵣那一家人而過度花費，但他卻不敢這樣做。兩天內，佛羅鴻又要求了一千五百法郎。一天晚上洛格說，如果他們有錢的話，事情會進行地更快。隔天，他很高興看到自己隨口說出的話真的帶來一小捲現金。他傻笑地把錢收進口袋裡，背上的駝峰高興地跳動著。

於是這需求持續：哪個分部需要租一個地方，另一個分部又要支持那些可憐的愛國人士，然後還要購買武器與軍需品，徵招志士與買通警察的費用。佛羅鴻幾乎全都支付，他想到了那份遺產與諾曼第女人的建議。他從麗莎的寫字檯裡取出這些錢，後者僅因為他一臉嚴肅而十分恐懼地抑制住自己，不多加詢問。對他來說，他從沒有把錢花在比這樣更值得的理由上。洛格充滿了熱情，打起讓人驚訝的粉紅色領帶以及光亮的短靴，這讓拉卡耶看上去更陰鬱。

「七天裡他拿了三千法郎，」麗莎告訴柯欽，「你有甚麼想法？不少錢，對嗎？照他這樣的速度，最多四個月他的五萬塊法郎就沒了。而老嘉德勒舅舅可是花了四十年才攢到這些錢。」

「這是妳的錯，」柯鈫喊道，「妳本來不需要跟他提這筆遺產的。」

然而她嚴肅地看著他並說：「這是他的財產，他可以全都拿走。並不是因為他拿走錢讓我覺得不快，而是想到他用在錯的地方。我已經跟你講了很久了，這應該要停止了。」

「妳想怎麼做就怎麼做，我可不會阻止妳。」被貪婪折磨著的肉品店老闆最後宣告。

不過他很喜歡他哥哥，只是想到五萬法郎在四個月內被用掉就讓他覺得無法忍受。依據薩潔小姐的長篇大論，麗莎猜想到那些錢用去了甚麼地方。這位老婦人竟然影射這份遺產，甚至趁機讓整個鄰里都知道佛羅鴻拿了他的那一份，且他愛怎麼花就怎麼花。在聽到些紅色布料故事的第二天，麗莎下了決心。

她留在店裡一下子，內心仍舊掙扎著，帶著肉品店老闆娘難過的表情看了看自己周遭：掛著的豬肉一臉陰沉，綿羊坐在一罐脂肪旁邊，一身毛蓬亂，有著貓無法安穩進食的那種憂鬱眼神。於是她叫奧古斯婷照看櫃台，她上到佛羅鴻的房間裡。

到了樓上，進到那個房間時她打了個寒顫。那張有著溫情孩子氣的床上佈滿了大量的紅色領巾，還垂掛到地上。在壁爐上，金色盒子以及老舊乳液罐之間，散著紅色的臂章，加上許多的徽章形成了大片滴流的血。然後在每個釘子上，襯著掉了色的灰色壁紙，掛了滿牆的布片，黃色、藍色、綠色以及黑色的正方形旗子，在這當中，肉品店老闆娘認出了二十個分部的那些旗幟。整個房間的稚氣似乎被這些革命性的裝飾弄得讓人驚愕。店裡女學徒留下來的那些天真小東西，白色的窗簾與家具都像是被火映照；而照片裡的奧古斯特與奧古斯婷更是蒼白且目瞪口呆。

麗莎在房間裡繞了一圈，檢視著那些旗幟、臂章與領巾，甚麼都沒碰，彷彿她擔心這些布片會起火燃燒。她想著自己沒猜錯，那些錢都用在這些事物上了。對她來說這一切都令人憎惡，她的錢，這些誠實賺來的錢竟用來組織與支付反動。她站在那裡，看著露台上石榴樹開的花，跟那些徽章一樣鮮紅，聆聽燕雀的啼叫與遠處射擊的回音。她想著暴動應該隔天或者當天晚上就會展開。旗幟飄揚，領巾川流，突然鼓聲連動地在她耳邊發出巨響。

她迅速地下樓，甚至沒有停下來閱讀那些攤在桌子上的紙張，她下到二樓，梳妝打扮。在這樣重大的時刻，美麗的麗莎一隻手穩定且仔細地梳著頭。她如此地堅定，完全沒有顫抖，眼神顯得更嚴厲。粗壯的手腕用力將衣料撐開，當她扣上黑色絲質洋裝的同時，想起了胡思坦神父所說的話，於是她自問，而她的良心回答她，她應該盡自己的本分。當她將大披肩圍在寬廣的肩膀上時，覺得自己要做的是一個極誠信的行為。她戴上深紫色的手套，在帽子上別了一片厚重的面紗。出門前，她將寫字檯鎖了兩道，有一種帶著希望的表情，彷彿跟寫字檯說它終於能夠安穩地歇息了。

柯欽在肉品店的門檻上賣弄他白色的肚子，很驚訝地看到她在早上十點如此精心打扮地出門。

「嗯，妳要去哪裡？」他問她。

她捏造說要跟塔布侯太太去買東西，又再補充說她要去嘉葉德劇院訂位。柯欽跑著在她背後叫她，要她訂那些中間的位子，這樣才能看得清楚。接著當他回到店裡，她則走到聖厄斯塔什廣場邊的汽車站，登上一輛出租馬車，放下了遮簾，要車夫將她載到嘉葉德劇院，擔心被人跟蹤。買到票後，她要車子前往法院，到了法院的柵欄門口，她付了錢將車子打發走。緩緩地經過那些廳堂與長廊，她來到了警察局。

由於她迷失在混亂的市警與穿著長大衣的先生當中，她付了十蘇給一個男人，讓他引導她來到警察局長的辦公室。然而要進去見警察局長，一定要有一封申請函。有人將她帶進一棟裝潢高級的大樓中一間狹窄的房間，一名全身穿著黑衣，帶著陰沉的冷漠，肥胖又禿頭的人接見她。他要她說話，於是她撩起面紗，說出她的姓名，然後幾乎是一口氣就把一切都說了出來。那位光頭一臉疲憊地聽著她說，沒有打斷她。當她說完後，他只問：「您是這男人的弟媳，對嗎？」

「是的。」麗莎明確地回答，「我們是誠實的人，我不希望我先生受到牽連。」

他聳了聳肩，彷彿要說這一切很讓人氣惱，然後像是很不耐煩地說：「您知道嗎，這件事從一年前開始就有人煩我了。告發的信一封接一封，他們強迫我，給我施壓，您要了解如果我沒有反應，是因為我還要等一等。我們這樣做自有理由，您看看，我可以讓您看，這就是檔案。」

他在她面前放了一個藍色檔案夾，裡面有一大疊的紙張。她翻閱一張張的紙，就像她剛說的故事被分割開的不同章節，勒阿弗爾、魯昂與韋爾農的警察局宣告了佛羅鴻回國。接著就是一份報告，確認他定居在柯鈫－嘉德勒家。然後，他進入巴黎大堂工作，他的生活以及他在勒比格先生家度過的夜晚，沒有一項細節被遺漏。麗莎十分地震驚，注意到報告有兩份，應該是有兩個不同的消息來源。最後，她找到了一疊信，各種型態與不同字跡的匿名信，這份檔案真是再完整不過了。她認出像鬼畫符的字，那是薩潔小姐的筆跡，密告在那間包廂中的聚會。

她也認出一大張油膩的紙，寫滿了勒可兒太太巨大的字；一張點綴著黃色三色堇的亮面紙，鋪蓋著莎希耶特與朱利先生的塗鴉，這兩封信都告誡政府注意嘉華。她也認出了梅育嵣家的母親不乾淨的風格，在四張紙上重複用幾乎無法理解的字跡，寫著那些在佛羅鴻看管下於巴黎大堂中發生的雞毛蒜皮小事。然而她特別感動自家裡的一份信籤，在信頭上印著：柯鈫－嘉德勒豬肉肉品店，信紙背面奧古斯特出賣了他認為阻礙了他結婚的那個人。將這份檔案拿給她看的警察腦子裡有著另一種想法，他問她：「您不認得這些字跡嗎？」

她結巴地否認，然後站起身來，她剛才看到的這一切讓她喘不過氣來，再度將面紗拉下，蓋住她覺得已隱約顯現在面頰上的困惑。她的絲質洋裝劈啪作響，暗色手套消失在偌大的圍巾下。禿頭男子淺淺地笑了一笑並說：「您看到了，女士，您的消息來得有些晚。不過我跟您保證，我們會參考您說的這一切；主要是建議您先生不要有任何舉動。可能會發生某些事……」

他沒有把話說完，但從他的椅子上站起，同時稍稍欠身致意，這就表示他要告退了。她離開，在前面的等候室裡瞥見了洛格與勒比格先生迅速地轉身，然而她比他們更覺得困擾。她穿越那些廳堂，走過那些長廊，像是陷入了這個警察的世界。

在這個時刻，她說服自己大家都看到了，大家全都知道了。最後她從都芬廣場走出來，在時鐘岸上，她緩緩地走著，塞納河上吹起的風讓她感到清涼。

她很清楚地知道自己這樣做根本徒勞。她先生沒有任何危險，這一點讓她感到寬慰，同時也留下一種悔恨。她氣這個奧古斯特與那些女人，他們讓她剛才顯得可笑極了。她又減緩了腳步，看著流動的塞納河，那些駁船，黑的像煤塵，在綠色的水中往下游走；沿著河岸，釣者丟出他們的釣魚線。簡而言之，並不是她出賣了佛羅鴻，這個突然出現的念頭讓她感到驚訝。要是她出賣了他，她就做了一項惡行嗎？她感到困惑，意外竟然被自己的良心給欺騙了。寄那些匿名信對她來說確實是醜惡的行為，相反地，她直接去報上名姓只為了拯救所有人。當她突然想到老嘉德勒舅舅的遺產時，她自問並發現自己已準備好在必要時將那些錢丟進河裡，以消除肉品店的這種不安。不是，她並不貪婪，並不是錢驅使她這樣做。經過相吉橋時（le pont au Change），她完全地平靜下來，重拾她的沉著。其他人搶先她去了警察局這樣最好：她並沒有欺瞞柯鈙，這樣她能夠睡得較安穩。

「你訂到票了嗎？」當她回來時柯鈙問她。

他想要看票，並讓麗莎解釋到底會坐在包廂的那個地方。麗莎以為她警告了警察之後，他們會立刻趕來，打算去看戲只是種當他們拘捕佛羅鴻時，讓她先生不在場的手段。她想到下午督促他去散步，這是他們偶爾會進行的活動之一。

他們坐著出租馬車去布隆尼森林，然後到餐廳用餐，再到某個劇場咖啡館裡享受一番。然而她判斷出門是不必要的，於是一整天跟平常一樣待在櫃檯後，粉紅色的臉頰，像是大病初癒，顯得更愉快且友善。

「我說過出去走走對妳有好處吧！」柯鈙又跟她重複這句話，「妳看，妳早上去買東西就讓妳充滿活力。」

「才沒有呢，」她又恢復了嚴肅的表情並回答道，「巴黎的這些街道對健康並不是這麼好！」

當天晚上，在嘉葉德劇院演出《上帝的恩典》[65]，穿著禮服，戴著黑色手套，仔細梳理的柯鈫只忙著在節目表中找尋那些演員的名字。麗莎依然很美，手腕上繫著過緊的白色手套，穿著沒有多餘裝飾的緊身馬甲，好整以暇地坐在包廂裡紅色天鵝絨椅子上。他們倆個人都被瑪麗亞的不幸給觸動，那名騎士真是個惡劣的人，而皮埃羅[66]一進場就讓他們發笑。

肉品店老闆娘哭了，為了劇中孩子的離去、在處女房間裡的祈禱、那個可憐瘋子的再現，她美麗的眼睛悄悄地被淚水沾濕，她用手絹輕拍擦拭。然而當她抬頭瞥見諾曼第女人與她母親坐在三樓樓座裡時，她知道這是自己的勝利之夜。於是她更加炫耀，遣柯鈫去餐點櫃台幫她買一盒焦糖，自己則把玩著一把裝飾繁複的貝殼扇子。女魚販被擊敗了，她低下頭聽著她母親低聲跟她說話。當她們離開時，美麗的麗莎與美麗的諾曼第女人在衣帽間相遇，兩個人虛應故事地跟對方笑一笑。

65《上帝的恩典》（Grâce de Dieu）為法國劇作家雅道夫．德樂利（Adophe d' Ennery，一八一一—一八九九）於一八七一年完成的劇作。

66 皮耶侯（Pierrot）原是默劇以及即興喜劇中的既定腳色，其舞台特色為其天真幼稚的個性，被當作笨蛋，卻也無法讓人信任。類似丑角。

這一天，佛羅鴻很早就在勒比格先生的店裡用了晚餐。他等著洛格要跟他介紹一位前警察，有能力的人，跟他要討論攻擊波旁宮[67]與市政廳的計畫。夜晚降臨，從下午就開始的細雨紛飛讓巴黎大堂浸淫在灰暗裡。

有著紅雲的天空，讓大堂擺脫了黑暗，同時一塊塊的黑雲迅速地飄動，幾乎貼近了那些屋頂，彷彿勾住並拔掉那些避雷針的尖頂。佛羅鴻為了路面上的爛泥感到難過，這一道黃色的細流似乎沖走了暮色，並將之熄滅在泥漿裡。他看著人群躲避在有遮棚的街道中的屋簷下，雨傘在細雨中川流，出租馬車更快速且更有聲地經過空無一人的街道。陰霾中出現一角藍天，夕陽西下時一道紅光顯現。一整隊的掃街人出現在蒙馬特街街口，用掃帚推出了一攤稀泥。

洛格沒有帶那名警察來，嘉華去巴提諾樂[68]的朋友家晚餐，佛羅鴻簡單地跟羅賓兩個人度過了這個夜晚。他不停地說話，最後感到很難過，另一個人則輕輕地上下動一動鬍子，每一刻鐘伸展一下手臂，只為了喝一口啤酒。感到無趣的佛羅鴻回到自己的房間就寢。然而羅賓一個人留下來，若有所思地看著酒杯。因為包廂裡的那一群人不在，玫瑰跟那個男服務生打算早點

67 波旁宮（Palais—Bourbon）位於法國巴黎塞納河左岸，對岸為協和廣場，是法國國民議會的所在。

68 巴提諾樂（Batignolles）為巴黎第十七區的一個鄰里。

打烊，卻又等了半個多鐘頭直到羅賓甘願地離開。

在自己房間裡的佛羅鴻害怕睡覺。他偶爾會被那種緊張不適給攫住，整個夜晚都陷入無止盡的惡夢裡。前一晚在克拉瑪，他參加了維拉克先生的葬禮，後者經歷了一種可怕的痛苦後過世了。他仍然因為那道細小撒在地上的啤酒而感到悲傷。他尤其無法忘卻維拉克太太的哭腔，她沒有流一滴眼淚，跟他談著尚未支付的棺材費，以及她不知該如何安排那些送葬行列，她已經山窮水盡，因為前一天晚上，得知病人往生後，藥房要求付清所有的費用。佛羅鴻借她錢支付了棺材費與殯葬業者，甚至給了殯儀館小費。當他要離開時，維拉克太太以一種傷心欲絕的表情看著他，他又給了她二十法郎。

此時，這個死亡讓他氣惱，也再度讓他身為監督人員的狀況成為一個問題。人們會打擾他，會想要讓他成為正式人員。這些不是時候的複雜性可能會引起警察的注意。他多麼希望那個起義運動隔天就爆發，於是他就能將自己那頂官帽丟到路上。滿腦子這些擔憂，他走到露臺上，昏熱的腦袋需要這個襖熱夜晚中的一絲涼風。大雨壓抑住風，暴風雨的熱氣仍舊佈滿了深藍的天空，沒有絲毫雲朵。抹上了天空色彩的巴黎大堂，巨大的建築在他眼下更為展擴，那些煤氣燈的火光對他來說像點綴的明黃星斗。手肘架在鐵欄杆上，佛羅鴻想到他早晚都會因為接受這個監督人員的職務而被懲罰。這就像是他人生中的一個汙點。即使他在被流放時多次發誓，他還是領了警察局的薪資，立偽誓並利用了這個帝國。想要討好麗莎的想望，用薪水來資助維拉克先生的善意，他被迫進行其職務的誠信方法，對他來說這些似乎都不再能夠讓他原諒自己的懦弱。如果他因為這個充滿脂肪且飲食太過的地方受苦，那是他應得的。他回想這難過的一年，那些女魚販對他的迫害，天氣潮濕時感到的噁心，他這個瘦子一直覺得消化不良的胃，以及在他身邊隱約擴大的敵意，這一切他都視為是對自己的懲罰。

他說出了這種隱約不斷的悔恨之肇因，宣告將有某種悲劇發生，他已經提前垂下雙肩，帶著羞恥想要補償一項錯誤。接著他氣自己，想到正在準備的人民運動，他自忖自己不夠清白因此這將無法成功。在這個高度他做過多少美夢，雙眼迷失在這些商館寬廣的屋頂上。他最常將之視為灰色的海，跟他訴說著遠方。那些無月的夜晚，這些商館變得陰沉，像是死寂的湖，腐臭不動的黑水。明朗的夜晚將它們轉化成光亮的噴泉，亮光滾動在兩層的屋頂上，軟化那些巨大的鋅板，像是溢出並落入這些巨大疊架淺口盆的波浪。冷天讓這一切僵直變硬，如同挪威的海灣，上面有著溜冰的人；而六月的熱氣讓這一切陷入沉睡。

一個十二月的夜晚，在打開他的窗戶時，發現一切都覆蓋著白雪，一種照亮了紅棕色天空的純白。這一大片白雪沒有絲毫的髒污，如同北方的平原，如同那些不受打擾的人煙罕至之地；這片白雪有著美麗的靜謐，無辜龐然大物的溫柔。每次見到這個地平線的改變，他便落入了溫情或是殘酷的念頭中，雪讓他安定，這一大片的白對他來說似乎是丟在巴黎大堂那些垃圾上的一張布幔。清朗的夜晚，流動的月光，將他帶到一個童話中的仙境。唯有那些無光的黑夜，那些六月熾熱的夜晚讓他受苦，這些夜晚顯現出那片腐臭的沼澤，一個被詛咒的死海。而他也總是做著同樣的惡夢。那些屋頂總在眼前，他打開自己的窗戶，將手肘撐在欄杆上，不只看到它們在他面前，而是佔滿了整個地平線。

晚上他離開那些商館，卻在臥室裡又再看到那些無窮無盡的屋頂。它們將他與巴黎阻隔，強迫他看到它們的巨大，他生命裡的每個時刻都被其佔據。這天夜裡，他的惡夢又嚇壞了他，那些讓他心神不安的暗自擔憂更擴展了這些惡夢。午後的雨讓巴黎大堂裡充滿了讓人不適的潮濕，於是堂內所有的臭氣都吹到他臉上，這些氣味在城市裡滾動，如同躲在桌下喝著最後一瓶酒的酒鬼，驅之不去。每個商館看上去似乎湧上一股濃厚的蒸氣。遠方，是屠宰場與肚腸業冒著煙，一種沒有血味的煙。再近一些是蔬菜與水果市場，散發出酸白菜、腐爛的蘋果及青菜殘渣的氣味。牛油發出臭味，魚市則有著一種放肆的清新。他尤其看到腳下的家禽館藉由風扇塔排出的熱氣，一股臭氣像工廠的煤煙一樣滾動出來。這所有氣味形成的雲霧集結在屋頂上方，覆蓋住鄰近的屋子，沉重大塊的烏雲擴展到整個巴黎。巴黎大堂在其太窄的鑄鐵腰帶中被勒死，過分的消化不良讓其發熱，夜裡這個城市吃得過多了。

下方在人行道上，他聽到一陣噪音，高興的人的笑聲。緊鄰小巷的門被大聲地關上，柯鈫與麗莎從劇場回來。然而佛羅鴻有些不經心，像是他呼吸了讓他醺醉的空氣，離開了露臺，帶著他感受到自己頭上那股即將到來的暴風雨所造成的緊張與焦慮。他的不幸就在這個白天悶熱的巴黎大堂裡。他猛烈地推開窗戶，看著大堂沉入黑影中，完全沒有遮蔽且仍舊袒胸露背地冒著汗，在星辰下，袒露它們鼓起的腹部，獲得休憩。

第六章

八天之後，佛羅鴻認為他終於能夠付諸行動了。只要出現一點讓人不滿的情況就足以在巴黎發動一連串的反動。一條關於貴族年俸的法律已讓立法機構內部意見分歧，現在他們又討論一個讓許多地區的人都抱怨，十分不討人喜歡的稅賦計畫。部長擔心立法失敗，盡全力抗爭。這可能是長久以來反動的最佳藉口了。

一個大清早，佛羅鴻到波旁宮附近閒逛，忘了自己魚市監督人員的工作，停留並檢查不同地點直到八點，絲毫沒有想到他的缺席會讓整個海鮮館興起革命。他造訪每一條街：里爾街（rue de Lille）、大學街（rue de l'Université）、勃根地街（rue de Bourgogne）以及聖多明尼克街（rue Saint-Dominique），他甚至走到了榮軍院[69]前的廣場。停在某些十字路口，跨大步地量測著距離。接著回到奧賽河岸，坐在岸邊的護牆上，他決定攻擊應該同時從各個方向進行：巨石里的隊伍

69 榮軍院，全名為榮譽軍人院。位於法國巴黎第七區，是一座軍事博物館。該院始建於一六七〇年，為當時法王路易十四興建的一座軍醫院。拿破崙．波拿巴的陵墓於一八六一年遷移至該院的教堂墓園。

從戰神廣場[70]進入，

巴黎北邊的行動則從瑪德蓮教堂[71]往下，從西方與南方來的隊伍則沿著河岸，或是以小隊的方式在聖日耳曼區的街上進行。然而在河的另一邊，香榭大道那些毫無遮蔽的大道讓他擔憂，他預備在那裡設置大砲以肅清河岸上的威脅。於是他修改了計畫的幾個細節，在手裡的一個筆記本中標記了各部隊的戰鬥位置。真正的攻擊會出現在勃根地街以及大學街，另一個牽制攻擊則會在塞納河河岸。

八點的太陽曬熱了他的後頸，對面寬敞的人行道上有著讓人愉悅的金黃色，也為大型紀念碑的廊柱鍍上金色。而他已經看到了那場戰役，一串串的人被吊死在這些柱子上，鐵欄杆倒下，寬敞的廊廳被侵占，然後在最高處，突然間細瘦的臂膀插下了一面旗幟。他低著頭，緩緩地往回走。一陣咕咕聲讓他抬起了頭，發現自己正穿越杜樂麗公園。在一塊草坪上，一群野鴿踱步，喉頭不斷地震動發出咕咕聲。他將背靠在橘樹的栽培箱上，看著地上的草與浸淫在陽光下的野鴿。對面那些栗子樹的影子一片烏黑。遠處在里沃利街的柵欄門後面，一陣溫暖的靜謐來到，

70 戰神廣場是一個座落於法國巴黎第七區的廣大帶狀公園，介於位在其西北方的艾菲爾鐵塔，以及在其東南方的巴黎軍校之間。

71 瑪德蓮教堂是巴黎第八區一座具新古典主義風格的教堂，原本為了紀念拿破崙軍隊的榮耀。

卻被街上連續地隆隆聲打斷。青草香讓他感動，讓他想到馮索太太。一個小女孩追著一個鐵環跑，經過時嚇壞了那些野鴿。牠們飛起，然後一行排開地停在草坪中央一個大理石希臘戰士的手臂上，以一種較溫柔地方式昂首挺胸地鳴叫。

當佛羅鴻從沃維利耶街進入巴黎大堂時，他聽到克羅德·朗提叫他。畫家正要下到家禽館的地窖。

「嗯，您跟我來。」他喊道，「我在找那個野孩子馬袞朗。」

佛羅鴻跟著他，為了再忘掉自己的工作一會兒，為了再延後幾分鐘回到魚市。克羅德說，現在他的朋友馬袞朗不再欲求任何東西，他成了一種動物。他醞釀著讓他擺出四肢跪地的姿勢並帶著那個無辜的笑容。當他對一幅草稿感到爆怒時，這個笨蛋陪著他好幾個小時，甚麼話都不說，只是笑著。

「他應該在餵鴿子，」他喃喃地說，「只不過我不知道嘉華先生的儲藏室在哪裡。」

他們找遍了整個地窖。在中間，稍有光線處兩座水泉裡的水不停地流著。這些儲藏室完全都用來養鴿子。沿著格子架，不停地發出哀怨的鳴叫，一種鳥群在日落時躲在樹葉下不引人注意的叫聲。克羅德聽到這種音樂笑了起來，他跟他的同伴說：「人們會說巴黎所有那些情侶都在這裡相擁。」

然而沒有一間儲藏室開著，他開始認為馬裘朗並不在地窖裡；一種親吻的聲響，而且是十分清晰的親吻聲，讓他在一道虛掩的門前停下腳步。他把門打開，看到這個畜生的馬裘朗依卡婷要求跪在地上的稻草上，於是男孩子的臉正好在她嘴唇的高度。她溫柔地輕吻他整張臉，她撥開他的金色長髮，親吻他的耳後、他的下巴，他的後頸，然後又回頭親他的眼睛，他的嘴唇。從容地以細小的愛撫蓋滿整個面容，而對她來說這是她能夠主導的。他討好地維持著她讓他擺的姿勢。他再也弄不清楚情況，伸展著自己的身軀，甚至不擔心會被搔癢。

「哈，原來如此。」克羅德說，「你們繼續啊！妳這個大淘氣鬼，在這樣髒的地方折磨他，不覺得可恥嗎？他膝蓋下面都是垃圾。」

「哼，這才不是折磨他呢，」她忝不知恥地說，「他喜歡有人親吻他，因為他現在在那些不夠亮的地方會害怕。你會害怕，對嗎？」

她讓他站起來，他的雙手在臉上撫摸，像是尋找剛才那個小女孩在他臉上給的吻。他結巴地說他害怕，而她又再說：「況且我是來幫他的，我餵那些鴿子。」

佛羅鴻看著那些可憐的動物，在儲藏室四周的板子上放著沒有蓋子的箱子，鴿子在裡面一隻貼著一隻，僵直的爪子，白色黑色的羽毛混雜。不時，這一群鼓動的羽毛當中起一陣哆嗦，接著所有的身軀又擠壓在一起，他們聽到的只是一陣嘈雜的咕咕聲。

卡婷身邊有一隻鍋子，裡面滿是水跟穀粒，她裝了一嘴的水跟穀物，一隻一隻地抓起那些鴿子，對著牠們嘴裡吹一大口。而那些鴿子呼吸困難地掙扎，然後重新掉進箱子裡，眼睛翻白地陶醉在被迫吞入的食物裡。

「這些可憐的傢伙。」克羅德喃喃地說。

「牠們活該！」已經餵完鴿子的卡婷說，「我們好好塞飽牠們時，牠們就比較好吃。你們知道嗎，兩個鐘頭以後，我們會讓這些鴿子吞下鹽水，這會讓牠們的肉又白又嫩；然後再等兩個鐘頭，我們就讓牠們放血。不過如果你們要看放血，有些已經都準備好了，馬裘朗會動手。」

馬裘朗拿起一個有著五十隻鴿子的箱子，克羅德與佛羅鴻跟在他後面。他在一個水泉旁站定，將箱子放在身邊的地上，在一個鋅製貨箱上放了一個有著細緻格紋的木框架。

接著他放血。刀子玩弄在指掌之間，他迅速地抓住那些鴿子的翅膀，一記刀柄敲在頭上讓牠們昏厥，刀尖跟著進入喉間。鴿子短暫顫慄，羽毛亂成一團，他將牠們排成一列，頭卡進放在鋅製貨箱上的木框架格紋間，血一滴一滴地流下。以一種規律的動作，刀柄喀噠一聲敲碎了腦殼，手來回動作，一邊是活著的動物，一邊是掛著的死屍。

然而漸漸地，馬裘朗的動作越來越快，以這種屠殺為樂，眼睛閃閃發光，蹲著像個高興極了的大型守門犬。他最後爆出笑聲並哼唱：「喀噠，喀噠，喀噠。」彈舌就是刀子的韻律，並製造那些鴿子頭被打斷的聲響。鴿子像絲巾般吊掛著。

「喔，大笨蛋，你覺得這很好玩。」卡婷也笑著說，「這些鴿子很可笑，頭都縮在肩膀中間，不想讓人找到牠們的脖子。而且這些鳥很壞，有機會就會啄你。」

馬袞朗越來越瘋狂的笑聲，她補充道：「我也試過，可是我沒有他快。有一天，他十分鐘就把一百隻鴿子都放了血。」

木框架塞滿了，他們聽見血滴落入貨箱。克羅德轉身看到佛羅鴻非常地蒼白，他急忙將他帶出去。到了樓上，他讓他坐在階梯上。

「啊，怎麼啦？」他邊說邊拍著他的手，「您就像一個女人一樣要暈過去了。」

「那是因為地窖裡的氣味。」佛羅鴻有些羞愧地低聲說道。

這些被人強餵穀粒與鹽水，被敲昏與宰殺的鴿子，讓他想到那些在杜樂麗公園裡的野鴿，穿著牠們的黑色緞面禮服，顏色在金黃陽光下的草坪上變化著。他看到牠們在大理石希臘戰士的手臂上咕咕叫著，在公園的一片靜謐裡，同時在那些栗子樹的陰影下，小女孩們玩著鐵環。而當這個金髮碧眼的畜牲，在這個令人噁心的地窖裡進行屠殺，用刀柄敲打並用刀尖刺穿那些鴿子時，讓他冷到骨子裡，他感到自己倒下，雙腿無力，眼皮不停眨著。

當他稍微恢復後，克羅德又說，「真該死，您不可能成為軍人，那些把您送去開雲的人真是夠聰明，竟然怕您。不過您這個正直的人，您要是參與叛亂的話，絕不敢用手槍射擊的，您太害怕殺人。」

佛羅鴻沒有回答，站起身來。他變得非常陰沉，絕望的皺紋刻畫著他的臉。他離開，讓克羅德重新下去地窖。當他回到魚市，他又再想著那個攻擊計畫，武裝的隊伍侵占了波旁宮。在香榭大道上，人砲隆隆，所有柵欄門將被打破，階梯上將沾滿血，廊柱上也有飛濺的腦漿。很快地想到這個戰爭景象，他陷入其中，變得十分蒼白，不忍再想像，用雙手遮住了臉。

當他穿過新橋街時，認為在水果館的角落上，看到奧古斯特慘白的臉，他伸出頭來，應該在監視某人，圓睜的眼裡有種極端愚蠢的情緒。接著他突然消失，跑著回到肉品店。

「他是怎麼回事？」佛羅鴻想著，「我讓他害怕嗎？」

這天早上，柯鈫—嘉德勒家發生了非常嚴重的事情。黎明時，奧古斯特一臉驚嚇地跑去叫醒老闆娘，告訴她警察來抓佛羅鴻。接著他結巴含糊地說後者已經出門了，應該是逃走了。美豔的麗莎只穿著貼身背心，不管自己沒穿緊身馬甲，很快地上樓去她大伯的房間，在看了沒有任何東西會牽連他們後，拿走了諾曼第女人的照片。她走下樓，在三樓碰到了警察，分局長請她陪同上樓，他跟她低聲說了一下子話，跟其他的警員留在佛羅鴻的房間裡，並建議她跟平常一樣地開店做生意，不要驚動任何人，他們已經安排好了一個線民。

面對這個事件，美麗的麗莎唯一的擔憂是可憐的柯鈥會受到的打擊。要是他知道警察在家裡，他的眼淚會把一切給毀了；她也要求奧古斯特發誓隻字不提。她回到屋裡穿上緊身馬甲，跟睡夢中的柯鈥編了個故事。半個小時後，她頭髮整齊，上身緊束，臉色粉嫩且光亮地出現在店門口，奧古斯特則安定地擺設著陳列架。柯鈥一會兒後也出現在人行道上，稍稍打起哈欠，在早晨清新的空氣中清醒。沒有一絲動靜顯示出樓上即將發生悲劇。

然而分局長本身在造訪位於皮湖耶特街上的梅育嵣家時，驚動了整個鄰里。他有著最精確的消息，警察局收到的匿名信中寫著佛羅鴻最常在美麗的諾曼第女人家過夜。他可能藏匿在那裡。分局長跟著兩個警員以執法為由來敲門。梅育嵣一家才剛醒，老婦人狂怒地打開門，然後當她了解這是怎麼一回事後，突然安靜下來並冷笑。她邊坐下來穿衣服，邊跟這些人員說：「我們是誠實的人，我們沒甚麼好怕的，你們可以搜查。」

由於諾曼第女人沒有立即將她房間門打開，分局長用力推開了它。她正在穿衣服，前胸坦露著，同時露出她漂亮的肩膀，嘴裡叼著一件襯裙。這個她無法理解的破門而入激怒了她，她放掉襯裙，穿著貼身睡衣要撲向這些人，絲毫不感到羞愧，卻由於發怒而滿臉通紅。面對這名壯碩裸露的女人，分局長往前走要保護他的警員，聲音冷漠地重複說道：「我們是來執法的，來執法的。」

於是她摔進一張沙發裡，哭泣並感到自己太脆弱，不懂他們到底為什麼找她麻煩。她的頭髮散亂，睡衣長不及膝，警察們站在一旁看著她。分局長把牆上掛著的一條披肩丟給她，她沒有包住自己，看著這些男人粗魯地搜索著她的床，用手拍打枕頭並掀起床單，她哭得更厲害。

「我到底做了甚麼？」她最後結結巴巴地說，「你們到底在我床上找甚麼？」

分局長說出了佛羅鴻的名字，由於老梅育嶸太太站在房間門口，「哈，爛人，就是她。」年輕地女人大喊，並想撲向她母親。

她要毆打她，有人抓住她，然後強迫她披上了披肩。她掙扎著，並以一種哽咽的聲音說：「你們到底把我當成甚麼人啊！這個佛羅鴻從來沒有進過這個房間，你們聽到了嗎？我們之間是清白的。這鄰里中有人要傷害我，那就到我面前來直接講。有人之後要讓我坐牢，我也無所謂。哼，這個佛羅鴻，我除了他之外有的是選擇，我要嫁誰就嫁誰，我會讓那些派遣你們來的人氣個半死。」

這一連串的話讓她冷靜下來。她的憤怒轉向佛羅鴻，一切都是因他而起。她跟分局長說，並替自己辯護：「警察先生，我之前不知道，他看起來很溫柔，這樣騙了我們。我不想理會別人說的話，因為他們都很壞。他來家裡給小孩上課，然後就走了。我給他飯吃，經常給他漂亮的魚當禮物，就只有這樣。哼，再也沒有人能這樣對待我。」

「可是，」分局長問道，「他應該讓您保管了一些文件。」

「沒有，我跟您發誓沒有。要是有這些文件，我才不管呢，我會交給您。我受夠了吧？看你們到處搜索並不會讓我覺得很有趣，你們可以走了，這樣是沒有用的。」

那些已經搜過所有家具的警察想闖入豪美睡覺的小房間。有一下子，他們都聽到被噪音吵醒的小孩子聲音，他哭得很傷心，顯然認為有人要來殺害他。

「這是小孩的房間。」諾曼第女人邊說邊打開門。

全身裸著的豪美跑著跳入她母親懷裡，她安慰他，並讓他睡進他自己的床。警察旋即走出了小房間，分局長決定要離開了，而那個仍舊淚流滿面的孩子附在他母親耳邊小聲地說：「他們會拿走我的習字本，別讓他們拿走我的本子。」

「啊，沒錯。」諾曼第女人大叫，「有那些習字本。警察先生們請等一下，我把這些給你們。我要跟你們說我真的不在乎這些。拿去吧，你們會在裡面找到他的筆跡，你們要拿甚麼就拿吧，我可不想自討苦吃。」

她把豪美的習字本以及書寫範本一起交出去。然而那個小男孩又生氣地起床，去抓咬他的母親，她打了他一巴掌又把他放回床上，於是他開始大吼大叫。在這片嘈雜混亂中，薩潔小姐伸長了脖子站在房間門口；她進到屋子裡來，發現所有的房間門都開著，便問梅育嵣家的母親她可以幫甚麼忙。她到處張望，聽著其他人說話，不斷抱怨沒有人能保護這些可憐的女人。同時分局長一臉嚴肅地讀著那些書寫範本，「暴虐」、「破壞自由的」、「違反憲法的」與「革命的」等詞讓他皺起眉頭。當他讀到這句話：「當時候到了，有罪者將伏法。」，他拍打著那些紙張並說：「這真是太糟糕了，太糟糕了。」他將一整疊交給其中一名警員，就離開了。還沒有露面的克蕾兒打開了她的房門，看著這些人下樓。然後她走進她姐姐的房間，她已經有一年沒有踏進這裡了。薩潔小姐對諾曼第女人表現出最友善的態度，她同情她，抓起落下披肩的角好讓她更有遮蔽，並帶著憐憫的表情聽她為自己發怒而懺悔。

「你真是可恥。」站在她姊姊面前的克蕾兒說。

前者猛烈地站起身，任披肩滑開。

「就是妳告的密，」她大叫，「再說一次你剛才說的話！」

「妳真是可恥！」年輕女孩用更侮辱的語調重複這句話。

於是諾曼第女人飛身向前給了克蕾兒一巴掌，後者臉色變得蒼白的可怕，她跳到諾曼第女人身上並用指甲戳進她的脖子。她們打鬥了一會兒，相互拉扯著頭髮，試著要掐住對方的脖子。小女兒是如此脆弱，卻用一股不同凡響的力量，她非常用力地推她姐姐，兩個人都跌向衣櫃，鏡子應聲裂開。豪美啜泣著，梅育嵣老太太叫喊薩潔小姐幫忙將她們兩個分開。然而克蕾兒掙脫了並說：「可恥、可恥，我要去警告他，這個被妳出賣的可憐人。」

她母親擋住了大門，諾曼第女人從後面撲向她，而薩潔小姐也出手幫忙，即使她瘋狂地抗拒，三個人還是把她推進她屋裡，將門上了兩道鎖。她踢著門，把房間裡的東西都摔到地上，然後只聽到生氣地抓扒聲，一種用鐵刮著牆壁的聲響。她正用剪刀尖拔除門的絞鍊。

「她要是手上有一把剪刀，可能已經把我殺了。」諾曼第女人邊說，邊找著要穿戴的衣物。「妳們等著看，她要是再這樣忌妒的話，最後一定會犯下大錯。千萬別給她開門，她會集結鄰居來攻擊我們。」

薩潔小姐急急忙忙地下樓去。當分局長進入柯鈫－嘉德勒家的巷子時，她恰好來到皮湖耶特街轉角。她了解要發生的事，雙眼發亮地來到肉品店裡，麗莎做了個手勢要她安靜，並讓她看到柯鈫正在掛那些醃肉。

當他回到廚房裡，老婦人壓低聲音說了剛在梅育嵣家發生的慘劇。肉品店老闆娘從櫃檯邊彎下身子，伸手弄著醬牛肉砂鍋，帶著一種勝利女人的表情，愉快地聽著。然後有位女客人要買兩隻豬腳，她在包裝時卻顯得若有所思。

「我呢，我一點都不怪諾曼第女人。」當店裡只剩下她們時，她最後這樣跟薩潔小姐說，「我以前很喜歡她，我很後悔我們兩個人吵翻了。您看，我沒有那樣惡劣，這就是證據，我沒讓警察拿到這一張，她要是自己來跟我要的話，我準備把它還給她。」

她從口袋裡拿出那張肖像。薩潔小姐將肖像湊近鼻子，冷笑地讀著：「露易絲送給她的友人佛羅鴻」，接著用她尖銳的聲音說：「您這樣做可能不對，您應該把它留著。」

「不行，不行。」麗莎打斷她，「我希望所有的流言蜚語都到此為止，今天是大和解的日子。大家都受夠了，鄰里間該重新恢復寧靜。」

「這樣的話，您要我去跟諾曼第女人說您在等她嗎？」老婦人問道。

「好，我很高興您願意這樣做。」

薩潔小姐回到皮湖耶特街，跟女魚販說她剛看到她的肖像在麗莎的口袋裡時，前者十分驚嚇。因之她只能立刻接受她對手的要求。諾曼第女人提出她的條件，亦即肉品店的老闆娘要到門口來迎接她。老婦人必須從一個人到另一個人家來回兩趟，以安排兩人的相見。然而她很高興能協商這個會引起許多人注意的和解。當她最後又一次經過克蕾兒的門前，她仍舊聽到那種剪刀在牆壁上的聲響。

然後在給肉品店老闆娘一個確切的答案後，她急忙去找勒可兒太太與莎希耶特。她們三個人定定地站在海鮮館一個角落的人行道上，面對著肉品店。在這裡她們絕不會錯過這一次的相會。她們迫不及待地等著事情發生，相互間懶得搭理，只是監看著諾曼第女人應該走出來的皮湖耶特街。在巴黎大堂中，二人和解的消息已經傳遍，那些商販站在他們的攤子前，增加自己的高度，企圖看到這畫面。其他更好奇的人則離開他們的位子，站在有遮棚的街上等。巴黎大堂中所有的眼睛都轉向了肉品店，整個鄰里都等待著。

當諾曼第女人從皮湖耶特街走出來時真是莊嚴，大家都摒住呼吸。

「她戴了鑽石。」莎希耶特低聲地說。

「看看她怎麼走路的，」勒可兒太太也加了一句，「實在是不知害臊。」

事實上，美麗的諾曼第女人以一種皇后屈尊就駕要去接受和解的態度走著。她十分仔細地打扮自己，捲曲的頭髮梳綁起來，圍裙的一角掀起露出她的喀什米爾裙子，她甚至綁了一個十分繁複的蕾絲蝴蝶結。由於她感到整個巴黎大堂都看著她，在接近肉品店時更是趾高氣昂。她停在門口。

「現在輪到美麗的麗莎了。」薩潔小姐說，「妳們看好了。」

美麗的麗莎一臉笑意地離開櫃台，不疾不徐地穿過店鋪出來跟美麗的諾曼第女人握了握手。她也裝扮地恰如其是，既美且十分乾淨的衣裝。

女魚販低聲說了些話，在人行道上所有的人都靠近她們，熱烈地討論著。兩個女人進到店裡，陳列架上的穗飾讓人無法清楚地看到裡面。她們似乎很親熱地聊著，親切地問候，顯然也相互稱讚對方。

「喔，」薩潔小姐又開口了，「美麗的諾曼第女人買了個東西，她買了甚麼？我想是煙燻香腸。對啦，你們其他人沒看到嗎？美麗的麗莎剛把那張照片還她，同時把煙燻香腸放到她手上。」

然後還有些客套話。美麗的麗莎甚至表現地比先前講好的更殷勤，她陪著美麗的諾曼第女人走到人行道上，兩個人都笑著，讓整個鄰里都看到她們兩人又成為好友了。對巴黎大堂來說，這真是讓人欣喜，所有的商販回到自己攤子上，宣稱一切都雨過天青了。

然而薩潔小姐留住了勒可兒太太與莎希耶特，悲劇才剛上演。她們三個人的眼睛都盯著對面的房子，一股好奇心驅使她們巴不得能夠看穿那些石牆。為了等著看即將發生的事，她們又談起了美麗的諾曼第女人。

「她也沒有男人了。」勒可兒太太說。

「她有勒比格先生。」莎希耶特指出，並笑了起來。

「喔，勒比格先生，他不會要她了。」

薩潔小姐聳了聳肩，喃喃地說：「你們不了解他，他才不在乎這些呢。那是個生意人，而且諾曼第女人很有錢。你們看著，兩個月以後他們就在一起了，梅育嵣家的母親已經安排好一陣子這門親事了。」

「那又如何，」牛油女商販又再說，「警察沒有發現她跟這個佛羅鴻睡在一起嗎？」

「沒有，我沒跟妳們說嗎？那個高瘦子剛離開，當那些人搜索那張床時，我在現場。警察還用手摸，兩個床位都是熱的。」

老婦人又吐了口氣，以一種憤怒地聲調說：「妳們知道嗎，讓我覺得最難過的就是聽到這個無賴教小豪美的那些可怕東西。真的，你們無法想像，有一大疊。」

「甚麼可怕的東西？」莎希耶特詢問。

「誰知道！那些汙穢、骯髒的東西。警察局分局長還說這就足以讓他被吊死。這個男人真是個怪物，竟然會去腐敗一個小孩子。小豪美沒甚麼了不起，不過也不能這樣就填塞他那些共產黨的東西，他還是個孩子，不是嗎？」

「是啊！」其他兩個人回答。

「終於，有人將整頓這所有的陰謀。妳們還記得我跟妳們說過，『柯鈫家有種不太好的詭計』嗎？妳們不覺得我的鼻子很靈。感謝老天爺，鄰里間總算能夠安寧些了。這需要狠狠的掃蕩，因為我發誓，大家都會對在大白天被謀殺感到害怕。由於這些流言蜚語、這些不睦以及這些謀殺，我們都無法好好過日子了。這都是因為佛羅鴻這樣一個男人。啊，可憐的柯鈫先生在那裡笑著。」

事實上，柯鈙又走到人行道上來了，他的白色圍裙綳在身上，他正跟塔布侯太太家的小女傭開玩笑。這個早上真是太快樂了，他握著小女傭的手，以一種肉品店老闆的好心情，用力地快把她的手腕壓斷，後者叫了起來。麗莎花了很大的力氣才讓他重新回到廚房裡。她不耐煩地在店裡面踱步，擔心佛羅鴻的到來，她叫她先生進去就是為了避免兩人相見。

「她很擔心。」薩潔小姐說，「這個可憐的柯鈙先生被蒙在鼓裡，他無知地笑著。妳們知道嗎，塔布侯太太說如果柯鈙一家因為讓佛羅鴻留在他們家，而不再受人尊敬的話，她也不會理他們了。」

「然而他們留著那分遺產。」勒可兒太太指出這一點。

「喔，不是這樣的，我的好友，另一個人已經拿了他那一份。」

「真的嗎？您怎麼知道？」

「這是真的！大家都看得出來。」老婦人在稍微遲疑後又說，沒有提出其他的證據。

「他拿走的比他那一份還多，柯鈙一家人只剩下幾千法郎了。應該說人要是有惡習，錢花得很快的。妳們可能沒注意，他有另一個女人。」

「我才不意外呢，」莎希耶特打斷她的話，「這些瘦男人都是些自以為是的人。」

「是啊，而且這個女人還不年輕呢；你們知道嗎，當一個男人要一個女人，不管是甚麼狀況他就是要她。維勒克太太，前監督人員的太太，妳們也認識，那個一臉蠟黃的女人。」

然而另外兩個女人大驚小怪起來，這怎麼可能，維勒克太太真是糟透了，薩潔小姐為此而得意洋洋。

「我跟妳們說這件事，妳們會說我撒謊，對吧？這是有證據的，有人找到了許多這個女人的信，一整疊的信，在信上她跟他要錢，每次都是十塊二十塊法郎。這很清楚，他們倆個人可能就要了那個丈夫的性命。」

莎希耶特與勒可兒太太都被說服了，不過她們開始失去耐性。她們已經在人行道上等了一個多鐘頭，她們還說在這段時間裡，說不定她們攤子被偷了。於是薩潔小姐又說了另一個新故事留下她們。佛羅鴻不可能逃跑的，他會回來的，看到他被拘捕一定很有意思。然後她把關於線民的那些小細節都說了出來，女牛油販跟水果販繼續從上到下地觀察著那間屋子，監視著每個出口，等著那些戴著三角帽的市警出現在各個縫隙間。那間屋子安穩靜謐且幸福地沐浴在陽光下。

「這讓人以為到處都是警察。」勒可兒太太低聲地說。

「他們在上面的閣樓房間裡。」老婦人說。「妳們看，他們讓窗戶開著就像他們之前看到的樣子。喔，看哪，我想有一個警察躲在露台上那株番石榴樹後面。」

她們拉長了脖子卻甚麼也沒看到。

「不是，那是影子。」莎希耶特解釋道，「那些小窗簾完全不動，他們應該全都動也不動地坐在房間裡。」

在這個時候，她們看到嘉華一臉擔憂地從海鮮館出來。她們眼睛發亮地相視互看卻不發一語。她們三個人越靠越近，筆直地站著。家禽商走向她們。

「妳們看到佛羅鴻經過嗎？」他問道。

她們沒有回應。

「我需要立刻跟他談談。」嘉華繼續說著，「他不在魚市裡，應該是又回到樓上自己的屋裡去了。妳們應該看到他的。」

三個女人有些蒼白，她們一直相互看著彼此，帶著莫測高深的表情，嘴角輕微的抽動。由於她的妹婿遲疑地這樣問，勒可兒太太明確地說：「我們五分鐘前才到這裡的，他可能之前就上去了。」

「那麼我就上去，還得要爬五層樓。」嘉華又笑著說。

莎希耶特做了個動作像是要阻止他，但她的阿姨抓住了她的手臂並把她往回拉，在她耳邊輕聲說道：「讓他去吧，這個大笨蛋！他活該倒楣，誰要他瞧不起我們。」

「他再也不會說我吃那些腐爛的肉了。」薩潔小姐更低聲地說道。

然後她們沒再說任何的話。莎希耶特變得滿臉通紅，另外兩個人則依然是完全的蠟黃。她們現在轉過頭，為自己的視線感到侷促不安，對自己的手覺得尷尬，於是將手藏到圍裙後面。她們還是直覺地抬眼看這那間屋子，透過那些石牆跟著嘉華，彷彿看著他爬上了五樓。

當她們認為他應該到房間裡時，她們又開始側著眼睛觀察。莎希耶特神經質地笑了起來。似乎房間裡的窗簾動了一下子，這讓她們以為有些打鬥。然而屋子的外表保有其溫熱的安穩，過了一刻鐘，一種完全的平和，同時卻有一種擴散的情緒讓她們說不出話來。她們快要支持不住時，一個男人從巷子裡出來，跑去雇了一輛出租馬車。五分鐘之後，嘉華下樓，後面跟著兩個警察。走出店鋪的麗莎，在人行道上看到那輛馬車，急忙回到肉品店裡。

嘉華完全地蒼白，在樓上警察搜身，找到了他的手槍跟一盒子彈。依照警察在聽到他名字時就表現出的粗魯動作，他知道自己失敗了。這真是個可怕的結局，他從沒有真切地想過會是這個樣子。那些杜勒麗宮裡的人不會原諒他的。他雙腿發軟，彷彿執刑的那些人在等著他。然而當他看到馬路時，他在自己誇大吹噓的習性中找到足夠的力量讓自己筆直地走出去。他想到巴黎大堂都在看著他，而他將勇敢赴死時，甚至露出最後一抹笑容。

然而莎希耶特與勒可兒太太趕到他面前，她們要求他解釋，女牛油販開始哭泣，而非常激動的外甥女則抱住了她姨丈。他將她緊緊地摟在懷中，給了她一把鑰匙並在她耳邊低聲地說：「全都拿走，燒了那些紙張。」

他登上了出租馬車，那個表情如同他登上了斷頭台。當車子消失在皮耶勒斯克街的街角，勒可兒太太看到莎希耶特試著將那把鑰匙藏到口袋裡。

「小女孩，這樣做是沒有用的，」她咬牙切齒地跟她說，「我看到他把鑰匙放到妳手裡，幸好老天爺有眼，如果妳對我不好的話，我會去監獄裡把這些都告訴他。」

「可是阿姨，我對妳很好啊！」莎希耶特帶著尷尬地笑容回答道。

「我們趕快去他家，不要讓那些警察有時間拿了他櫥櫃裡的東西。」

聽著她們談論的薩潔小姐，眼睛發亮地跟著她們，一路上用她的短腿在後面跑。她現在可不在乎等到佛羅鴻了。從朗布托街到柯頌納尼街一路上，她低聲下氣並殷勤地提議，她先去跟門房雷翁斯太太說。

「再說，再說。」女牛油販簡短地重複這樣的回答。

事實上，她們必須進行交涉。雷翁斯不願意讓這些女士上到她房客的公寓裡。她一臉嚴肅，對於莎希耶特沒將領口束緊感到震驚。可是當那位老小姐在她耳邊低聲說了幾句話，並拿出鑰匙給她看之後，她才決定讓她們上樓。到了樓上，她不情願地打開一間間的房間，心在淌血，彷彿她自己把那些藏匿錢的地方指給小偷看。

「去吧，全都拿走。」她邊大喊邊把自己摔進一張沙發裡。

莎希耶特已經開始嘗試用鑰匙打開所有的櫥櫃，勒可兒太太一臉猜疑地貼著她，於是她不得不跟她阿姨說：「喔，阿姨，您妨礙到我了，至少讓我的手臂可以活動吧。」

終於打開了一個面對著窗戶，在壁爐與床之間的櫥櫃。四個女人都嘆了一口氣，在中間的隔板上，擺著有幾萬塊法郎的黃金，一小堆一小堆有條不紊地排列著。嘉華的財產都小心翼翼地存放在一個公證人那裡，保留這些數目為的是進行「大政變」。他鄭重地說過，已經準備好將自己貢獻給革命。他賣掉一些股票，特別享受每天晚上看著這幾萬塊，注視著它們，在其中找到叛亂的快樂。夜裡，他夢見有人在他的櫥櫃裡打鬥，還聽到幾聲槍響，滾滾沙塵的人行道以及勝利的喧囂；他的錢將用來進行起義。

莎希耶特伸出了手，發出一聲愉悅的尖叫。

「小女孩，爪子放下來。」勒可兒太太以一種嘶啞的聲音說。

她的臉色在黃金的映照下顯得更是蠟黃，面孔如大理石斑紋般一塊白一塊黃，暗自將她侵蝕的肝臟疾病讓她雙眼像著了火。在她身後的薩潔小姐顛起腳尖，心醉神迷地看進了櫥櫃的底部。雷翁斯太太也站起身來，沉悶地自言自語。

「姨丈要我全都拿走。」年輕女子再開口，直截了當地說。

「那曾經照顧這個男人的我呢，我甚麼都沒有囉？」門房叫了起來。

勒可兒太太感到氣悶，她將其他人推開，緊緊抱住櫥櫃並結結巴巴地說：「這是我的財產，我是他最親的家人，妳們都是賊，聽到了嗎？我寧願將這些都丟到窗外去。」

有一陣靜默，四個人相互以曖昧地眼光看著彼此。莎希耶特的圍巾完全地散落下來，露出她的脖子，充滿了生命；嘴唇濕潤，鼻子呈粉紅色。勒可兒太太看到她這樣可人的模樣顯得更憂鬱。

「聽著，」她以一種低沉的聲調跟她說，「我們不要爭，妳是他外甥女，我願意分享。我們每個人輪流拿，一次拿一堆。」

於是她們撇開另外兩個人，由女牛油販先開始，一堆黃金消失在她的裙子裡。然後莎希耶特也拿了一堆。她們監視著彼此，要是誰多拿了，就會立刻被對方打手阻止。她們的手指規律地伸張著，滿是指節且可怕的手指，然後是白嫩絲滑的手指。她們裝滿了自己的口袋，直到剩下最後一堆，年輕女子不想讓先開始的阿姨拿走，於是突然地將之分給了薩潔小姐與雷翁斯太太，她們一直不停地跺腳看著另外兩個人將黃金裝入口袋裡。

「謝謝，」門房抱怨著，「這樣周到地幫他泡花草茶，還煮湯，只有五十法郎；這個老騙子還說他沒有家人。」

在關上櫥櫃之前，勒可兒太太想要從上到下看一次。裡面放著所有的政治性禁書，來自布魯塞爾的小冊子，拿破崙一世那些醜惡的事蹟，外國醜化皇帝的諷刺漫畫。嘉華最大的享受之一就是偶爾跟一個朋友關在屋子裡，賣弄這些會讓人受連累的物品。

莎希耶特提及：「他特別叮囑我把這些紙張燒毀。」

「哎呀，我們沒有火，這樣會花很多時間。我覺得警察快到了，我們應該趕快走了。」

於是四個人都離開，她們還沒下到樓梯底端，警察已出現了。雷翁斯太太必須再陪著這些先生上樓；其他三個人擠成一堆，急忙地往街上走。她們排成一列快步地走著，阿姨與外甥女由於口袋裡裝滿黃金，那些重量讓她們受了拘束。走在前面的莎希耶特在重新回到朗布托街的人行道上後，帶著她溫柔的笑容回頭說：「那些東西一直打我的大腿。」

勒可兒太太講了一句淫穢的話，讓其他兩個人笑了起來。她們品味享受著這份拉著她們裙子的重量，掛在她們腿邊就像溫熱愛撫的手。薩潔小姐將五十法郎緊緊地抓在手裡。她一臉嚴肅，盤算著要從她跟著的這些大口袋裡再取出些甚麼東西。當她們到達魚市的角落上時，老婦人說：

「喔，我們回來的正是時候，這個佛洛鴻要去自投落網了。」

事實上，佛羅鴻從他那一段奔走後回來，要去他的辦公室換掉夾克，然後著手每天要做的工作，沿著那些走道緩慢地來回，監督那些石板的清洗。似乎大家都古怪地看著他，他經過時那些魚販們都竊竊私語，低著頭卻有著陰險的眼光。他以為又有讓人氣惱的新狀況。好一陣子以來，這些可怕的胖女人不再讓他有一個早上得以停歇。然而當他經過梅育嵋家的攤子前，很驚訝地聽到那位母親溫柔地跟他說：「佛羅鴻先生，剛才有人來找您。是個有些年紀的先生，他上去您的屋裡等您了。」

老的女魚販堆坐在一張椅子上，講這些話時享受著一種細緻的報復，這讓她碩大的身軀顫抖。依舊疑惑的佛羅鴻看著美麗的諾曼第女人，與她母親完全盡棄前嫌的後者，打開了水龍頭，拍打著她的魚，表現出沒聽到這些話。

「您確定嗎？」他問道。

「喔，非常確定，對吧，露易絲？」老婦人又以一種尖銳的聲調說。

他認為這顯然是為了那個大事件，而他決定上到自己的屋裡去。他走出商館，當他不自覺地回頭時，瞥見美麗的諾曼第女人的眼光跟隨著他，面容非常嚴肅。他經過三個長舌婦身邊。

「妳們注意到了嗎，」薩潔小姐低聲地說，「肉品店空無一人，美麗的麗莎才不是個會讓自己受牽連的人。」

這是真的，肉品店裡沒有半個人影。整間屋子的門面映照著陽光，良善人家恬靜的模樣，恰如其分地在第一道陽光裡挺著肚子取暖。在高處的露台上，整株石榴樹開滿了花。當佛羅鴻穿越馬路時，他跟洛格與勒比格先生友善地點頭打招呼，他們似乎在後者的店門外呼吸新鮮空氣，兩位先生也跟他笑了笑。正要隱沒入巷子裡時，在那條狹窄陰暗的過道底端，他覺得看到奧古斯特慘白的臉突然地消失。於是他走回來，看了肉品店裡面一眼，確定那個有些年紀的先生沒有經過那裡。然而他只看到有著雙下巴的綿羊坐在一張砧板上，用牠兩個黃色的大眼盯著他，寬大的鬍鬚如同一隻對人不信任的貓般翹了起來。當他決定要進入巷子裡時，美麗的麗莎的臉出現在屋子深處，一道玻璃門上的小窗簾後面。

魚市中有一陣靜默，那些有著巨大的肚子與脖子的女人們摒住了呼吸，等著他消失在眼前。接著一切滿溢出來，她們的前胸擴展，肚子也因為幸災樂禍而鼓脹。玩笑成功了，沒有比這樣更可笑了。梅育嵣老太太笑著，身體不經意地抖動，像個有人掏空的羊皮袋。整個市場都聽聞了，她剛才說一個有點年紀的先生，對這些女人來說似乎極為好笑。終於這個高瘦子要被拘捕了，大家永遠都不需要再看到他那張醜臉，跟那雙受難者的雙眼。所有的人都祝福他一路順風，並寄望一個好看的男人來接替監督人員的職務。這些女人從一個攤子跑向另一個攤子，她們簡直就像那些逃離掌控的女孩子，在那些石板四周跳起舞來。美麗的諾曼第女人直挺挺地看著她人表現出的這份喜悅，她擔心自己會哭出來而不敢動；於是將雙手放在一條大鰩魚上，平息自己的激動。

「妳們看到了，當他不再有錢，梅育嵣這一家人是怎麼甩掉他的，」勒可兒太太說。

「哼，她們沒錯啊。」薩潔小姐回答道，「況且我親愛的朋友，這就結束了，不是嗎？不應該再相互惡鬥。你們該心滿意足了，讓其他人解決他們的問題。」

「只有那些老女人在笑，」莎希耶特指出那個情況，「諾曼第女人臉上並不開心。」

然而這時候在他的房間裡，佛羅鴻乖順地俯首就擒。警察們粗魯地撲向他，顯然認為會碰到一種絕望的反抗。然後他坐下來，那些人打包那些文件、紅色領巾、臂章以及徽章。這樣的結局似乎並不讓他意外，他反而鬆了一口氣，但他並不打算明確地承認這一點。不過想到那股推著他進入這個房間的恨意，他便感到十分難過。他腦中又浮現了奧古斯特蒼白的臉，那些低著頭的魚販；他也想起了梅育嵣家的母親所說的話，諾曼第女人的沉默以及空無一人的肉品店。他自忖整個巴黎大堂都是共犯，所有的街坊鄰居出賣了他。在他身邊，各條街上的那些油膩骯髒漫天鋪地席捲而來。當這些圓潤的面孔快速地出現在他腦海中時，突然間他有了柯鈫的影像，心裡感到萬分痛苦。

「走了，下樓。」一名警察粗魯地說。

他站起身，往樓下走。到了四樓，他要求回到樓上，聲稱忘了某個東西。那些人拒絕並推他往下，於是他開始懇求。他甚至用他身上的錢賄絡幾個警察。兩名警察最後同意再陪同他回到房間去，同時威脅他，如果他要花樣的話，他們會打破他的頭，並拿出了袋子裡的手槍。進到房間裡，他徑直走向燕雀的籠子，拿起那隻鳥，在牠雙翼間親吻了一下，並放牠高飛。

他看著牠在陽光裡，似乎漫不經心地停駐在魚市的屋頂上，接著又一飛，在巴黎大堂上的天空裡，依諾松廣場的那個角落上消失無蹤。他又看著天空停留了一下子，那個自由的天空。他想到了杜勒麗公園裡那些咕咕叫著的野鴿，那些在地窖儲藏室裡被馬袞朗割開喉嚨的鴿子，這一切跟他不再有關係了，他跟著那些重新將手槍放回槍套並聳了聳肩的警察們下樓。

在樓梯底端，佛羅鴻停在肉品店中那扇通往廚房的門門口，等在那裡的分局長幾乎被他的順從給感動，問他：「您要跟您的弟弟道別嗎？」

他遲疑了一會兒，看著那扇門，裡面傳來盡是大剁肉刀與生鐵鍋所發出的噪音。為了讓她丈夫忙碌，麗莎想出了讓他在早上做血腸，平常這是晚上才進行的工作。洋蔥在火爐上滋滋作響。佛羅鴻聽到柯鈫在這片嘈雜中清楚愉快的聲音，說著：「喔，天啊，這個血腸會很棒的。奧古斯特，把豬油拿給我。」

佛羅鴻向分局長道謝，害怕進入這個溫暖且充滿強烈熟洋蔥氣味的廚房。他從那扇門前經過，高興地認為他弟弟完全不知情，加快了腳步，避免讓這家肉品店又再一次感到悲傷。然而街上強烈的陽光照到他臉上時，他卻因逃避而感到羞愧，臉色發灰，彎著背進入了出租馬車。他感受到對面那個為此得意洋洋的魚市，似乎整個街坊都享受著這一刻。

「哼，那張難看的臉。」薩潔小姐說。

「真的是一張被逮捕的苦役犯的臉。」勒可兒太太補充道。

「我呢，」莎希耶特一說話露出她潔白的牙齒，「我看過一個被砍頭的人就是這種長相。」

她們走近那輛出租馬車，伸長了脖子想再往車子裡一看究竟。正當車子開動時，老小姐很快地拉住另外兩個女人的裙子，跟她們指出克蕾兒突然出現在皮湖耶特街上，一臉瘋狂，披頭散髮且指甲留著血。她卸除了那扇門，當她了解到自己到的太晚了，警察已將佛羅鴻帶走時，她衝向出租馬車，卻旋即停了下來，做了一個無力但充滿憤怒的動作，對著飛逝的車輪舉起拳頭。全身上下都是屋裡牆面的紅色灰塵，她又沿著皮湖耶特街跑了回去。

「人家又沒承諾要娶她！」莎希耶特笑著大聲地說，「這個大傻瓜真是發神經了！」

整個街坊鄰居安定下來。一群群的人直到那些商館關門時都在談論整個早上發生的事件。大家好奇地看著肉品店裡，麗莎避著不露面，讓奧古斯婷坐在櫃台裡。到了下午，她認為該一五一十地告訴柯欽，擔心某些流言蜚語會讓他受到過重的打擊。她帶著一種母性的謹慎處理這件事，一直等到他們單獨在廚房裡，知道他喜歡這個環境，而且在這裡他也不會哭得太厲害。然而當他得知實情時，整個人跌落在砧板上，嚎啕大哭。

「聽著，我可憐的胖先生，你別這樣絕望，這樣會傷害你自己的。」麗莎邊說邊攬著他在懷中。淚水不斷地滴在他的白色圍裙上，他無生氣的身軀裡有著不斷旋起的痛楚。他癱坐著，當他終於能說話時，他結巴地說：「你不知道，我們住在荷耶克拉街時，他對我多好。他打掃、煮飯。他愛我像愛一個孩子那樣，你懂嗎？他回來時一身汙泥，累得半死；而我在家裡吃得好，穿得暖。現在呢，他們要把他槍斃了。」

麗莎叫嚷起來說他們不會槍斃他的。然而他搖了搖頭，繼續說著：「這都無所謂了，我不夠愛他。現在我可以這樣說，我的心腸不好，我甚至在給他他那一份遺產時遲疑了。」

「喔，我說過不只十遍要把那些都給他。」她大聲地說，「我們沒甚麼好責怪自己的。」

「對啊，我知道妳是好人，妳可能會把錢全都給他。可是這讓我不愉快，我也沒辦法。這會是我這一輩子的傷痛。我會永遠想著如果我跟他分享了這一切，他不會又再一次做錯事。這是我的錯，是我背叛了他。」

她顯得更溫柔，告訴他不要跟自己過不去，她也抱怨佛羅鴻，他真的是有罪，倘若他有更多錢的話，可能做了更多的蠢事。漸漸地，她終於讓他了解到事情無法圓滿結束，這樣對大家都好。柯鈫依然哭著，他用圍裙擦拭著雙頰，抑制自己的哽咽聽她說話，然而淚水很快地又大量湧出。他不自覺地將手指頭放進一堆在砧板上的香腸肉堆裡，戳著洞，然後粗暴地揉著。

「你還記得你前一陣子感到不舒服嗎？」麗莎繼續說著，「那是因為我們的習慣不再。我沒跟你說，不過我很擔心，我很清楚你的狀況變差了。」

「是嗎？」他低聲地說，啜泣停了一會兒。

「而我們的生意，這一年也不是很好，彷彿被下了咒。好了，別哭了，你等著看一切都會恢復正常的。況且你要為了我跟你的女兒好好照顧自己，你對我們是有責任的。」

他揉香腸肉的動作變得較溫柔，情緒平復，而一種溫柔的情感，已讓他悲傷的面頰露出一抹淡淡笑容。麗莎感受到他已經被說服了。她很快地把在店裡的寶琳叫過來，讓她坐在他腿上並說：「寶琳，妳爸爸是不是應該講道理呢？要他不要再讓我們這樣難過了。」

小孩子和善地這樣要求他，他們相視，緊抱在一起，這個巨大且漫溢溫情的擁抱；他們才剛脫離這整年的困境，已經感到一切恢復正常了。他們圓大的臉上有著笑容，而肉品店老闆娘重複說著：「畢竟就只有我們三個人，我的胖先生，只有我們三個人了。」

兩個月之後，佛羅鴻又被判決流放。這個事件造成了轟動。報紙上有著最細微的細節，刊登出被告的肖相、臂章以及領巾的繪圖，還有那些部隊要集合的地點圖。兩個星期當中，整個巴黎談論的都是巴黎大堂裡這項陰謀。警察丟出來的筆記內容越來越讓人擔憂，人們最後都說整個蒙馬特區都被暗中破壞了。在立法機構，引發的情緒反應非常大，中間與右派的人都忘了那項令人不滿的貴族年俸法規，他們曾一度為此分裂，現在則握手言歡，以多數決通過了那個不讓人喜歡的稅賦計畫，然而在巴黎這個遍布恐慌的城市裡，各區居民也不再敢抱怨。審判持續了一星期，佛羅鴻為司法對他提出那些為數眾多的共謀者而深深感到驚訝。他認識在被告席中二十幾個人當中最多六到七個人。

在恭讀完審判後，他認為瞥見了戴著帽子的羅賓還有他那個無辜的背影，緩緩地走入人群中。洛格被宣告無罪，拉卡耶亦然。亞歷山大被判兩年監獄，只是個受到牽連的大孩子。至於嘉華，他跟佛羅鴻一樣被判流放。這對他最後那些享樂來說是個嚴重打擊，那些他經過長時間辯論後進而成功地說服他人的愉悅。他為相對於巴黎店舖老闆這種身分的狂熱付出了慘痛代價，兩顆大滴淚珠在他白髮下受驚的娃娃臉上滾落。

一個八月的早上，在巴黎大堂甦醒當中，克羅德·朗提在到來的蔬菜間閒逛，紅色腰帶緊束在腹間，在聖厄斯塔什廣場上，他握著馮索太太的手，她一臉十分悲傷地坐在她的蕪菁與紅蘿蔔旁。縱然燦爛的陽光已讓堆積成山的包心菜那一大片天鵝絨綠顯得更柔軟，畫家卻依然陰鬱。

「嗯，都結束了。」他說，「他們又把他送回那裡，我想他們已經把他運送到布雷斯特了。」

女蔬菜販做了一個痛苦無聲的手勢，緩緩地將手在自己四周走動，以一種低沉的聲音喃喃說著：「都是巴黎，這個無賴的巴黎。」

「不是，但我知道是誰，是那些無恥之徒。」克羅德又說，手緊握著拳，「馮索太太，您想像不到那些他們在法庭裡所說的蠢話。他們甚至去翻閱一個小孩子的作業本。那個了不起的檢察官還藉此做文章，一下是尊重童年，一下是蠱惑人心的教育，我還真是聽不下去。」

他不禁打了個哆嗦，把肩膀縮進綠色的長大衣裡，繼續說道：「一個像女孩子一樣溫柔的男孩子，我親眼看到他在人們放血鴿子時感到不適，當我看到他在兩名警察間時，這讓我覺得實在好笑。算了，我們再也見不到他了，這一次他會留在那裡了。」

「他應該聽我的話的，」在一陣靜默後，女蔬菜販說，「到南特來，在那裡生活，還有我的雞跟兔子。您知道的，我喜歡他，因為我知道他是個好人，我們本來可以快樂地過日子，這真是個巨大的悲痛，您會想辦法安慰自己，對嗎？克羅德先生，選一天早上，我等您來吃蛋捲。」

她的眼眶裡含著淚水，站起身，一個勇敢的女人嚴峻地承受著痛苦。

「啊，」她又說，「這是香特美斯太太來跟我買蕪菁了。這個肥胖的香特美斯太太總是這樣矯健。」

克羅德離開，在人行道上閒逛。一道白色的光束是白日從朗布托街的遠處升起。太陽貼著那些屋頂，散放出粉紅色光束，大片下墜的光線已經觸及道路。克羅德感受到在這個充滿成堆食物的街坊裡，充滿聲響的偌大巴黎大堂裡有種愉悅的復甦。如同一種痊癒的喜悅，人們由於一種妨礙消化的重量終於被移除後感到寬慰的那種喧鬧。他看到莎希耶特戴著一隻金錶，在她的李子與草莓間歌唱，信手拉扯一下穿著天鵝絨西裝上衣的朱利先生的鬍子。他瞥見勒可兒太太與薩潔小姐經過一條有遮棚的街，看上去沒有那麼蠟黃，雙頰幾乎呈粉紅色，像好友般讓幾則故事逗樂。在魚市中，梅育嶢家的母親重拾她的魚攤，拍打著魚，罵著人，並讓新的監督人員無言以對；那是一個年輕人，她發誓定會賞他一頓鞭子。而克蕾兒則顯得更無精打采，更懶散，從水塘裡的水中抽回發紫的手，任一大堆法國田螺的黏液留下一道道銀線。

肚腸內臟店裡，奧古斯特與奧古斯婷剛買了豬腳，臉上戴著新婚夫妻的溫柔表情，然後推著有蓬的小推車回到他們在蒙魯日（Montrouge）的肉品店。八點一過，天氣也變熱了，在回到朗布托街上時，他看到豪美與寶琳正在玩騎馬：豪美跪在地上爬，寶琳坐在他背上，抓著他的頭髮避免讓自己掉下來。在巴黎大堂的屋頂上，在簷溝邊上一道陰影讓他抬起頭來：那是卡婷跟馬裘朗，他們邊笑邊親吻，在陽光裡燃燒著，他們快樂的動物之愛展現於整個街坊之上。

於是克羅德對著他們揮拳，他被人行道上與天空裡的這股歡樂激怒了。他辱罵那些胖子，他說那些胖子戰勝了。在他身邊，放眼望去盡是胖子，越來越圓，健康得要命，等著迎接又是消化良好的一天。當他面對皮湖耶特街停下來時，左右兩邊的景象給了他最後一擊。

右手邊有美麗的諾曼第女人，現在人們稱她為美麗的勒比格太太，站在店門口。她先生終於獲准將菸草鋪加入酒吧的生意，這是他長久以來懷抱的夢想，在為警察提供重要服務後，終於實現。艷麗的勒比格太太在他看來美極了，身穿絲質洋裝，一頭捲髮，準備好要坐進她的櫃檯裡，而街坊裡的先生都會來跟她買雪茄以及一包包的菸草。她變得很高雅，活脫就是一位貴婦。她身後的酒吧重新粉漆，柔和的背景裡有全新的葡萄藤飾，錊板櫃台隱隱發亮，而那些利口酒的小酒瓶在鏡中顯得更加耀眼，如同對這燦爛的早晨發笑。

左手邊，美麗的麗莎站在肉品店門口，遮住了整個門。她的圍裙從沒有這樣潔白過，她煥發光澤的肌膚，粉嫩的面孔，從未如此安穩地被兩側的柔順髮束給分別包圍。她表現出一種非常滿足的平靜，一種巨大的安謐，沒有任何事物能打擾她，連一抹微笑都不行。一種絕對的平靜，一種完全的快樂，毫無搖擺，毫無生氣，浸淫在溫暖的空氣裡。緊綳的貼身馬甲顯示出她仍在消化前夜的幸福，她胖呼呼的手落在圍裙上，甚至沒有伸出來捕捉這一天的美好，很篤定那美好會走向她。一旁的陳列架上也有種相同的快樂，一切都恢復了正常，有內餡的豬舌更紅更鮮美地延展，那些肘子重拾良好的乳黃外表，一串串香腸也不再有那種讓柯鈫難過的絕望神情。

在店裡響起一陣大笑，伴隨著廚房裡鍋瓢愉悅的嘈雜聲。肉品店重新散發飽滿神氣，一種油膩的健康。隱約能看見那一條條培根，吊掛在大理石牆上的半隻豬，展示出牠們圓潤的肚腩，一種勝利者姿態般的挺肚。這個時候，麗莎動也不動，那個威嚴壯碩的身軀配上一對大胃王的大眼睛，對巴黎大堂打了聲招呼。然後兩個女人都欠身，美麗的勒比格太太與美麗的柯鈫太太相互友善地打了個招呼。

顯然前晚忘了晚餐的克羅德，很生氣地看到她們身體是這般的好、這樣體面，脖子這樣粗大。他勒緊皮帶以一種生氣的聲音咕噥：「這些誠實的人都是些卑鄙小人！」

（全文完）

Le
Ventre
de
Paris

國家圖書館出版品預行編目資料

巴黎之胃 / 埃米爾．左拉(Émile Zola)著；
周明佳譯. --初版.--臺北市:聯合文學,2016.01
400面；14.8×21公分. --（聯合譯叢；077）
譯自：Le ventre de Paris

ISBN 978-986-323-142-4 (平裝)

876.57　　　　104024681

聯合譯叢 077

巴黎之胃 Le Ventre de Paris

作　　者／埃米爾．左拉　Émile François Zola
譯　　者／周明佳
發 行 人／張寶琴

總 編 輯／李進文
責任編輯／黃榮慶
封面設計／廖　韡
資深美編／戴榮芝
業務部總經理／李文吉
行銷企畫／許家瑋
財 務 部／趙玉瑩　韋秀英
人事行政組／李懷瑩
版權管理／黃榮慶

法律顧問／理律法律事務所
陳長文律師、蔣大中律師

出 版 者／聯合文學出版社股份有限公司
地　　址／(110)臺北市基隆路一段178號10樓
電　　話／(02)27666759轉5107
傳　　真／(02)27567914
郵撥帳號／17623526 聯合文學出版社股份有限公司
登 記 證／行政院新聞局局版臺業字第6109號
網　　址／http://unitas.udngroup.com.tw
E-mail:unitas@udngroup.com.tw

印 刷 廠／鴻霖印刷傳媒股份有限公司
總 經 銷／聯合發行股份有限公司
地　　址／(231)新北市新店區寶橋路235巷6弄6號2樓
電　　話／(02)29178022

出版日期／2016年1月　初版
2017年4月　初版 二刷
定　　價／360元

ISBN 978-986-323-142-4（平裝）　